烽火湖畔

王飞鸿◎ 著

中国文史出版社

图书在版编目（CIP）数据

烽火湖畔 / 王飞鸿著. — 北京 ：中国文史出版社，
2024.11
（实力榜·中国当代作家长篇小说文库）
ISBN 978-7-5205-4687-4

Ⅰ.①烽… Ⅱ.①王… Ⅲ.①长篇小说－中国－当代
Ⅳ.① I247.5

中国国家版本馆 CIP 数据核字（2024）第 101982 号

责任编辑：全秋生

出版发行：中国文史出版社
地　　址：北京市海淀区西八里庄路 69 号　　　邮编：100142
电　　话：010－81136602　　81136603　　81136606（发行部）
传　　真：010－81136655
印　　装：北京温林源印刷有限公司
经　　销：全国新华书店
开　　本：880 毫米 ×1230 毫米　　　1/32
印　　张：11.875
字　　数：360 千字
版　　次：2025 年 1 月北京第 1 版
印　　次：2025 年 1 月第 1 次印刷
定　　价：68.00 元

■ 目 录

Contents

第一章　首次逃亡

　　一九三八年夏初，疯狂的日寇像洪水猛兽，冲破了国民党长江南岸防线，六月二十六日，赣东北长江南岸军事重镇马当完全失守了。继而，无数舰艇气势汹汹溯江而上，一时间县城上空乌云密布，飞机狂轰滥炸，日本鬼子妄图以此为突破口，吞并整个中国南部，因此，湖口便成了鲜为人知的赣北抗日前线的主要战场……

　　这是一个只有十几户人家的小村庄，靠近长江，离马当以西近百里，风调雨顺之年，谈不上富庶，日子也算过得安心。这一年梅雨季节来得迟，虽然端午节已过去半个多月了，依然天气晴朗，温度宜人，村东的大户三娘家正在热热闹闹操办酒席，三娘的小儿子排行老五，今天已有六个半月了。按村上老规矩，孩子满周岁前要取名贺号。三娘的长兄一直到七弟，家家都来贺喜，不远处张上屋湾的细姑和三十里外太平关的大姑也赶来了，兄弟姊妹一共九家，大人小孩好不热闹，把个本来就不大的堂屋挤得要溢出来。鞭炮虽然不长，噼里啪啦，像过节般的喜庆热闹，时不时地从厨房里飘来的肉香，让孩子们馋得更加欢叫。酒席不多，一共四桌，座位不够，大孩子会端碗的就散着吃。三娘的丈夫三爹，是个行医郎中，方圆百里出名，遇事气定神闲，步步有序，何况区区几桌小酒。三爹早两天就给了碎银交由六弟的媳妇荷芝去办，从买菜一直到下厨掌勺都是荷芝，七弟的媳妇巧仍再灵巧，也只是荷芝的助手，切菜洗碗，端盘缚柴，全听荷芝使唤。有了二位能干的弟媳，三爹当然像无事一样，嘴巴含着黄铜水烟筒嘴儿，抽烟又像没抽烟一样，挨着三娘，三娘抱着头戴红色西瓜皮帽、身穿红色福字背褡的幺儿，夫妻二人恭敬地陪着正厅上位坐着的算卦先生，认真地听着他瞎吹。算卦先生正要说到关键的时候，三爹便大声招呼着兄弟们："大哥二哥，六弟七弟你们都过来啥。"算卦先生被众人团团围住，说得更加神乎其神。他捋了捋下巴底下一撮山羊胡子，用瘦长食指在幺儿胖乎肉嫩的面相上，近距离指指点点说："你们看，这额头饱满，下巴方圆，耳大藏金，鼻高聚福……非凡人之相呀。"算卦先生又掐着手指，半眯着眼睛喃喃自语，"土生木，木生火……五行八字样样不缺。这孩子就算没有帝王之相，也有宰相之命；没有黄袍加身，也得骑骡跨马，如果做个文官，恐怕是文曲星下凡，大富大贵之命哪。"算卦先生话音刚落，三爹的大哥王锦重反应很快，兴奋地挥着手："老三，快去拿银子，给先生打赏。"三爹连声应是，忙从房里取了银子出来，算卦先生也急忙起身，抖抖灰色粗布长衫，推推鼻梁上眼镜，伸出双手忙去接过三爹递过来的赏钱，边微微躬身说："不好意思，不好意思，破费啰。"

酒席如期开席。该坐的都已坐好。算卦先生自然上座，面向堂屋正南，拘谨有礼。三爹捧着托盘，托盘上放置一把瓷酒壶和一只高脚酒盅，大哥锦重双手捏着算卦先生写好的红纸笺亮着嗓门："各位兄弟姊妹，三弟幺儿从今天起正式起名王瑞彬，小号王一平。"话毕，鞭炮一阵炸响，酒席喧哗，开席啰。荷芝和巧仿两位小媳妇忙上忙下，馋了多时的孩子们，端着碗在酒席间嚷嚷着：给我挟鱼，给我挟肉，热闹极了。

　　酒席大概接近尾声，门口突然跌跌撞撞闯进一个平头小伙子，气喘吁吁急得说不出话来，算卦先生正好面向不速之客，惊愕地立马站起身问道："三石仔，你来干什么？！"三石仔这才缓过神来，回道："我——我细姑呢？"

　　"就在灶屋里"，算卦先生答道。原来这三石仔就是七弟锦幺媳妇巧仿娘家太平关那边的侄子，算卦先生和巧仿一个村上，是巧仿接过来的。巧仿赶忙从灶屋出来，满堂屋的人都停下碗筷，个个神色惊惶，听三石仔气喘吁吁地诉说——

　　昨天晚上，日本鬼子进了周玺村，我刘望山湾离周玺村不上三里远，到了下半夜，还看见周玺村火光冲天，周玺村逃过来的人说，鬼子太残忍了，整个村庄上的人都被杀得所剩无几，房子也差不多烧光了，他们几个是翻墙从后山小道摸黑过来，来告诉我们村的人，并和我们村的人一起往南边大山里跑。现在湾里没有一个人，爹爹听说细姑最近还打算回去，特地叫我过来通知细姑和算卦伯伯千万不要回去。而且他们还听说，鬼子正准备一路向西，达湖口，向九江，进南昌，沿江沿铁路占领抢夺……

　　三爹名叫王锦原，时年不惑，为人精明练达，是这个大家族的主心骨，也是村庄上的领头雁。前些日子，王锦原出诊到彭泽，就听说许多有关日寇的消息，城关镇里纷纷传闻，说马当快要守不住了，没想到事情发展得如此之快。好在村子小，外面带来的消息很容易在村子里传开，村民不知不觉已有了一些心理准备。隔壁大姑娘龙梅家有条大黄犬，名叫进宝，只要吃饱喝足，就成天睡在村西的小山垛瑶山头上，两只黑尖的耳朵时不时竖起，机警地望着四周。正当大家心急火燎的时候，进宝突然箭似的奔进村庄，对着家家户户狂吠，声音激烈中夹杂着央求。龙梅姑娘最懂进宝，她说："进宝告诉我们，情况特别反常！"几乎与此同时，在民船上做搬卸工的单身汉小毛，忽然蹿到王锦原跟前，气喘吁吁地说，日本鬼子已从柘机上了岸，正着手在七里冲建造据点，昨天我从运棉纱的船上下来，准备回家，刚下船就被鬼子嗷叫着拉去当运石工，听民工们说，鬼子要继续向南纵深挺进。我急了，假装上厕所，借机钻进松树林，翻过鸥鹰山，一口气跑回来。三石仔小毛和进宝三方发出的信息，互相佐证，村上的命运已到了万分危急的关口。王锦原当机立断，跑，赶快跑！于是迅即组织全村人有条不紊地大撤离，大逃亡。王锦原一边吩咐二哥锦北赶快去通知隔壁几户，锦幺去帮助东边学堂公公，随后叮嘱小毛赶紧去村西，自己一边大声喊着：什么都别管啦，捎上一点口粮衣服，赶快出门！少顷，村庄一片慌乱，嚷嚷声、杂碎脚步声、孩子的哭喊声、鸡飞狗叫声交织在一起。进宝一会儿跑向瑶山头，一会儿冲进村庄，挨家挨户狂吠，一次比一次狂吠得厉害。龙梅姑娘四处大声喊着，翻译着进宝的意思：快跑，快跑哇！刚才三娘一心只顾给孩子喂奶，一口饭都没有吃。巧仍麻利地帮三娘和自己收拾几件衣物后，顺便用袋子为三娘盛了些剩下的发糕，塞进三娘手里，便从三娘怀里抱起王一平，将王一平放在新编的竹篮里，提起篮子，拉着三娘就往屋外跑，口里一边嚷着：
"六嫂，好了没？大嫂二嫂快走呀。"

"来啦，来啦。"

"学堂公公嘞？"四嫂嚷着。

"已上南边大路口了。"不知谁答应着。

……

扶老携幼，五十多人的队伍终于走出了村庄，踏上了向南的逃亡之路。

队伍出发时先向南，再折向西一会，绕过道士桥过了芝蔴港，又折向东南，目的地是三十里外、武山大山皱褶里的王长村。约莫走了一里路，王一平在竹篮里一直哭个不停，大哭小哭，小哭大哭，怎么也哄不住，大哥王锦重走在队伍的最前头，他慎重地发话了："三弟，我说过，这孩子不能要了，会拖跨大家的！"本来走得不快的队伍又骤然停下。王锦重平时言语不多，一语既出，重若千钧，众乡亲面面相觑，心里头都沉沉的。王锦原一脸凝重，望着满脸泪水的三娘和依然在竹篮里哭闹的孩子，低声地说："雅芝，丢了吧。"三娘朱雅芝抽泣得更加厉害。这时，跑回村里的进宝又飞快地跑回逃亡的队伍里，不停地狂吠，龙梅姑娘说，可能日本鬼子已经进了我们湾里，话音未落，村子西头已升起了滚滚的浓烟，火光上蹿，队伍中有人喊起来了："是小毛的房子，小毛的茅屋烧了。"北风一阵过来，好像还隐约听见鬼子的嚎叫声。好悬哪，倘若再晚一步，后果不堪设想。人们又开始小跑着。情急之下，王锦原果敢地从雅芝手中取下竹篮，将竹篮放在路边的棉花地里，牵着雅芝径直跟上小跑的队伍。雅芝一步三回首，啜泣得更加厉害，那棉花地里的宝贝疙瘩，是娘的心头肉呀！大概前进了半里路程，雅芝突然折转身冲出了人群，疯狂地向那棉花地拼命地奔去。

走着走着，大家这才发现队伍中少了大猴和细猴父子俩。大猴丧妻多年，细猴该娶未娶，两个单身汉。细猴甚像其父，精灵至极，他们怎么会没跟上趟呢？满村上的人为这父子俩焦急不安。

六月初的江南，一片葱绿，略带湿热的初夏之风，阵阵扑来，朱雅芝的贴身大肩蓝士林布褂，背上明显的一团汗湿，凉风吹来，她感到有些气急后的眩晕，脊背微微发凉，她抹了下额前一绺湿乱的头发，我的天哪，刚才孩子就是丢在这块地里，已经长得齐腿高的棉花，结蕾开花，初荫成行，让人视线模糊，加上泪水的作用，朱雅芝的灵眸在棉地逡巡许久，还是没看见，她开始不自信了，心里慌了，她不敢大声呼喊，平时也不爱大呼大叫的她，心里在说，宝贝，你哭吧，大声点哭吧。看见啦看见啦，她终于看见啦，就是那只熟悉的竹篮子，竟在棉花地尽头的一角！刚才那样哭闹不止的婴孩，却在篮子里安然入睡，嫩红的脸庞与粉嫩棉花花朵一样，惹人疼爱。朱雅芝激动得一把从篮子里抱起孩子，紧紧地搂在怀里，脸贴着脸，任凭娘千般亲吻，孩子依然安详酣睡，小小劫后生灵仿佛一下子懂事了，乖甜地躺在娘的怀里。朱雅芝把孩子搂得紧紧的，又是一路小跑，追赶逃亡的队伍。王锦原返回来迎接上朱雅芝，其实心底下也一样丢弃不下自己的小儿子，他紧紧地抱住母子俩。朱雅芝一头栽在丈夫的怀里，哭泣着说"让大家先走吧，我就是死，也要和这孩子死在一起。"王锦原清秀的脸庞上划出两行无声的泪痕，他接过她怀中的孩子，三人一起远远地落在队伍的后面，匆匆跟进。

　　夕照余晖，夏初的凉风吹过麦畈，掠过田垄，抚拂一路仓皇奔波的队伍。人们选定一块缓坡草地，席地而坐，危险的故乡——上王村湾已被远远甩在十五里之外，惊魂稍定的村民终于可以舒松一下绷紧的神经和疲惫的身体。有水的喝点水，有东西的吃点东西。七嫂巧仍和几个大姑娘跑到大路下的清水塘边洗漱尘面。池面如镜，水中倒影的姑娘个个面如芙蓉，如脂如玉，难怪方圆几十里都传说，上王村湾出观音呢。巧仍虽然是本村媳妇，刚刚嫁过来不到一年，还未生产，身子依然匀称，且又丰满，乌黑的双眸灵光闪亮，圆润的脸庞上一对小酒窝，似笑未笑，与这些未出嫁的姑娘没有二样。村中的徐氏今年三十六岁，穿着青灰色的土布长衫，头上罩着和衣衫一色的折叠方巾，少有言笑，和她的胖女儿冬梅姊妹般一起，远远地坐在那草塍上。龙梅姑娘搂着巧仍，把所有的女人扫看了一眼，然后自问自答，这么多好看的女人谁最好看？应该数徐氏最好看。别看她总是穿着老气衣服，名字也老气，但那瓜子脸，杏眼柳眉，匀称的身材，有时冷冷的味道，实际上最经看。巧仍连连点着头，对对对，你说得很对。我觉得女人好不好看有两种，一是初看很好看，看久了就一般；另一种是敞面一看不怎么样，但是越看久了越好看，徐氏嫂恐怕就是这种人。巧仍凑近龙梅又问，听说她先前不是这样沉默，湾里男女老少为什么都把她称呼得这么老气呢？龙梅姑娘拍打着巧仍手背，不说了不说了，太吵了，闹哄哄的人群尽是七嘴八舌：

　　"哎哟，我家的弯角大水牯也活不了啰。"

"鸡呀猪啊都要饿死了！"

"等不到饿死就喂鬼子了！"

"叫人怎么活哟。"

"不想活就别出来！"

……

闲下来的人，嘴巴就是关不住。"管得了许多还管得住命吗！"王锦重嗫地起身，一扬手，"不能再坐了，赶路！"老的少的，呼啦啦的齐刷刷地起来，逃亡的队伍又重新集结上路。

队伍中年龄最大的当然是学堂公公，时年六秩有八，须眉皆白，但身体硬朗。学堂公公老先生原是浔阳城里富户儒商，五十多岁，便回乡创办教育，湾里大人小孩一律尊称他为学堂公公，学堂公公还是县里议员。除了学堂公公外，就数篾叔公，今年五十七岁，篾叔公是个鳏夫，两个儿子都先后死于大肚病（血吸虫病），自己又患上膝关节炎，走了一下午，实在迈不开双腿，王锦原擦过人群，嗫地背起篾叔公，边说："所有青壮，从我做起，轮流背，一直把篾叔公背到王长村去！"一呼百应，连声应好。

人们又连走带跑了一阵，爬上一座小山顶，只见那棵巨松下四周坐满了人，原来他们也是出来躲反逃难的。惊魂未定的人们互相询问，经过攀谈，方才得知这帮人是黄茅湖那边的，从三官桥过来，说是泗桥到凰岭一带，许多大村庄都被烧得一干二净。他们侥幸早脱身一步，但是湾里还有十一个人没有跑出来，估计全都葬身在火海般的村庄中。两村庄的人正在交谈，不知人群中是谁在喊：快看，东边麦收地塍上来了好多人哪。大家循声望去，果然又是一支很长很长的逃亡队伍，等他们汇聚到古松下，人们才得知，他们都是花尖山下周店湾的人，花尖山上的飞机，一早就飞到村子上空盘旋，他们害怕重蹈邻村张家舍湾的覆辙，在地里割麦子的人，丢下镰刀，拔腿就往这边奔逃。张家舍湾就是前天早上这个时候，飞机在村子上空盘旋一会后，上午便过来三架，向村子扔下许多炸弹，七十多户人家的村庄瞬间沦为一片火海，炸得片瓦不留。周店湾人说到这，只见斜照下菜籽花的田垄里，从县城方向又涌来了一支支逃难的队伍，难民潮啊难民潮，此时此地正在全新上演！这些难民，有些是城门外老台山下一带的，有些是县城里逃出来的居民，忽然难民中有人喊王锦原王先生，王锦原从拥挤的人群中，一眼认出喊他的人是教书匠鲍书元，文弱羸瘦的鲍书元是王锦原的病患，医患相交相识，想不到竟在一年后的逃难途中相逢，令人嘘叹——山河破碎，生灵涂炭。鲍书元告诉王锦原，县城里的人几乎跑光了，我们这批可能是最后跑出来的，估计现在满街都是耀武扬威的鬼子啊。鲍书元三十多岁，老气横秋，望着王锦原苦苦地摇着头："王先生，这三八年看来很不利道，怕是中国人要做亡国奴了喔。"王锦原的四弟王锦云正在伸长脖颈，辨看巨松树干上斑驳的木牌，字迹模糊，鲍书元轻身踏上树周的石砌围栏，努力辨认，得知此树为清朝入关后顺治一六四四年，湖口首任知县亲手所栽，初衷旨在保佑黎民，祈福国泰民安，距今快三百年。三百年间此树几易其名，知县松、清平松、天佑松，最后才改为太平松。太平松所处位置松树岭，是十乡八里通往武山方向的必经之路，看着山下连绵不绝的难民，王锦原对鲍书元说，前客让后客，我们已歇了好久，该赶路了。于是，王锦原和他的七兄弟带头，满村上的人一起，对着人们向来奉若神明的太平松顶礼膜拜，拜毕，便又匆匆上路。

是日五月廿一，摸黑走了个把时辰，月亮终于露出大半个脸，道路、田野、村庄和树木，所有视线之内的一切开始亮堂起来，月亮在爬高，光度越来越亮，村民的脚步随着心情一起放松，步伐明显加快了。这时忽然听见有人大声说，王长村不远了。但是乡亲们又不免焦急起来，大猴和细猴到底怎么样啊？

第二章　武山避难

　　武山，属武夷山山脉末端，位于都昌、彭泽和湖口三县交界，彭泽置于山的东面，山脚下有富饶的天红乡和太平关镇。山的西面则有湖口的王长村。王长村不但村庄大，百余户，而且风景秀丽，整个村庄依山傍水，东南面紧邻都昌的张岭和徐埠。山上苍松翠竹，山下有如一块小小的盆地，平畴沃野，仓廪殷实，梓巷民风淳朴，仁义礼孝廉信，是这里先民至高无上的祖训。昨夜上王村湾几十号"躲反"的难民逃到这里，已近深夜子时，族长王德邻借着月光，串巷走户，一一敲开了十几户人家的门，逃难的和安顿逃难的，双方都手忙脚乱，折腾一个多时辰，总算饭也吃了，铺位也搭好，逃难的如至家中，德邻公和锦原重点安排好了学堂公公的住处，于是两村的头人这才紧紧握手道别。一个说："谢谢德邻公，十分谢谢你们的接纳。"一个回复说："哪里话，谁教我们名字前都是一个王字呢。你们村的始公就是我公公的公公的大弟，近着呢。"德邻公呵呵一笑，打了一个长长呵欠，对着锦原招招手，"路上太疲劳了，抓紧歇着吧。"一转身踩着自己长长的影子，沿着爬满丝瓜藤蔓的围墙回家去了。在这兵荒马乱的年代，难民们能求得一块安身之所，当然是上天赐给的一份福报啊。王锦原酷爱古诗，和衣上床，即兴吟诗一首：

> 仓皇躲日顽，携老出乡关。
>
> 卅路客牲乏，一程星月濟。
>
> 生逢魍乱世，幸有武青山。
>
> 亏得同宗济，犹归上屋湾。

第二天清晨，上王村湾来的人中有几个人起得早，他们惊奇地发现曲角大水牯和它的牛犊子、顺毛黄，三头牛都系在祠堂对面的柳树下，回头一看，大猴和细猴正躺在祠堂内屋檐下酣睡。一切原委人们都已明白。原来正当村里紧张逃亡起哄之初，大猴第一时间想到的是牛，于是和细猴麻利作了简单生活必需品收拾后，二人便一个牵，一个赶，护着三头牛先行上路，不管路线怎么走，父子俩知道村里逃往的目的地，于是一路上与牛亦步亦趋，走走歇歇，直到鸡鸣三遍才到达王长村。逐一得知这一消息的上王村湾的人无不为这父子俩喷喷称赞，心中牵挂他俩的一块石头也落了地。这一夜虽然短暂，但难民们睡得踏实香甜，原本对家中这样那样的牵挂，被这武山脚下的和畅蕙风冲淡了许多，管它呢，这是什么年头，有饭吃，有地方遮风避雨，有命在世上就是天大的好事！上王村湾来的这帮难民，不管是大人小孩，男女老少都融进了王长村的一切，锄草浇水、上山砍柴、耕种收灌、喂猪扳薯……所有的农事农活，他们都交融一起，同是一双勤劳的手，又同宗同祖，来的人没有什么拘束感，渐渐地也把自己当成王长村的村民一样。七嫂巧仿夫妻俩住在一个跛爷家里，算卦先生也跟着巧仿，在跛爷屋里住了三天，便坚持要回去，巧仿夫妻俩留不住，只得叮嘱他路上小心，把他送了好远一阵，算卦先生说，你们回吧，挨着我湾那边亲戚朋友多着呢，万一有情况我就不回呗。按辈分，跛爷比巧仂丈夫王锦幺高两辈，夫妻俩亲切地称跛爷为爷爷。跛爷家里人少，只有两个女儿，其中一个是青光瞎，只能做点家务活。家里一共四口人，但屋子宽敞，随巧仂夫妻俩怎么住。巧仂帮着喂猪扫院子，王锦幺包揽了挑水劈柴，跛爷老两口甚是欢心，喜欢勤快的小两口。其他来避难的人都像这小夫妻俩一样，男的帮男的，女的帮女的，小伙子一同打柴，一同下地，同握拳头恨鬼子。小孩也一起玩得欢，压根成了一个村的人。

一天傍晚，王锦幺挑满一缸水，刚把扁担靠墙放下，跛爷踮着前脚尖，仰着身子，弓着前腿，走到王锦幺跟前，拉着他的手说，"走，我带你去后山脚下转转。"原来后山脚下是一片果园，桃树枝桠上沉甸甸挂满桃子，梨树枝上也已爆满嫩蕾，暮风吹过，桃园香味入鼻，王锦幺兴致勃勃地钻入桃园深处，忽然看见了一棵已枯的桃树，料是头年受冻所致，他摇了摇，却又摇不动，便过来告诉跛爷，跛爷说，西面林边有座小庙，找小和尚借把锯子，把它锯回去。

王锦幺扛着刚锯下的桃树，跟在跛爷后面慢慢走着，正好路过村东大哥王锦原的住地，王锦原的房东一手好木艺活，前村后湾都称呼他麻木匠，麻木匠这雅号，来源当然是其脸上一脸麻子，只是省略一个子字，省不省略无所谓，久而久之，呼的和答的都不介意。麻木匠看见这桃木躯干挺直，便吆喝跛爷给了他。

要了这桃木，只因前几天麻木匠收了一个徒弟，这徒弟就是王锦原的大儿子王一夫。王锦原在麻木匠家住了一些时日，知道麻木匠手艺好人又厚道，看着这大儿子已不小，今年冬月就要满十九，个子也与自己一般高，不寻个出路怎么行呢？令王锦原没料到的是，刚跟麻木匠开口，求情的好话还没说出来，麻木匠就爽快地答应，行，行，好嗯俚嗯。麻木匠把黄烟筒杆儿在右脚鞋跟上敲了几下烟筒脑的烟屎，侧歪着麻脸，有意认真地上下打量一下面前的王一夫，随口补了一句："孩子身子是单薄点，木工活有点粗重哦。"王锦原应道："先试试看吧。"麻木匠继续点头便是。王一夫跟着师傅上户，出了几天工，师徒两悦，这徒弟带定了。麻木匠正想给徒弟刨制一根小巧的木扁担，让徒弟每天好生挑着锯子斧头担儿上户前面走，自己一心甩手跟在后面，谁知跛爷这般懂我麻木匠的心思，及时送上门来啦。桃木质地细腻，柔韧暗红，经麻木匠之手，这根桃木扁担处理得漂亮极了。剩下桃蔸儿，王一夫便向师傅要了去，师傅问干啥，王一夫眨巴眼，卖了一个关子说，这是一个小秘密。

德邻公在文星镇上托亲戚用鸡蛋换点盐回来，初夏的天气有些炙热，又赶了十几里路程，有点疲惫，尽管离家门咫尺之距，还是在门口清水塘边的大樟树下躲躲荫，大树底下好乘凉啊。德邻公头大帽子也大，硕手卷着草帽扇着，稍许，近午收工的人们都陆陆续续地来到樟树下歇息。但凡每到夏季，这棵古樟便是村民收工回家前的"驿站"，来的人都一个个"德邻公好"打着招呼。先是锦原的四弟五弟锦先锦云，临时在油榨坊当起了榨油汉，过来了，接着砍柴的小毛和锦丁、锦幺也过来了，塘边石砧上围了不少锄草的女人在洗涮锄镢，听德邻公从文星镇上带来的消息，大家都围拢在樟树下。龙梅姑娘家的进宝和一条小黑狗，也趴在樟树裸露虬根的空隙处，伸着长长的舌头。德邻公说，刚才我在镇上郝记盐栈里看到了县政府的公告，才晓得当前的情况很严峻。马当失守，主要原因是守军师长玩忽职守，否则不会那么容易攻破，老蒋知道后非常气愤，把这个家伙脑袋割了。你们知道吗，湖口现在成了抗日前线，是战略要地，鬼子妄图从我们这一带撕开口子南犯，所以老蒋现在派重军扼守湖口。总司令罗卓英亲自部署，有两个军兵力正往湖口布防。好像有十一师、十六师、二十六师，一〇五师、一四六师、一四七师、一四八师，记不清，反正听说来了好多个师，听说还有军长王东原，看来在湖口要跟日本鬼子打大仗了。还说国民党湖口县政府要搬到文星来。人群中好像是巧仂的男人锦幺插话，那不是打算把县城让给日本鬼子吗，真窝囊！

住了些时日，上王村湾过来的难民与在湾里一样，晚上照常串门儿。一天晚上，龙梅和巧仂在徐氏那里学针线活回来，巧仂把龙梅姑娘邀进了她的屋子，又问起徐氏的事，龙梅特别同情徐氏，几乎声声叹道——

徐氏确实命不好，说她本来有个好听的名字，不晓得有人知道啵，反正我没听说过，许是命运太捉弄人，据说这个名字是个秘密，跟她的两个奶子有关系，龙梅姑娘只知其一，不知其二。徐氏嫁过来时，龙梅还是小伢儿，后来听大人们说，徐氏娘家原本也是富户，小时念了不少书，识文断字，知书达理，很懂规矩孝道。只是在她出嫁前后，由于连年水灾蝗灾和一场突如其来的火灾，一下子家道中落，家运从此一落千丈，出嫁后娘家父母先后暴病而亡，所幸的是唯一的至亲哥哥克尽千难万苦，总算挺了过来。可是厄运依然不依不饶向徐氏扑来，女儿冬梅刚满五岁，连续三年，这婆家又是一年一个新鬼，先是动辄翻鼻瞪眼的公爹，接着是自己的男人，第三年春荒时，徐氏拖着疲惫不堪的身子，又将那骂人王的婆婆埋入了黄土。说到这，善良的龙梅姑娘擦了擦溢出来的眼泪，天下还有谁比

徐氏的命苦喔？她来到我们王家没过上一天好日子。你三哥很
仁慈，看不下去，有时帮衬下她，可还有人说闲话。你才来不
久，不清楚。巧仍微微额首应道，我也听到过三哥过去的这点
传闻，但我不信，觉得三哥不像是这样的人。巧仍告诉龙梅，
她嫁过来的那年，有一天，大嫂告诉她，徐氏来到王家后，家
中接二连三出事，由于三哥慷慨出手相帮，便招来些非议，在
一次浣衣的时候，大嫂特意给三嫂郑重提醒："三弟媳，不是
我多嘴舌，有人说老三和徐氏妹的事哟，不管当真不当真，你
留意点好。"朱雅芝把拧好的衣服放进小木桶里，用手背捋一
下额前的一缕散发，淡然一笑："大嫂，你的好心我知道，但
是，锦原绝对不是这种花花肠子的人，外面的闲言我一点也不
信。"就是这天晚上，孩子们都进入了梦乡，王锦原正准备解
衣上床，朱雅芝柔情似水地双手抚捏住男人的一只手，凝眸久
望："锦原呢，外面的女人再好再美哈，应该只是一朵花，一
幅画，你可以欣赏，也有权去爱。但是——"王锦原笑了："我
的女人哪，你也会不相信我？"他轻轻地吻了一下她的手背，"我
不是说过吗，你才是我心中的常青树，我会一生一世呵护，让
你的浓情永远庇荫着这个家。"雅芝脸上绽出了笑容，"但是，
我只要你永远护着这个家，心里有我，不撇下我就足够了。"
雅芝想得开，男人真若是铁了心要再找女人，你也管不住，世
上不都是这样吗？

　　王锦原兄妹九人，按当地只排男丁的习俗，大哥锦重和二
哥锦北都是地道的庄稼人，诚实是他们的共同点，不同的是锦
重话语不多，名如其人，给人的感觉非常厚重；锦北则是老实
巴交，一门心思埋头苦干，实实在在的庄稼汉。王锦原上面是

个姐姐，今年四十四，孩子们都称呼她大姑，大人小孩长辈小辈也都跟着呼她大姑，久而久之，反倒把她的真名给忘了。大姑命好，三个崽都二十多了。王锦原后面是个妹妹，大姑呼在前面，这个妹妹当然是细姑了。细姑后面依次是锦先、锦云、锦丁和锦幺，老五锦云和幺弟有很多相似之处，聪颖过人，凡事一学便会，遇事沉稳。老四锦先也很聪明，好像更含蓄些，少些主见，虽然是个种田人，待人有礼有貌，许是家风影响有关。老六锦丁则与众兄弟不同，书读得不多，却像个书生，懦弱文静，个子也是高高的，走路说话扭扭捏捏怪怪的，很有几分女人味，说话做事有时总是一抛媚眼一扭头，实在叫人忍俊不禁。真是应了古语：一娘生九子，九子九样性呢。王锦原最喜幺弟，其次还有锦云。喜欢锦幺的聪明只是其一，主要是锦幺刚上十岁，他们的父母前后不到一年都离开了人世，前清秀才父亲临终前，把重点教育锦幺和锦云的任务嘱托给饱读诗书的三儿子王锦原。自古以来父母尤疼断肠儿，王锦原是个大孝子，懂了父亲的心愿，便担当起大哥当父，从此锦幺就是跟着三哥锦原长大，加上锦幺的乖巧乖顺，虽是兄弟，又像父子，日久天长，王锦原爱锦幺胜过爱自己的儿子，一点不假。吃过晚饭，王锦原对朱雅芝说，来王长村避难有些时日了，我们兄弟还没好好坐下来聊聊呢。朱雅芝顺手在椅背上拈起一件马褂背褡，给王锦原穿上，边说，秋凉了，不要坐得太晚噢。二夫看爹爹要去幺叔那里，便也跟了去。锦幺借住的屋子宽敞，没一会儿工夫，七兄弟全部到齐，济济一堂，历尽劫波兄弟在，满屋子暖心暖语。聊了家事聊国事，锦云说，今天中午听德邻公说，湖口已经来了好多国军部队，看来形势很严峻。昏黄的灯光中，兄弟们的脸色一下子都变得非常沉郁，国家危在旦夕，草民亦在担忧。沉闷的气氛中王锦原放下他的宝贝烟筒开腔了：国家就好比是一个大湾里，豺狼跑到湾里来了，我们能不操起家伙吗……锦云说：听说日本人的武器特别先进又多，全国范围这么大，到处都是鬼子，不知国军挡得住不？二哥锦北说：估计国军要拉夫啰。大哥锦重坐在那昏暗旮旯的木桶上，一向话不多的人，突然掷地有声：弟兄们，我们人多，应该主动为国家出力！众兄弟附和，大哥说得对，应该为国家出力！七嘴八舌，说到了夜深，兄弟们这才散去。

第二天傍晚，王一夫挑着工具担从户上回来，在村口道场上，正碰见大妹扛着一篮猪草，三弟四弟尾随其后，他便招呼着两个弟弟跟他进屋。王一夫放下木工担，走进自己房里拿出一个纸包，一手高高举起，对着俩弟弟说，你们猜猜看，这里面是什么好东西？送给你们好不好？俩小弟雀跃起来。三弟三夫，今年八岁，四弟四夫今年六岁。王一夫突然把包包打开，两把暗红色漂亮的桃木手枪在孩子们眼前凌空炫晃，孩子们跳着，叫着，高兴极了。三夫四夫一人拿着一把小手枪，嚷着闹着追逐着，噼，啪，打鬼子啰。

王一夫矽肺病突然又犯了，不能跟麻木匠上户，王锦原把了儿子脉，摸了儿子额头，挺烫的，叮嘱雅芝多给儿子热水喝，用毛巾敷额头，自己开了一个中药处方，匆匆出门。三夫看见爹爹风急火燎，急着问，是打鬼子去吗，嚷着，我也跟你去！我有枪，小手一边从口袋里摸出那把桃木枪。王锦原和三儿子敷衍几句，大步流星，直奔文星而去。

文星镇上，气氛紧张，不同平常。小街行人穿梭，黄包车匆忙，许多路客穿着打扮根本不像本地人，面色惶惶，步履匆匆。王锦原进了杨记药铺，抓药时看见两个穿着民国服装的中年男人和两个城里模样的女人，在店堂里坐立不安。一个穿着高领旗袍的女人神色不定，与坐在茶几对面绅士模样的男人在交谈。从他们的谈话中他听到，日寇已在长江边上集结了好多汽艇，准备从黄茅湖上岸与原马当过来的日军会合，向县城方向推进，国军布防缓慢，凭现有国民党军队力量和区区一个保安大队，很难御敌，因此县政府正在迅速向文星撤迁，形势十分严峻！

王锦原出了药栈，转过染坊街角，匆匆走在街巷的石板桥上，迎面碰上小毛和他的房东木苟。小毛说："叔，荷芝娘家来了人，说鬼子到了他们村隔壁的海狮涧。"王锦原像是自我言语："鬼子速度好快啊。"小毛又说，"那人还告诉荷芝，说她姆妈病了，荷芝急了，要回娘家去，那来人和五哥锦云都劝她暂时别回去。但荷芝和锦丁一直吵着。"王锦原听后心里很不安，心想，荷芝的娘家张上屋湾离海狮涧不上两里路，不能让荷芝回去！他知道六弟锦丁懦弱，怕拗不过荷芝，于是米也不买了，背着一袋中药，转身返回。

等到王锦原赶回王长村，朱雅芝抱着儿子一平正在门口焦盼，未及王锦原开口，朱雅芝就急急地说，锦丁拦不住荷芝也跟着去了，大概走了半个时辰。王锦原把中药往桌上一搁，叮嘱雅芝马上给一夫熬药，便返身出门边说，我去把他们追回来！村子西头福贵养了两匹接新娘子的马，王锦原找福贵要了一匹，给了租钱，纵身一跃，拉紧缰绳，"驾"的一声，突突朝北奔去。

大概跑了二十多里路程，王锦原远远望见前面歪脖子杨树下站着一男一女，男的瘦高，女的头上罩着遮阳的碎花蓝白点头巾，天气有些闷热，许是他们赶路累了，在树下荫凉会儿。

等到王锦原突然翻身下马，他们错愕不及，三哥怎么来了？夫妻俩几乎异口同声。王锦原严词呵斥，你们是三岁的孩子吗？这形势能闹着玩？荷芝低着头，诚恳地认了错。锦丁告诉王锦原，刚才有支前的老乡说，我们上王村湾已进驻了国民党的部队，日本鬼子被他们打跑了，说完，三人商议，既然是这样，反正还不到十里路程，干脆回去看看。约莫走了几里，对面来了五个人，其中有一个是荷芝舅舅家的老表福生，已近中午，天气炎热，福生说，前面那条驿道也过不去，是国军四十八旅军事禁区，与战事无关人员不得随意往来，于是便邀了他们三人去宛家舍吃午饭。

福生和刚才几个人都是抗日积极分子，一九三〇年前就跟着湖口地下党领导人邹觉民，是老赤卫队员，经常在彭泽、湖口一带活动。老蒋开始实行国内全面抗日后，上级指示他们积极参与配合，支持国军抗击日寇，刚才他们就是为三营运送弹药。吃完饭后，福生还给他们介绍了当前全县的抗战形势。日军目前在东线已占领了花尖山一线，沈仲村驻有一个"红部"（一个建制营），县城已完全沦陷，中线实际是一个连的小股部队入驻文星，老百姓还是叫它"红部"，县政府最近又决定改迁至陈梅里。上片流芳也被日军占去。当前国军战略意图是对日军实行分点分片切割，反包围，挤压鬼子空间，切断他们的运输线，阻断他们之间的相互打援，能吃掉就地吃掉。老蒋现在非常重视湖口的抗日，派了十多个师到湖口，旨在把日军死死地扭住在湖口一带，坚决控制日寇向南窜犯蔓延。所以湖口已经成了正儿八经的抗日前线！刚才一仗就是从早上凌晨打起，罗卓英总司令亲自部署的。四十八旅派出三个营，从老台山至杨下里，至马头桥，走马坡，直至吴坦村，半包围态势，将五百多号日本鬼子打得落花流水，残部缩回到泗桥附近去了。听得王锦原仨人直拍手叫好。福生还说，你们暂时还是不要回来，如果这一带战事完全解除，形势平稳了，我会想法过去通知你们，再回来也不迟。

回来吃晚饭的时候，锦丁说，今天真亏得三哥，三哥对我们太爱护啊。荷芝急急地把嚼在嘴里的饭菜吞下去，一边瞪着凤眼，望着小餐桌对面正端碗吃饭的锦丁，揶揄着："看你一副扭捏相，给三哥牵马都不配，三哥才是真正的男子汉！"

约莫过了一个礼拜，王一夫的病情好多了，喝了三天药，发烧咳嗽的症状完全消失，第四天就跟着麻木匠又上户出工去了。看着王一夫病情日渐见好，王锦原夫妻俩脸上也散去了愁云，心里满是高兴。王锦原当然最清楚儿子的病况，只要后续药物保障，疗程跟上，不出半年完全可以治愈。他们一共育有六男二女，有一个儿子和叫细妹的女儿，分别在两三岁时得天花夭折了，剩下现在的六个，个个都是心头肉啊。从一夫开始，一共五个夫，唯独第五个夫却不叫夫，取了平，这不是天意吗？上天不容世界祸乱！王锦原有时想到幺儿子取名字这事，总感到是有点奇怪，是这算卦先生先知先觉，还是这孩子命大福大，与生俱来呼唤天下太平呢。说起名字，王锦原想到《易经》，自己虽然没有去研究过它，现在他有点相信了，徐氏的名字不就与《易经》吻合上了吗？徐氏的名字一直是个秘密，一度是人们私下议论的话题，她刚嫁过来时那阵子，村里常有人问，她到底叫什么名字啊？疑问终究还是当事人来解决：就叫我徐氏吧。到了后来，由于王锦原已然成为徐氏最尊敬最信任的人，她便把从不向任何人透露的那点秘密——苦苦的隐私告诉了三哥王锦原——就是因为自己双乳内侧根部各长有一片桑叶样的黑色胎记，起名双云，也有人叫她桑云，后来知情的人还贬她为丧云。问题偏偏就出在这名字上，占卦的说，黑痣胸前乳，世上命最苦。取了这名字，更等于雪上覆霜，命运不可逆转，伤娘还克父，后来一切果然应验了，徐氏愣愣地、一副可怜无助的样儿，仰望着近在咫尺的男人：你说，这名字还能叫吗？王锦原太吃惊了，当真有这回事？名字竟与命运关联？

吃过早饭，王锦原正在为前湾的一个妇人把脉听诊，朱雅芝把幺儿一平哄睡，正提起衣桶竹篮去塘边，又来了几个人来看大儿子一夫。来的人有本村的也有王长村的，雅芝转身回屋，放下手中活计，赶忙倒茶递水。边说："你们不用客气，一夫病好啦，已上工去啦。"锦原也一边帮腔，连声道谢。雅芝与来的这些人推三搡四，怎么也不肯收下他们送来的鸡蛋。一会儿有个货郎村前屋后吆喝着："洋火糖饼糕嘞，鸡毛换灯草……"等货郎把担儿歇在碾米场边，妇人小孩渐渐围拢过来，讨价还价，人声嚷嚷。有个妇人说，你的桂花糖一个鸡蛋才七粒，文星店里十粒哩。那货郎有点像武大郎，噘着嘴说，文星便宜？你们买得到试试看？现在满街都是鬼子，进都进不去哩。

果然连日来云波诡谲，国军和日军都在快速而神秘运动。景湖公路上先是国军源源不断的部队在向西洋桥方向急速前进，占领了武山一带大小山头，山脚下沈家畈、杨龙湾、刘山下驻满了国军部队，这些湾里的正壮劳力，几乎天天都在帮助国军备战，拉炮上山，抢挖战壕。随后就是鬼子气势汹汹赶至文星，在文星桥头进出口架起了小钢炮和重型机关枪，街口巷道设岗加哨，哨兵林立，严查来往行人，气氛异常恐怖。这两天王长村也是人心惶惶，尽议论这些事。有的人说，日本鬼子战略意图是想通过占领景德镇，一路向南。有人接茬说，鬼子看国军已挡住他们的去路，不敢再前进了，暂时驻扎文星，等待战机，这一带将会发生恶战。王锦原知道战事近况后，最揪心的事是大儿子王一夫的病情，尽管目前能正常上户出工，如果后续药物治疗跟不上，仍然会对生命构成威胁，这是一种慢性顽疾。吃过午饭，王锦原对收拾碗筷的雅芝说，我得去文星一趟，雅芝惊愕地望着丈夫，文星已经全是日本鬼子，能去吗？！王锦原很坚定，必须去！雅芝无奈，她最懂丈夫，他坚决要做的事，无法阻拦，何况是为了儿子？正在这时，七弟锦幺端了一筲箕热气腾腾的熟红薯过来，对三嫂雅芝说，"巧仍说等一会她过来，带三夫四夫去打猪草，让我告诉你。"锦幺听说三哥要去文星，便说："我跟你做伴，一起去。"王锦原推辞，锦幺说，都什么时候了，走吧！

　　快到文星街口，他们就远远看见身着黄色军装的鬼子，后脑勺上拖着一块白布，背着刺刀在街口晃动，时不时三五个鬼子成队，在街道上来回穿梭，王锦幺虽然处事沉稳，血气方刚，什么也不怕，但此番情景还是头遭，心里不免有些发怵，他们在一块稻田角站定，锦幺握握拳头，整整衣襟，反倒鼓励起三哥："别怕，我们实话实说，是去买药的，难道鬼子会随便杀了我们？"俩人从容地向两个叉枪的鬼子面前走去。一个鬼子大声呵斥："什么的干活？"旁边有个小个子汉奸，驳壳枪拖在小腿肚上，装腔作势翻译着。

　　王锦原答道："去杨记药铺买药。"

　　另一个鬼子用指头戳着王锦幺的胸脯："你的什么的干活？"

　　"他是我哥，一起来买药的。"于是，两个鬼子分别对俩人上下搜身，一个胖鬼子从王锦原裤腰袋里搜出两块银圆，嬉皮笑脸将银圆当空一抛一接，随即把两块银圆塞进自己的裤兜，立马瞪眼翻脸，手背一挥："你的，回去吧！"任凭王锦原好话相求，胖鬼子面色凶厉，依然叽里呱啦。小个子汉奸的声音像个女人，对着王锦原摇着食指："非常时期，街道封闭。你再不走，就把你当国军奸细抓起来。"这时一辆日军军用大卡车经过哨卡，卡车厢上后排站满日军，前面站着的都是本地乡下人。卡车突然一个急刹车，哐啦一声停了下来，霎时四位日军几乎同时跳进车尾的扬尘中，其中一位对着那胖哨兵哇啦几句，然后四个家伙蹿到王锦幺周围，不由分说，一边两个，架着王锦幺的左右手，强行将他推上了卡车，一个家伙还哇啦哇啦嚷着生硬的中国话："好一个大大的苦力。"王锦原悲愤填膺，恨不得与鬼子拼了，拼得过吗？他强力控制住自己的情绪，一边又十分自责，懊悔当时为什么不坚持自己的意见，坚决不让幺弟跟来呢！幺弟此去，不正是羊入虎口，凶险难卜！王锦原不敢往下想，魂不守舍，回去的步子像灌了铅一样沉重……

第三章　重返家园

　　"躲反"几个月了，又到了秋风瑟瑟的季节。

　　国军四十八旅九十一团的两个营成功地阻击了来自泗桥东向之敌的进攻，把鬼子打回了杨家山。此战还有效地截断西面县城日军与东向之敌的相互支援，阻断、拖延了日寇沿景湖公路进犯的战略意图。国军站稳脚跟，从下杨村至马头桥，又从走马坡至吴温里以西南，建立了自己的立锥之地，就像一把钢刀死死地插在日寇赣北占领区的心脏。熊团长的军褂挂在木柱上，白衬衫扎在皮带系的裤腰里，双手正合围在腰前，充满胜利者的喜悦，正与湖口地下交通队员福生几个人饶有兴致地交谈，上级指示我们，要像钉子一样钉在这里，旅部确保补给，估计我们一段时间不会撤走，你们想法通知这些村庄上的老乡，尽快回家恢复生产。

　　王锦原自从幺弟被鬼子抓走之后，心中无时不在挂牵最疼爱的幺弟，天下最亲的兄弟关系有谁超过我和幺弟呢？自己就像病了一场，悲愤、懊悔、仇恨交织在一起，像一副合成催衰剂，天天迫其吞服，一个来月，竟然与先前精神抖擞、面色红润的郎中判若两人。幺媳巧仂也是整天擦不完的眼泪，思念着从未离开过的男人。作为郎中的他，当然清楚大儿子王一夫面临的严重后果！面对双重打击，搁在谁的身上谁都会承受不起，他在心中握紧拳头，叮嘱自己，天塌下来，也要挺住！十月赣北的夜，寒气袭人，朱雅芝急忙拿来一件厚马褂，递给已经走在门外阶下的王锦原，替他穿上。朱雅芝带着商量的口吻问来人："明天早晨去行不？七八里路程，怕是回来又要半夜了。"未及接诊人开口，王锦原对着来人招招手："走吧走吧，治病救人是大事。"

巧仂嫁过来三年，虽未生子，但夫妻俩恩爱如初，自从锦幺抓走数月，杳无音信，不知是死是活，惦挂得挠心的时候，只有以泪洗面。寂寞孤苦的夜晚，当然不是嫂嫂们来陪，就是龙梅姑娘来陪，但是，陪得了寂夜陪不了孤枕啊。翌日，吃过早饭，王锦原没睡上几个小时，又来了几个看病的人，忙活了许久，荷芝陪着巧仂进来了，远远地喊着："三哥，巧妹可能是有了啵，这两天吐得厉害。"荷芝风言快语，把巧仂拉到三哥跟前。王锦原示意巧仂坐好，自己也对坐在方桌一角，给巧仂把脉听诊，一会儿王锦原把听诊器取下，对着两弟媳点点头，微微一笑："是的，是的。"荷芝拍手跳起来啦，巧仂羞涩地低着头，摆弄着衣袂，几分憔悴的脸庞露出了久未有过的笑容。

给巧仂把完脉，王锦原随后出诊经过村中徐氏门口，看见冬梅在院中晾晒衣服，便跨进院门，问冬梅肚子痛好些没有，徐氏忙着答应：好多啦。便招呼三哥屋里坐下，我有话跟你说。徐氏和王锦原一个房族，同辈分儿，自嫁进王家门就一直这么称呼着。王锦原的国字脸上射出透亮的眼神，分明看见那双杏眼里柔光复杂，断然中夹杂着欣然和婉然："三哥，以后还是少上我这儿来吧，免得闲言污了您。"王锦原背起药箱，气壮地答道："怕什么？！我一生磊落，堂堂正正，过去是怎样对你，今后仍然怎样对待你。"王锦原跨门而去，徐氏的思绪一下子推回到十多年前——公爹遭雷击死后的次年，接踵而来的是男人捕鱼溺亡，她仿佛天就要坍塌下来，几乎没有了生活下去的勇气，是三哥三嫂经济上接济她思想上安抚她，巨细丧事都是他们双双帮助料理，甚至熬更守夜。屋漏偏遭连夜雨，男人坟头上的新草还未枯黄，婆婆又撒手而去，已经家徒四壁的她，束手无策，到了走投无路的地步，还是三哥三嫂过来帮助，几乎包揽了全部的丧事。徐氏眼泪哭干了，漂亮的瓜子脸已经蜡黄，一个二十一岁的女人，秀发蓬乱，牵着五岁的女儿，对着锦原夫妇长跪不起，叩首相谢："三哥三嫂，小女子来生当牛做马，也报不尽你们的大恩大德。"三嫂朱雅芝亦是泪水盈眶，心疼得双手忙将徐氏扶起："傻妹子，快起来，别这样。"唉，这副嫩肩胛怎么扛得起接二连三的沉重打击，就是铁打的汉子也抵挡不住啊。不要见外，我们都是一个祖上下来的，屋里人呢。上苍的确太不公平，这样如花似玉的妙龄，有多少人还在待嫁闺中；多少人还赖在父母温暖的怀中喃喃娇嗔；甚至有的人这时还是掌上明珠般的公主，然而您却何故痛下杀手百般折磨这刚刚涉世人生花样年华的女子呢？到了晚上，徐氏幸福地看着睡在另一头的女儿冬梅已长大成人，比自己当年出嫁时个子还高，年龄也远比自己当年还大，温暖袭上了心头，她还是在想着王锦原，没有三哥一路竭诚的帮助，哪有娘俩的今天——她又想起了冬梅八岁时的那天晚上，自己也才刚刚跨过二十四个春秋，女儿冬梅吃过王锦原送来的汤药，高烧终于退去，渐渐地安然入睡。她看着女儿胖嘟嘟小脸蛋开始泛着红润，又深情地望了一眼正欲转身出门的王锦原，终于控制不住自己，不知哪里来的勇气，情感的闸门就像被一股洪流冲开，又像火山一样喷发，她觉得机会终于降临，她恨不能一把搂住他，向他表示出心底埋藏已久的炽爱，就在这冲动的一瞬，她怕王锦原接受不了，转念生出一个缓冲，轻轻解开两粒胸扣，暴露出雪白的上半胸，双乳根部两片桑叶胎记痣进入了王锦原的视线：“三哥，帮我看看，这胎记能割掉吗？”女人用手往下掰拉着粗布秋衫，贸然的举动令王锦原惊慌无措，他极力掩饰着尴尬，惶惶地应道：“就怕洋医可以，我哪有这技术呢。”转而严肃地说，“妹子，快把衣服整好！”年轻的徐氏这时已无所顾忌，完完全全向王锦原敞开了心扉：“三哥，我不是一时冲动，我想了好久，好想感谢您，可是我什么都没有，就只有这女人的身子了，女人的身子最圣洁，最圣洁的最宝贵，我心甘情愿把这最宝贵的献给您，我不是贱，三哥！”王锦原定定地瞪着眼前的女人，“瞎说什么！”女人依然眼巴巴地看着面前严肃的男人，几近乞求：“我既不要您纳妾，也不要您打姘，我不要任何名分，更不和三嫂争位，我哪怕是您手中的听诊器，哪怕是您桌上的抹布，愿用就用，我也心甘。三嫂今天回娘家去了，您就别走吧。”徐氏竭尽全力真心实意的爱，终地让王锦原体内隐隐地膨胀，热血一下子沸腾起来，面前这柔弱的女人怎么如此动人，越看越带味，那胸前的一对尤物像女人一样毫不示弱，倔强坚挺，他马上又想起她曾经写的那句词：“人苦兰花瘦”，是的，这也许就是气质的美。王锦原险些应允了那份笃浓的乞求，几欲上前紧紧抱住女人纤瘦的肩头，理性终极占据上风，王锦原连连摆手，心中虽有怜香虽有爱，嘴里却嗫嚅着：妹子你太想歪了！于是急急地转身而去，但是刚刚迈开步伐，他趔转身，他不想伤了她的心，立在那儿和蔼地看着她说："妹子，我们都是有家的人，在我们中间应该有一条红线，守住了红线，便守住了美好，美好与龌龊就只一线之差。你说对吗？"守住了红线，就不怕任何流言，经得起天长地久，抵挡得住世俗的攻讦。望着王锦原出门的背影，徐氏心中唯有敬佩：三哥，圣人哪。这一夜，徐氏心中潮起潮落，翻涌不止，久久不能入睡，大概过了鸡鸣头遍，她感到自己就像箍在一个庞大的圆形桶里，有穹庐，有星星月亮，有时也有太阳，只是昏昏的，人们过来过去都用异样的眼光看着自己，三嫂也从来没有过这样严厉的眼光，她呼天叫地喊着：三哥正人君子哪，王锦原正人君子哪，我敢证明这一切。是我贱，我卑，我是小人……呼天叫地怎么也喊不出声来，挣扎哼闹了许久，直到窗外有人喊道：打雷了，要下雨啦。哦，天亮了，原来是一场乱七八糟的梦，徐氏一骨碌爬起床，衣服都汗湿透了。

荷芝的老表福生，因军情传递要去武山脚下刘垅坂，正好绕道来到王长村，刚进村口，在土地庙前碰见荷芝的二哥锦北扛着锄头，两个人客套几句后，福生告诉锦北，现在你们可以回去了，是熊团长特别交代我的，说完匆匆别过。锦北甚喜，消息一下子在"躲反"的难民中传开了，个个喜逐颜开，奔走相告。经过商定，两天时间准备，返回老家。王锦原打算抽半天时间，还想去文星一趟，试试看能进得了药铺啵。这天上午，他风急火燎地快走到文星时，在一家染坊前遇见附近许后湾的诊户许裁缝，他告诉他，杨记药铺早就关门了，有一天鬼子搜查药铺，说是药铺老板私通国军，尽管杨老板说了许多好话，鬼子最后还是砰的一枪把他杀了，唉！听得王锦原一跺脚，又气又恨，无功而返。

又是一天的辗转，几十号"躲反"的难民终于回到了世世代代生生不息的家。十月的天，虽然田野荒凉，久违的村庄院落已然萧疏，但分外亲切。锦重、锦北兄弟俩丢下自家事不顾，首先做的第一件事是帮助学堂公公收拾学堂，让学堂尽快开学。

村中有幢古老的双天井屋，俗称大八间，十多个国民党的士兵住在上堂屋里，领头的是排长，独居西厢。徐氏看女儿日渐长大，总是操心着。这些当兵的住了一些时日，徐氏发现那个叫高长生的排长长得帅气，奶油面，书生相，为了试探冬梅的心思，有天晚上徐氏轻轻地对冬梅说："女儿咂，我去下碗汤圆，你给高排长送过去，好啵？"女儿晃着圆滚滚的身子，撮起嘴："姆妈，我有点怕。"虽然菜油灯光昏黄，徐氏还是看见了女儿胖嘟嘟的双颊，飞起了两片红晕。高排长接过冬梅送来的汤圆，忙招呼着："坐吧坐吧。"冬梅一手倚着门框，一手连连摆着："你吃吧，我不坐。"忽地一个转身，把头一回单独见男人的羞涩甩在黑夜里。

冬梅刚回屋里，已是满房的女人，荷芝、巧仂、龙梅，还有锦先、锦云的堂客。年年冬闲的时候，徐氏房间几乎天天晚上都是满房的女人。荷芝眼尖，心直口快，双手一把抓住冬梅圆圆的膀："老实说哪里来？"冬梅害羞地低着头："没哪来呀。"

"你不说，我可说了啊。"

"我只把汤圆搁在排长的桌上就出来了。"其实荷芝并没有看见冬梅从高排长那儿出来，只晓得上堂屋里尽是住着当兵的男人，哪晓得冬梅一点也不禁吓唬。冬梅看见满房的姑婶目光齐聚她身上，一个劲地起哄，两只肉拳连连捶打荷芝："你坏你坏你最坏。"一会儿小房复归平静,如同往年往日,大家各自做自己的针线活儿,纳鞋的、绣花的、剪纸的,谁的手上都没闲着,仿佛是一家门类齐全的古老工艺作坊。碰到疑难,就问徐氏。徐氏一手好女红,方圆十里闻名,剪纸绣花不用画稿,剪刀随手剪来,老虎呀狮子呀蝴蝶呀,栩栩如生,徐氏理所当然是这里的最高师傅。这些女人呀精神特好,每每歇活散去之前总要说点笑话,唱些民谣才作罢。今晚锦云的媳妇带头唱:三只鲢子一氹(满)塘,三只女人一氹房,三只鲤鱼跳一塘,三只女人闹一房。咯咯咯的笑声把冬天笑得暖洋洋的。最后是徐氏唱着她新编的一首小调:小鬼子,出东洋,一张尿片罩头上,贼心不足蛇吞象,总有哪天见阎王。是夜,一房的女人又是闹到鸡叫头遍方才散去。

巧仍自从有了身喜后,再不一脸愁云,又捡回了从前的快乐。和村上的人一样,田间地头的事到处忙碌着,冬前的活儿没一样落下。她刚刚从地头沤肥翻土回来,看见三夫四夫从学堂放学出来,一声招呼,俩小家伙便跟了细妈过来。进得细妈屋,巧仍捧出一把爆米花糖,弟兄俩乐着,边吃边问:"细妈,细爹怎么还不回家呢?细爹到底在哪啊?"懂事的孩子问这问那,勾起了巧仍内心的痛楚,美丽的脸庞瞬间抽搐着,边走到两个孩子跟前,两只手爱怜地各抚着孩子们的头:"不知道啊,该死的鬼子不知道把他弄到哪里去了,是死是活,不晓得啰。"巧仍痛苦的表情激起了孩子们幼小心灵中的仇恨,俩小兄弟一起望着细妈,一个说:"我长大了一定打鬼子去!"一个说:"为细爹报仇!"说完,两个小家伙回到家里,放下书包,各自掏起心爱的桃木手枪,邀上小玩伴,屋前屋后追打着"鬼子",冲啊杀啊。

晚上，朱雅芝洗涮完毕，正欲搓衣，王锦原出诊刚回，看见脸色郁闷的她，自己也是沉沉的，国难家仇齐袭心头。一夫，随时都会殁失，他怕她到时受不了："雅芝，这孩子哪一天都有可能出问题，你得有个思想准备啊。"

　　光阴流转，不知不觉冬梅与高排长的关系逐渐明朗化，无论是村上人还是当兵的里面，只要有人说到冬梅，高排长总是眉飞色舞，如果有人当冬梅的面开她与高排长的玩笑，冬梅再也没先前的羞涩，竟笑眯眯的，不置可否。你来我往他们的关系日渐公开，高排长上冬梅家吃饭的次数也多了，冬天的晚上漫长，冬梅也爱往高排长的西厢房去，而且常常坐得很晚才走。看见冬梅常上西厢房，高长生有个小个子同乡人很鬼，便对周围这些老兵神秘兮兮地说，现在有《西厢记》看啦。果然有天晚上冬梅又进了西厢房，小个子见她好久没有出来，便从柴堆里找来一截粗细适合的半枯棍子，蹑手蹑脚从两扇门铁扣孔里横插进去，然后又蹑手蹑脚离开。小个子兵住高排长隔壁，连高排长呼吸声都听得一清二楚，他屏住呼吸躺在床上，竭力偷听着隔壁的笑语，有时能听上一两句，有时又听不清，有时又像静悄悄的，小个子捂着自己的嘴，怕自己笑出声。不知过了多久，听得自己都迷糊了，突然清脆的一声啪啦，门吱呀开了，小个子兵触电似的推搡着隔壁床上的豆豉眼，又用手指指西厢房："听见了吧？"小个子与豆豉眼偷着乐。第二天中午高排长从连部回来，刚刚端起饭碗，瞅见小个子，用筷子朝其后脑勺猛一敲："混账东西！就知道是你。"小个子猝不及防，猛一看是排长，摸着后脑勺，嚷嚷着："排长娶媳妇啦，还打人。"于是当兵的都跟着起哄，发喜糖吧。至此，徐氏始知女儿与这位预备女婿关系日渐甚密，事不宜迟，当给女儿一个名分。于是徐氏从娘家哥哥那儿弄来了一些米呀粉呀猪肉呀和高粱酒，好在马头街还是国军占领区，又风风火火去买了一些糖果饼干之类小吃，择了腊月廿六这个吉日，给他们办了个既简简单单又热热闹闹的婚礼，从此小两口便是名正言顺的夫妻了。

席散，孩子们都来拾捡未炸响的散粒爆竹，三夫四夫也满地寻捡，等到他们捡了许多以后，便缠着二夫，要这位二哥领着他们玩打鬼子游戏。二夫与小个子兵已厮混得很熟，便邀来小个子兵一起，头顶上用帽子压上一块白布，吊在后颈，一人手握一根竹竿当是步枪，扮成小鬼子在前面逃跑，三夫四夫在后面追赶，手上的桃木手枪射孔上插上一粒爆竹，时不时咚的一声，打鬼子，打鬼子，玩得特起劲。一会儿，孩子们散去，二夫便与小个子兵嘀咕一番，小个子兵点着头，成不成，等我去悄悄报告长官再说，王二夫紧紧握着小个子兵的手，一定哈！

二夫回到家中，看见爹爹和姆妈正在为哥哥的病犯愁，心中更加坚定了自己的想法。二夫言语不多，浓眉中透着刚毅，小小年纪深深懂得家仇国恨，大哥的病，如果没有鬼子的横行还会拖至今日吗？文星药店被封，马头街没有药店，泗桥被鬼子占据，县城早已沦陷，让人到了束手无策的地步，买不到药就等于坐以待毙！二夫心想，这笔账一定要算到小鬼子头上！眼见大儿子日渐消瘦却又无能为力，王锦原夫妇整日愁透了，心力交瘁。锦云昨天来了，今天锦先又来了，都是要求三哥把了处方，让他们去闯闯县城，不管他们决心怎样大，王锦原再也舍不得让二位老弟冒险，王锦原对锦先说："如今唯一的办法，我就只能田埂里找点鱼腥草，先维持下，接下来只能看一夫自己的造化，听天由命罢了。"

其实王锦原的内心也早有了徐氏的位置，就在帮助她摆脱困苦不堪的漫长岁月里，起初那种纯粹同情施救的善良情愫渐渐复合成多元化，再不仅仅是单纯的怜悯，情感深处或许远远超出怜香惜玉。他发现了她的坚韧、内敛、含蓄，而且经得起仔细品看，那是一张毫不张扬又略带古典味的脸庞，小小的桃唇，秀气的鼻梁，一双大小适中的清澈双眸总是布满阴郁，有时像走神儿，有时瞬间又会射出坚韧不拔的光！他隐隐地喜欢上她，但又把那种喜欢深深埋藏心底，竭力给予她无私的相助。因为只许娶妻，不能纳妾的家训和父亲任何时候富贵不能淫哪的叮嘱！这些声音时常在耳边响起。尽管如此严格自律，扯了鱼腥草回来，路过徐氏门口，富于理性的他，双脚还是不由自主地迈进了她的家门，徐氏为了女儿的婚事忙了好大一阵子，好久没有和她坐坐，心里就像缺少了什么，徐氏也一样，虽是平淡的样儿，内心却很高兴：三哥来啦，您坐，我来泡茶哈。徐氏是个非常聪明的女人，差不多快二十年的交往，由于很喜欢很敬爱才有了很懂，很懂王锦原也喜欢她而又洁身自好不越雷池半步，王锦原接住徐氏递来的茶杯，似乎是自己操办完一件大事，舒坦地说：妹子，这下该轻松了。徐氏点着头：嗯，总是离不开您的帮助。她手擦着围裙，走到他身旁又轻轻地说：三哥，我只要看见您，和您说说话心里就舒服。是的，徐氏只要几天见不着王锦原就会心慌意乱，或许有点意失情迷，她把他已当作湛蓝的天空而依托。他懂她的忌讳，不呼她双云，喊她妹子，把妹子当作一朵蓝天上的白云，看着她在自己宽广而毫无杂念的胸前闲静安详，虽然他们没有肌肤之亲，灵魂上却已完全契合！

这一年的除夕，上王村湾人惊悚之余，得到了片刻的喘息和暂时的安宁，在警觉的神经质中迎来了新年，就连进宝也几乎是昼夜竖起黑尖的耳朵，恪尽职守守在瑶山头上。正月初五，九十一团的参谋在团部所在地袁家湾的大空场子上给当地军民作了当前抗日形势报告，并预判未来抗日战事。上王村湾的大多数人都来参加了，王锦原特别关心当前抗日形势，也来了。听完这个国军头头的报告，方才知道全县抗日的大概情况，鬼子自从马当过来后，沿江沿彭湖公路一直烧杀抢夺，奸人掳掠，棠山到周记湾一带，又沿泗桥到大秦家吴大湾，烧毁房屋不计其数，杀死平民百姓在五千人以上。日本人借着汽艇优势，沿长江入鄱阳湖侵入屏峰，继而占领了游芳市老头山，中片早已占据了文星。去年入秋以来，国军以优势兵力切割包围了彭湖公路沿线日军，通过大大小小几十次战斗，把日寇打得七零八落，现在一直龟缩在狭小的据点不敢出来，敌我双方呈胶着状态，双方占据地盘犬牙交错，近距离对峙，平静是暂时的。这位参谋还说，日寇一定不服气，时机一旦成熟，估计会凭借其飞机大炮优势，疯狂反扑，残酷的斗争还在后头呢。散会后，王锦原心里头沉沉的，边走边对五弟锦云说，老弟呀，眼前正是国难当头，我们兄弟可不能安贫乐道，袖手旁观。锦云回道：三哥说得对！

　　一晃三月初了，天气放晴，树枝上，村前屋后野草的嫩尖上，开始出现了淡淡的绿，春的气息已悄悄地进入了上王村湾的天地。巧仍虽然挺着个大肚子，她要趁着晴明早春去园子里播种瓜秧。一清早，喜鹊就在嫩蕾的桃树枝上叽叽喳喳，跳来跳去，好像要告诉你，这春天会要捎来什么好消息，巧仍心情特别愉快，提着篮子，盛着铲子和辣椒菜蔬种子，肩上扛着一柄小锄，刚走出村子的巷口，荷芝带着一个陌生男人追了上来，把巧仂喊停，荷芝赶忙靠近巧仂，凑近巧仂耳边，喜形于色，"巧仂，好消息呀！"于是仨人一起回到巧仂屋里，听这个陌生男人把这天大的好消息慢慢叙说。

这个陌生男人家在横山北，是荷芝老表福生发展的地下交通员，去年在王长村"躲反"和锦丁一起回娘家时见过他，所以荷芝一眼就认出来。这个男人个子高大，浓眉大眼，说话宏亮豪气。他告诉她们，锦幺被抓后，在文星帮鬼子拉钢炮，挖壕沟，做了三天，就被鬼子送到县城来了，天天参加挖岭修路，劳动强度很大，扛石头担土，一天要干六个时辰以上的活，弄不好还要挨鬼子的皮鞭，有两个监工的鬼子很歹毒，动辄甩鞭抽人。福生跟沈淼林混得比较熟，沈淼林是日本驻湖口一一九联队二大队的翻译，为人开明善良，心底下也恨鬼子，跟一般汉奸不一样，愿意帮助人。福生就是通过沈淼林干起了为鬼子贩菜卖豆腐的行当，县城里进进出出，摸得很熟。锦幺早已不去工地，是福生托沈淼林把他弄出来给联队食堂送柴，樱桃食堂、东洋盐栈和一二三餐馆都是日本人开的，他都送。说到这，那人扬起剑眉，庄严地看着巧仂说，锦幺不但活得很好，而且已正式成为我们的人，我是受组织委托来告诉你。大个子刘说完后，荷芝忽然想起了一件事，她对大个子刘说，你等一下，我有件事想托你帮个忙，说着就出去了。一会儿工夫荷芝返身过来，把一张纸片交给大个子刘，边说："这上面是刚才我三哥为大侄子开的处方，请你把它交给我的老表福生，看他能在县城买到啵？"大个子刘把纸条认真地放进上衣口袋，告辞而去。

第二天，荷芝在地头播种棉花，看见锦先挑着土箢，便把托福生买药的事说了。锦先说，这就好，明天一早我就去城外守着福生。

锦先早早来到南门城外，约莫等了半个时辰，东山熹微，果然有个中等个子的中年男人挑着菜担，扁担颤悠悠的，正一步步向自己走近，越看越清，是福生。锦先认得福生，福生不甚认得锦先。福生告诉锦先，收到药方后我就立即把药买好了，你耐心在这等一会。没过多久，福生把药送过来了，正当药包交到锦先手上，两个巡逻的鬼子走过来，气势汹汹，什么的干活？一个鬼子用刺刀顶着锦先胸口，另一个鬼子嚯地抢过锦先手中的药包，不由分说把药包撕得粉碎，药材撒满一地，鬼子还恶狠狠地将药材踢进路边的灰沙里。鬼子怀疑锦先是国军奸细，任凭锦先百般央求也无济于事，好在福生认得两个站岗的伪军，帮忙说情，锦先方才脱险。

锦先本来沉默寡言，南门口遭遇鬼子蛮横后，变得更加沉默，通过这次亲身经历，他抱怨大侄子生不逢时，病得不是时候。晚上，二哥锦北和锦先、锦丁都在锦原家坐到深夜，都为三哥发愁，同情这可怜的大侄子，如果没有鬼子占领湖口，一夫会成这个样子吗？不管大家怎样切齿，一切却又是万般无奈。

送走了大个子男人，巧伢心中半喜半忧，喜的是锦幺终于有了下落，人还活在世上，听那人说，还走上了革命道路。忧的是锦幺长期在鬼子窝里做事，如入虎穴，虎总会要吃人，巧伢不敢往下多想，菜，也不知怎样塞满了菜篮子，又不知不觉走到村口，忽听有人喊她，一抬头，见是二夫，后面还跟着两个弟弟三夫和四夫："细妈，刚才那个大个子姓什么？"

"好像说是前面横山刘村的。"

"那人走了多久？"

"顶多半里吧。"二夫马上把两个小弟弟交给细妈巧伪，一个转身，去追赶大个子刘去了。

原来巧伪和大个子男人正在谈话时，二夫挑水路过，在旁边歇肩，听见那位姓刘的大个子说什么革命道路，地下交通员，一些断断续续的话语，加上他最近又从国军士兵中听说过一些共产党呀、新四军呀、国共合作之类的话，似懂非懂，懵懵懂懂，因此对这位大个子特别感兴趣，觉得此人神秘不凡。

已是燕剪春光时令，水田漠漠，池满蘩丰，布谷鸟成天催人心急上王村湾人忙得不亦乐乎。秧田里是人，坂上是人揉搓菜籽，垅里也是人。水田里牛犊子也在学耕，老黄牛哞哞地给自己鼓劲，男人翻耕耘田，女人们姑娘们绾起裤脚，天天在水田里拨弄水云天，唱着秧歌，巧手装扮春天，把春天一行行，一墑墑，一垄垄描绘。除了巧伪已近临盆，不能参加今年的春季会战外，荷芝、龙梅、冬梅，还有许多小媳妇结成了插秧队伍，今天帮你家，明天帮他家，古老的换工大会战在上王村湾演绎得如此完美。学堂公公带了八个学生，也应时放了一个礼拜农忙假，孩子们既可以帮衬大人做点小活计，二来也可得到劳动体能的锻炼，这也许是议员先生的过人之处。

暮至，西天地平线上涂起长长的一抹猩红，照在上王村湾的操场上，这是放了农忙假的孩子们，劳累之后释放童趣最为弥足珍贵的时光，操场上有就着蒙眬光线看翻烂了的小说，有追逐嬉戏的幼童，王一平已开始蹒跚学步，歪着小脑袋，认真地注视着小哥哥小姐姐们。大孩子们在谈论时事，国军小个子兵和另外一个胡子拉碴的老兵也加入孩子们的行列。小个子兵说，县城西门塘一带停靠了许多日本舰艇，前天江洲附近，二十一军炸掉了他们两艘。那个胡子老兵告诉孩子们，去年冬季前，鬼子在湖口各个战场上都打输了，他们很不服气，估计会反扑，近期可能会出动飞机轰炸各处阵地，国军正高度警惕，死死盯着，战斗可能随时会打响，听得孩子们紧张又振奋，异口同声嚷嚷着：我也要去打鬼子！二夫扶着孱弱的一夫，站在槐树下，看着三夫四夫双双举着桃木小手枪在孩群中你追我赶，忽然对着一夫耳语，悄悄说，"哥，我想参军！"语气坚定。一夫声音虽然柔弱，却满脸悦色，又充满惊奇，竖起苍白的大拇指说："大弟，好样的！"就是这天下半夜，王一夫终因呼吸严重受阻，二十年妙龄从此画上了句号。任凭王锦原一家悲痛欲绝，呼天恸地，怎么也无法挽回青春年少的生命。王二夫痛在心头，最亲爱的哥哥就是日本鬼子害死的，他把这笔仇恨的账牢牢记在心上！亲哥一夫的突然离去，加速了二夫的抉择，第三天凌晨，他写了一张纸条，压在父亲的听诊器下面，戴着斗笠遁门而去，颀长单薄的背影渐渐地消失在蒙蒙春雨里。

王锦原拿起听诊器，看见有张纸条，信手翻开一看，竟是儿子二夫工整的字迹：

爹爹姆妈：恕孩儿不孝，恐二老不会应允，故此下策，一纸跪别。儿乃男儿之身，铮铮铁骨，目睹国已破，家仇在，儿虽一介草民，岂能苟且偷安！今生若不杀他几个寇贼，誓不为人！功若不成，决不返缩故里。勿念孩儿，请自多珍重。

二夫谨留民国二十七年五月初九

王锦原看了儿子的留言，与妻子一味痛苦的心情大不一样，心中五味杂陈，难以名状。刚刚丧子之痛，赫然又骨肉分离，身为父亲，痛苦中又为有这样的儿子而感到骄傲，儿子像极了父亲，儿子与父亲的精神愿望已经十分契合。难怪学堂公公教了二夫三年，总是夸赞他秉性聪颖，有血性，有志气，想到此，漫漫长夜，他强压自己心头的痛楚，反而劝慰开导雅芝。二夫的断然壮举，深深触动了王锦原，也让他理清了思路，贼乱横行，时不我待，这么一大家子，怎么能都窝着不动呢？就是这天晚上，各家的孩子都已熟睡，王锦原的兄弟堂客们一个不缺（除锦幺外），齐刷刷地聚集在自家堂屋里，这是继上次在王长村避难时兄弟夜聚后又一次家庭聚会，而这次还包括了女人们。王锦原直接进入中心话题，哥嫂们，兄弟弟媳们，今天一早，我的二儿子出远门打鬼子去了。看着儿子留下的字条，开始我很难过，心有不舍，后来再想想，我不难过，儿子启发了我，给我做出了榜样，国家是大家的家，你家不去，他家不去，到底该谁去？兄弟们虽没吱声，都在点着头。锦云发了声，三哥，我就是想去杀鬼子。接着锦先也表示愿意参军去。王锦原的倡议得到了五弟四弟的积极响应，很是高兴。接着说，我这一大家子田地不是很多，庄稼活也不是太重，只是走出几个男人，女人辛苦点，当然也会给大哥二哥增添负担，在此我就先行代表出去的兄弟谢谢二位兄长了。接着突然重重地"嘿"的一声，论起打鬼子，我们兄弟还有几下绝活派得上用场哦。大哥锦重还是像上次晚上一样，一字一句，该出去的你们都放心出去吧，家里有我和锦北呢。这时，锦丁细声细气地叨念着，我好害怕。王锦原把刚刚吸了一口烟的铜烟筒给了锦重，对锦丁摇着指头，你呀你，六弟，我说你什么好呢？白白的变个男人！不过——不过，在日本人面前，中国就是像你这样懦弱的人太多了。如果幺弟一旦回来了，也要动员他扛枪去，我们王家兄弟决不当懦夫！王家的女人们习惯夫唱妇随，只是嘀咕着，自己累点没关系，就是担心外面刀枪不认人。王锦原说，都窝在家里，人家就认你吗？

翌日，锦云陪着三哥三嫂在一夫坟头烧纸回来，走在最后，国军小个子兵问锦云："怎么没见着二夫呢？"锦云把二夫的事告诉了小个子兵，疑惑着："你找他干什么？"小个子兵说："他跟我说，想当兵。"那我去行不？锦云问道。小个子兵看锦云长得结实，古铜色圆脸给人诚实之感，点着头，说："走，跟我去见长官。"小个子兵回过头来"嗳"的一声，问锦云：家里人都同意吗？锦云说，放心吧。

长官就是高排长。高排长见是锦云，分外客气，大哥愿意当兵当然欢迎，只是怕马上要开仗了，你怕不怕，高长生递给锦云一杯水。怕，还来找你吗，锦云答道。高长生紧紧握住锦云的手，明天你过来。一旁的冬梅听见高长生说要开仗，心里不免害怕起来，她丢下手中正织的纱衣活，头歪在高长生肩胛上，娇嗔着。高长生一边安慰着冬梅：打完仗我们很快回来。一边爱抚着妻子的秀发，又蹲下身子，甜蜜地抚着妻子日渐凸起的圆肚，手指尖在冬梅白嫩的肚皮上轻轻敲击："这里面是崽俚还是个丫头呀？"高长生幸福地望着冬梅，双手摩挲着妻子丰腴嫩腻的双颊，冬梅仰着脸，呆呆地看着丈夫，乌眸里好像噙有晶莹的泪花。高长生倏然双手反剪身后，一转身对着冬梅转一圈脑袋，点着食指，说："如果是男孩就叫王火生，如果是女孩就叫——火芝，怎么样？"逗得冬梅开心地笑了。

已近中午，冬梅挺个大肚子不能去地头做农活，徐氏一个人顶着骄阳在棉地锄草，心灰了多年的大猴心头死灰复燃，他揣摩着徐氏现在心情应该好多了，再去试试。于是提着一大瓦罐茶水过来讨好:"大妹子,渴了吧?"徐氏侧歪着脸看了一眼是大猴,低下头照旧锄草,冷冰冰地应道:"就是干死,也不喝!"

"既然送来了,就喝两口吧?"

"你再不走,我就把你的壶罐砸了!"

时隔多年,大猴万万没有料到在这外表冷美而内心刚烈的女人面前还是碰得灰溜溜的,悻悻离去。为了大猴,也为了徐氏,就是那次徐氏大胆主动向王锦原示爱之后,王锦原便慢慢开始拾掇大猴和徐氏之间联姻的事,不知说了多少次,费了多少口舌,最终徐氏还是一口拒绝:三哥,世上的男人再好,我都不要,我心中就只有您!从此这件事就这样黄了。等到徐氏扛着锄头进屋,冬梅正在做饭,锦先的女人也扛着锄头路过,把头伸进冬梅家的灶屋:"忙么嘚嘛?"冬梅赶忙过来,双手在围裙上擦了擦:"做饭呗。"这时好像是龙梅在喊:"巧伢生啦,有人没,快过来帮忙啊。"于是三个女人一起急忙向巧伢屋里跑去。

第四章　疯狂反扑

　　出诊回来的晚上，王锦原刚刚把药箱搁在桌上，锦云的堂客苦着脸随后进了门，告诉王锦原，锦云上高长生的部队当兵去了。王锦原听后双手摊开，好事呀好事，五弟行动真快，好样的！然后回过神来，劝导锦云的堂客，打仗没有什么可怕，我都在打算着呢。锦云的堂客走后，王锦原的内心久久不能平静：二儿子的突然出走，五弟立马参了军，在王锦原心里引起了强烈的撞击——雅芝给他端来洗脚水，蹲下身子给他脱了鞋袜，他也不知道把脚放进去，当雅芝把他的双脚放进盆里，王锦原突然双手扶住雅芝的肩胛：这郎中我不干了，也去当兵好吗？反正大妹快大了，能帮携你。她被这突如其来的话语问蒙了，仰脸望了一眼对面的男人，便低下头，一心默默地擦洗那一双泡得红红的肥脚掌，一言未发。

　　第二天早上，雅芝煮了两个糖水荷包蛋，让王锦原上学堂公公那里去，正在忙着蒸粑出锅的荷芝，看见三哥要上学堂公公那儿去，便用小竹篮盛了些热气腾腾的小麦粑粑，让王锦原顺便捎去。学堂公公是从大城市里下来的，见过大世面，好像懂得很多，虽然平时不怎么言语，说出两句，够你掂量和思考。

王锦原十分敬重这位有学问的学堂公公，由于最近忙了一阵，今日稍有空暇，就急着过来坐坐。当王锦原告诉学堂公公，他已经正式倡导兄弟们出去杀鬼子，学堂公公眼睛倏然澄亮，立马起身走到王锦原跟前，毫不迟疑地说，对了，这样做就对了！如果全国四万万大众都这般齐心，日本强盗赶不走才怪哩。王锦原就是爱上学堂公公这儿坐坐，有很多书本上学不到可以在学堂公公这里听到，真乃听君一席话，胜读十年书。

从学堂出来，王锦原遇见了下塘洗衣的徐氏，由于心中装着抗日的心事，只打了一个招呼，便擦肩而过。王锦原喜欢徐氏，从一开始就心无杂念，一个深受孔孟儒学的熏陶深染，一个心灵手巧能剪会画，读了不少诗书，不但在村中而且是方圆十几里出了名的才女，棋逢对手，诗向会人。那时徐氏刚嫁进王家，公婆健硕，生活宽裕，男人体贴，当然快乐单纯，又因有了三哥王锦原这位吟诗作对的知音，心情更是愉快。开始怯怯的，男人陪着她上三哥这里，后来有时也不用男人陪。她跟王锦原聊《诗经》，也聊《女儿经》，慢慢聊得更多的是李清照、柳如是、鱼玄机，以至杜甫、李白、苏辛都是他们共鸣共享的话题。她写的小诗填的词常常送给三哥雅正，尤其让王锦原刮目相看的是，小女子新婚后一年，因为娘家母亲突然去世写的那篇悼母祭文："呜呼！须臾明星陨殁，天塌地陷，长空泪崩……"才情并茂的字里行间，让人看出作者内心不同寻常的特有气质，他暗暗为这位文静的小女子跷大拇指。就是这年春夏之交，老天一天也不停地下了四十多天的雨，天悲人怨，带着悼念娘亲的绵绵余痛，她填了一首《醉花阴·春雨怨》，且是步李清照"薄雾浓云愁永昼"原韵，让王锦原更是爱不释手，反复吟诵：

　　　　淫雨阴寒连夜昼，蜷缩犹笼兽。屋外水横流，地湿天寒，眉锁难舒透。　　春分滴答清明后，不见盈衫袖。欲困又生愁，帘暗云低，人苦兰花瘦。

　　然而命运之神留给人的愉快时光总是那样短暂，此后，一个接一个无法抗拒的家庭灾祸，让这位年轻的才女如坠深渊，词肚诗肠成了霜打的菊花，她再没有兴致吟韵风雅，成了长年累月苦不堪言天天愁对薄衾饥腹早衰的年轻农妇，善良的村民们无不为这早为人母的女子掩面叹息。

　　雨后放晴的江南，麦子黄得更快，庄稼人抢时收割终于万粒归仓。满坂葱郁的棉花自由自在地在春风爱怜的怀抱里摇曳成长，田垄绿油油的一片，望一眼田畴沃野，种田人有一种大忙过后的舒心。这两天太阳好，荷芝淘了新麦，晒干了，又磨成新粉，一清早做了许多松酥酥、香喷喷的小麦粑，灶台上、厨案上、堂屋条台上、笤箕竹篮里尽是盛满小麦粑粑，荷芝正在灶台上忙碌地分拣装捡粑粑，三夫过来了，仰着小脑袋望着荷芝："六娘，做这么多粑粑干什么呀？"荷芝高兴地对着小侄儿说："丰收了，高兴呗，让我们一大家人都来尝尝六娘的手艺呀。"荷芝递给三夫一块粑粑，招呼着三夫去邀自己儿子铃铛玩。其实荷芝也是在为回娘家作准备。上午，所有家务打理完毕，荷芝对锦丁说，儿子已六岁了，你照看一下，我住一个晚上就回。漂亮橙色细篾竹篮盛满了小麦粑，上面覆着一块白色的薄纱片儿，只是"躲反"这年头鸡都喂鬼子去了，可惜没有鸡蛋啊。荷芝把竹篮挽在手腕肘里，手扶着篮口，跨过自家门槛，贴身极致的蓝士林布褂在腰肢的扭动下，更显女人的丰韵，头上罩着一块碎花蓝白点儿的方巾，在六月骄阳的照射下，红彤彤的脸庞就像一朵昂首怒放的红梅，楚楚动人地走在田塍小路上，惹得擦肩而过的男人无不驻足，久久地扭过头来，目瞪口呆。荷芝看见正在路边地里锄草的徐氏，便远远地喊着："徐氏嫂，这么忙呀。"徐氏抬头一望："啊哟，妹子，上娘家去吗？"

"是的，欠（方言，牵挂）着姆妈，心慌慌的。"荷芝欢人快语地应答着，便又对徐氏招招手，"嫂，你慢慢做哈。"一扭腰肢，接着赶她的路去了。望着荷芝的背影，徐氏心里念叨着：荷芝妹是真漂亮哟。

回到家，王锦原听说荷芝去了娘家，心想，彭湖路一线的国军已后撤好远，海狮涧那边不太平呢，顿时不免生起不安。

中午，龙梅把早晨扳罾扳来的虾子送给巧伲催奶，转身回家刚进门，冬梅后脚跟进来告诉龙梅，刚才高长生接到战斗命令，饭都没吃完，和他手下的兵全部开拔了。冬梅说她跟高长生结婚半年多没见过这样紧张的场面，好是害怕。

黄昏时分，一队国军士兵灰头土脸回到了上王村湾，进宝也跟在队伍后面亲昵地摇晃着尾巴，高长生显然是挂了彩，白衬衫褂子上到处是血，左手臂膀缠满了白色绷带，冬梅心疼极了，忙着烧水，帮高长生擦洗，徐氏也吓得团团转，不知忙什么才好，心里嘀咕着，难怪冬梅说她眼睛跳一下午。洗了吃了，经过一段时间休整，高长生缓过了一口气，他一边告诉冬梅，又像是一边回忆战斗过程。

今天下午的战斗整整持续了六个多小时，来犯之敌是驻守泗桥方向的日军，他们还从杨家山调来三百多鬼子增援，向吴坦村方向突袭合围，企图突破我走马坡一带国军防线，日军先派飞机轰炸九十二团阵地，等到我们九十一团三营赶到时，敌人已是第三次反扑，战斗十分激烈，日寇前进不了一寸，又动用大炮对我方阵地狂轰滥炸，掩护其地面部队进攻。我方伤亡很大，仅高长生排就减员一半。考虑减员幅度太大，军长王东原下令，阻击部队向西后撤五里，退至周仁信一线，再从附近七十七师增派一个团的兵力，日寇看我们后撤，以为是败退，等他们追至到杨司里一带，便尝到了我方的火力厉害，日寇死伤无数，损兵折将，据说还有一个少佐阵亡。日寇无奈，只有败下阵去。但是，疯狂的日寇不会善罢甘休。这一夜冬梅几乎没有睡着，看着姆妈帮着上堂屋这些伤兵熬汤擦洗的情景，心里十分难过，第一次领略到战争的残酷和无情。徐氏一边帮当兵的擦洗，心里一边想，刚刚过上岁月静好的日子，却又来了这场战争，老天哪，你太能折磨人了。

第二天天未亮，高长生接到连部通讯员送来的特急命令，所属九十一团全部继续西撤至景湖公路官渡两岸，上午十一时前赶到指令地点集结。高长生立刻叫冬梅转告村上，赶紧疏散，越快越好，尤其是老少及牲口先行撤出，一刻也不能拖延！以高长生的战斗经验预感，国军一走，日寇会立即进村进行疯狂的报复。一时间，村里又是乱作一团，闹哄哄的，唯独王锦重和王锦原兄弟俩谁留最后，一直争执不休，最后还是王锦重以大哥的身份压制住王锦原："我这把年纪还怕什么，大不了跟鬼子拼了！"王锦原不得不紧紧地给大哥一个拥抱，于是招呼家人和村庄上所有的人迅速撤离。王锦原大声喊着："向宛家舍跑，跑出三里远再说。"说时迟，那时快，进宝再次从瑶山头冲进村子时，人们都已远远地走出了村庄，唯独看见王锦重，对着他狂吠一阵，便上前去咬拖王锦重的裤脚口，这时一队鬼子进村了，迅速将王锦重团团围住，进宝早已飞身到村前池塘对面，一个鬼子迅即端枪瞄准，砰的一声，进宝灵机趴身水沟，躲过一劫。鬼子头头狡黠地在王锦重面前晃悠着，问这问那，瘦个子翻译两边翻译着。

"国军哪去了？"

"种田人怎么知道？"

"这儿住了多少国军？"

"我没看见过国军。"

"你，大大的不老实！"这个鬼子嗖地从腰间拔出了长刀，"八嘎，老子宰了你！"

王锦重毫无惧意，瞪着眼看着鬼子："小日本杂种，来中国就是杀人放火的吗？"

鬼子气得哇哇直叫，像头暴驴，原地打转。

"你们村上人呢？"

"都当兵去了，杀鬼子去了！"

一句话引来鬼子大怒："杀了杀了的！"于是两个鬼子把王锦重推出一丈多远，这个鬼子头目随手从身边鬼子身上拽过一挺轻机枪，对着仰面倒在地上的王锦重的胸膛突突突连射，倔强的血性老汉瞬间倒在血泊之中！躲在前面不远处的锦先和小毛听见村子里枪响，情知不是好事，急得团团转，锦先揪心如焚，恨不得立马回村，小毛扯住锦先的裤腰带，好说歹说劝住了锦先，我们是手无寸铁的庄稼人，孤身冒险不等于是自投罗网吗？

鬼子自从吃了国军切割反包围的亏后，每到一处便是报复性的掠夺，再也不敢就地久留，牵猪就走。

过了好一阵，再也没听见村里有什么大的动静，锦先与小毛商量，俩人前进到村西檫楷树下，再由小毛进村察看动静，等到小毛细致观察村子一遍，确认果然没有一个鬼子，便唤回锦先，俩人村子转着，满目凋零，一派凄然，当看见王锦重竟直挺挺地躺在学堂门口，锦先泪如雨下，连连捶打自己的胸口，骂道："狗娘养的，你们不得好死！"小毛也是满面泪水，扶着锦先，锦先蹲下身子，把锦重未闭上的眼睛轻轻拂拢，然后与小毛共同把尸体移向祠堂屋内，在死者脸上盖上了黄表纸。已是夏初的酉末，俩人坐在祠堂门槛上，有意静下心来，考虑下一步怎么安排。他们望着披上死气沉沉的夕照村晖、七零八落的村庄、陈尸一旁的新鬼。一会儿，锦先突然立起身，对着小毛大声说："这日子没法过了！"小毛一脸惘然看着锦先，"走，小毛，我们找锦云当兵去！"小毛愣了一下，缓过神来说："哥，听你的！"锦先又说："还是三哥说得对，鬼子不赶走，田是没法种。"锦先告诉小毛，三哥不但有志气有担当，而且眼光远，鼓励我们弟兄杀鬼子去。俩人说得非常投机，耳语一番后拉钩盟誓。小毛正欲去牛栏屋侧小解，忽然从屋后山墈上跳下一个人，吓得小毛才尿一半忙收回便器，定睛一看，是邻近许油桐湾的许麻子，许麻子不上四十岁，是个砖瓦匠，十乡八里手艺颇有名气，四目相接，小毛一把搦过许麻子的手，惊道：竟是你个活神仙！

　　许麻子咕噜咕噜喝了一大碗水，便向锦先和小毛诉说着今天惊魂一幕。许麻子刚刚开个茬，锦先便叫小毛赶快去芝麻港南跑一趟，通知湾里先过来几个人打理丧事，自己趁此让许麻子做个伴。小毛带着进宝走了，许麻子继续告诉锦先：我娘病了，今天上户出工晚，刚走出湾里，便听见身后乱哄哄的，回头一望，村里鸡飞狗叫，一队鬼子正在进村，前面有几个没看清，后面还有七八个，村子里的人被一个个赶往西边空坂上，就像往我跟前来，我赶紧躲进竹林边的芭茅丛里，我扒开芭茅缝往村里看，心却提到喉咙管里，左邻右舍，三公公二爹爹、谢婶桃枝许多人，被一个个押到鸭嘴坂里，听不清鬼子哇叫着什么，大概闹了不到半个时辰，鬼子发疯了，用机枪对着坂里的人狂扫，倒下的大概有三十多个，我不忍看，刚闭上眼睛，一声熟悉的尖叫，让我突然又睁开双眼，爱唱弹腔戏的二花子被鬼子一枪打中，倒在塘下叔院边的楗角树下。然后十一个鬼子从我湾出来，经过对面的两块稻田向你湾走去，鬼子从你湾背后进村我看得清清楚楚，我一直趴在芭茅里，渴死人了，不敢动一下，直到鬼子从你湾出来好久，我才慢慢挨近树林，试着下来，算是走运吧，这不就碰上你们。

就是同一天的下午，官渡的阻击战打得异常激烈，高长生排按照上级命令时间随团赶到预定地点，半个钟头的准备，战斗便打响了。高长生所属三营经过整编后仍不足员，高长生是刚刚战斗打响前升为三连连长，三连在此次战斗中担负前沿主力阻击，埋伏在公路右侧高地，以茂密高粱为掩护屏障，当鬼子进入射击圈内，高长生一声令下，弹如雨飞，鬼子的第一次冲锋被高长生三连打退。王锦云被编在高长生所属连队，初上战场，由于入伍没几天，时间太仓促，扳枪这玩意没有接受基本训练，暂且只能干些后勤活。锦云沉着的性格在硝烟弥漫中得到了充分体现，他很勇敢，在战壕里来回穿梭，搬弹药，抬伤员，毫无畏色，就像干农活一样。一个下午，敌人几次反扑都被高长生所在三营击退。鬼子不服，终于出动空中支援，三架飞机低空朝三营高地狂轰滥炸，三营伤亡很大，被迫撤退，在撤退过程中，一块弹片从左后脑飞削过来，高长生当场牺牲，是锦云和另一个新战士沿着弯弯曲曲的战壕抬下火线。

接到小毛的通知天已黑，锦原、锦北一部分当家人回到了村里，初暑高温，第一件大事是尽快安葬死者。当王锦原第一眼见到王锦重僵硬的尸体躺在那乌黑的门板上，随身携带的宝贝黄铜烟筒咣当一声，信手扔在地上，直向那尸体扑去，他掀掉那黄表纸，滚烫的热脸紧紧贴着那蜡黄的冰脸，大哥哇，你怎么死得这么惨？愤怒的拳头，咚咚地敲击着冤魂下的尸板，笃深的手足之情，无法让人接受这种悲惨的现实。骤然痛别，让人在不知不觉中想起那一桩桩陈年往事——那是一个极寒的冬天，北风呼啸，路面终日僵冻，屋檐冰棱接近尺长，是大哥冻得鼻青脸肿，徒步二十多华里，给在城里医馆深造的自己送来御寒的棉袄棉裤。当新郎官的那天，自己和迎亲的队伍一起去迎娶雅芝，在毛山岭的地方碰上一群劫匪，是大哥挺身而出凛然正气，恰到好处的几句话让土匪们却步。三十岁时出诊回来的那天，阴雨湿滑，走在芝蔴港一处港汊的独木桥上，马失前蹄，连人带马翻入港中，左腿肚砸在水中的石块上，骨折了，半个多月，又是大哥三天两头背着自己，上跌打郎中柳拐子的家……大哥啊大哥，你这样匆匆离去，怎么让人受得了喔？王锦原强力克制住情感继续深滑，终于从悲恸中平缓过来，和大家一起忙了一个通宵，正准备吊柩下葬，锦云硝烟尘面出现在众人面前。一切似乎都是上天的有意安排，因为路程较近，部队上派锦云特地趁夜回村，通知高长生牺牲了，谁料此行却是为大哥送别，真是万万没有想到！锦云和三哥锦原一样，心中的仇恨越种越大，他咬着牙，强忍着泪水，与众人一起，帮助把临时钉制成简单杂木灵柩吊放入穴中，新冢堆毕，燃起一沓纸钱后，王锦原面色沉重地看着锦云，半晌说道："五弟，你回来得正好，我们在场的兄弟咬指滴血，就在这新坟前盟誓，不为大哥报仇誓不为人！"于是包括锦北在内，在场的兄弟五人一个个指尖咬破，将殷红的鲜血滴在大哥的坟头上，一连三遍齐声铿锵：不报此仇，誓不为人！然后一起对着黄土垅中的冤魂三跪三拜，最后锦云与兄弟们拱手告辞，返身归队。

高长生牺牲的消息，是王锦原亲口转告徐氏，天哪，脸上刚刚有了笑容的她，怎么又让她下地狱熬煎呢？

上午，分散躲避在芝蔴港南附近的村民接到传信后，陆陆续续回到了村庄。村庄已被糟蹋得一片狼藉，门歪篱破，狗日的强盗家家户户破门而入，翻箱倒柜，稍有一点好的东西都被拿走。面对日寇的猖狂恶行，村民们只有含着愤懑，又一次无奈地整理被强盗践踏过的家园。小小的村庄一天内竟丢掉两条人命，悲伤就像一团巨大的乌云笼罩在上王村湾的上空。徐氏母女俩更是悲痛欲绝，仿佛天要坍塌。徐氏看见王锦原进来，恨不得冲进三哥的怀中放声痛哭，但是她没有，矜持地走到王锦原面前，仰面凝眸："三哥，我怎么这么命苦喔。"王锦原同情的眼神里饱含深情："命运非与你作对有什么办法？妹子，你不都一路坚强过来了吗？"听了王锦原的安慰鼓励，徐氏默默地撩起粗衫擦擦眼泪，转而絮叨地劝慰着冬梅："按算，这几天你就要临盆了，忍忍吧，哭不得，女儿呀。"冬梅双手搂着大肚子，坐在灶台旁的古木椅上，徐氏一边在炉子上用汤罐烧水，添了两根柴棍又过来捏着女儿的肩头念叨着："女儿吧，都是命里注定的了。"冬梅哭得越是伤心，双肩连着母亲的手一起抖动。龙梅和巧仿来了，徐氏打着招呼："你们来了好，帮我劝劝冬梅。"

龙梅和巧仿陪了冬梅好一阵，告辞了。骄阳正上屋顶，徐氏门前桑树上的蝉也像是在鸣咽。这时王锦原和雅芝夫妻俩牵着幺儿子一平进来，雅芝说："亏得昨天中午躲反前，我把鸡蛋藏在灶门口的柴屑里。"徐氏说："你家孩子多，不行啊。"雅芝说："给冬梅补补身子，我屋里还有着呢。"俩女人说毕，锦原示意冬梅坐下，给她号脉听诊，放下听诊器，锦原告诉冬梅，胎儿一切正常，不要乱做重事，不要太伤心。他还说："锦云已告诉我，部队上准备把高长生葬在官渡的湖边上，面朝湖水，后有松山，地方应该很不错，以后清明祭扫也不远。你放心好了。"王锦原起身站起来，又对着徐氏说，"高长生是我们村的女婿，就是我们村的人，本来我们商量，也可把尸体弄回来，考虑路上不安全，这样也好。"徐氏默默无语点点头。看着徐氏母女伤心的样子，王锦原的心中难受极了。

　　两天来发生的事太突然，就像梦魇一样缠绕着锦丁，荷芝回娘家的第二天，湾里就像变了天样，大哥死了，长生死了，锦丁带着儿子在港南宛家舍躲了半天，一直提心吊胆，惦记着荷芝，晚上回到湾里，为了趁夜抢葬大哥，彻夜未能合眼，人已疲劳至极，他想回屋里睡会，儿子铃铛在三嫂屋里睡，他又想去看一下，顺便给三嫂道个谢，锦丁刚踏进三嫂的门槛，张上屋湾的细姑紧随锦丁后背跟着进屋，人一进门，便敞开嗓门号啕起来，锦北住东边，锦原住西边，俩人刚刚躺下，听细姑这么伤心哭着，几乎同时跨进正堂，细姑看见兄弟们，哭得更加伤心："大兄弟们哪，不得了呀，完了呀，全完了哇……"细姑的嗓门在娘家时就特别高亮，听见细姑的哭声，村民们都一个个惊慌地跑过来，到底发生了什么天大的事呢？

第五章　海塘喋血

　　海塘，既不是海，亦不是塘，是一个有百余丈长、三十来丈宽的埠堰，东西向横陈在张上屋湾南面，东头有潺潺源头，西有小溪日夜低吟浅唱，日照之下，金波细浪，微风抚拂，极目辽阔，给人一种浩瀚之感。如此美丽的海塘，就在昨日几乎是与上王村湾、许油桐湾同时遭遇天大的横祸，一场亘古未有的惨绝人寰的大屠杀在海塘上演。

　　细姑半晌丢魂似的，依然哽噎得语无伦次，雅芝递来一碗茶，心疼地拍着细姑结实的后背，挨近着细姑的脸，细声细气："妹子，喝口水，缓缓神哈，慢慢说。"王锦原端着黄铜水烟筒，站在细姑身侧，点着火的纸条儿的右手悬着，欲吹未吹，愣愣地等着细姑："不急不急，静静心。"

　　细姑好不容易恢复了平静，从头细说。

　　前天上午荷芝回到了娘家，甚是高兴，快中午的时候，还送了许多小麦粑来到细姑家，细姑的男人这天早上用竹篓子在垅田沟里窨了好多黄鳝，细姑便挽留荷芝在她家吃饭，荷芝一点也不见外，小姑娘似的跳着，肉乎乎的双手拍着双腿外侧，欣然应允。荷芝在娘家时与细姑感情甚笃，细姑刚刚嫁到张上屋湾就交上了荷芝，甚是喜欢荷芝麻利爽快能干，正是由于这层关系，细姑便做了荷芝的媒人。细姑在灶台上翻炒着爆得香喷喷的黄鳝，荷芝不怕热，在红闪闪的灶膛前添柴拨火，灶膛的柴火照得荷芝的脸庞越发红扑扑的。俩人灶上灶下，你问我答，无所不言，说到女人的私密事时，两个金嗓子似的笑声弥漫着矮陋的厨屋，从瓦缝里溢出来，融入了蕙草香风的旷野。火牛正在禾田里拔稗草，闻着飘出来的黄鳝香气，馋得火牛对着细姑灶屋窗孔嚷嚷着："大婶，弄什么好吃的哟？"在细姑家吃罢午饭，荷芝也顾不上休息，跟姆妈爹爹一起车水灌田。边车水，姆妈边说，你也不把我的宝贝外孙带来看看，荷芝说，什么年代，兵荒马乱，让锦丁招呼个把晚上没事的。这天晚上，荷芝着实跟姆妈亲热一番，问娘家事，道婆家事，说到半夜才睡去。第二天一早臼米时，碰见细姑提着小木桶去海塘洗衣，荷芝把昨晚与姆妈的亲密劲儿又一五一十告诉了细姑。荷芝清早起床，到半上午，用了不到两个时辰，一个人把一担谷子不但臼好，还搋好、筛好、簸好，白花花的两箩米摆在姆妈堂屋，隔壁二奶奶过来看见，跷着大拇指，荷芝这伢仍就是能干！弄得荷芝姆妈合不拢嘴。

　　快中午了，荷芝梳洗打理了一下自己，换上来时穿的蓝士林布贴身褂，尽管爹爹姆妈再三挽留吃了中饭再走，荷芝惦记家里，还是坚持要回去。荷芝手挽着盛满黄瓜辣椒的篮子，匆匆走出娘家石板屋巷，忽听海塘东南屋场上闹哄哄的，立马站定，抬手遮阳，隔空望去，定睛一看，哇！不得了，是鬼子，好多的鬼子，一个个地把人从屋子里赶出来。荷芝慌了，折转身便往姆妈家跑，刚刚跑回姆妈的屋子，细姑也跑过来了，她怕荷芝不知道，赶紧过来告诉荷芝，荷芝爹爹姆妈急得团团转，细姑急中生智，前门怕是出不了，赶紧走后门逃吧，后面有高粱地。谁料鬼子人多，已分兵从村西合围，霎时间，整个村子鸡飞狗跳，杀气腾腾的鬼子把村子搅得昏沉沉的，太阳明明挂在头顶，热辣辣的，却一片昏暗。荷芝细姑她们刚刚跨出后门，就被两个鬼子用明晃晃的刺刀挡住，像村里所有人一样，他们被押往村东。村场上的人越来越多，只要没有外出的，男的女的，老的少的，都被鬼子用刺刀逐户逐个逼过来。村民们大多没来得及吃午饭，几乎都是饿着肚子，苦着脸站在热辣辣的太阳底下，眼神惶恐，木然无奈。鬼子认为人已聚得差不多了，开始一个个地找碴。一个戴着眼镜、上嘴唇中间蓄着一撮鼻涕胡子的鬼子，左手捏着一顶军帽，右手抓着村人的胸衣，恶狠狠地问，这顶帽子是你家里的吗？你！你！问了七八个人都是摇摇头，这个鬼子小头头气得咆哮着，你们的不说，统统的杀掉！原来鬼子是从屋场子中间的一家人柴屋堆里拣到一顶国军帽子，鼻涕胡鬼子左手捏着这顶旧军帽不停地朝空中晃着，在谁的家里？八嘎，有种的站出来！张上屋湾多时是国军驻地，鬼子带着疯狂的报复心态借此搜寻国军信息。春生家里住了几个国民党军队的士兵，这顶帽子是那个兵落下的，春生心里清楚，他不想连累大家，正欲移步出列，旁边的火牛拉了拉他的衣角，春生懂了火牛的意思，把移出的脚步移了回来，仍作镇静。鼻涕胡又吼起来，大有不找出人来誓不罢休，春生突然冲出人群，昂首挺胸傲然站到鬼子面前，他们是住在我家。鼻涕胡走到春生面前，恶狠狠地盯着春生，揪着春生的胸襟，你的勾结国军，大大的坏！春生冷冷地反唇相讥，我们都是中国人，打鬼子，有什么错？鼻涕胡咆哮着，我们大日本是来帮助大东亚共荣的。春生蔑视着眼前的鬼子，依然冷冰冰的，强盗嘴脸！

鼻涕胡见春生不肯服软，指望不了从春生嘴里得到国军丁点信息，便一声哨响，所有鬼子齐刷刷一字形排拢，随后喝令鬼子抄圈小跑，把塘东场子上几十号汗淋淋的村民团团围住，空气越发紧张起来。鼻涕胡发令，两个鬼子迅速把春生掤起来，押到塘沿上，容不得春生反抗，鼻涕胡手起弹飞，春生应声栽倒塘里，顿时鲜血泛红了一片，站在塘东坡上所有的人看得一清二楚，心惊肉跳。火牛是牛脾气，一把拨开人群，赶到鼻涕胡跟前，一拳将鼻涕胡打倒，怒道："王八蛋，凭什么杀人？！"火牛话音刚落，砰的一声，火牛也接着倒进塘里，于是，杀人不眨眼的鬼子，一而再，再而三，一个接一个从人群中拖出十多个，砰砰砰，无辜的生命殒殁在海塘，本来青绿的海塘霎那间变红了，而且红的区域越来越大，红得越来越骇人，海塘竟成了死亡之海，成了埋葬冤魂之塘！瞬间人群开始大乱，容不得鬼子持枪拦阻，手无寸铁的村民狂乱地四散奔逃，任由鬼子乱枪四射，子弹横飞，一时间几十号村民尸横村野，有的倒在塘坝上，有的栽倒塘里，有的曲陈在塘坝的水沟里，还有许多人毙命于海塘东埂上茂密的荆棘草丛中。细姑倒在荆棘丛中，慌乱奔跑中的她一个突然拐弯，准备向北墈下的高粱地跑去，前面中枪的石子爹，个子高大仰背倒下时把细姑绊个大转向，正准儿把她压在一个凹槽里，几乎是与此同时细姑被右边接连几个倒下的人又拱压着，尸体和草丛把她全部覆盖，虽然慌乱，细姑命大，此时的她心里非常清楚，既然没有中枪，不如就这样趴着，将计就计，诈死吧。

枪声终息，下面塘东场子上哭声闹声又是乱作一团，细姑轻轻扒开草丛，往下瞧，不堪入目，这群王八杂种全都是野兽！四个女人全被这群野兽按倒在塘边上，年纪最大的是二十八岁的荷芝，最小的才十三岁，是细女，另外两个是莲花和蛾妹。真是一帮不知羞耻的畜生！每个女人后面都是好几个赤裸着下身的鬼子。鼻涕胡喝退正在撕扯荷芝胸衣的鬼子，亲自上前按住了荷芝，嬉皮笑脸，露出色狼的本相。荷芝怒目眼前这只禽兽，机灵地斜睨了脚下左右，自知一个女人此时已无法逃脱虎口，退居有利位置，鼻涕胡按倒荷芝，荷芝顺势倒下，鼻涕胡龇牙猴急，三下两下把荷芝的衣服差不多撕光，像饿狼一样扑了过来，压在荷芝身上，荷芝已在草丛里拣到一个破碎的玻璃瓶片，霎时左手用力抓住那罪恶的阴茎，右手猛力将"匕首"致命刺去，鼻涕胡惨叫一声当场倒下，沉醉在淫乱癫狂之中的其他鬼子未及回过神来，荷芝迅速掏裹起衣裤，纵身一跃，跳进了海塘，二十八载靓丽的青春像流星一样划过天空匆匆殒殁，又像是画上了斩钉截铁般的坚强句号！细姑说到这情不自禁又号啕起来，双手拍着大腿："荷芝呀，我的好妹子你怎么这么倒霉呢？千不该万不该闯死落魂这时跑到娘家来，你死得太惨太冤呢，我再也见不到我的好妹子嘞……"锦丁跟着细姑一起哭，靠在那门边的墙上捶胸顿足折脑，哭得撕心裂肺，哭得比女人的哭声还催人肠断，哭得满湾上都是悲怆……细姑骤然停住哭泣，一抹鼻涕接着告诉大家，那个叫细女的，还是一个还未成年的孩子哟，该死的五个鬼子竟将她活活当场奸死。莲花和蛾妹正值花季，待嫁闺中，也被这帮灭绝人性的家伙糟蹋得下身流血不止，这群野兽兽性发作完毕，魔鬼似的一阵刺刀狂乱，还将两位玲珑活泼的姑娘活活戳死，天理不容啊！

　　听完细姑的声声泣血，整个上王村湾愤怒了，人们咬牙切齿，仇恨万丈。一向矜持稳重的郎中王锦原陡然变成粗汉，怒气逼人，猛地立身，桌子一拍："操你狗日的八辈子，老子不上战场去就是畜生！"锦丁一旁搂着铃铛软瘫瘫的，欲哭无泪……村上来看细姑的人散得差不多了，徐氏端来一碗糖水荷包蛋来看细姑，细姑忙着起身接过徐氏手上碗，往桌上一放，立马搂住徐氏，又是伤心地号啕起来："妹吔，这是什么年月世道，看来荷芝比你还遭孽哟。"徐氏尽是劝慰着："姐，静静心，趁热把蛋水喝了吧。"细姑年龄比徐氏大，出嫁迟，在娘家就特别喜欢徐氏，俩人交往甚密。

次日晚上，一向不急不躁沉稳的王锦原按捺不住一腔怒火，迫不及待把大家喊了过来，巷口道场上阵阵微风，竹床上茶壶茶碗，周围坐的都是锦原兄弟和堂客，孩子们全部睡了，除了大家手上的蒲扇偶尔驱赶蚊虫的扑打声，周遭的一切是那样静寂。雅芝有条不紊地一人递上一碗茶，回到自己座位上，一边抚拂着在竹床一头熟睡的一平，一边为孩子轻轻打扇。锦原端着黄铜水烟筒，吸了最后一口便随手给了锦北，坐回自己的竹椅上沉闷一会，终于开了腔："兄弟们，看来前些天晚上我们议论得很对，现在管不了种田，也没有办法种田，我这郎中也当不成，眼下就是要千方百计上战场，跟鬼子真刀真枪干！"锦先答道："三哥说得对。"锦原接着说，"我跟学堂公公老是谈论这个问题，学堂公公说，天下兴亡，匹夫有责。这句话什么意思呢，国家的兴衰不光是朝廷的事，种田的老百姓也一样有责任，家仇国难，再也不能等闲视之！"锦原的茶碗在竹床上摆翻了，众人目光齐聚锦原。锦先起身走到锦原跟前："三哥，我明天就去找锦云。"锦原有力地点着头，接着说："四弟，不但你要去，我也要去，我们还要鼓励别人去！"锦北向来没有三句话，显然受了兄弟们的情绪感染，咬牙切齿，语气坚定："你们放心去，家里有我。"夜阑语静，天上的星星尽眨巴着眼睛。

第二天吃早饭时，王锦原面色沉重地对雅芝说："昨天晚上我见到了大哥，他站在我的床前，很生气的样子对我说，'老三哪，你怎么还在磨磨蹭蹭，去杀鬼子呀，去杀鬼子！'怒目圆睁，跟他走的时候一模一样。"雅芝叹了一声气，大哥肯定不服，在托梦给你。

冬梅终于生了一个胖儿子，给了徐氏很大的慰藉，吃尽千辛万苦坚定不移地守寡一生，为的就是把女儿拉扯大，成家生子，这一天总算到来了。她默默地摇着头，长长地吁了一声，叹的是孩子生下来就没有爹，但是望一眼睡在冬梅腋下胖嘟嘟的小脸蛋，年轻的奶奶又有说不出的舒心，她挽起小竹篮，忙着迈开那近似金莲又不是金莲的步子，她要去园子里采摘新鲜黄花为冬梅催奶，余生的至高希望就在这些琐碎中。出门时，她给冬梅招呼了一句："我马上就回哈。"

一场暴雨把干涸的池塘涨满，村前的青山洗得更清，距离也拉近了，仿佛那八里远的象山就在眼前。巧伢已是年轻的姆妈，怀里抱着宝贝，望着那恍似近在咫尺的象山，对着怀里的孩子喃喃自语，宝贝哦，你爹爹说不定就在山的那边。龙梅来了，进宝也来了，孩子们都来了，三夫四夫和小弟弟一平嬉闹追逐着，大姑娘龙梅像个伢伢头，被所有的伢伢团团围住，嚷嚷着，唱歌唱歌，龙梅唱一句，孩子们跟着唱一句，巧伢也跟着哼，古老的童谣和着夏初新蝉一起鸣唱："细伢伢，哪里来，我在放牛来，牛吃饱，我困了……"冬梅坐在床上等了许久，肚子也饿了，心里念叨着，姆妈怎么还不回来呢？过了一会儿，门外终于有了许多零乱的脚步声，冬梅急急地打开房门一看，锦北和锦先的堂客搀扶着蓬头散发没精打采的姆妈进屋来了，巧仍抱着孩子和龙梅惶惶地也跟了进来，冬梅急了，站在房门口，回过头担心地看了一眼床上的儿子，急切地喊着："姆妈，姆妈——"姆妈竟是摇头无语，两位搀着徐氏进房的女人一同对冬梅摆摆手，边把徐氏扶进房，锦北的堂客叫龙梅赶快去打水，帮着徐氏洗抹，让她上床休息。俩妯娌安慰徐氏几句后要回去做午饭，便叮嘱龙梅在这里好好照料。

午后出工的时候，锦北的堂客在村口上碰见锦原，便上前急忙告诉他："老三，徐氏妹又出事了，上午我和四弟媳正在那边锄草，回来路过乌鸦嘴，只见她双手双脚被分开绑在两边四处树蔸上，嘴也塞了，一个人赤裸着下身躺在那草丛上……"王锦原的脸色陡变，红一阵白一阵青一阵，这一瞬悲怒怨怜在他心中翻江倒海，世上的倒霉事儿怎么都让她给揽上？！于是迈开大步，径直朝徐氏屋里走去。他问冬梅，姆妈呢？冬梅愁眉苦脸应道，在她房里呢。他轻轻敲着木门，里面闩了，他轻轻地唤，妹子妹子，她不理不应，他只有原地转着，他本想趁着现在的空隙劝劝她、安慰她，他在那原地转了许久，冬梅也过来帮着喊，里面还是没有开门的动静，他不能再等了，因为在当前的筹划中，有比这爱之事还更重的事情在等他去做——头等大事：恨！比起这个恨字，那些家里家外的爱，都该暂且搁置一边，想到此，他轻轻对着门缝里说了一句："妹子，我有事去了，你要坚强啊，下次再来看你。"然后叮嘱冬梅几句便走了。房间内的徐氏此时何尝不想打开门，一头栽进三哥的怀里痛哭一场，但又羞于没有脸面见他，已经痛彻心扉的她万念俱灰，她觉得这个世界已没有任何意义，过去命运百般折磨她，如今又是鬼子来加害她，平生未能浪静三天，她恨不得一头撞死在房墙上，若不是冬梅儿子那张胖嘟嘟的小脸蛋太惹人疼爱，此时的她也许已气绝身亡。

几天来王锦原一直急着要去找福生，找锦云，刚刚在外听说锦云还带了一个同事回来，急着要去找他。

晚上，王锦原终于见到了锦云，立马把荷芝死的事和张上屋湾发生的惨案告诉了锦云。接着又说，我和锦先就是想现在跟你参军去，锦云听后，当然是满口支持。然后便把外面抗日的有关情况告诉兄弟们：万家岭大捷你们可能还没听说，万家岭位于德安县中西部，这场战役是薛岳将军亲自指挥，历时一个多月，全歼日寇一万七千多人，缴获钢炮机枪无数。此次战役大大鼓舞了我们抗日的士气，也有效地打击日寇的嚣张气焰，所以鬼子现在龟缩在据点不敢出来，但是这些家伙不服气，干起他们的老本行，偷袭报复。近些时日，不光是张上屋湾，还有曹家湾、周家坞都遭到了日寇疯狂的报复。看见兄弟们聚集在竹床边紧张夜谈，这时锦北的堂客端来一盆腌制香甜的金香玉（外观像生姜），还用大瓷器壶提来新酿的水酒，雅芝也盛来一小盆甜辣姜，为大家解乏。锦云告诉兄弟们，自己当上侦察兵，这次和这位沈兄一起跟踪侦察疯狂烧杀周家坞湾、张上屋湾的鬼子，根据我们初步掌握的信息，这次在这一带杀戮百姓的鬼子是——五师团铃木次郎少佐部所为，连长命令我们务必将日方情况摸清摸准，一俟战机成熟，精准报复，狠狠打击这帮强盗！锦云对三哥说，最近几天我和沈兄仍在附近一带活动，可能还有机会回家，三哥的话我记住了，不过你也不要太急，等我回去禀告长官，再听通知。这时小毛过来了，也想锦云带他去。随后小毛告诉锦云，今天他跟许油桐湾许麻子帮工，在大秦家翻检瓦屋面收工回来时，看见长长的鬼子队伍大概有二十多个，好几把刺刀上还挂着鸡，像是往四王庙那边去。锦云问，你们隔多远？小毛说，就只隔一块稻田。鬼子在我们的北面，往东走，我们在南面，往西走，刚发现他们，我和许师傅便闪身贴着那棵野枣树，不去招惹他们。锦云又问，看清了他们的脸吗？小毛说，斗着西边日头的光线有些刺眼，看不甚清，但我还是看见了骑马的鬼子戴着黑框眼镜，另外一个鼻子下面有撮黑胡子。锦云立马站起身，拱手作揖："各位兄弟，告辞了。"随即一把拉住同事沈兄的手，破门而出。

锦云走后，这一夜王锦原久不能寐，所有七零八落的事都抛之脑后，披衣挑灯，以诗励志。题曰：

从戎吟

忽地黄蜂盖旧城，吴头百里草皆惊。

海塘喋血苍天泪，倭寇狂魔地狱兵。

垄坂桑麻心空挂，悬壶陌道马难行。

从戎自古书生是，卸下医袍请战缨。

第六章　秘地聚首

　　徐氏被鬼子强奸了，在上王村湾人看来毕竟是件丑事，实在扯到此事时，也是遮遮掩掩羞于启齿，说半句留半句。但是纸终究包不住火，几天后这桩丑闻终于在前村后湾传得沸沸扬扬，有人嘘叹同情，有人愤怒切齿，也有奚落看笑话的。事情传得这么快，当然也传进了王锦原的耳朵，王锦原很是气愤：好好查一下，到底是谁的嘴巴长？！七查八找终于找出了"元凶"——那天徐氏正在自家菜园子地塍上低头采摘黄花，两个化装成乡下人的鬼子假装问路，突然将徐氏挟持到乌鸦嘴，徐氏大声呼叫"救命哪——救命哪——"这时隔壁湾里的双胞胎兄弟金苟和银苟正在乌鸦嘴下耘禾，循声跑来，一看是两个陌生人正在欺侮徐氏，正欲上前出手相帮，哪曾料想其中一个家伙急忙从身旁的包袱袋里摸出一支短枪，哇啦哇啦的，吓得俩兄弟掉头便跑。上王村湾人猜定，十之八九是那银苟一张臭嘴嚼出来的。大猴扛着犁，看见王锦原匆匆向村外走去，便急赶几步叫停了王锦原："老三兄弟，你听说了啵，那银苟真不是个东西。"王锦原只恨恨地回了一句："这种人就是地痞！"便急急地忙他参军的事去了。

自从兄弟们在大哥坟头破指滴血盟誓，王锦原一门心思就是要报仇雪恨！从来不拍桌子的人拍了桌子后，前天晚上又写下《从军吟》，更是铁了心的要效仿古人，要跟锦云去，要跟儿子去，直接拿起枪杆子，与鬼子痛痛快快生死决战一场。他正在紧锣密鼓一步步实施自己的复仇计划：眼下先去把想法告诉学堂公公，锦云那里等不及了，就去找福生，哪里能打鬼子就上哪里去。

　　在王锦原的心目中，学堂公公学问深，懂大道理，是崇拜的偶像。学堂公公本名王庭之，清朝末期举人，饱读诗书，思想进步，年轻时，曾在武汉、上海一带参加谭嗣同等四君子的维新运动，后因四君子革故鼎新失败，回到九江习医兼商。学堂公公的祖父是上王村湾开村世祖胞弟，人称王秀才，聪颖好学，商贾天才，刚上三十岁，便是浔阳城里赫赫有名的巨商，号称"王半街"的宝成银楼是其一手打造的。延续半个多世纪以来，上王村湾人习惯以此为荣，常常作为嚼舌吹牛的资本。学堂公公后来又受《新青年》等进步思想影响，看到山河破碎，国力日衰，痛恨自己一介商贾无力救国，但仍心怀天下，便把所有家业全部托付给其弟经营，一心躲到老家乡下收点田租，践行教育兴国，自费办起学堂。一边行医，尽一己之力，聊慰家国情怀。血脉之缘，乡里乡亲，满村上的人对学堂公公恭敬有加，孩子们能免费接受教育，大人们还能时常听到"耕者有其田"以及"民主、民权、民生"等许多最新说法，让锦重他们常常不得不发出感叹：难怪说秀才不出门，能知天下事啊。

　　也就是写就《从军吟》的第二天晚上，王锦原来到了既是师傅又是他的堂叔学堂公公这里。学堂公公已是古稀之人，鹤发童颜，精神矍铄，白白的胡须长长的，金丝眼镜片后面深邃双眸炯炯有神，给人以穿透力的感觉。仙风道骨，其气质远远超于一般乡村私塾先生。叔侄师徒交谈了半个多时辰，学堂公公对王锦原立志从军的想法十分赞赏："国已危亡，乡邑旦不知夕祸，贤侄有如此勇气大义，当属我王村之骄傲，华夏之骄傲也！老夫有什么理由不助一臂之力呢？"最后，学堂公公不但答应把县城一处房产店铺交给王锦原，还把店铺后背的防盗秘密通道的详细情况都一一告诉了他。

说干就干。几天下来不见锦云踪影，王锦原便急着去找福生。他知道福生原是赤卫队员，眼下又在积极帮助国军抗日，想到这些，王锦原心头热热的，应该建议福生牵个头，把大家组织起来，奔赴抗日战场，多一个人多一份力量，多杀一个鬼子就少一个鬼子。这天晚上，王锦原特地找到了福生家里，直接说了他的倡议。福生听后十分高兴，赞赏道，王先生对敌斗争的大无畏精神着实令人钦佩和值得学习，然后对着王锦原耳语：我们正在紧锣密鼓做这方面的工作呢。王锦原听后很是兴奋，万万没有想到福生还想在前，而且行动如此迅速。他兴致十足地对福生说："这药栈我不开了，郎中也不做了，跟你们一起干。"福生听后哈哈一笑，然后坦言劝导："王先生，我认为不一定非得握枪掷弹就是抗日，药栈手续好不容易办好，而且马上就要开起来，立身药栈，执医从戎，同样是抗日呀。或许对抗日的作用更大！我们正在酝酿过些日子去您药栈碰头呢，到时您就会明白，实际上您已经付诸抗日行动了。"王锦原思想灵敏，性格开朗，这么说，我已经开始走上抗日的路了？渐渐地一颗立马操戈的滚烫之心终于被福生说得平静下来。

王锦原即将要开张的药栈完全是福生鼎力相助，首先必不可少的手续——良民证便是福生办来的。他听了福生的话，为药栈的事继续忙活了一阵，忙得差不多了，就差把乡下一点药材运来，药栈便可开张了。他终于松了一口气，习惯地端起他那心爱的黄铜烟筒，双脚叉开正襟坐在那药栈厅堂的木围桶上，吧嗒吧嗒地大口地过起瘾来。心里却老是想着福生的话——执医从戎？立身药栈就是抗日？过些时候还来药栈碰头你就会知道？想来想去，他根本就不知道福生现在给他透露的只是一点点，而且更不知道福生积极帮助他把药栈开起来远不止仅仅囿于帮助的层面上。晚上躺上床，他想着明天务必下乡一趟，把大妹接过来，把药材驮过来。家里怎么样，雅芝忙得过来吗？徐氏妹好久也没见着，她现在的心情或许糟透了？事情再忙，两个女人始终在心中萦绕，没怎么离惯过家的人，总有许多牵挂。

　　第二天，王锦原带着一种事业将成的愉悦感回到了上王村湾。路过徐氏门口，他下意识朝屋里张望了一下，没有一点人的动静，隔壁的龙梅姑娘正在冬阳下搓洗衣服，看见了王锦原，便主动招呼着："三伯，好久不见，您回来啦。"接着告诉他，徐氏婶带着冬梅和孙子去娘家去了。哦，哦。刚进自己的屋子，他便与雅芝商量，吃过午饭就把大妹先带回城里，让她打打下手，反正等不了好久，小年前你们母子几个也要过去。王锦原觉得在城里用马不合适，便把它留在乡下，交给二哥锦北照料。吃饭之前，王锦原端了托盘，放了香火祭品，锦北陪着他来到祠堂，对着列祖列宗放了鞭炮下跪作揖，兵荒马乱，今年就不回家过年，向列祖列宗道个别，二来祈求祖先神灵庇护抗日的兄弟们。然后他们还去了大哥的坟头下跪告慰，王锦原边拜边说，大哥，我们正在着手为您报仇，您一心安息哈。雅芝弄了几碟小菜，就着锦北拿来的高粱酒，兄弟俩小酌对饮，甚是亲密。吃过饭，也没多耽搁，锦北利索地把两麻袋药材驮到白马背上，就这样三人一马在雅芝的目送下，离开了村庄。

怕大妹走累了，锦北便把大妹抱上马坐一阵。两兄弟并排走着，锦原问起徐氏，锦北摇摇头，唉叹一声，告诉锦原——前些时候，那个屌棍银荀老来缠着徐氏，徐氏锄草他过来，徐氏剁高粱时他又来，死皮赖脸，污言秽语，起手动脚，徐氏大声喊叫，捡棉花的细猴赶过去，这家伙才跑了。但是这个色胆包天的流氓不甘心，那天中午还跑到徐氏家里来纠缠，徐氏怒目相拒，他反倒嘲笑她，你哪还是什么玉货，这副样子还想王先生？我不嫌你脏就不错了。冬梅抱着火生进来了，他还赖着不走，院子里闹哄哄的，正好大猴扛着镢头路过，看见这屌棍，一个箭步冲上去，揪住他的头发，三拳两脚把他打得趴在地上。这人嘴狠，急忙爬起身，嘴角流着血，边跑边说，你个大猴子不也想女人吗，想到徐氏一根毛么？据说后来，晚上还有人敲她的窗子。听着这些，王锦原只是默默地摇头。锦北哦的一声，又告诉一件事，前几天细猴和大猴闹别扭，好像是细猴吵着要当兵。终于到了东门口，卸了药，兄弟俩作别，锦北牵着马返身而回。

过了立冬，便是一派冬天的模样，街道上几棵孤零零的梧桐树，枝桠稀疏，风叶飘零，飘落在古老狭窄的街道上，偶尔过往的行人踩得窸窣作响，阳光无力，更显老城几分凋残。锦幺这会儿正走在东门华云路上，一阵寒风吹来，单薄衣衫显然不合初冬时令，他禁不住打了个寒战，而后一个喷嚏卡在鼻孔里，痒痒的，迫使他仰望阳光，头一抬，街的东边一块新匾映入了他的视线——"王记药栈"，印象中，这是新开的一家，走，进去看看。不看不知道，一看吓一跳，那个手拿鸡毛帚正在掸扫药柜的先生太眼熟了！锦幺揉了揉自己的眼睛，不相信自己，怔了怔，再定睛一看，没错！锦幺几乎要惊叫起来："三哥，真的是您。"王锦原侧目看了看来人，迟疑稍许，赶忙越过柜台门，上前一把握住锦幺的双手，半晌凝噎，然后兄弟二人紧紧相拥："幺弟呀，你吃苦了。"王锦原左手拍打着锦幺的后背，"一年多了，哥无时不在挂念你。"锦幺如同梦幻，突然推开王锦原的双手，端详眼前这张明显苍凉了许多曾经严肃而又亲切的面孔，锦原也在上下打量着对面的人，微微一笑："老弟，瘦是瘦了些，但结实多了。"大妹上了茶，叫了幺爹，幺爹夸赞大妹，一年不见，长得跟大姑娘似的，大妹又端来一盘葵花子，去了后堂，兄弟俩这才坐下来细谈别后。王锦原把锦幺走后接二连三亲魂新逝的悲痛以及前前后后的事都一一告诉他。兄弟们开了会，几次商议，发誓立志一起上前线去。锦云已去了国军好久，好像最近还打算把锦先和小毛也带去，我们兄弟现在就缺你一个参加抗日了。王锦原还把开药栈的事儿也告诉了锦幺，是福生通过本地人翻译沈淼林与日本人通融，又与日伪宪兵沟通好，弄了差不多一个月，最近才开张。

其实锦幺已经是一名地下情报员，而且秘密加入了共产党。一个多月前，也是在沈淼林的相助下，锦幺打入了伪宪兵大队，在北门江边装卸盐船，住在白浒塘，上级给他下令的目标任务是摸清弹药库，与宪兵队员交好。地下交通员组织严密，单线联系，而且事件分次，一事一了。福生仅仅只知道两个多月以前，锦幺接受了地下党组织一段时间的秘密培训，出来后一个多月和谁联系，接受什么新的工作，就不知道了。对于锦幺的这一切，王锦原全然不知。锦幺从座位起身，慢慢走近锦原，悄悄地告诉他，三哥，我早就参加抗日了。王锦原满脸愕然，显然在控制着心中的激动，端起他的水烟筒，边盯着锦幺的脸，太好了！又小声叨念着：真的吗？看来我们王家七兄弟该出来的都出来了！说完，王锦原吹着了手中的黄表纸条儿，点着烟筒嘴，吧嗒吧嗒大口地吸着。这时锦幺神情凝重："三哥，县城已全被日寇占领，实属虎狼之地哟。"王锦原语气铿锵："既然顾不上生，还有必要顾虑死吗？"他放下了烟筒，对着锦幺掸掸手，喝水吧。于是回到屏风后，取出一个小本本翻开念道：

恶虏骄横百里霜，山河破碎恼愁肠。

甘抛热血彭蠡土，未取黄龙不返乡。

王锦原不但精通中医，且爱好律绝，自古是以诗言志，锦幺听罢，对三哥更添赞许和景仰。锦幺是王锦原一手带大的，记性好，书读得好，也爱读书，而且举一反三，触类旁通，虽然不怎么写诗，但懂诗。学堂公公最喜欢的三个学生，锦幺当列其首。论灵气，锦幺比锦云还略胜一筹。看了三哥的诗，锦幺很理解，心想，国共两党大敌当前尚能配合，一致对外，但是二者之间还是存在很大的分歧："三哥，福生的意见很对，暂以药栈立足，投身抗日是没错的，你考虑没有，是帮助共产党还是帮助国军呢？"王锦原立马取下眼镜，定睛看着锦幺，斩钉截铁地说："只要是打鬼子，暂且不管他是共产党还是国民党！"锦幺紧紧握住三哥的手，尽在无语的点头之中。这时，大妹捏着扫把过来，忙留细爹吃午饭，锦幺摆摆手，整了整单薄的粗布旧袄，迎着一阵寒风出了药栈。

转过东门街，日已西斜，光线正照射在樱桃食堂的门牌上。锦幺与大个子刘昨天已约定，今天中午樱桃食堂见面。樱桃食堂的老板娘芳田淑一是日本人、少佐田中枫的遗孀，与翻译沈淼林交好，锦幺长年给樱桃食堂送卖柴火，自然也是朋友了。芳田淑一自从丈夫战死在万家岭，更是痛恨这场战争，每当与锦幺见面时，她总免不了悄悄嘟囔，为什么要制造这场可怕的战争呢？裕仁不仁啊。芳田淑一一身正宗的日式大和花袍，头发寰髻鲜亮，对待锦幺这等普通公民亦是彬彬弯腰有礼："好久不见，哪去了？"锦幺回道："帮宪兵队装船。"芳田淑一招呼锦幺进厅就座，日式香茗袅袅，锦幺刚抿了两口，大个子刘提着一大坨猪后膀进来了。大个子刘公开职业是卖肉，其实是一名出色的屠夫，一把锃亮的杀猪刀套着皮套，长年吊挂在腰间，但是杀猪从来不用这把刀。杀猪有一手绝活，不管猪的个头多大，顶多只要一个助手捏住猪的两条后腿，一刀封喉，从不失手。一个卖柴，一个送肉，与饭店息息相关，芳田淑一自然也不怠慢大个子刘，侧身合掌相迎，笑嘻嘻看着那坨猪后膀："哟西，蒲嗒肉好靓。"然后风风火火碎步店前店后，不一会工夫，几个菜上来了。俩人边吃边说。大个子刘左右瞟了一眼，问锦幺："情况有数了吧？"锦幺点头示意。大个子刘又悄悄说，上面要求你尽快把仓库位置和进出口路线图画好，三天内必须完成。大个子刘最后问，碰头地点呢？锦幺起身耳语。

餐毕，告别芳田淑一，出得樱桃食堂大门，两位正碰见沈淼林陪着一一九联队二大队队长丰田少雄和另外两个鬼子进来，丰田少雄看见面前这两个人与沈淼林打招呼，态度稍有随和："什么的干活？"沈淼林接了过去，用食指连指两下："送柴的，卖肉的，良民大大的。都是芳田淑一老板的主顾。"哟西哟西，大个子刘与锦幺一起对着丰田少雄拱手："皇军大大的关照。"然后大个子刘接着对沈淼林使了个眼色："沈先生，也请多多关照，记得哈。"说完，抬手用食指和大拇指做了个方框记号，沈淼林心领神会地点点头。每次大个子刘总是用这种手势，拜托沈淼林帮助办理良民证。

王锦云受命侦察，前不久潜回上王村湾，并沿四王庙一带活动了几天后，返回部队时，把四哥锦先和小毛带上了，营部长官对锦云出色地完成此次侦察任务甚是满意，还夸赞他带来了两位新兵，营部把锦先和小毛一起分到了新兵连，进行了一星期的队列、靶场、投掷等基本课目训练。刚好一星期后，上级批准了锦云所在营报复斩首鬼子战斗方案，为了此次战斗需要，侦察连一共抽出八人补充到主攻战斗连，锦先和小毛暂时补缺编入侦察连，由锦云带入侦察连序列。

夜幕刚刚降临，连长下达命令，出发！

十二月的赣北，北风呼啸，还未夜深，路上坑凹的水氹已结成薄冰，国军一行六十余人，快速行进在向四王庙奔袭的路上，踩得薄冰支离破碎，卟噜作响。战斗方案布置了部队东侧方向，每岗间距半里，每岗二人，确保前方四王庙信息，准确及时向滞后一里主力传送。锦云带着锦先、小毛和其他几个侦察员，穿着便衣，如流星般飞身走在队伍最前。腊月十几的夜，寒光如水，开始人们还很担心天色太亮，但一俟古庙，便云层翻滚，夜越来越黑，天遂人愿。

古庙四周围墙严实突兀，正南有一口清水塘，对着水塘是庙的正大门，院内的古樟，粗壮的枝干旁逸斜出，把整个庙的大门前几乎覆盖。庙的西侧有一幢小门，连接门外的吃水塘和院内厨房，沿着西侧围墙，是鬼子临时搭建的一排营房，二十多个鬼子就住在里面，东边一排柴房大约住了十余个鬼子，庙里正殿东间和西间分别住着鬼子的头目，一个是那天小毛看见骑马的，一个是鼻涕胡，目测估计是一个加强排，所有这一切，都被锦云他们侦察得清清楚楚。作战方案据此量身定制：前门两侧部署了主要兵力，西边小门安排了十个战士把守，其中还安排了一挺机枪。围墙周围部署了流动兵力，以防意外，庙里鬼子已成瓮中之鳖。

几个有功夫的先头轻身跃上墙头，小毛也跟了上去，从瓦缝里看见戴眼镜的家伙正搂着一个胖女人呼呼大睡。庙的西边和东边的信息都传到了锦云这里，暗号"鸟睡了"，接着很快传进连长的耳朵，樟树桠上的机枪手，墙头上的人都在屏住呼吸，静等命令。一会儿部队都已进入预定位置，连长下令"立即动手"，传到樟树上，樟树上立马翻身跳下四个飞人，手起刀落，宰了两个岗哨，庙门在无声中瞬时打开，那个骑马的家伙在睡梦中被锦云一刀结果了性命，鼻涕胡被踢门的声音惊醒，还不知怎么回事，一粒子弹从锦云的手里射了出来，当胸打中，即时见了阎王。几乎与此同时，东西两边棚里的鬼子，大多还没回过神来，慌慌张张在突突突声中一个个一命呜呼，个别动作快的家伙，没有来得及打出第一枪，自己则应声倒下。有两个身手厉害的家伙翻墙跳进水塘，被樟树上的机枪手一阵射杀，葬身水底。整个战斗前前后后不上半个小时，连长看了看表，十分高兴，夸赞弟兄们，干得漂亮。随即发出命令：十五分钟打扫战场，立即回营！果然不出连长所料，大概部队返回一半路程，国军线眼骑着马追赶过来报告，有一百多驰援的鬼子已赶到了四王庙。连长说，这路鬼子应是棠山方向铃木次郎所部，这家伙吃了亏是不会善罢甘休的，大家作好思想准备，与这帮鬼子可能还会发生交战。

回到部队驻地，开庆功会那天，锦云锦先和小毛都受到了营部的嘉奖。

从进栈抓药人的口信中得知锦云他们立功受奖的消息，王锦原特别高兴，拍手击掌，自语着：王家兄弟，天生就是鬼子的克星！大妹把泡好的茶放到他面前都浑然不知。

福生挑着剩下的豆腐担儿，小竹扁担颤颤悠悠，合着福生轻巧的匆匆步伐，出了东门，忙着跟两个老眼熟的日伪岗哨敷衍地招呼两句，径自朝八里冲而去。八里冲路口，是日军联队二大队驻地，沈淼林翻译的房间坐落在一处小山坳的槐树下，福生把担儿撂下，敲了敲窗户，沈淼林果然在。进得房间，沈淼林拿出四个小本本，说："一个是朱雅芝的，另三个是大个子刘托办的，你也带过去吧。"沈淼林年方二十出头，个子高高，英俊随和，是日本人占领湖口后，强行把他抓进《中日对话》速成学习班，学习半年快速培养成的翻译。沈淼林拂了拂整洁的西装头发，客气地跟福生招招手，转身走了。

返回的时候，福生思忖，明天就是小年，今天务必先把证送到上王村湾去，顺路回家时再去大个子刘那里。

是日下午，福生从上王村湾出来，直往横山北刘村，日落西山丈余，晚霞倒映在山前的鄱阳湖里，把湖水染得一片红晕，一群白鹭正展翅西天，福生也是读过私塾书的人，眼前不正是"飞鸿一片日边来"的美景吗，唉，美好的鱼米之乡活活给鬼子糟蹋了。进得村口，正巧碰上大个子刘的堂客，提着桶挟着筲箕，筲箕里放着一只刚杀好脱过毛的阉鸡去塘边，这女人顺手一指，男人就在那细柳舍里杀猪呢。福生谢过女人，步伐匆匆不减，穿过屋场子中，好多孩子在土地庙边跳皮筋，打地老鼠，还有两个小羊角辫的姑娘，一样装束，像是双胞胎，边唱边互拍左右手："门口塘，水汪汪，肥鲤鱼，扁担长，腊月二十爹撒网，三十晚上喜洋洋。"福生喜欢孩子们，走过去很远，还时不时回头张望。

一头肥胖雪白的猪，被铁钩倒挂在靠墙的楼梯横档上，大个子刘身系长裙，正对着那白胖胖的肥猪开膛破肚，听见有人喊他，忽地转头，见是福生，双手在围裙上擦了擦，准备与福生握手，福生上前一步靠近过去，紧紧握住大个子刘的手说："活计忙呀？"大个子刘像是气嘟嘟的："忙个屁，自从鬼子来了后，我的家什差点都上锈了。整个腊月，才杀了三头呢。"接着又说，"年年这个时候有时一天要杀两头，忙到腊月二十九。"说完，招呼福生进这户东家屋喝茶，福生说都忙着呢，外面站会吧。福生把锦云、锦先和小毛的良民证交给了大个子刘，并要求他今夜以前务必找到锦云他们，与国军联系上。按照新的约定地点，明天（腊月二十四）上午见面，不得有误。福生自己负责通知二夫。

九十一团三营驻扎在官渡南侧小重山，是一处军事要地，有山有湖，易攻易守易撤。三营营长刘劲伟与大个子刘接触密切，已是老朋友了，刘营长接过良民证，紧紧握住大个子刘的手："谢谢我的老华兄弟，愿我们合作成功。"

小年一早，福生一路护着王锦原的妻子朱雅芝母子四人翻过城前的凤宿岭，来得城门边，守门的哨兵认得福生，懒洋洋地随便瞥了一眼朱雅芝的证件，福生说，都是我亲戚的家眷。过去吧过去吧，这哨兵得过福生的好处，一脸笑嘻嘻的。进得城内，朱雅芝四下张望，古老的县城死气沉沉，街两边店铺大多门板紧闭，没有一点过小年的气氛，以前朱雅芝年关前没少来过，东门街上总是熙熙攘攘，门店挤破了，那才叫过年。到啦到啦，福生叫着，朱雅芝这才抬头一看，那糕饼房旁边，一幢二层木屋楼，朱漆木圆柱护栏的阳台底下，竖着一块小小的凸雕镀金匾牌"王记药栈"，朱雅芝认得王锦原的字迹，字是他写的，匾是他做的。进门右边窗户上还挂着一串晒干的橘皮呢。朱雅芝带着孩子们高兴地进了药栈，福生说，药栈开张这么久，嫂子还是头一回进门呢。

大妹才十五岁，穿着细花红点儿旧棉袄，像个大人似的，在暗淡的栈后厨屋里准备午餐，雅芝心疼极了，双手摩挲着大妹红红的脸庞："闺女吧，一边歇去，姆妈来做，好久没见弟弟，带他们玩去吧。"福生一旁也乐着，对王锦原说，"一家人终于团聚了。"

王锦原说："还缺二夫呢。"

福生说："莫急，等着吧。"话未落音，真是湖口地方邪门，说谁谁就到。王二夫竟然瞬间堂堂正正立在王锦原面前，一声清脆的"爹"，王锦原犹是梦里人："真是我的儿子吗，二夫——"二夫点头，"是我呀，爹。"王锦原湿眼蒙眬，这才看清了二夫的样子，脸庞有些黝黑，浓眉下的眼睛更加深邃，躯干结实了，不像才二十的后生，比离家之前更显沉稳坚毅。毕竟分离许久，王锦原显然控制不住内心的激动，久久地搂住二夫。一会儿工夫，锦云、锦先进来了，接着锦幺提着剥好的兔子和一小篮豆腐也进来了，福生问锦幺："师傅呢？"锦幺答道："给樱桃食堂送肉去了。"王锦原满脸惊讶，今天怎么啦？疑惑地望着福生，这是唱的哪一出？福生也在直直地看着王锦原，闷声地笑着："王先生，今天惊喜吗？"王锦原仿佛顿时醒悟，忽地把福生从座位上扯起来："你老弟真会卖关子，原来你是导演？

葫芦里卖的药比我还神！"福生笑得很爽朗，兄弟们也开心地跟着笑了起来。王锦原特别开心："何曾想到，今天小年我们兄弟能在这里聚首，何其幸哉！何其乐哉！"于是吩咐着雅芝，加菜，加菜！

福生把王锦原叫到栈后卧室，和王锦原商量了几句，俩人马上又出来了。

孩子们初来新家，特别欢乐，三夫四夫埋头玩皮筋儿，小一平黏着大姐姐，要唱歌，大妹唱着她最熟悉的歌谣：

> 细伢伢，葫芦头，手捧书本骑水牛，今年我在学堂坐，明天看我上高楼。高楼上有一枝花，摇摇摆摆到姐家。姐家门口一棵槐，槐树前面搭戏台，莫问我从哪里来，我在杭州读书来，多读三年有官做，少读三年也秀才……

大个子刘这时进来了，屁股还未坐稳，福生给他上茶，半笑半不笑冒出一句："三天不见芳田淑一老板娘，心里痒痒的？"大个子刘端起白色瓷口杯，仰头一口气喝完，放下杯子，斜横福生一眼："莫乱说哈，我的上司。"笑闹一会，便言归正传。

皇历标注，民国二十八年腊月二十四是个黄道吉日，诸事顺遂。福生说，借着今天的吉日，一是恭喜祝福三哥锦原兄弟团聚，全家团聚；二来祝贺我们抗日同盟在城内有了新的联络点，这是暗地插进鬼子心脏的一把尖刀喔。大家记住，从今天开始，药栈窗户外面挂了橘皮为安全进店信号，口头暗语"橘皮缺货"为暂不联络，"橘皮到货"为恢复联络。城外其他联络点一概不变。最后福生还说，上级指示我们地下交通员一方面要积极配合国军伺机迎击日寇，另一方面要在老赤卫队员的基础上，创造条件扩建自己的武装，尽快建立武装游击队。趁着大家还没上桌，锦幺脱下鞋子，取出一张叠好的纸块交给了福生，福生喊来锦云，锦云把这张纸摊开在锦原的床上，仔细地看着，不时地问着锦幺："鹰爪山上的圆形顶是油库吗？"锦幺嗯得坚定。白泞塘对面除了大路，山坳里还有两条小路，分别通往梨树岭和小重山，锦幺补充说。锦云和锦先来时都已化装，穿的是便衣。锦云细心地把摊在床上的图纸收叠好，放在脚背的袜子上，再又套上一只棉纱袜子，边穿棉鞋边对福生说，回去后营部会立即研究详细战斗方案。站在床头边的福生用拳头捶了一下大腿，这回就看你们兄弟俩的！

　　饭菜齐备，大家都坐上桌子，王锦原这会才完全明白福生的一场"精心炮制"，也明白了上次福生说的话"立身药栈也许是更好的抗日"，想到此，他很亢奋，举起酒杯说："一是为福生老弟带头揭竿而起，精心策划今天的相聚，二是我们兄弟联手抗击鬼子，终于实现了敞人的初衷，水酒一杯，大家一起干吧。"接着锦幺也站起来敬大家："今日兄弟联手，就是很好的国共合作。"王锦原接着又说："从今开始，我们弟兄总算正式走上了复仇的路，走上了抗日救国的路，这条路估计是漫长的，不管怎样，我们一定要义无反顾，一直打到鬼子趴下为止！"大家连声应和，好！吃完饭，锦云从怀里掏出一只带链的怀表，慎重地按在福生的掌心："这是我们营长受团长之命，叫我把这只战利品赠送给你，望继续密切配合。"福生愉快地接过赠物，说："请转告你们长官，只要是打日寇的活，毫不含糊。"王锦原看着大家快要分手，叮嘱道：慎重为好，分别出门。福生与大个子刘一起紧紧握住锦云、锦先的手，祝你们此行成功！锦云说，"愿老天保佑吧。"

匆匆一别，想不到离家半年多，又与爹爹姆妈重逢，二夫在药栈住了一个晚上，好好跟爹爹姆妈亲亲热热，聊了许多家事国事，自己的事，他向他们透露了一点点，自己已是共产党湖口地下组织一条线上的人了，和几个同人一起一直秘密接受各种技能培训，公开职业是砖瓦匠，这种工作还将继续，生活方面基本没有问题，地下党很关心我们，请你们放心，其他情况就不说了。

第七章　新年"献礼"

　　尽管艰苦卓绝的抗日斗争才刚刚开始，毕竟好不容易迈出了这第一步，王锦原有了如愿以偿的舒心，妻子儿女都已来到身边，没有了大的挂牵。他和衣倚靠在床上，抽完了烟，放回了黄烟筒，静悄悄的夜，让人心中自然地升起了恐怕永远也泯灭不了的牵挂——徐氏妹。已经好久没有见到她，她现在到底怎么样？她一定过得苦哇，而且更苦的是那颗心！是的，此时的徐氏，就像喝了一罐子黄连，苦不堪言。娘家哥哥那里也只能是住上一阵子，毕竟不是解决问题的办法，过年以来，她的情绪更是跌入了谷底，锦先、锦云的堂客，左邻右舍的女人们总是寻找各种由头，希望像从前一样来到她的房间，画呀剪呀，缝呀织呀笑呀唱呀，来陪伴她，一起帮她驱赶那愁人的荒凉，可是她总是少有言辞面相麻木婉言谢绝，任凭这些好心的女人们百般努力，无论如何再也拣不回从前那个苦中有乐的徐氏。她恨银苟，更恨日寇！是天灾毁了她的前半生，这日寇、这流氓无赖是不是也要将后半生拖入深渊？她不敢深想细想，整日里处在焦虑羞愧自卑之中，心，像是在颤抖。欺侮人的不仅仅只是银苟，后来半夜又是谁来敲窗子呢？就连那扭捏的锦丁也来献殷勤，帮我提洗衣桶，帮我收被子，尤其是那带邪的眼神让人不敢正目，他都在说，徐氏嫂，你不该头上老罩着那粗布黑巾，没有它，你还真年轻好看呢。过去做伢伢时听别人说的，如今都到眼前来——寡妇门前是非多。她切切实实感到自己在上王村湾待不下去了，再不走，有可能比狗屎还臭！想到这，她把冬梅喊过来，憔悴对憔悴："女儿呀，寡妇不好当啊，桂生这孩子就是长得黑糙点，勤快肯干，其他都不错，苦命的孩子懂世故，如果你没什么嫌弃，我这就去拜托锦北二哥再跑油桐湾一趟，选个好日子让他早点过来，我这颗悬着的心也好安顿下来。"冬梅低着头，没有作声。

王锦原知道福生是当前抗击日寇的号召者、组织者和策划者，但他不知道福生正在有条不紊夜以继日地朝着组建游击武装的方向而默默努力。

在夏生健的铁匠铺里，也就是一号联络站，锦幺卖完柴后，出了东门绕道过来，取走了三营送来的信件，速速交给福生，福生正在与六房涧做爆竹的张禾尚商量什么事儿，便迅即打开红竖线格儿嫩黄信纸，几行工整的楷中带草：白浒塘一事由游击队牵头比较合适，但考虑你们有效战斗力还未完全生成，又，经你们送来信息，伪宪兵队队长思想还在摇摆，望继续抓紧做好此人的策反工作。故此项部署暂且滞后，近期可能有较大行动前置，届时联系，望积极配合。落款只写了一个"刘"字。福生看完信件后，随即点火销毁。

王锦原在坝桥巷看完病，顺便来到了铁匠铺，锦幺刚刚接到福生交给的任务，正欲出门，看见王锦原，便打了招呼："三哥，没空陪您，我走了哈。"王锦原站在铁匠铺边的柳树下，望着幺弟那颀长干练的背影，心里很是欣慰，看来兄弟们个个都好样，而且幺弟行动更快，还加入了共产党。刚才说是国军最近有大的行动，锦云要参加打仗了吧？打鬼子都是在打鬼子，道理没有错，王锦原突然似有新悟，现在这一大家子有帮共产党的，有帮国民党的，两党到底谁更靠谱呢？这是大是大非的问题，倒是应该认真思考一下，趁着屁股还没坐热，去问问学堂公公。福生和几个队员说完事出来，亲热地拉着王锦原的手："王先生，你这药箱子不亚于枪杆子，对啵？"哈哈哈，俩人都笑得很爽朗。

说做就做，王锦原一口气徒步二十多里，特地回到乡下请教学堂公公。听了王锦原的提问，学堂公公很直爽，鲜明地答道："别看现在他们势力小，我敢预言，最终的胜利一定在共产党这边！"王锦原镜片后两只眼睛瞪得很大，吃惊地问道："为什么？"

"因为共产党是代表广大穷人，是无产阶级的代表。无产阶级一定会将资产阶级埋葬，就像资产阶级消灭封建社会一样，而最终夺取胜利。"学堂公公毫不含糊地答道。这一天恰好是礼拜天，学生一个都不在，学堂公公很少有今天这般兴致，搂着小陶壶，给搂着黄铜烟筒不放、认真聆听的王锦原细细说着，"资产阶级本身是社会长期发展过程的必然产物，日甚一日地消灭人口分散的状态，由小到大的工业化逐渐使人口密集起来，使生产资料集中起来，创造出许多巨大的城市，使财富集中在少数人手里，这当然靠的是剥削，而他们剥削的对象又恰恰是资本业发展过程中集中起来的广大工人，年复一年的剥削，把这些日渐贫穷的工人抛到无产阶级的队伍里去，资本家的无耻贪婪和残忍，逼迫无产阶级的队伍不但越来越大，而且越加紧密地联合，而且孕育出他们的政党……"学堂公公终于扫了话尾，从木桶椅上起了身，把小陶壶放在桌上，轻轻走到王锦原身侧，挨近他的耳边说，"这些话，你听了心里有数就行。你要消化我说的话，用你的理解变成你的观点，去影响你周边的人。"王锦原从来没听过这些话，什么无产阶级呀、资产阶级呀、工业化、生产资料……都是新鲜词儿，心里总觉得学堂公公很神秘，他怎么懂得这么多？接着追问："细爹爹，这些道理您是哪儿学来的？"

学堂公公从他那圆圆的金丝眼镜片里斜睨了一眼王锦原："书呗。"

"什么书？这么神！"

"嗯，就是神书。"不知是学堂公公有意卖关子，还是什么禁忌隐私，再也不愿作答，挥挥手，今天就聊到这里吧。

从学堂公公那儿出来，王锦原穿过村巷，打算来看徐氏，已经好久没有见到她了。可是不巧，一家人都不在，门外上锁了，隔壁龙梅家的门也关了，没法打听，也不能再等，碍于天黑前必须进城，只得又一次留下遗憾。走在路上，他又想起了学堂公公的话，他相信他的话甚至到了崇拜的地步，虽然不十分清楚学堂公公的过去，凭直感，这位叔父就像他的学问一样深不可测，他暗自庆幸，还是来得早，问得及时，可是锦云和锦先呢，这个回头路走得了吗？

淞沪会战后，日本人虽然暂时取得了胜利，占领了上海，叫嚣"三个月灭亡中国"的疯狂却像泡沫一样破灭，从此陷入了人民战争的汪洋大海之中。他们自以为聪明得意，其实犯了兵家大忌，自以为可凭借飞机大炮舰艇，可以在泱泱大中华九千六百万平方公里上骄奢纵横，他们的暴虐妄行彻底激怒了中国人民，腥风血雨敲醒了四分五裂的旧中国，也敲醒了党派之争，国共两党开始携手合作，四万万同胞齐心协力编织天罗地网，他们在哪里蠢蠢欲动张牙舞爪，我们就在哪里死死缠住它，阻击它，分割它，狼群打散了就吃掉它！让他们动弹不得。用尽老祖宗留下的中国智慧，他们想越过南浔铁路，就让它尸葬万家岭！万家岭战役大捷的鼓舞效应久久不散，三营营长刘劲伟对着列操的战士们兴奋地说："兄弟们，歇得痒痒的了吧？告诉大家好消息，过瘾的机会又来了，回去后三天准备，一场阻击战正在等着我们，一定要打赢它！大家有没有信心？""有！有！"

散操后，去营部的路上，连长对锦云说："我估计得没错吧，四王庙被我们偷袭后，鬼子一定会不服气，还是那个老对手小林次郎。"四王庙偷袭成功，王锦云一下子提升到少尉排长，作为一个侦察能手又是当地人，上级长官直接点名王锦云，跟连长一起去营部参加此次战斗方案敲定会。九十一团团长熊万发和参谋长也来到了三营作战指挥室，营长刘劲伟正在简易沙盘前用竹棍琢磨推演，团长一声吆喝："小子嘞——"刘劲伟这才回过神来，忙上前与熊万发握手，唤来通讯员给二位长官递上茶水。团长熊万发东北人，人高马大，络腮胡子，性格豪爽，一九三一年就在东北军里担任连长，勇有余谋而欠，至今军阀习气仍很严重，弄不好就翻白眼骂娘，手下人都惧他三分，刘劲伟也不例外。熊万发嗓门也亮，他望着刘劲伟："小子嘞，你说的那个侦察能手来了没有？"刘劲伟朝西墙挂图边一指，只见锦云呼地立起敬礼："团长，在下正是。"团长招招手，示意锦云过去，锦云笔挺地立在团长面前，个子不矮也不瘦，相形之下，却只有团长一半体积。熊万发俯视着锦云，络腮胡子左右撇动："听说你有几下功夫？"锦云举手行礼："报告团长，略知一二。"团长说："今天军情紧急，战后找个机会咱们比试比试，怎样？"锦云嘿嘿一笑："在下可不是团长对手喔。"

作战部署会正式开始，团长告诉大家，根据最新截获，驻彭泽方向一〇五师团所属一〇九联队铃木次郎下辖的小林次郎中队，四百多人正向棠山以西方向秘密推进，这帮鬼子很有可能与县城一一九联队部分策应，抢占景湖公路之要塞官渡，拦截县城方向鬼子是四十八旅负责，上级命令我们九十一团在走马坡一线坚决阻击来犯之敌，就地消灭他们，把走马坡下面的丝网港变成埋葬鬼子的死亡港！团参谋长最后布置作战方案：三营全部担任正面阻击，适时由一连发起佯攻，掌握机会败撤，把鬼子引入伏击圈。一营大部分包抄来犯之敌之北面，防止沿江黄茅湖水上之敌打援，一营另一部分和二营全部沿鬼子主力南面向其腹背秘密包抄，断敌其后，与一营大部分形成合围态势，战斗打响之前，一营侦察连必须传回敌主力位置，届时电传九十二团炮火支援。

作战双方都在调兵布阵，磨刀霍霍，伺等战机。

这次战斗，是团长熊万发亲自点名王锦云在三营中担任正面佯攻，考虑王锦云是本地人，地形熟悉，可带领一小部分人沿丝网港北岸低谷佯装败撤，等日寇大部队进入我埋伏地带后，王锦云他们再突然折转身来，策应总攻四下合围，给鬼子一个措手不及。因为接到此任务后还有三天准备，王锦云向连长要了几个身手好个子高力气大的，又向连长请示，想与福生取得联系，争取赤卫队员的配合支持，连长对着王锦云挥挥手，去吧去吧，把仗打赢才是目的。

回头再说秘地药栈聚首后，也就是小年后的第三天，福生便与赣鄂皖边区特委派来的人取得了联系，十多个武装人员大年三十晚上，从螺蛳山秘密上岸，在他们的帮助下，不到半个多月，迅速拉起了一支六十多人的敌后武装，许多失散的老赤卫员，如铁匠夏生健、浪里翻梅老七、水车港的裁缝唐泽丰又重新聚集在这支武装的麾下，特委任命福生为政委，派遣过来的黄梅人占勇任队长。这一天，正是一九四〇年的元宵，占勇和其他几个主要队员都在福生家过节，商量完一些事儿，福生把大个子刘、锦幺、二夫和几个老赤卫队员的特长，特地向占勇作了介绍，尤其重点介绍了王锦原。王先生家是个大家族，七兄弟陆续出来了四个，刚才说的那个锦幺，是他最小的弟弟，和他的二儿子二夫都在我们这边，都是非常出色的队员。四弟锦先和五弟锦云在国军里。除锦先个子特别瘦高外，锦幺、锦云、锦原三兄弟很相似，他们仨一个比一个矮一点点，他们有很多共同之处：聪慧机智，品行端正，敢于担当，就连相貌也差不多。锦云、锦幺都是圆圆脸庞，不同的是，王先生偏国字形的脸上，更充满阳刚正气。他不但精通中医，医技精湛，而且医德高尚，为残穷急患风雨无阻，留下了许多橘井泉香的佳话，方圆几十里，深受百姓爱戴，王先生人中之杰呀。面对桩桩件件的家仇血恨，他怒不可遏，找到我要立马持枪奔赴沙场。我劝导王先生，以医从戎，或许发挥的作用更大。听到这，占勇问：王先生现在在哪里？在城内药栈。福生回道。占勇的拳头在空中有力地掷了一下：好！一定要让王先生支持我们，共谋抗日大业。占勇想尽早与王先生见面，福生答道：我来安排。

　　福生话音刚落，占勇便传达上级指示：当前的重点就是操练，此后寻找战机，在斗争中历练，快速形成战斗力。吃完晚饭，福生和占勇站在门口的桂花树下，正商量把附近竹家湾和六房涧做爆竹的人找来试制土地雷，这时一群小伙子们举着长长草龙闹年宵来了，草龙在院场上使劲舞动，旁边提篮的领唱着，众游龙的附和着：正月闹年宵哇（好哇），华堂紫气照哇（好哇），丰年又鼾（生）崽呀（好哇），日子节节高哇（好哇），占勇倒是饶有兴致，打住了与福生的话题，拉着福生的手，快步移到狮子前面观看，声音喧嚣，占勇对着福生耳朵："怎么一江之隔，风情大不一样。那个提篮的是什么意思？"福生说，提篮的是掌彩的（即唱赞歌的），本地俗称又叫"捉猫的"，收取各户的一点酬谢，或烟或爆竹，或是一点小酬金。听完福生的介绍，占勇忙从兜里摸出几枚硬币，放进掌彩人的篮里。如果没有日本侵略者的搅局，我们炎黄子孙后代就理所当然在这块幸福的土地上快快乐乐地生活着。此情此景，占勇心里颇有感触。游龙的队伍去了下一户，占勇正准备与福生告辞，这时裁缝唐泽丰身轻如燕，健步来到福生面前，从棉裤腰带里抠出一小布袋，布袋里又抠出一张叠好的黄色纸笺，福生打开一看：见字起身，十一时前务必赶到！！落款是一个"云"字。唐泽丰因另有任务转身而去。锦云约定的地方是一号站坝桥巷铁匠铺。于是占勇陪同福生一起踏着春寒料峭的月光，风风火火向坝桥奔去。

锦云带了几个当兵的，都换成了便装，此刻正在铁匠铺东侧的冬闲禾田里蹲扭甩劈，练着功夫。一个当兵的想歇口气，去拿水杯，看见了前面有两个人影在急急走来，马上指给锦云看，锦云擦擦眼睛，一个箭步跃上田埂迎接福生。

在铁匠铺屋后，锦云认识了占勇。经过一番交谈，俩人除锦云是辰时出生、比占勇晚一个时辰外，否则就是四同老庚了。望着眼前的同龄人和自己一般身高，丰腴的脸庞透着英武气，左眉中间一颗黄豆粒大般的黑痣像是智慧的结晶，锦云紧紧握着占勇的手说，恭贺你们游击队拉起来了又添虎将。接着，锦云把部队决定马上要打一次较大规模的阵地阻击战的消息告诉了他们，希望游击队积极配合，福生与占勇很兴奋，游击队始建以来，还没真正意义上跟鬼子真刀真枪干过。占勇显然有点激动，对着锦云说，感谢国军的信任，我们会竭尽全力配合。经过细致缜密的商议，锦云把要求游击队所要配合作战的任务作了交代，并指出重要节点不得有误，一切行动按国军命令和信号弹为准，占勇一一记在本子上。锦云要求双方信号联络员立即密集到位，快速互动，保证战令畅通。锦云有力地握过二人的手，表情严肃："时间很紧，分头行动吧。"

　　由于占勇刚从江北过来，还没有办上良民证，进城不方便，福生便把王锦原约到一号站铁匠铺，占勇第一眼看见王锦原，几近惊呼：王先生气宇不凡，正人君子像啊。王锦原谦谦有礼地握着占勇的手：队长抬爱，过誉了。于是俩人坐下，在铁匠铺后店亲切交谈。占勇说，"政委把您的情况都给我说了，我和他的意见一样，有王先生的医技和药栈，比百杆枪都强。您的参与，是我们游击队的福气。"

　　俩人愉快谈毕，王锦原对着福生和占勇说："听说游击队配合国军，要在走马坡打一场大仗，我很高兴，让我也去参加这场战斗吧。"

　　福生说："药栈你走得开吗？战场上太危险……"说了许多理由都没用，王锦原依然是不依不饶："平时药栈出诊，有时也要离开几天嘛。怕死？年前腊月我还那样向你要求出来打鬼子吗？上了战场，总有个涂药裹伤的事干吧？我家里五个人都是铁了心上战场，怎能缺我一个呢。"福生拗不过，也觉得王先生的话在理，于是和占勇对了一下眼神同意了。

两天后的拂晓，战斗终于打响。日军见国军阵地没有动静，主力部队一行几百人大胆地向西推进，当他们走进狭长的田垅地带，进入伏击圈，国军三营主力部队在营长刘劲伟一声令下，机枪、长短枪雨点般一齐射向敌人阵地，手榴弹、小钢炮铺天盖地砸向日军，炸得日军晕头转向，人仰马翻，小林次郎哇哇直叫，硝烟气浪冲得连人带马就地打转，不管小林次郎怎么吆喝，前进，前进！在国军强大火力压制下，死伤惨重，硬嗑依然是软弱无力，小林这家伙不得不下令后撤。

小林次郎是头犟驴，不服输，尽管损兵折将惨重，经过几个小时的休整，在国军还没有完全合龙断其后路的态势下，又从老本营棠山方向调来百余人，补充增员，拼着血本，气势汹汹再次向国军阵地扑来。三营正面主攻部队赢得早晨一仗，正值士气高涨，严阵以待，战壕呈梯队布局，纵横密布在跑马道东面坡上，隐蔽工作极好，远远望去，像是一片坡地。日寇又一次进入伏击圈，三营营长刘劲伟按照事先的部署，命令锦云所在排和另外两个排，一共不上一百人，分散造势，人喊马奔，佯作主力，迎击日寇。战壕里其他主力一概按兵不动。锦云的佯攻部队打得勇猛顽强，经过一阵阵地交锋，小林发现国军正面主攻对手也不过如此，开始咆哮了，命令其部队呈半内弧状，合击锦云这支佯攻队伍，锦云指挥战士们且战且退，装作力不支敌，退到丝网港边。丝网港边上，日占区的铁丝网有几里路长，凌晨战斗打响后，埋伏在港对面的游击队早已把铁丝网撕开了二十多丈长的口子，从这个口子到港对面是浅水区，最深齐膝，锦云退到口子边上，更是装作败退，部队沿着丝网港的口子急急向港南撤去。小林次郎自以为得胜，命令部队紧随其后，人蹚马溅，乘胜追击。大概等到日寇过港上岸近百号，锦云发出的三颗信号弹腾空升起，时已暮色，随着信号弹炫亮至慢慢泯灭，我三方力量几乎同一时间出动，早已等候在港边南岸的福生、占勇带领的游击队，突然拦腰斩断从口子上岸的日军，没有上岸的慌忙逃回港北，上了岸的全在游击队的射杀圈中，游击队的土手雷，从对面的树丛中雨点般抛投出来，砸向敌寇。锦云带领的队伍突然一百八十度折转身来，杀个回马枪，令日寇措手不及，人慌马嘶，前有堵兵，后有游击队，这伙倒霉的家伙成了瓮中之鳖。看到信号弹升空后，营长刘劲伟指挥埋伏在坡地的真正主力，杀声震天冲出战壕，追杀回窜的日寇，没追多远，逃跑的日寇被我南面断后的二营部队逼转向北，北面一营的部队也在向南合围，小林次郎剩下的大部分无路可退，被我国军死死扣住，港北三面合围，渐渐收拢。港南被游击队封锁，逼得上了南岸的日寇回撤，从撕开的铁丝网口子向下游蹚去，口子是最浅的地方，越往东水越深，夜黑水寒，慌不择路，一个跟着一个，满港密密麻麻的鬼子哪知道这唯一的逃生缺口，是锦云和游击队事先早已设置好的圈套，像赶鸭子一样，把他们赶向灭亡的深渊。这时三营还派了一部分战士前来增援，堵住铁丝网撕开的口子，把口子牢牢扎住，这伙自投罗网的水中鬼子，退又退不了，南北岸也上不了，北有铁丝网，南有峭壁和占勇带领的一部分游击队把持，他们就像钻进了一个长长的笼子，不用击毙，也得活活冷死溺亡！福生带领一部分队员配合锦云剿杀南岸的残敌。锦幺、大个子刘和二夫在近地战和肉搏战中都表现得英勇顽强。二夫眼尖，看见麦地对面的水沟里几个鬼子，其中一个正在举着短枪瞄准大个子刘，说时迟，那时快，二夫从怀中摸出一枚飞镖，准确戳中鬼子那正瞄枪的眼睛，大个子刘和锦幺刀功非常出色，剩下两个鬼子，被他们手起刀落，眨眼工夫一人砍倒一个，成了刀下鬼。至此南面小股逃窜日寇已被全歼，锦云找到福生说，水中这一块就交给你们游击队吧，我带部队去港北会合主力。

港南游击队岸上的战场基本已近尾声，福生惦记着王锦原，四下察看，正看见王锦原在壕沟的转角处，替一位受伤的队员包扎伤口，赶忙过去，伤事正好处理完毕，俩人紧紧握着手，王锦原说，政委，只有三个受伤，伤势都不重。福生说，王先生，我太担心你的安全，毕竟是头一次，紧张吗？王锦原答道，凡事总有个开头，战火是最好的历练。

港北主战场上剩下的日寇，被我九十一团全体官兵三百六十度围住，渐渐收紧在一个不上半里直径的空旷垅田里，鬼子嗷嗷直叫，如同一群网兜里的鱼，晕头转向，四方乱蹿，怎么也蹿不出一道逃亡的口子。近地战、肉搏战正是中国军队的拿手戏，无数刺刀在寒冷的月光中，咄咄逼向敌群，同仇敌忾在这里得到了淋漓尽致的展示！狭路相逢勇者胜。营长刘劲伟带头杀进敌阵，一枪刺倒一个，连毙数敌。小毛机智勇敢，连杀三个后，正准备拔出腰间匕首宰杀倒在他脚跟下的鬼子时，殊不知这鬼子一个鲤鱼打挺，翻身过来，双手死死卡住小毛的脖子，小毛危在瞬间，一旁的锦先眼疾手快，一刀结果了这个鬼子。锦先个子高，和锦云一样，有八卦掌功夫中的劈、砍、抱、掖功底，玩大刀正是他的强项，他示意小毛，跟着他互为倚靠，继续砍杀鬼子，锦先又砍倒了三个，正欲追赶一个跳下田塍的鬼子，锦先被侧面冲来的鬼子砍伤左臂，小毛机警一闪，顺手从地上捡起一把刺刀，从鬼子后背猛将一刺，随即小毛拖着锦先迅即撤出。至此场上已没剩下多少鬼子，有的开始投降了，营长刘劲伟四下只顾寻找老对手小林次郎，刚才这家伙还在虚狂地嗷嗷叫着，哪去了？锦云也在帮助寻找，一个小个子娃娃兵手指朝远处一指：长官，那马肚子底下好像有个人头，营长和锦云一同赶过去，果不其然，正是这家伙！小林是个典型的法西斯分子，死到临头仍不服输，咆哮地从马肚子底下跃身而起，抽出腰间马刀，直向刘劲伟猛砍过来，眼看马刀就要落向自己的右肩，刘劲伟敏捷往左一闪，锦云趁机迅速接招，大刀背朝那马刀用力向上一拽，咣当一声，那长长的马刀飞出几米之远，小林傻眼了，顿时呆若木鸡，只见锦云索性把自己手中的大刀往地上一丢，赤手空拳，给对手一个平等的格斗机会。这家伙颇有武士道底子，几个回合交手，不见分晓，倒是锦云趔趄两回，险些摔倒，小林左嘴角流出一抹殷红的鲜血，显然此刻两个对手都成了红了眼的斗牛，瞬间只见锦云腾空踢出飞毛腿，小林哇的一声仰面倒地，锦云迅即落地，一掌劈向对方的脖子，一只拳头铁锤般砸向他的胸口，顿时这家伙口眼歪斜，直喷鲜血……

第二天清早，国军二十一军战地简报像雪片一样散落城郊，加大加黑的醒目标题是：国军英雄王锦云，徒手击毙少佐小林次郎

正文报道了捷报战果，看后让国人振奋不已，鬼子看了灰心丧气。占勇还是战斗前两天刚刚认识王锦原，看完国军战地简报，他把简报顺手给了福生，一边对福生说："看来王家兄弟个个都是英雄好汉，经过近些日子相处，我发现王先生这人

确实不一般，别看他常常离不开那黄烟筒，身上却充满着一股正气。"福生说："队长看人很准，王先生家不出一年，被日寇连续夺去三条亲人性命，他内心的仇恨比谁都大。"占勇思忖一会，停下脚步回转身来凑近福生说："王先生不是游击队员，实际上又是队员，对待他，我们既要重点爱护保护，又要理解他、成全他。"福生说："对，短战近战可适当让他参加，王先生这样的医疗技术是游击队得天独厚的资源，对救护伤员当然是天大的好事。"占勇满脸悦色地对着福生耳语："我看王先生就是个人才，对于我们游击队远不止于此……"俩人谈到这，锦幺过来说："刘劲伟营长发来了邀请，要求游击队参加祝捷大会。"占勇又像突然想起什么对锦幺说："王锦云是你的五哥吧？多了不起，怎么弄到国军里去了呢？"锦幺愣愣地望着占勇，答道："机缘巧合，命呗。"

第三天，旅部出面在九十一团驻地小重山召开了走马坡阵地战祝捷大会，首先由旅长发表祝词，接着由团长熊万发报告战果盛况。熊万发嗓门像人一样，宏亮辽远，站在几十丈远的山坡上都听得一清二楚：此仗持续近二十个小时，最终以我方牺牲二十九人（其中连长一人，排长级七人）伤三十八人的代价，夺取走马坡一仗的胜利！经现场清点，击毙击伤敌寇二百五十九人，缴获机枪十五挺……尔后由参谋长宣读立功人员名单，王锦云名列榜首，获得全旅唯一的"一级战斗英雄"，王锦先和王小毛分别都受到记一等功表彰。游击队的两位领导占勇和福生也受邀参加了祝捷大会，散会后，除战斗结束清点现场时，游击队得到一部分战利品外，团长熊万发发布命令，另外分给游击队步枪四十支和机枪两挺，子弹若干，发报机两台和其他战利品。大会最后一项当即宣布王锦云升任一连连长。

大会结束，便是当地的秧歌舞表演拉开了欢庆的场面，团长把王锦云拉到了自己的身边坐下，右边又是副团长，王锦云平生从未这般受宠，夹在两位长官中间，感觉十分局促，巴不得节目快点结束。锦先、小毛和其他八个记一等功的战士都戴着大红花，亦前排就座，摄影师的闪光灯时不时地闪烁着，这啥玩意呢，小毛眨巴着刺眼的灯光，心里嘀咕着。半小时后，咚啪咚啪咚咚啪，有着强烈节奏感的鼓点声终于戛然寂静下来，王锦云心想，终于可以松脱了，坐下的人正在徐徐起身，谁知熊万发一只大手突然一把钳住王锦云的左手："走吧，我们去活动活动筋骨？"王锦云心里有点暗暗叫苦，团长，你放了我吧？嘴上却有点紧张："团长，我哪是你的对手呢？"熊万发假装生气，两边络腮胡左右撇动："你小子骄傲了，瞧不起我是吧？"锦云连忙摆手说："哪里哪里。""那就来吧！"熊万发再不由分说，把王锦云强拉带拽拉到秧歌舞表演过的场子中央，主动脱衣甩膊，只剩下一件白衬衣扎在腰间皮带里，黄裤黑长皮靴，标配的老东北军军官风采。全团的战士们人山人海围着场子，吹哨喝彩，全然没有在意立春后的几分寒意，像是春潮涌动。所有的目光瞬间聚焦一处，只见熊万发腾空一跃，长腿如帚，扫地生风，尘沙顿起，然后快步双拳直击锦云，逼得锦云接招。锦云左闪右避，踉跄后退，几次险些中拳跌倒。许是锦云的退让惹恼了熊万发，惹怒了这头吃硬不吃软的"东北虎"，他咆哮似的："小子嘞——当心我揍扁你！"锦云心里清楚团长生气装得逼真，但他还是显得有些惊慌，赶忙一个抱合，脚背空心，两手形如鹰爪，双肘后收，旋风般转身，刹那间双掌出击，不偏不倚正击中熊万发的熊背，熊万发踉跄几下，险些跌倒，锦云一个箭步，一手勾住对方腰部，熊万发立稳脚跟，"不用留情！"吼叫的同时，一只脚闪电般踢向锦云臀部，锦云闪身避让对方身后，出其不意蹬腿反攻其独脚后跟，眼看熊万发就要四仰八叉倒地，锦云双掌迅即顶托住熊万发的臂膀，趁势一蹬双腿，仰面倒地，慢慢缩回双肘，让熊万发仰压在自己胸口上。熊万发功夫也不赖，俩人精彩的表演赢得场上连连喝彩，看着他们十字架般地摞在一起，场上起哄：锦云胜，锦云胜，也有不少人大喊：团长赢了，团长赢了，熊万发大吼一声：赢个屁！熊万发一个骨碌翻身，立定后拉起锦云，双手抱拳，躬腰作揖说："王锦云，从今以后你就是我的师傅啦。"

和团长道别后，回驻地路上，这些当兵的既钦佩又诧异，哪里学来这么厉害的功夫啊？王锦云娓娓相告，这八卦掌有五大流派，其开山鼻祖是清朝嘉庆年间河南人董海川，自己学的是伊门流派拳法，又有人问，你是怎么想到习武这门子事呢？王锦云不得不从他六岁时开始说起——

一九一二年是民国元年，当时王锦云五岁，上王村湾习文尚武风气已蔚然成风，那是缘于一次偶然的机会——王锦云大概不到两岁，有一年正月庙会，袁村湾连唱三天弹腔大戏，热闹空前，戏台前冒烟的炸油条灶儿，叫卖的货郎担儿，台上唱台下热闹极了，人山人海，不是看戏简直是看人。倘若人前挤来个像样的大姑娘，不自在的后生们故意起哄，你挤我我挤你，越挤越起哄，便生成"人浪"，俗称"摆台"。就在一次"摆台"的口角纠纷中，锦云的房哥王锦彪，当时三十出头，个子牛高马大，反被矮他一大截的小个子打翻在地，口吐鲜血，身上几处青紫，王锦彪觉得蒙受奇耻大辱！后经打听这个小个子是学过功夫，从此王锦彪抱定一个目标：一定要学习好一门武艺，待后寻机再雪前耻！当时正值八卦掌在江南一带盛行，王锦彪终于请来了一位河南师傅来村驻地传教武艺，并由他牵头每个学徒每年缴学费最低一石，富户一石五斗，从此每家每户，凡男丁必习武，满五岁可入学，每年冬闲这位河南师傅入村，春播而去。习武的第二年，那时的学堂公公还没来村上教书，从浔阳城下乡来收谷租，看见村上兴办武堂，甚为兴怀，当即表示，凡村上所有学徒学费由他赞助一半，并当着众乡亲的面还说：五尺男儿汉，著身当自强。习文非尚武，何以捍平乡。学堂公公助一臂之力，为村上习武成风推波助澜，从此以后村上的大男人们小男人们更是迷恋八卦拳掌武功，早也练晚也练，寒来暑往，闻鸡起舞，年年如此，从不间断，周边方圆十乡八里，人们说到上王村湾，都会跷起拇指，穿破裆裤的小毛孩，鸡鸡都能吊人哩。

　　走马坡阻击战刚一结束，福生便让王锦原先回，但是回到药栈后他一直寝食不安，老惦着战场上后来是什么情况？尤其是港北主战场上日寇都消灭了吗？锦云、锦先怎么样？王锦原背着药箱，一清早出了东门，走到一处路边野榆下，一阵清风吹来，头顶上竟落下一张纸片，信手拈来一看，上面竟有五弟王锦云的名字，他心里一个咯噔，飞快扫了一眼，这是国军宣传单，不能看！下意识地环顾四下，利索地把宣传单藏进了长衫内。在刘家凹看完病，瞅准了一个无人的机会，他从长衫里取出宣传单，重新折叠，郑重地放进了药箱底部，中午回到药栈，孩子们都已午睡，便立即关上门，急忙把宣传单拿出来，认认真真地把每一个字读完，他兴奋极了，在药栈里来回不停地踱着步，喃喃自语：锦云老弟，好样的！雅芝这时端着药筛过来，他一把抓住她的双手，锦云他成了大英雄啦……

走马坡这一仗的确打得漂亮，打出了许多利好，是该好好庆贺，国军获得了丰收，游击队得了大利，王锦云荣获一级战斗英雄也理所应当，所有这些都不在话下，锦先和小毛更是乐着呢。

锦先那天晚上挂了彩，当即担架队把他抬下火线，在战地医院疗伤三天后，连长还放了他五天假，让小毛和一个广西籍战士把他送回上王村湾的家中休养。在家中休息的日子里，锦先活成了一个大英雄。大人孩子们围着他讲战斗故事，问他杀了几个鬼子，丝网港里淹死了多少鬼子，锦先虽然话不多，却也讲得生灵活现。晚上，小儿子挤在锦先被窝里，要爹爹讲杀鬼子的经过，听着听着，夸赞爹爹是大英雄，小儿子睡着了，堂客端来煮好的甜荷包蛋，锦先吃完，一抹嘴，对堂客说，"这一回呀，我总算尝到了什么叫解气，解恨！"女人一手接过锦先递过来的空碗，一手拍打着锦先的左肘，疼爱地问："嗳，三哥知道你杀鬼子的事吗？"锦先摇摇头："不晓得知道啵。"假期未满，第二天一早，锦先便回部队去了。

当然更乐的还是小毛，今年二十八岁，光棍伶仃，穷得连间茅草屋都被鬼子烧了，一仗竟打来了桃花运，小毛实在是太走运了，且走得离奇，怎么个离奇法，暂且打住，下回再说。

第八章　再建奇功

　　战斗结束休整的第一天，吃过早餐，回营房路上，有两个耳精的广西兵，一边一个故意簇拥着小毛，嘻嘻哈哈，呛着小毛，要他交代那天晚上桃色奇遇，小毛逼得没有办法，只有一五一十和盘托出——

　　走马坡一仗，几乎是打了一天一夜，清点战场时大约到了凌晨四点，小毛和另一个广西兵把锦先送进战地医院后，立即返回战场，战斗已近尾声，受排长派遣，跟随班上一班人，蹚过港南帮助游击队一起清扫战场。阴历正月十九的日子，下半夜的月亮还很大，但没有上半夜那么明亮，游移的云层越来越厚，越来越黑，天空上惨白的银盘不知不觉地隐藏起来，风寒飕飕，视线变得更加模糊，小毛摸索着四处搜寻，在一处陡坡墈下，横躺着一个日本鬼子，手里还紧紧握着长枪，小毛蹲下身子掰开鬼子尸体，刚要捡起枪，呼啦啦墈上突然连着沙石滑下一个人来，胯下正夹住小毛的颈项，小毛以为是漏网的鬼子，猴劲上来机灵一拖那双腿，侧身一手将那人死死扣在自己胸前，正欲挥拳击打其头部，不对呀，胸脯怎么软绵柔和，像触了电似的，小毛挥出去的拳头停在半空，定睛一看，模模糊糊中像是乱作一团的长头发，是个女的？！一声尖叫"哟——"果然是个女的。许是小毛力气太大，把这个女人的胸脯扣得太紧，扣痛了，小毛慌忙松手，吓得后退几步，月亮穿过一团乌云，射出短暂的亮光，正好俩人都看清了对方的脸庞，小毛进一步证实了自己的眼睛，眼前千真万确是个女的，穿着篮底白圆点花布紧身棉袄，腰间紧裹着武装皮带，那一排整齐的刘海遮住了前额，圆圆的脸蛋两边抹上了几缕硝烟，更添几许稚气，年龄顶多十八九岁吧，小毛瘦长高个，一张机灵的猴脸也映入了这姑娘亮晶晶的眸子："小毛哥——"一声清脆甜润的呼喊，让小毛顿感莫名其妙："你，你认识我？"这姑娘连连点头，小毛一脸懵懂。这姑娘自报家门，名字叫杏儿，是许油桐湾的。杏儿告诉小毛，你侬湾的徐氏是我的姨娘，冬梅就是我的表姐，大前年腊月，我去姨娘家帮忙做年印花粑，你也在那里帮忙，大家都说你力气大，粉团揉得好，小毛根本就记不起眼前这位丰满爽朗、利落大方的大姑娘就是当年的黄毛丫头，也装作哦哦地应着，还是掩饰不住那怪不好意思的尴尬，倒是杏儿眼光敏锐，快语慰人："小毛哥，没关系，你又不是故意欺负我，走，帮我一起捡枪吧。"于是，俩人忙碌的身影共同融入在朦胧的曙色中。

说到徐氏是该说说她。杏儿湾的桂生经锦北的撮合，倒插门上了冬梅家，徐氏总算是了却了一桩心愿，也解开了长期困惑的心结。桂生敦厚、实在、勤快，来到冬梅家差不多已十天，娘俩都很满意。一天晚上，桂生和冬梅的孩子都睡了，冬梅陪着姆妈在灶屋，徐氏边洗脚边叹道：桂生来了硬是不一样，有了男人有了势啊。转而又说，女儿呃，现在我就放心了。然后低着头，再没吱声，又开始沮丧着：我还能继续在这湾里待吗？

欺侮、冷蔑、无端骚扰暗袭让人受够了，说不定哪天又有一顶屎帽子扣到自己头上还浑然不知，就连她一向敬重且长期萦绕在心的三哥，多久也不见个面，也可能嫌弃自己了？这个村庄还有什么值得留恋？！于是，她对冬梅说："从今以后，你别管姆妈哪里去了，就当她死了吧。"冬梅说："姆妈！你胡说什么呢？"不过最后徐氏还是应了冬梅一句，"为了你们娘儿俩，姆妈不会死！"第二天，也就是锦先归队的那天早上，冬梅在家门口哭得死去活来，她告诉锦先，这些话是姆妈前天晚上跟她说的，昨天下半夜，我起来给孩子换尿片就没看见她人，到现在一直没有回家……已是大天亮，满村上的人都陆陆续续地过来了，锦北也赶过来了，问了冬梅话后，锦北说："那话也不可全信，她真的不会去寻死？人在想不开的时候什么事都会做得出来。"于是吆喝众人，快，快！分头四处寻找。又回过头来对锦先说："你也推迟下上部队去，一起帮个忙。"于是锦北、锦先，还有大猴和另外俩人各扛着一部渔网，从村北的方塘、青碗塘，一直到村西、村南、村东的牛角塘圆口塘汤罐塘捞了个遍，一直捞到中午过后，也不见徐氏半点踪影，大家拖着疲惫的身体，无功而返。冬梅还在哭，桂生劝没用；龙梅姑娘来安慰，也还是哭。人群中有人叹气："唉，这么一个大好人，怎么就命这么不好呢。"是啊，徐氏自从嫁进上王村湾，男女老少大人小孩从未拌过嘴、红过脸，里方外圆，哪一个不交口称赞，谁也接受不了她的突然离去啊。有人咬着牙，尽量从好的方面设想，开导冬梅：姆妈是坚强的人，不会想不开，姆妈可能是有急事去了……唉，有人怨起了徐氏，无论如何你不能这样无声无息地一走了之喔。其实徐氏走的头天晚上，雅芝带着锦先、锦云的堂客，还有湾里许多女人上冬梅家来过，一屋子的女人你一言我一句劝慰徐氏。不管大家怎么劝慰，徐氏坐在那小凳上，面向墙壁，一直低首不语。好像是锦云的堂客走过来，弯着腰，拍拍徐氏的肩头，轻轻地说："同庚嫂吧，哪个人不会碰上点遭孽的事呢？"徐氏突然转过身来，仰着脸，木然地看着对面这个女人的脸："祖宗三十代的丑都让我丢尽了！"说完双手捂脸，十分伤心地呜咽起来，"你们放心，都回去吧，我无论如何不去死！"

前回说到王锦云从王记药栈接到其弟王锦幺交给白浒塘的地形图，后因起了走马坡战事，一直搁在那儿，眼下又因三营接到了新的打援军事任务，营长刘劲伟不得不通知大个子刘，将白浒塘地形图还回游击队，由于新的战事吃紧，同意白浒塘一事由游击队自行主动出击，如需国军协助，再另行联络。游击队今非昔比，早就巴不得吃掉这块肥肉，收到这一消息，占勇与福生甚是兴奋，兴奋之余，占勇忽地定定地看着对面的福生，眨巴着眼："政委，我们还是进城去到王先生那里坐坐，说不定会有启发。"占勇从内衬衣口袋里摸出一张硬纸片片晃了晃，反正我现在是大大的良民了。福生爽快应道，好！可是我怎么没想到呢？

王记药栈窗上一串橘皮安然无恙挂在那儿，俩人索性进去，不用王先生客气，福生径直把王先生拉进药栈后堂，自己提壶倒水，占勇则把准备攻打白浒塘的大致方案告诉了王锦原，然后说："王先生，您是有学问的人，帮我们合计合计。"王锦原把手上的黄铜烟筒慢慢推到桌子尽头，然后立起身，抖了抖胸前长衫上的烟丝屑末，又缓缓地走到占勇的面前，思忖一会，轻轻点着食指："兵事胜负，乃道、将、天、地、法五常也。"占勇和福生不约而同地用惊讶的目光看着王锦原,是纳闷、是喜出望外?王先生还懂兵书?只听王锦原接着说,"此仗对你们来说,重要节点是五常其中之一:地!孙子云:地者,兵之助也。"王锦原见两位问客满脸讶色,接着解释:这意思就是说要把战斗的环境和地形、战场的情况要全面了解熟悉,才能有利于夺取胜利。听完王锦原的话,占勇激动了,紧紧握着王锦原的双手:"来之前,我也只是抱着试试看的心态,认为您是个有学问的人,看问题会透彻些,万万没有想到您还懂兵法!"王锦原哈哈大笑:"我不过是书上看来的,纸上谈兵啰。"福生挑着空豆腐担儿,占勇提着一只篮子,告辞了药栈,一路上占勇兴致不减,对福生说:"去年坝桥初次见面,我就有一种预感,王先生绝非一般郎中,是难得的圣人!"

俩人回到铁匠铺,立即把锦幺找来,认真听取了白浒塘前期策反工作汇报,又按照王锦原对"战场环境和地形要全面了解熟悉"的重要提醒,几个人讨论了一宿,终于逐项拟定了攻打前必须做好的工作,完善了战斗方案。散会后,占勇还心心念着王锦原,对福生说:"王先生是我们的福星,一定要给他一个名分。"

锦幺早在装卸盐船的日子里,就与伪宪兵队二中队的许多队员混得很熟,他那天生温顺的性格总给人一种亲和的感觉,偏高个子,圆圆的脸庞,好像从来不会与人吵架。伪宪兵队员不管来自何方,也基本都是穷苦出身,有什么不舒心的事、恼气的事都愿与锦幺诉说。有一天中午,锦幺姗姗来迟走进食堂,刚刚从窗口取来饭菜,那餐桌间竟哄闹了起来,原来是那个爱寻衅滋事的日本宪兵故意欺负人,自己碗里的饭还没吃完,把本地人伪宪吕胖子的鸡蛋抢了去，吕胖子终于忍耐不住："操你妈的，昨天你拿了我的蛋，老子忍了，今天还来？！"于是火冒三丈操起长凳就要砸向日本宪兵，锦幺急忙放下手中的饭菜，跑将过来，长而有力的手臂将这条长凳阻挡在空中，一场没有必要的斗殴，就这样被消灭在萌芽状态中。事态迅速平息，锦幺把吕胖子按坐在一旁，几经推让，硬是把自己的一只鸡蛋塞给了他。然后设身处地，不紧不慢地推心置腹："与日本人打交道，该忍的时候还是要忍啊，条件成熟了，我们再闹，闹得大大的，而且还要非闹赢不可！"这些伪宪们只要与锦幺在一起，总感到好像是一种释放和慰藉。其中有几个宪兵队队员，包括副队长董槐山都被鬼子打过，皮鞭抽过，锦幺体恤同情他们，而且总是在关键的时候，锦幺会说出他们的心里话："帮鬼子做事，就是没有出头日。"在锦幺不知不觉的感化中，渐渐地他们中大多数都生起了"反水"的愿望，锦幺又耐心细致巧妙地控制住他们的情绪。心想，偷鸡不成反蚀一把米的事千万不能干。令锦幺最为头疼的就是队长叶阿四，虽然他也恨鬼子，为人却机警狐疑，左顾右盼，不好对付，其态度一直没有大的转变，前不久经政委福生的指示，锦幺再次进入白浒塘，寻机与叶阿四多次厮混一起，吃饭喝酒，好像思想上多了一些对鬼子的憎恨，但还是犹犹豫豫，徘徊不定，所以锦幺把情况报告了领导，占勇才决定亲自去找叶阿四。锦幺也并不是什么天生聪明，天生会动脑筋，可能还是跟他酷爱学习有关。过去的书他读了不少，"四书五经"他都读过。而且悟性好，又善于融会贯通。现在的书只要有，他也认真读，前不久从江北传过来几本学习小册子，他也是反复读，偷偷地在被窝里读。读书就是使人明理，让人开窍。锦幺爱读书的好习惯，锦原当然知道，有什么好书还传给他读，虔诚践行先父耕读传家的家训。

王锦原告诉锦云，他早就认得董槐山，董是个大孝子，三番几次，请我为其母看病，有天早上董槐山跨进药栈，王锦原正端着黄铜烟筒坐在柜台内吧嗒着，看见来客，便起身相迎，"董队长，母亲大人身体近来无恙？"董槐山唉了一声："王先生，特地来请您哟，老人家的病又发了。"一路上俩人走着，董槐山突然问王锦原，我们白浒塘去年来了一个做工的，那人好像您。王锦原哦了一声，知道他叫什么名字吗，董槐山摇摇头，接着说，那人看样懂得挺多，说的话很有道理，人也挺好。

王锦原问："他说些什么？"

董槐山答道："说日本人终究要被中国人赶走，汪精卫政府肯定没有前途，最后一定会落个大汉奸的骂名，被世代后人唾骂。王先生，您外面走得多，见识广，怎么认为呢？"

王锦原接过话腔："董队长，那人说的话没错，中国人怎么能帮外国人打中国人呢？你说对吗？"到了董槐山家，王锦原给病人细致地诊察后，直说了，"你母亲不会很久，能吃点就让她吃好点，尽点孝心就行，药已经不起什么作用了。"

为了摸透白浒塘的情况，进一步熟悉战斗地形，占勇和福生分头行动，一个负责继续争取叶阿四，一个负责对油库一带地形的侦察。占勇带着二夫，跟着锦幺在白浒塘做了一天装卸苦力，由于晚上还有货船要到，需要加点夜班。宪兵队食堂吃晚饭时，锦幺把叶阿四指认给占勇，占勇死死地记住了：小小眼睛有点贼亮，鼻梁有点扭歪，嘴巴超大，显然五官不正，倒是瘦高个吊支左轮驳壳，好像压住了这人身上固有的一点邪门子气。早春的白浒塘，浦岸丰草在夜风中摇曳，蛙鸣声声，天上朗朗疏星。在等船卸货的时候，占勇看见叶阿四独自向船靠岸处走来，忙凑上前去逢迎："队长，请抽烟。"叶阿四上下打量着占勇："你是新来的？"占勇点点头。"哪里人？"占勇回答道："江北黄梅人。"叶阿四长长地吸了一口，吐出腾腾烟圈儿，蹙眉皱额，歪鼻梁更歪一边了："怎么想到来这边做工？"

"养家糊口呗。队长，帮衬点吧。"

"怎么帮？我都是帮日本人。"

"那你又何苦呢？"

"跟你一样呗，生活所逼。"

"你跟我不一样。"

"为什么？！"叶阿四用异样的眼光看着占勇。占勇则很平缓地答道："因为你是帮日本人卖命，而我则是帮自己卖命。"叶阿四眨巴着小眼睛，贼亮的眼光明显露出狐疑："莫非你是奸细？"占勇爽快答道："不是奸细，鄙人是游击队队长占勇。"尤其是游击队前不久在丝网港配合国军一战已威名在外，叶阿四一听更是吓了一跳，双腿几近哆嗦，话音儿都有点颤抖："你找我干什么？"占勇直截了当："要你们'反水'，配合我们游击队端掉白浒塘弹药库！"叶阿四更是发怵了。占勇看出了对方窘惧的心态，和颜悦色地递给叶阿四一支烟，俩人并排靠在一条落下帆篷的船头，占勇娓娓的话语带着一种温暖，当前国共齐心协力抗日，形势日渐好转，日本人在全国战场上到处吃败仗，已陷入泥潭，正如延安的毛主席所说，坚持持久的抗战，数年之后，日本必败，中国必胜！中国胜利了，不管是共产党执政，还是国民党执政，或是联合政府执政，反正汪伪汉奸政府不会有好下场！叶阿四听得有点发呆，占勇已完全掌控住对方此时的内心，接着说，这一次是个很好的机会，可以彻底摆脱狼窝，回到广泛的抗日民族战线的大家庭中来，将功赎罪，前途一定光明！这时二夫过来喊道，面粉船已靠岸，要卸船了，占勇挥挥手，你先过去吧。最后占勇对叶阿四说："请叶队长认真考虑我的意见，深明大义看清前途乃是上策。"经过占勇一番晓之以理的规劝，原本思想摇摆不定的叶阿四觉得占勇说的话不无道理，起初那种害怕紧张的心情也渐渐放松，他对着眼前的这位不速之客突然间狡黠一笑："要是我叶某人不从呢？"占勇迅速从胸前拔出短枪，顶在叶阿四的腰间，一边凑近他的耳旁轻声狠狠地说："那就小心你的性命！"占勇接着补充说，"如果有半点风声走漏到鬼子那里，就先把你们宪兵队一窝端掉！"叶阿四这下又全身抖了起来，哆哆嗦嗦地答应着："不敢——不敢。"最后占勇主动伸出手，握住这只哆嗦的手，通牒式的："在游击队未打响第一枪前，一切听我的口令行事！"诚惶诚恐的叶阿四连忙点头称是。

与占勇分手后，福生去了城里一趟。福生在王记药栈门口伫立一会，看见一串橘皮窗前挂着，便撂下豆腐担儿，拣起两块豆腐送了进去，三夫正在双脚碾药，看见来人，便扭头对里屋喊道："爹，福生叔来啦。"王锦原忙把福生迎进后屋，悄悄告诉福生，近些日子鬼子在城里活动频繁，像是换防调岗，西门塘口还新来了好几艘舰艇，增兵不少，小股部队经常来来往往，气氛有些异常。王锦原还告诉福生，沈淼林来了药栈，说鬼子要派他去东京上大学，进修建筑设计，为占领中国后储备战后建设人才，如果他走后，有事可联系芳田淑一。芳田淑一的先祖是中国浙江舟山人，内心很是同情中国人，非常痛恨日本军国主义的侵略暴行，认为是这场战争毁了她的家庭幸福，她坦诚告诉沈淼林，巴不得天皇输个精光。福生听完锦原的话，分了糖果给孩子们，摸摸一平的小脑袋，离开了药栈，挑起豆腐担儿，来到樱桃食堂，芳田淑一悄悄告诉福生，这些畜生，最近在石钟山矶头丢了不少人到江里去，都是一中队那些狼心狗肺的家伙干的，有一天晚上，我送饭给中队长岸石木，看见他们在名叫船厅的屋里，把蒙面的中国人捆好了，一个个塞进麻袋，抬到矶头边，我看不下去，也无能为力……听了芳田淑一的话，福生十分震惊，心中暗暗骂道：狼心狗肺的东西，不得好死！说完话，出了樱桃食堂，继续挑着豆腐担儿，急急地故意绕道江边，直往白浒塘方向。沿着沙砾江路走了一会，看见有一处茅草丛，福生把豆腐担儿撂在路边，蹲下身来装作大解，借着茅草的遮掩，福生努力默记油库周边的道路和环境。过了一会，挑起担儿走了一段，拣了一处又蹲了一会，快近油库江边路处，他又蹲了下来，一连蹲了三次，这时从油库岗亭边下来了个鬼子，凶巴巴地问福生蹲那里干什么，福生说，大便呗。鬼子追问着：老远的看你蹲下好几次，为什么的？福生苦笑着，脑瓜儿灵机一动：拉肚子呗。鬼子这才气呼呼地一挥手，军事重地，快走快走！

根据连日来掌握的情况，鬼子对白浒塘江边油库已在加岗加哨，增布铁丝网，不管是叶阿四阳奉阴违走漏了风声，还是鬼子增强警惕的常规活动，大家觉得对白浒塘偷袭一事宜早不宜迟，于是把王锦原也请来了，经反复商量，大家意见高度一致，正式战斗方案终于在凌晨三点敲定。这时，心情轻松的占勇，看着王锦原愉快地说："我和福生政委已经商定，凡是今后有要紧的战事，或是重大决策，您都要参与，从今天开始，您就是游击队的军师，接受我们的正式邀聘好吗？"王锦原谦谦一笑："我哪有那才，不敢不敢，当个臭皮匠凑合两句还差不多。"占勇和福生几乎是不约而同："嗨，王先生太谦虚了。"

攻打白浒塘的事正式定了下来，两位领导不但同意王锦原可以上战场，而且还聘为军师，王锦原不是贪图虚荣之人，但又是因了这顶荣誉帽子内心有了充实感，觉得自己真正参加游击队了，倒也高兴着。来到儿子面前，意欲和儿子说说话，二夫放下书，望着爹爹："既然聘您当了军师，就应该是帐中之人，献计献策就行。"

王锦原走近二夫，一副认真的神态："当真把这顶荣誉帽子当成真本事？"王锦原知道儿子的顾虑是放心不下他的安全，"放心吧，儿子，我不是已经有过战场体验吗？能上场就要上战场，光卖嘴皮子算什么？"他把黄烟筒移出嘴边，透过昏黄灯光前的弥漫烟雾，继续看着二夫，慈爱地说，"儿子，上阵父子兵哪。"

傍晚的时候，锦幺挑来一担红茅梢送进药栈，雅芝正为没有引火柴犯愁，看见锦幺额头汗沁沁地放下柴担，忙递过来一条毛巾，高兴地说："幺弟呀，这潮湿的春上，哪来这爱死人的干茅柴呢？"锦幺答道："是我去年白露时割的，堆放在柚山脚破庙后。"哦，雅芝喜不自禁，于是过来弯腰码柴，锦幺忙叫三嫂等一等，还有个东西在那柴里面呢。柴里面是本小册子，锦幺小心地藏放腰间，来到王锦原柜台边："三哥，天色已晚，今天我就不走了。"

晚上，锦幺给了王锦原一个惊喜，锦原正弯腰低头从药柜底屉拣寻什么，锦幺轻轻走到柜台前唤了声三哥："这本书您肯定没看过，保准喜欢。"王锦原接过锦幺递过来的棕黄色小册子，定定地看着那册子的封皮：《论持久战》，作者署名是毛泽东。王锦原怔住了，哪来的？江北交通员捎过来的，政委和队长都看了，我也看了，现在传给你。幺弟呀，这毛主席非常了不得，他才是真正的圣人哪！我听说，现在北平、上海、天津、武汉等许多大城市的青年大学生，有志人士都很向往延安，纷纷投奔延安，有的人家里生活甚至很富裕，还千方百计跋山涉水去延安，这是为什么，延安怎么有那么大的诱惑力呢？你听谁说的？王锦原就近锦幺的耳朵：学堂公公。锦幺眼神疑惑。锦原告诉锦幺，前年日寇侵入湖口的头两个月，学堂公公的旧友过来看他时告诉他的。锦幺说，我总觉得学堂公公很神秘，对于他的过去老是讳莫如深。王锦原点了点头，我也有一样的感觉。然后话题一转，呃，幺弟呀，看来我们误打误撞对了……王锦原去拿烟筒，脸上顿时生起愁云，微微颔首，自言自语，声音低沉：锦先、锦云两位老弟走的路堪忧哇。三哥，锦幺捏紧拳头说，下次有机会我们一起来做四哥五哥的工作。王锦原默默地没有吱声。二夫已经去睡了，锦幺也准备上床，这才又想起了一件事："三哥，知道我下午去柚山挑柴碰见了谁吗？徐氏嫂哩。"她怎么会去这么远的地方？王锦原眼前一亮，闻言惊喜，心想终于有了她的消息，继而叹喟着："好久没有见到她哟。她说了什么没有？"锦幺回道：她和好几个女人一起摘野茶，那些女人我都不认得，是我喊她，她好像故意躲我，我问她，湾里人都还好吗？她一概摇头，什么也不愿说，最后才问我一句，你三哥好吗？便没入野茶丛中。

福生和占勇虽然同意了王锦原上战场的请求，但特别叮嘱，伤员必须抬下火线抢救。锦幺也在场，他对王锦原说，我不完全反对你上战场，像这些近战速战，亲身参加一下未尝不可，但是，远战大战不能去，不一定每回都要去，就不算四哥五哥，起码你我、二夫，我们仨就等同是一个人，其中哪一个参加了，也就等于你参加了，有道理不？锦原没有作声。

白浒塘日伪仓库的结构，游击队已烂熟于心。靠近湖边是伪宪兵队住地，住地西北角是日军和伪宪共用的食堂，隔着一个空旷的场地便是一排仓库，仓库西头是弹药武器，东头则是储放后勤物资，挨近物资仓库的东边围墙有一道钢管大门，是物资进出的必由之路，出门左通长江，右通景湖公路。再隔上一个空旷的场子，正北方向的山冈上，便是三处硕大的圆柱形油库，油库的山脚下有一条简易石渣路，直通江边趸船码头，油库山尖上的两盏探照灯互相交叉，在江面和油库之间移动，两束巨大的光束照到哪里，哪里如同白昼。

这是一个静悄悄的春夜，白浒塘湖水暗幽幽的，微风细浪，三两蛙声，时鸣时寂，殊不知在这张巨大夜幕的笼罩下，竟暗流涌动。锦幺带上了二十几名游击队员沿着白浒塘湖边，抄近路向伪宪兵队驻地靠近，与锦幺取得联系的副队长董槐山和几位"反水"积极分子，早就在预定的茅草沟与锦幺接上头，经商量，大部分游击队员围住伪宪兵队驻地，一小部分队员与"反水"伪宪对付值岗宪兵。值岗的四个哨兵有两个是愿意"反水"的，看见游击队员来了，故意举枪投降，在仓库门口流动的另外两个哨兵不知是怎么回事，就被夏生健和梅老七带着两个队员一起制服，口里塞上毛巾，绑好双手，双双关进了柴房。有一个宪兵迅速抓起岗亭的电话筒，正欲拨号，被二夫赶上前去，捂住他的嘴巴，一匕封喉。锦幺带领的游击队员按照队长占勇的命令，不发一枪，将待岗的其他宪兵全部缴械，并立即把不想"反水"的一个个严实捆绑，严加看管。叶阿四在营房门口张望，早被两个游击队员看住。看见锦幺过来，叶阿四忙从肩胛上取下手枪背带，恭敬地连套带枪交到锦幺手上，"暂时委屈你啦，叶队长。"锦幺客气地待着叶阿四。接下来便有条不紊地指挥着：凡"反水"的参与开仓搬运大米和面粉，二夫和另外两个受过特工训练的队员都会开车，仓库门前正好停放着两辆卡车，后面一边装货，前面二夫他们一边弄开车门，掀开车子引擎盖，直接打火，车子发动后立即熄火，等到车厢内货物装满后仍原地按兵不动，必须等待油库山上占勇发出信号，方可同时行动。

福生带领的一部分队员兵分两路，一路是伏击沿江北路水上方向可能之援敌，另一路是伏击城东可能过来追击之敌，杏儿和菊嫂背满了自制土地雷，也来参加了这次战斗，她们都跟在福生身后，隐蔽在树林中。掩体前面排满了土地雷，杏儿水灵灵的大眼睛望着菊嫂，眼神甚是急盼，细声地说："姐，我们的人怎么还没出来呢？"菊嫂敦实，说话男人声，瓮声瓮气："打仗的事，可要沉住气哦。"

再说大个子刘和另外几个身手不凡的队员跟着占勇，爬上油库山，先是果断地徒手扭断两个靠近油库岗哨鬼子的脖颈，接着剪断了电话线，又接二连三地干掉了四个巡逻鬼子，一切都在无声中进行，步步惊险，招招得手。惊险过后，他们鱼贯匍匐，机智地躲过探照灯。在探照灯移走时，剪开铁丝网；在探照灯移过时，靠近了预先选定的油库入口管，大个子刘从腰间拔出他常挂在腰间的那把锋利刀，麻利地将油管割断，一串雷管塞入油库断口一端，端口外端系上了一串地雷和四个炸药包，布好引线，他们又慢慢爬出两道铁丝网，确认已进入油库以北的安全地带，大个子刘和他的助手爬上半山坡，索性剪断电线，照明灯瞬时熄灭。照明灯熄灭是游击队统一行动的信号，于是二夫和他的特工队友一齐发动卡车，反水的伪宪和游击队员也分别迅速爬上卡车，轰轰隆隆出了仓库的后门。福生带领埋伏在三岔路口两处的游击队员也立即进入临战状态，大概十来分钟过去，杏儿眼尖，指着夜茫茫的远处，来啦来啦，果然两辆卡车越来越近，不一会儿，卡车开到了三岔路口，缓缓停下，锦幺和另外两个队员迅即跳下车，奔向战壕，锦幺握住福生的手，相互会意地点头，然后一声悠长的夜莺啼叫，划破了漆黑的夜空，传到了对面油库山上，这是很善口技的游击队员方小敏口里发出的，说明卡车已过三岔路口，占勇随即命令大个子刘点燃了导火索，吱吱冒着火星的导火索迅速穿过两道铁丝网，眼看很快就要逼近油库，占勇一声令下，撤！一行人向山下快速撤退，没一会工夫，嘣！嘣！嘣嘣嘣的连环震天巨响在撤退队员的身后撼地裂空，仿佛还有一股热浪一阵盖过一阵，在追踪他们。蹿上半天的火光，把白浒塘照得如同白昼，也正好照耀着占勇一行向白浒塘南边撤退去追福生的队伍。福生这边看到油库爆炸，除留下布设地雷的队员断后阻击追击之敌外，其余都已跳上了两辆卡车，当卡车开至白浒塘南边，停下来不到几分钟，福生看了看表，占勇一行正好赶到。福生一把拉住占勇的一只手，用力一拽，把占勇拉上了车，边说，祝贺你，大功告成！福生由不得占勇争扯，迅速跳下车，"快走！我是负责断后的！"卡车又徐徐起动，行至白浒塘边一个拐弯处，前轮落在凹处，速度很低，这时，叶阿四突然爬上车沿，纵身一跃，跳进白浒塘，锦幺瞬间掏出手枪对准水面，占勇马上把锦幺的手摁住，说："由他去吧。"于是命令二夫他们全速回撤。就在这万分紧要的关头，占勇临时决定，让锦幺带领一部分队员迅速跳下卡车，增援福生。

　　游击队的两辆卡车过去了，鬼子追击的车队很快跟了过来，远处灯光如豆，像幽灵跳跃，渐渐越来越近，闪烁交错，而且灯光愈来愈密，愈来愈大，愈来愈刺眼，有时似乎已经照见了正在紧张铺埋地雷的队员，福生马上命令他们立即回到战壕隐蔽。看来鬼子是要大打出手了。夏生健、唐泽丰、浪里翻梅老七和菊嫂杏儿，大概还有二十多个人都挨个儿跟着福生，在松树林的战壕里等待鬼子车队进入雷区。这时夏生健对福生说："鬼子可能来头不小了，要不发报国军，请求支援阻击。"福生说："即使熊万发同意，恐怕也来不及了。"福生右边的唐泽丰说："政委，前面的卡车过来了，打不？"福生说，"再等一下。"福生又回过头来对夏生健说："还是按鄂东特委说的，打得赢就打，打不赢就撤。"话音刚落，咚，咚咚咚，鬼子的卡车开始中雷了，一部二部三部……车翻人飞，于是鬼子的嚎叫声、车胎的爆裂声、地雷的爆炸声混作一起，暗淡的星夜土石飞溅，浓烟四起，一幅幅火光图瞬起瞬灭。这时锦幺一行增援的队员赶过来了，跳进了战壕，福生准确把握战机，随着他的一声枪令，已铆足了劲的游击队员等的就是这一刻的到来，心中仇恨的火焰就在这一刹那无限燃烧！死劲打，死劲扔，夏生健的机枪突突突不停地让顽抗向上冲的鬼子一个个倒下，菊嫂勇猛善战，每一颗手榴弹总是在敌群中开花，炸得鬼子手足分家。菊嫂还一边招呼着身边的杏儿："专拣前头的瞄，杏妹。"杏儿听菊嫂的话，枪口死死顶住冲在最前的鬼子，枪法不错，一枪撂倒一个。敌人冲上来一阵被打退下去，又冲上来一阵又被打退下去，像是杀不完的，看来游击队的力量远不匹敌。战斗大概持续了半个钟头，又有抖晃的灯光射向阵地，一束束，越来越多，越来越近，这一下就如同捅了马蜂窝一样，鬼子大有誓不罢休之势，游击队阵地开始落下了鬼子的迫击炮弹，战壕遭到了破坏，情况紧急，撤！福生不得不发出撤退的命令。但是先头到达的敌人又开始冲上来了，游击队已出现不少伤亡，杏儿也负了伤，左腿中了弹片，流血不止，菊嫂撕下自己内衣手袖，简单替杏儿包扎一下，正欲背起她，这时王锦原冲过来，对着菊嫂说，你别管，我来。杏儿望着面染尘烟的王锦原给她麻利上药，重新包扎，甚是感动："王先生，您怎么也来了呢？"王锦原大声说："我为什么不该来呢？"一边把杏儿背到安全点的地方放下，马上又去抢救下一个伤员。情况万分严峻，不能盲目撤退。经过简单商议，锦幺强烈要求福生带领大部分队员抄近路翻过山岭向东撤退："你是政委，得对大家生命负责，赶快走！"锦幺和夏生健十多号人，沿着山南且战且退，完全把鬼子反扑的火力引了过来，鬼子穷追不舍，而且越来越多，逐渐对锦幺、夏生健一拨游击队员呈包围态势，锦幺见势不妙，立即要求夏生健带领队员向东涧夺路，冲出包围圈。夏生健与锦幺都是分组组长，他死活不依，不同意跟锦幺分开，剩下的四名队员在锦幺的强力威逼下，向东山涧顶撤退，此时战壕里就只有锦幺和夏生健互为犄角，生死搅缠一起。看来逃出去是一丝希望也没有，鬼子已把他们二人围得水泄不通，夏生健本想用最后一颗手雷炸开一条血路，但是鬼子像潮水一样合拢，锦幺与夏生健背靠背，一人抓住一个鬼子，赤手空拳作最后的拼本，但是一切都无济于事，那个领头的就是中队长本田枫二，挥着马刀，大声叫嚷："抓活的，要活口。"两位英雄寡不敌众，终于被一群魔兽架走。逃出的四个游击队员根本就没走远，一直藏在山顶上乱棘丛中，半山腰的这一幕，他们看得一清二楚，有个叫虎子的后生，硬要冲出去救二位组长，救得了吗？这不是以卵击石继续赔本吗？另外几个队员死死把虎子拽住，拖着疲惫的身体，向驻地撤去。

福生和占勇回到队部后，一直都在焦盼的等待中，可是等待来的消息却令人五雷轰顶，当这些满面硝烟的四个队员进门报告两位组长被鬼子绑走了，福生十分地惊愕、懊悔和自责，责怪自己撤退的命令下得太迟，脸庞痛苦地抽搐着，对占勇说："我应该作检讨，请求特委处分我。"这一仗本应是好好庆贺，运来了许多粮食枪支子弹不说，特别是成功地炸掉了鬼子的油库，足以沉重地打击了日本人的嚣张气焰。可是打仗哪会没有牺牲和损失？占勇劝慰福生，当务之急既不是自责，也不是总结经验教训的时候，第一要务就是救人！这句话可说到福生心里去了，锦幺、夏生健与福生交情甚笃，出生入死，形同左膀右臂，如今痛失，岂能心安？！占勇说："根据回来的同志们的汇报，本田枫二嚷着要留活口，我琢磨，估计一时半会不会杀害他们，但是他们一定会动用酷刑……"福生的眼睛瞪得很大，觉得占勇的分析不无道理，鬼子真的一下子不会下手？

第九章　虎口救人

白浒塘一"炮"打得太响，震得太远，震得侵华日军总司令冈村宁茨都坐不住了，他恼怒地抓起电话直接训斥驻湖口一一九联队大队长田中尚荣："八嘎，尽快查出肇事者，彻底捣毁游击队！否则，死了死了的干活！"白浒塘的油库一炸，如同掐断了他们的动脉，鬼子伤透了脑筋，沮丧、暴怒，手足无措，急得像热锅上的蚂蚁。二中队的鬼子对锦幺和夏生健施尽了各种毒刑，没有撬开他们的铁口，田中尚荣开始急了，于是又命令将他们押往石钟山北侧，把这项审讯任务交给了一中队。一中队队长岸石木是个阴险狡诈的家伙，手下豢养的宪兵队，尽是一帮毒辣的刽子手，凡是抓来的所谓"嫌犯"，一旦他们认为再没有什么信息价值榨取，便将"嫌犯"塞入麻袋，从石钟山矶头抛入江中。

送到宪兵队的第一天，上午分别提审了锦幺和夏生健。这些面目狰狞的宪兵，对俩人的审讯都是一样的手法，花言巧语不成，便是施以各种重刑毒刑，弄了一上午，俩人的衣衫都被鞭打成条状碎片，遍体伤痕累累，血迹斑斑。回到关押的小屋，夏生健强忍着脊背的剧痛，咬着牙，头靠在潮湿的砖墙，嘴唇发白干裂，对着头歪在木板床沿的锦幺说："兄弟，我们一定要咬住牙关，决不让敌人从我们嘴里得到半点消息。"锦幺吃力地点点头，回答道："宁可死，也不叛变同志们！但是——老夏呀，我们也要和鬼子斗智哈。"老夏会意地点了点头。大约下午四时许，两个宪兵又把锦幺和夏生健押解出来，直接押到了岸石木的办公室。这个小个子戴着一副金丝边圆眼镜，笑的时候，露出虚伪的和蔼，不笑时，眼镜片里射出一股阴森的光。岸石木赶忙上前假惺惺地说着道歉的话："二位壮士，受惊了，对不起！"边对着他们微微鞠躬，然后转过身来对着两位宪兵一本正经地呵斥，"怎么能这样对待中国朋友呢？有事不可以好好商量吗？"说完随即喝令宪兵退下，客客气气招呼二位就座，张烟递茶。岸石木自己也慢慢坐下，燃上一支，好一副推心置腹的样子："我也理解你们中国人，认为我们大日本帝国是来侵略，其实我们是帮助你们发展，等到真正共荣了，你们就会理解，原来我们是一家人。"夏生健愤怒地站起来："无耻！你们是吃人的豺狼！"岸石木好像很有耐性，不发火，站起来对着夏生健掸掸手说："壮士息怒，让我把话说完好吗？"岸石木顿了顿神，"如果今后是我说的这样，你们为何不趁早投向光明呢？"这家伙话锋一转，眼镜片里露出阴险的光，"我们大日本帝国皇军是不允许任何势力阻挡！把你们游击队的情况告诉我，会有你们大大的好处。"岸石木说到此，里间又走出一个高大个子军官，先声夺人："很简单，只要你们把游击队藏在哪里？有多少人？都交代出来，有什么要求都可以跟我说。我说话算数！我就是田中尚荣。"锦幺脑子灵机一动，马上十分诚恳似的回答："大佐，我只要求把我们的伤彻底治好，然后马上放我们出去，我一定会全部告诉你。"田中尚荣大喜，跨步上前握住锦幺的手："哟西哟西，拉钩拉钩，你的，大大的聪明！"

晚上，宪兵给他们换了一间有床铺的看守屋，锦幺轻轻地对着夏生健的耳边说："拖延时间，才有生的希望。"夏生健会意地微微一笑："晓得你锦幺鬼精。"

锦幺和夏生健被捕的消息传进王锦原的耳朵，他比谁都急，忧心如焚，生怕幺弟再次失去，但他努力地让自己镇定，反过来冷静地劝导福生，队长说得对，现在所有事情都可滞后，第一要务就是千方百计救人。在王锦原建议的基础上，大家最后合议出行动步骤：一是侦察方案；二是营救办法。占勇看了看手表说，现在快凌晨三点，大家抓紧休息一会，进城侦察的人员，要争取在城门打开的第一时间赶到，赢得时间就是为下步营救赢得第一步，其余的同志在临时驻地休整。占勇自己则蹲守铁匠铺，等待各路消息。

按照侦察方案，进城的人都恢复各自的平时职业，二夫拿起了他的砖刀泥擦板，福生挑起他的豆腐担，大个子刘照常卖肉，王锦原肯定是背起他的药箱，反正不找到人不罢休。

王记药栈离东门很近，二夫很快到了家，一会儿王锦原也进了屋，朱雅芝看见父子二人平安回来，很是高兴："快来吃，正好馒头出锅。"朱雅芝知道王锦原跟儿子上了战场，一天一晚的没有回来，整晚上没睡踏实，担心极了，当下唯一的爱怜就是催他们多吃点。王锦原洗了脸，略整仪容，胡乱地喝了碗粥，吞嚼了几口馒头，背起药箱出门了。

王锦原走后，二夫也急着要走，这时小一平醒了，跑过来嚷嚷着要二夫讲杀鬼子的故事。二夫右手食指竖在嘴前，轻轻地对着孩子们长长地"嘘"了一声，大哥哥现在很忙，晚上回来再讲好吗？正与弟弟们说着，两个衣衫褴褛的乞童过来讨吃，四夫嚷着，昨天你们来过，没有啦！二夫对着四夫横了一眼："四夫，不许这样！这两位小哥哥都是大哥哥的好朋友，互相爱护呗。"于是二夫从桌上的筥箕里拣起两个馒头一人一个。二夫真的是这两个乞童的好朋友，一年多了，凡是碰见了他们俩，二夫总少不了给他们吃的，有时还特意买点吃的送给他们。二夫把弟妹们哄开，悄悄对两位乞童说："帮我做件事好吗？"两位乞童使劲点头。于是二夫把具体情况告诉了他们，并叮嘱道，要尽快，要小心，不许与任何人讲，我在家里不走，等你们的好消息啊。

芳田淑一正在早妆，听见有人喊她，匆匆碎步从卧室走入店堂，看见王锦原背着诊箱，嫣然一笑，也吃力咬着生涩的中国话，说："王先生，谢谢你，我的感冒病完全好啦。"王锦原一手拍拍诊箱："那就恭喜啦。"芳田淑一会心地一笑："来吧，上坐，我给你敬茶。"王锦原摆摆手，芳田淑一说，"王先生一定是有事找我，喝杯茶慢慢说。"王锦原点头道："正是。那个给你们食堂送柴的是我的弟弟，不知是谁把他抓去，昨天和你们日本人打起来，他们打输了，我的弟弟和另外一个人被抓来了，拜托你打听一下，这两个人现在在哪，其他的事你就别管了，我来找过你你也别作声。"芳田淑一是个聪明的女人，轻轻地拍拍自己的胸口，向王锦原保证："王先生放心，我一定按你说的去做。"王锦原拱手起身，芳田淑一点着头，微笑作答，"有了消息，我马上去你药栈。"

第二天，福生挑着豆腐进了城，四处走了，没有得到一点消息，大个子刘卖肉也没有听到什么风声，王锦原在药栈里吧嗒了一天的闷烟，也不见芳田淑一的人影，一连两天侦察无果，大家都是忧心忡忡，二夫更感到前所未有的压力，那两个乞童来过药栈两次，都说没发现什么，一晚上给弟妹讲杀鬼子的故事也是心不在焉，街巷远处有一声无一声的狗吠，长江里传来小火轮不绝于耳的轰隆声，让人心烦意乱，二夫更惦着队长占勇，他在铁匠铺该是何等焦急！已是夏夜九点多了，忽然有人敲门，听故事听得兴犹未尽的弟妹们倏然疏散到各自的房间去。开了门，二夫认得芳田淑一，芳田淑一不曾认识二夫，进门便问："你父亲呢？"二夫答道："我去喊哈。"芳田淑一见了王锦原，抑不住露出高兴劲儿，开口便道："王先生，打听到啦。"芳田淑一对着锦原瞄瞄二夫，王锦原懂了芳田淑一的意思，马上答道："没关系，是我二儿子。"

　　昨天上午芳田淑一接到王锦原的拜托，中午就去了一中队，没见着人，晚上做了岸石木最喜欢吃的日式豌豆烧肉，在岸石木办公室她见到了他。岸石木一脸苦相，芳田淑一问他何苦呢？岸石木回答她，田中尚荣命令他一周之内拿下两个游击队囚犯，否则，取他项上之首。岸石木说，如果游击队员拒不招供，我就先杀了他们！芳田淑一说，少杀点中国人好不好？岸石木说，这不是我本意，大日本帝国军人的天职就是效忠天皇！在交谈中，岸石木踱着方步，忽然回首盯看芳田淑一，突然冒出一句：你为什么帮中国人说话？！芳田淑一说，不是帮不帮的问题，我只知道我是佛徒，难道你是白白的信佛吗？岸石木哑然。通过交谈，芳田淑一知道了近两天都是岸石木手下的宪兵押着游击队的两位囚犯，上午去西门港海军医院疗伤，下午又押回石钟山北侧宪兵队的看守处。芳田淑一还告诉了王锦原，岸石木的妻子与芳田淑一从小就是同学，直至高中毕业分手，堪称闺密。但是自从芳田淑一的丈夫万家岭战死后，岸石木就对芳田淑一心生觊觎，芳田淑一却看不起岸石木矮小猥琐，有一次芳田淑一送吃的去岸石木办公室，岸石木心生邪念，有点弄手弄脚，芳田淑一一怒芳容，你不怕我回日本后告诉你的夫人吗？从此岸石木在芳田淑一面前死了贼心，只有乖顺恭敬的分了。王锦原十分高兴，连声道谢芳田淑一。

　　第二天清早，王锦原对二夫说，该去报告队长了。二夫思忖一会，觉得芳田淑一送来的信息很有价值，但是还不具体翔实，便对王锦原说，爹爹，还等等吧。二夫继续切药，没一会儿工夫，果然两个乞童气喘吁吁跑来药栈，瘦高的大乞童急急地说："找到啦，一个是圆圆脸，高高个子，一个脸下边有块大黑痣。"小乞童说："我站在我哥肩上，扒着窗上栅栏，轻轻对里面叔叔说，有人来救你们。怕他们没听清，又把你写的纸条儿，黏着一坨红薯，扔给他们了。"大个子乞童还说，好玄哪，他刚从窗子跳下来，日军宪兵来了，以为我们是小偷，呵斥着，快滚，快滚！但是我们还是远远地躲着，过一会儿看见那屋子门打开了，两位叔叔被宪兵押上了车。二夫对两位乞童伸出拇指，夸奖着，从口袋里摸出几颗糖，又到对面买了红薯送给他们，然后叮嘱道："小弟弟们，下午继续去那边玩着，守着，如果看见了两位叔叔回来了，就赶快过来告诉我，好吗？"送走了两位乞童，二夫和爹爹商量了一下，立马出城。

　　两个多小时后，一直坐立不安而又望眼欲穿的占勇终于接到了二夫送来了消息，于是下令即时启动第二方案。

　　一行六人很快上路了。翻转过来的竹床上垫上了厚厚的棉被，棉被上躺卧着一个"病人"，四个人抬着。福生今天没挑担儿，提着一小篮豆腐，远远落在后面。东门把门的宪兵尽管换来换去，福生都认得，如果万一宪兵啰嗦，福生就装作是临时碰见的老乡，再相机上前说情。有个宪兵叫停抬着竹床的四个人，瞧了瞧，问道：上面是什么人？占勇在前面抬着，低着头边答道：病人。另一个宪兵正准备去揭被盖，边问：什么病？痨病。占勇马上答道：急性发作，好传染哪。那宪兵赶忙后退，挥着手，快走快走。占勇还是从兜里掏出两枚银子，一个宪兵给了一枚。很快他们到了王记药栈门口，福生瞄了一眼街前街后，又看见那一串橘皮挂在木窗上，示意大家索性进门。王锦原和雅芝坐在那儿，正念叨着，猛然间看见一帮子人进来了，夫妻二人马上忙活开来。福生示意雅芝换床被子铺在那张病人躺的病台上，然后让她把竹床上的棉被抱进隐蔽室，福生跟了进去，帮着把棉被拆开，里面全是日军军服，雅芝惊呆了。

西门海军金兰医院的外科病房号外房间里，躺着两个浑身是伤的病人，他们就是锦幺和夏生健。女护士们重复着昨天同样的工作程式，给他们清洗一遍伤口，又重新敷了一次新药，仍然是两个宪兵把持在号外病房门口，病房内复归平静。过了一会儿，锦幺装作下床倒水，弯下身对夏生健说："今天下午无论如何吵着要回去。估计营救我们行动就在今晚。"因为上午送他们来的时候，锦幺好像听出宪兵之间嘀咕，不想再送他们回去。

二夫人在拣药，心却在窗外，他时不时张望街上，天渐渐黑下来，仍不见盼望的人影。他显然有些按捺不住，打算换身泥水匠衣服，出门去，正在这时小个子乞童来到药栈门口伸手乞讨，一边告诉二夫，二位叔叔刚刚被押进看守屋子，我哥还在那儿看着呢。二夫心中一块石头终于落地，他高兴地摸摸乞童蓬乱的头发："快邀哥哥回去，谢谢你们啰。"乞童接过二夫赏过的烧饼，愉快地跑了。

　　已过午夜，外面下起了霏霏细雨，时值江南雨水季节，空气闷热潮湿，但顾不了许多，一行六个"日本鬼子"穿着厚厚的军服，闪身出了药栈，拐过街角，鱼贯沿着后街近路，七拐八弯，趁黑摸到了一中队看守处。看守处门前是个院子，虽然视线模糊，大家都看见了两个站岗的挺挺地立在那儿。占勇是这次行动的拍板人，他轻轻示意身后的二夫和小虎快速上前一人干掉一个，但是要等到小虎抄屋子后沟一圈，先摸到院门左边岗哨近处，蛙鸣为约，才能与二夫同时下手。占勇正欲给小虎下令，看见一队巡逻的鬼子，这时正从不远处小街横过，便立即对身后队员手掌下按，示意暂停。惊险过后，占勇再次对小虎挥手，剩下的五人屏住呼吸，约莫五分钟后，对面终于传来了呱呱呱三声蛙鸣，二夫轻身出列，几乎是同一瞬间，两个日本哨兵一声未哼，成了我特种队员刀下新鬼。于是占勇率先进院，在院墙角落蹲下身子，机警的目光扫遍全院，忽见一个哨兵正向自己走来，占勇神经骤紧，立马从怀里摸出匕首，这时哨兵却转身向屋侧厕间走去，占勇提到喉头的心复归平静，开始蹑手蹑脚退至院门边，轻轻对二夫耳语："干掉门口的那个。"说完二人同时出击，占勇轻轻几步，蹿到拉尿的哨兵背后，一手卡住其脖，一手扳转其首，像拧瓶盖子一般，结果了这条狗命。占勇打算过来帮助二夫，二夫的匕首已经割断了鬼子的喉管，这时队员们都跟了进来，有的脱鬼子身上的衣服，有的搜找鬼子身上的钥匙，很快钥匙找到了，门打开了，锦幺、夏生健激动万分，与占勇、福生等人一一相拥，立马换上鬼子的衣服，迅速抄山塬后路撤退现场。

第二天清晨，换岗的宪兵过来被眼前的场景惊呆了，院内院外没有一个活的，幸亏电话还是通的，岸石木接电后，气急败坏地带着一帮人很快赶到现场，但一切都无济于事，岸石木傻了眼，吼着骂着，然后呆若木鸡，望望天，望望地，贼溜溜的小眼睛翻着白眼，城门没开，江里巡逻船日夜不断，游击队难道真是神兵？往天上飞？往地下钻？这小个子一脸苦逼，摇着头，不得其解。就在这时，宪兵从看守处门上撕下一张黄表纸送过来，呈给岸石木，上面用浓墨写着：岸石木，下一个就是你！岸石木的腿明显地哆嗦着，那张黄表纸自然而然地从他的双手间滑落，随风飘去。

营救取得成功，皆大欢喜，是件值得庆贺的事，游击队决定放假，探家的探家，不探家的原地休整。福生叮嘱锦幺回来之前务必去看下锦云，王锦原也嘱咐幺弟把他带给锦云的话一定要说到。

上王村湾离游击队驻地三十多里，中午时分，锦幺已到家了。巧仿正在厨屋做饭，儿子在她的脚下打转转，锦幺上前一把抱起儿子，久久地亲吻着："快叫爹爹，快叫爹爹，"巧仿蒙了，眼前这位高个子男人是锦幺吗？脸上许多新痕？夫妻二人相拥，喜极而泣的两行热泪从巧仿乌黑的眸眶里涌出，不停地在双颊上流淌……

锦幺半年多没有回家，下午夫妻俩带着儿子，从大嫂那儿走起，一大家的看了一遍，锦幺最心疼大嫂和六哥锦丁，一个寡母，一个年纪轻轻的鳏夫，都是这群狗强盗作的孽啊。晚上，儿子睡了，他们特地进了冬梅的家。冬梅那么胖的人，差不多瘦了一圈。冬梅招上门来的男人桂生说,锦幺叔,她想姆妈想得好苦哇。锦幺带来的好消息,让冬梅一下子灿烂起来:真的看见我姆妈了?她在哪里?锦幺说,我还和她说了话,她不想和我多说,也不告诉我她在哪里,就急忙和那些摘野茶的女人一起走了,估计在柚山那一带。柚山在哪里?离我们家有多远?冬梅都不晓得。听了锦幺一番相告,冬梅似哭非笑,之前总怕姆妈寻了短见,好了好了喔,姆妈总算还在世上。冬梅拽着锦幺说:"幺叔、幺妈坐会儿吧,喝碗茶。"待锦幺巧伢坐定,冬梅告诉他们:"真不知道怎么谢谢婶婶嫂嫂姐姐们,自从姆妈走后,她们怕我心里难受,像姆妈在家一样,天天晚上来陪我。这不你看。"冬梅推开姆妈的房门,一房的女人看见锦幺回来了,惊喜招呼着:幺,进来坐。龙梅喊幺叔,告诉锦幺,怕冬梅寂寞悲伤,湾里的女人商量,晚上还是把徐氏的房间当工艺坊,能来尽量来,照常说笑。巧伢搂着龙梅,锦幺挤坐在房旮旯里,看着这一房剪呀绣呀画呀、穿针纳鞋的女人复归平日里的叽叽叽喳喳:

"唉,徐氏什么都好,就是有点犟。"

"别站着说话不腰酸,这事摊到你头上看看?"

"就是,就是哩。"

好像是锦云的堂客恨恨地蹦出一句:"我要是看见日本鬼子,咬也要上前去咬一口。"

就是这天晚上,冬梅刚刚上床,有人轻轻敲了窗框,低声唤着,冬梅冬梅,哦,像是姆妈的声音,冬梅和桂生一起忙把门打开,果然是徐氏,冬梅恍如梦中。冬梅一头栽在徐氏怀里几乎哭晕,母女连心哪,况且自从姆妈的肚子里坠落人间,几乎娘女俩没有分离过,冬梅诉说着:姆妈,我可以什么都没有,不能没有你呀？徐氏抚拂着女儿蓬散的秀发，捧起那张怜爱了一辈子的脸庞：女儿啊，你瘦多了，姆妈不是不心疼你，顾不上啊。徐氏走到房门边，拣起一块尿片闻了闻，低着头边说："冬梅，屋里尿骚味好重啊。"于是便去了灶屋，烧了一汤罐开水，把洗脚木盆摊放在炉灶前，兑了冷水，把所有的尿片全部搜来，浸泡在盆子里，等过一会儿，徐氏拣了小马凳，坐在盆边，用皂角当作肥皂，默默地把尿片一块块地搓洗，她低着头，一心只顾手上的搓洗活儿，轻轻地给冬梅叮嘱："孩子的尿片千万要洗干净啊。"冬梅挨坐在姆妈身边，苦苦地劝说徐氏再不要走了："姆妈，您走了，没人疼我喔。"听着冬梅的哀求，徐氏心如刀绞，却无奈地尽是摇头："姆妈太倒霉了，我还有脸在这个湾里过下去？我一恨鬼子，二恨他们，惹不起总躲得起吧？冬梅哟，若不是舍不得你，舍不得我的宝贝孙子，怕是我的坟头上已长满青草了。"晾好了所有的尿布尿片，徐氏还把屋子里统统打扫了一遍，只睡了几个小时，天未亮，她悄悄地下了床，悄悄地来到冬梅床前，轻轻地亲了亲火生的小脸蛋，头也不回地又出门去了。

　　锦幺是学堂公公的得意学子，他也像三哥一样，很敬重学堂公公。再忙，晚上也要过来坐坐。学堂公公还是那般精神，没有太多老态，目光依然灼灼，他走近锦幺，关切地问道：游击战好打吗？锦幺答道，初有探索，也初有战效。学堂公公频频点头，那就好。然后走近床头的橱柜边，打开柜门，慢慢从柜子底下翻出一本薄薄的书册，转身过来递给锦幺，这本书你拿去看吧，对打游击应该有用，你脑子灵，要活学活用嗬。看着这本《三十六计》的小薄书，锦幺惊喜地问："哪来的？"学堂公公摆摆手：这就别问啰。学堂公公眨动着深邃的眼珠，像是想了一下，又说，我送你一句古话"出其不意，攻其不备"，恐怕是你们打游击的制胜法宝。锦幺起身鞠躬，一定谨记细爹教导。出门时，锦幺说，书看完了，我就还给您。学堂公公摆摆手，不用了，我这把老骨头，今生还用得上它吗？

大个子刘也回家去了，相比之下，就没有锦幺这样幸福。大个子刘的堂客多年患有血吸虫病，现在肚子越来越大，怕是时日不多，好在一双儿女十六七岁，快成人了。大个子刘的堂客脸色蜡黄，眼窝深陷，几近绝望的眼神里含着哀求，干瘦无力的手死死抓住大个子刘的衣袖口："我死后，求求你务必照顾好我的儿，我的女哈。"大个子刘咬咬牙，泪水还是悄然掉下："你放心吧，把鬼子杀完了，赶走了，我还是回来杀猪，再也不和我的伢仍分开。"这一晚，大个子刘头一回辗转难眠……

锦幺在家里住了一晚，一清早帮巧伢挑了一缸水，吃罢早饭，就起身去小重山，在小重山的湖边，锦幺找到了五哥锦云，锦云正在给连里出操后的战士们训话，上午的春阳有点热烘烘，锦幺站在一棵高大的野棕榈树下，远远地等着。不一会儿散操了，锦幺蹲下身子，悄悄地等着锦云走近，一步上前给了锦云一个惊喜，敬个军礼："五哥连长，锦幺到！"接着转告了福生的问候。

在湖边一处军用油布帐篷里，一张简洁的木条桌上放着陶器大茶壶，锦云给锦幺倒了水，兄弟俩隔着条桌，亲热地互相问这问那。锦云说："营长刘劲伟告诉他，团长熊万发对游击队重创白浒塘一仗十分赞赏，尽管当即发出贺电，还打算近日去你们那里慰问，但是，由于你们把鬼子打得太痛了，鬼子正在酝酿一次重大报复行动，我们截获日方的最新情报，所以正未雨绸缪，筹划对策。"锦云还叮嘱锦幺，转告你们游击队领导吧，务必作好新的战斗准备，根据目前掌握的情况，估计会有一场大的战斗在等待你们。锦云说完，锦幺过来拉起锦云的手说，五哥，那边树林荫下走走吧。俩兄弟并排走着，锦幺一边思索着，终于扯出了心中特别想说的话题："五哥，凡事还得有个远虑，国共目前像是合作不错，一起杀鬼子，将来呢，将来有一天，这俩大家子怕不是一条路上的人吧？我们不能光埋头打仗。"锦云毫无思想准备，没有想到锦幺突然提出这么一个严肃的话题，便反过来问锦幺："幺弟的意思呢？"

"干脆我们兄弟绑一起干！"

"那——到底到哪边？"

"来游击队。"

锦云连连摆手："不行不行。游击队毕竟是隶属在野的共产党，要钱没钱，枪支大炮远不如国军雄壮，国军是正宗的政府军，这不是从米箩跳到糠箩，臭宝（傻瓜）才干呢。"

锦幺默然一会，说："五哥，你说的话也是事实，但这是表面现象。"

锦云皱起眉头："怎么是表面现象？"

锦幺深入地说："这就要看两党各代表谁，国民党是资产阶级的代表，也就是富人的代表，共产党是代表无产阶级，是领导穷人闹革命的，穷人最终会推翻富人。"

锦云从来没听过这些词儿，像是云里雾里，讪笑着："幺弟呀，你是哪里听来这些胡言乱语？"

锦幺像是摊牌了："是三哥跟我说的！也是三哥叫我过来跟你说，要你想法子脱身，尽早到游击队这边来，兄弟们一条心，跟着共产党干。"

锦云鼓着嘴:"你回三哥话吧,我不去,我决不当叛徒!"兄弟俩谈不下去了。

锦幺此行还有第二桩心思,要找小毛。干脆撇开僵了的话题,便问锦云,小毛呢?锦云手朝湖边指去,有几个当兵的抬着什么东西正朝岸边走来,果然后头那个瘦高个是小毛,小毛跟锦幺同族同庚,今日相见,格外甚欢。俩人在河边踱着步,锦幺告诉小毛,前几天白浒塘的战斗中,杏儿负了伤,小毛猴急了,伤势重吗?小毛告诉锦幺,他好喜欢杏儿,心里老是惦着她,如今更想去看望她。小毛还悄悄告诉锦幺,他好想跟杏儿一起杀鬼子,锦幺说,那你就想办法离开国军,去参加游击队呗?小毛挠挠头,茫然地看着锦幺,上头会放我走吗?

第十章　鏖战梧桐

　　自从锦幺和夏生健被游击队营救出来，半个多月，一脸苦逼的岸石木查来查去，什么结果也没查出来，好在上司田中尚荣是他的中学同学，虽然发了一通脾气，最后这件事也就不了了之，窝囊晦气的岸石木连日来脸上阴沉蜡黄，垂头丧气坐在办公室里，心有余悸，成天昏昏沉沉，迷迷惑惑，这土八路太厉害了。那天晚上游击队到底是从哪儿出城的？原来王锦原药栈后面里间还有个里间，里间下面有个地窖，地窖墙壁上有一条通往外面的通道，而且这条通道正好横向经过古城墙地下。王锦原听学堂公公告诉他，这是学堂公公太爷爷手上的事儿，当时学堂公公太爷爷做黄金生意，生意做得兴隆，但那时盗匪不断，为防盗贼，学堂公公的太爷爷独个儿花了近一年时间，才把这条不足八十米的暗道挖通，而且以后代代相传，只有一个人知道这件事。传到学堂公公这一代，也自当是他一个人知道。出了这个道口，便是长年茂密荆棘覆盖的山坡，山坡下有一条终年流淌的小溪，那天晚上游击队就是沿着这条小溪成功地走出营救之路。

　　游击队一次又一次取得胜利，王锦原实在高兴不过，心里头连连喝彩叫好。他切切实实感到这支队伍不但有勇有谋，而且很有组织纪律性。有了像这帮敢与日寇拼杀的队伍，有了千千万万这样的队伍，还愁报不了家仇、雪不了国耻、赶不走日寇吗？想到此，他感到自己误打误撞，撞进了游击队，撞进了共产党领导的队伍，多么值得庆幸啊，这或许是福分吧。自从听了学堂公公那天说了延安的话后，自己又时不时地细读锦幺传来的那本小册子——《论持久战》，他由衷地感到这延安的毛主席才是世上少有的圣人！书中的句子条理清晰，推理有据有序，让人心悦诚服，心里总觉得很亮堂，头上三尺像有神明在指点，在指引。可不是吗，白浒塘一仗太成功了，锦幺他们俩虽然被捕，却又很快顺利救出，是不是神明在暗中相助？特别是游击队从药栈完全撤出后，他切身体会到了夺取胜利后的畅快感，尤其是手足兄弟锦幺劫后重逢失而复得，应该更值得高兴啊。他放下手中的铜烟筒，夜深人静，独酌就独酌吧。人生最舒心的时候也莫过于醉里挑灯，手把小盅，我王锦原平生也没有多大嗜好，喝就喝吧——小酒岂能醉人。几盅下肚，他竟念想起四弟五弟，锦先锦云哪，你们的路可能走偏了喔。喝着喝着，竟然走进了徐氏妹的屋子，徐氏妹的眼中分明有一种幽怨，噘着嘴，嘟囔着，你也在讨厌我？躲着我，鄙视我，王锦原说，你误会了，我找过你好几次，你都不在。徐氏突然笑了，而且笑得很满意，马上闩了屋子的门，接着把王锦原拉进自己幽暗的房间，她迅速脱了，一下子把自己脱光了，从未有过这种娇嗔，三哥，三哥——相慕相倾了十几年，王锦原第一次真真切切看见这位平时其貌般般、粗布大衣罩着下的胴体却是如此美妙：肌肤如脂如玉，仿如门外墙根下的兰花，散发出淡淡的体香，无情岁月的摔打摧残没有让它枯萎，反而让她这枝霜侵百冻的红梅更娇艳昂扬，曲致有韵的身子上的任何部位竟如此富有弹性……王锦原一生，除了自己的女人外没见过任何女人，他显然无法控制自己体内激流涌动，脑子里原本固有的父训和一切自己定义的警示全都抛诸九霄云外，他用力搂住藏在心中许久的女人，使劲地吻着她的额头，女人也开始疯狂，撕解他的衣裤。就在这时大哥王锦重闯进来了，神情严肃：老三！报仇的大业完成了吗？像个什么名堂！王锦原羞愧万分，立即跪下，直呼大哥，大哥——这一喊，把雅芝惊醒了，她拍打着王锦原的膀子："老三，老三，醒醒。"王锦原揉了揉眼睛，我又梦见大哥了。

　　游击队的连连得手，国军在全县各处大小战场对日军的死缠烂打，迎头痛击，使得日军向景德镇以东纵深的战略发展处处受限，裹足不前。向南发展，早已被薛岳将军指挥的万家岭一役打成了泡影，而且一蹶不振。日军伤透了脑筋，为了扭转当前处处受限的战场被动局面，不得不发起新的一轮攻势。冈村宁茨密电驻彭泽一一六师团筱原大佐，立即着手组织进攻计划，行动代号"新夏风暴。"

　　国军二十一军军部情报处最新截获日方"新夏风暴"计划，得悉此次日军来势凶猛，分四个方面进军，向西洋桥合围，企图一路破竹向东。进攻总人数近四千人。其中一路人马是驻彭泽一二〇联队约一千三百人马，加上辎重大炮，沿后庙街、严家店一线向驻守梧桐岭、黄山岭的国军一四七师所辖八七七团和八七八团进犯。另一路则是驻湖口一一九联队二大队全部和一〇九联队一大队近千人，以程山、花尖山为基本固守据点，策应进攻梧桐岭之友军，和西线进攻武山一带之友军。第三路人马则是一一九联队一小部，和从鄱阳湖乘舰艇过来的驻彭泽一〇六联队八百人，从屏峰螺蛳湾上岸，直扑游芳市。最后一路是一一九联队所属六百余人，从县城出发，经官渡、文星，配合以上三路大军，向武山方向增援。面对日方大军压境，接到国防部命令后，二十一军全军上下急忙调兵遣将，层层部署。分给四十八旅九十一团的任务是驰援八八四团和四四二团，协同阻击来自花尖山和程山方向之敌。

熊万发团长接到命令后，全团从小重山拔营，星夜兼程赶往坂山附近，连夜抢修壕沟工事。熊万发亲自部署指挥各项准备工作，直到快天亮时，才在刚搭好的战地掩体指挥所的一隅靠着土墙，笔直摞着靴腿，眯盹起来，大概迷糊了一会儿，忽然一只鸟儿尖叫一声，从指挥所上空掠过，把熊万发给惊醒了，睡个屁，便一骨碌立起身，轻轻抖拍了身上的尘土，眨巴着眼睛看见斜对面刘参谋立在那儿沉思什么，于是便招手刘参谋一起下去走走。当走到三营据守的一二二七高地时，熊万发看见纵横错落的战壕已全部挖好，手榴弹炸药包机枪都已就绪到位，只是人太疲劳了，个个和衣搂枪靠着战壕睡得正香，所有一切都是充分准备好了的临战状态，熊万发脸上露出满意的笑容。这时的王锦云已是三营副营长，是营长刘劲伟的得力助手。当熊万发和瘦高个刘参谋一路悄悄走来，走到王锦云的脚跟下，王锦云也不例外，歪倒着坐面，双手捂着小腹上的皮套驳壳，正香着呢。熊万发就是喜欢这张圆圆的脸庞，他弯下腰，在旁边摘了片小草，准备用小草去捅王锦云的鼻孔，小草快要捅到那鼻孔边上，熊万发像突然想起了什么，随手扔掉了小草，对参谋掸掸手，走吧走吧，他们太辛苦了。俩人视察完了万事俱备的阵地，快回到团部掩体，瘦个子参谋环顾阵地四周，突然回过头来问团长："哎，我怎么没看见那个叫王小毛的呢？"熊万发说："你前天去旅部开会，刘劲伟来找我，帮那小子说情，说那小子有个恋人叫什么杏儿来着，是占勇游击队里的，想回游击队跟杏儿一起打仗，嘿嘿，有点意思，当时我就点了头，答应了刘劲伟呀，反正哪儿都是杀鬼子呗。这不这两天忙于战事，我也不记得给你通个气哟。"话刚说完，通讯员前来报告，争夺游芳市的战斗已经打响，旅部命令九十一团立即作好战斗准备。

　　游芳市一线争夺战从六月二十五日拂晓打响后，整整持续了三天，开始是八八〇团以猛烈的火力击退了徐家埠方向五百余敌，并推进到黄土港一带布雷，第一次打退了顽敌，死死守住了游芳市。到了二十七日午后，日军出动六架飞机低空扫射掩护，大炮向八八〇团阵地狂轰滥炸，八八〇团伤亡惨重，但他们仍然顽强抵抗，战斗一直持续到第二天上午，援军八八二团终于打过来了，至二十八日凌晨，再一次击退了日寇的反扑，击毙了敌方中佐田村茂，俘敌此线指挥副官早津哲雄，再次扼住了游芳市。原来日寇的如意算盘是，待游芳市占领后，便于策应北面花尖山和程山主体力量向南进攻。这样一来，九十一团反得到了充足的战地喘息，战士们在阵地上睡了三天三夜，养足了精神。战地的夜，显得格外沉寂，山下池塘的蛙鸣此起彼伏悠闲吟唱，伴着香暖的初夏蕙风阵阵吹来，把这些睡够了的兵佬吹得更加精神抖擞，躺在锦云旁边的广西兵大胡子屠老二是二排排长，他侧身问锦云："这仗到底要等到什么时候开打呀？我牙齿已咬得痒痒的了。"锦云说："胡子屠，你别急，鬼子比你还急，我估计天亮前战斗就会打响。"过了一会儿，三营收到团部通讯员转来章师长急电：凡主攻部队阵地，见日军炮响，一律按兵不动。

　　是日下夜一时许，日寇一一九联队大队上柱正雄中佐终于按捺不住，凭借花尖山主峰三百七十八米最高海拔的优势，下令炮击我国军阵地，于是乱炮遍地，火光冲天，泥石飞溅，由于事先已接到章师长的命令，只有四四二团一部分佯攻，佯作主力猛攻还击。日寇自以为找到了国军的主力位置，炮击大约二十分钟，我佯攻部队有意大张旗鼓，遍山跳出战壕，大声嚷叫着向狮子坳一带沟壑大撤退。虽然下半夜天上还有大半个月亮在云层里穿行，毕竟视线模糊，鬼子见状，以为战机已到，便倾巢出动，一路追赶我撤退队伍。当日寇的主力队伍已进入了狭长的狮子坳，首尾完全陷入我真正火力打击范围，我八八二团和九十一团接到师部命令后，立即对狮子坳的日军实施全火力覆盖，九十一团据守的一二二七高地，正对着鬼子队伍头阵，三营在营长刘劲伟的带领下，展开了猛烈的火力打击，手榴弹、机关枪齐刷刷飞向敌群。日寇慌乱了一阵，但很快调整过来，组成了梯队顽强抵抗，分批次强火力向一二二七高地争夺。经过几个小时的激战，三营几次打退了日寇的冲锋，取得了暂时的胜利，但是消息传来，日寇的援军正源源不断从花尖山北、太平关方向分两路向一二二七高地方向合围过来，战场瞬间枪声歇息，空前平静，双方都在趁机喘息。营长刘劲伟喝完壶中最后的一滴水，对王锦云说："平静是暂时的，一场恶仗即将开始。除派几个战士下山弄水外，通知大家，抓紧就地打盹。"于是王锦云强按住通讯员就地休息，自己独个儿跑遍全营战壕。

　　回过头来说说小毛。小毛得到了营长刘劲伟的应允，千恩万谢，一口气跑到了游击队，跑到了杏儿身边，幸福极了，俩人相拥，喜极相泣，游击队的同志们也为小两口高兴，占勇放了杏儿半天假，你们玩去吧。杏儿脑子灵，一撒腿，牵着小毛就往附近的雁心堰里走，划船采莲去。俩人并排依偎地坐在小舢板上，小毛有一下无一下，轻轻地摇着短桨，小舢在莲丛中缓缓前行，杏儿顺手摘下一朵紫莲，娇嗔地给了小毛，要小毛哥帮她插在鬓角，小毛很听杏儿话，一边告诉杏儿，刘劲伟营长真是个善心人，没有他的帮助，我怎么可能过来。原来刘劲伟告诉了小毛，他自己有过小毛这般经历，饱受了离愁之苦。小毛还告诉杏儿，也得感谢熊团长的爽快，没有他的恩准，我还是出不来。杏儿脑儿仰枕在小毛双腿上，凝望着小毛。小毛一心只顾采摘莲蓬，一个一个往舱里扔，杏儿噘起小桃嘴，对着对面那张天真无邪的黑黝黝的脸庞，嗔叫着："小毛哥，你好傻！"说完，闭上眼，嘴唇微微颤动，小毛这才醒悟似的，一把搂紧杏儿白嫩如藕的脖颈，低下自己的头……小舢使劲地摇晃着，这时岸上有人大喊，杏儿，小毛快回来呀。

喊话的人是菊嫂，菊嫂说，小毛呀，你一直在走好运，刚才你们出来玩之后，领导接到了紧急情报，说这次鬼子动作大，要是战斗早一天打响，国军恐怕就不会放你出来，小毛嘿嘿地乐着，心里也觉得自己命好。赶到队部，游击队员正在陆陆续续奔向操场，小毛和杏儿赶急回营房拿上自己的枪支，入列队伍。人都到齐了，队长占勇大声说："鬼子此役是要争夺西洋桥，分几线进攻，游芳市争夺战已经打了三天，国军把日寇打回了原处。根据与国军沟通协定，我们现在立即赶赴横山，绕道文星，阻击县城方向岸石木队伍的进攻。出发！"游击队刚刚出发上路，小毛把锦幺告诉他的话赶忙告诉了杏儿："你姨娘半夜回来看了一下火生，清早又跑了……"小毛被编队到最前面去了，杏儿一下子愁苦起来，一路上尽是想着姨娘的好，自从姆妈死了，姨娘就是娘啊，没有姨娘，哪有我的今天哪。杏儿完全沉浸在对徐氏的挂牵中难以自拔。当游击队赶到预定地点后，准备了一天，军情突变，九十一团在东线坂山一带正遭到日军援军的顽强抵抗，国军请求游击队就近立即东移，向九十一团阵地后背靠拢。阻击县城方向日方援军，改由游芳市守线八八四团移师一部分接替。

锦幺那天探家归队后，及时向领导转告了锦云的"吹风"，要求游击队作好新的战斗准备。三天后，游击队果然收到了国军发来的电报：切实做好战前准备，随时配合，听电驰援。占勇和福生商定，估计此次战斗跋涉路程可能很长，战场地点等不确定因素太多，王先生不能去，留守药栈，或来往铁匠铺，福生亲自去见王锦原，其余临时分散的队员，由交通员负责通知，一天之内赶到游击队驻地。

已是三十日清晨，三营的战士大概和衣在战壕里瞌了半个小时，日寇的飞机成群结队飞了过来，三架一组，一组组直向国军阵地梧桐岭、梯子岭一带低空扫射，刘劲伟正在喝水，把水壶一扔，喝令全体作好防护。有三架飞机正朝九十一团阵地俯冲扫射，王锦云眼快，跳出战壕，闪到松树后，朝天举起机枪对着一架迎面飞来的日机一阵狂射，那家伙终于中弹，尾部冒出一溜浓浓的黑烟，一头栽进对面的梭岭涧里。鬼子的第一拨空袭，三营阵地上出现了轻度伤亡，等到第二轮空袭，三营已全部移师到附近的柯家岩底下，无一减员。团长熊万发来到柯家岩视察三营。团长蹲下身子，他用竹棍子在地上比画着，告诉刘劲伟和王锦云，我们阵地在西，中间是梧桐岭和梭岭，山岭东面八七七团和八七八团已把一二〇联队打回了后庙街，鬼子不服气，把严家店给烧了，八七七团除留下一营去追剿焚烧严家店日军外，其余和八七八团都回师梧桐岭，与我团互为倚靠，你们三营只要坚持二十个小时，就会胜利在握。另外，联系上游击队了吗？刘劲伟点了点头，王锦云补充说："离预定地点只差五里。"

接到新的战斗任务，福生和占勇分开了，带着一小部分人留下来，配合八八四团阻击文星方向过来的岸石木，福生和岸石木已是老对手了。占勇则带领着游击队主力一百三十多号人，向三营一二二七高地附近靠拢，当他们赶到预定地点，正开始紧张部署战事，便远远望见对面一二二七高地上，一发发炮弹落下，浓烟四起。

三营见敌机再也没动静了，全员返回了战壕，防止日寇发起新的反攻。果然，当每一位都进入了自己的战斗岗位，严阵以待，敌人又开始嚎叫着向上冲，正在这互相厮杀的关头，鬼子的炮弹不断地落在一二二七高地上，三营压力很大，伤亡人员不断增加，刘劲伟喊话团长："请求炮火支援。"话筒里传来团长嘶哑的声音："知道，知道！给我死死顶住！"喊完话，刘劲伟丢下话筒，跑到锦云旁边，从牺牲的连长鲍麻子手里端起一挺机枪，昂胸挺立，咬着牙，奶奶的！对着冲在最前面的一拨一阵狂扫，日寇一个个倒下，后面的开始畏缩回撤了。就在这时，一声巨响，一发炮弹在刘劲伟身边爆炸，王锦云迅速去搂压刘劲伟，泥石裹满了俩人，但是一块弹片在爆炸的瞬间早已从刘劲伟的左耳上飞入脑中，刘劲伟一句话也没留下，鲜血汩汩地从脑洞流出，把整个脸面都包住了，当即牺牲。王锦云替刘劲伟身上的尘沙细土作了简单处理，将他抱入战壕拐角处，和身边的几个战士一道，脱下军帽敬了一个军礼，迅即又投入战斗。王锦云捡起刘劲伟留下的机枪，装满弹带，装满一腔怒火，给营长报仇，给所有牺牲的战友报仇！终于我八七八团的炮声响了，一颗接一颗呼啸地飞向日军炮地，一会儿，一二二七高地上的炮声霎时静了下来，梧桐岭上援军八八七团也打过来了，三营终于松了一口气。

一二二七高地暂时得到了平息，王锦云指挥同志们迅速清点现场，经统计，全营减员一大半，剩下不足一百四十人，除营长刘劲伟牺牲外，连以下官长牺牲十二人，战场通讯瘫痪，无法与团部联系。王锦云喊话：营长不在，大家听我的，连长不在的连副上，排长不在的副排长上，除二排和七排不足十人的往前一个排合并外，其他排一律不动，班长不在的或合并班的，由各排自定。战斗还远没有结束，我们的腹背正面临日寇援军的奔袭，全体清点弹药，抖擞精神，继续准备战斗！

游击队到了预定地点时，附近的禾田正有许多农民披蓑戴笠在田里耘禾，半上午时分，天空阴沉沉的，开始他们以为是远处的雷声，再一听，才知是对面山上传来的炮声，于是拔腿就往家跑，正好碰见游击队的人，大个子刘一眼认出他们，都是鲍家庄的。大个子刘与村上有亲戚，又每年腊月常在这一带杀猪，熟悉得很，劝他们不要怕，炮声远着呢。锦幺看着大个子刘跟老乡那么熟悉，一下子想起了三哥王锦原的话：读书就是要用，脑海里又闪现出学堂公公给的那本书，于是便跟占勇献上一计：关门捉贼！分工的时候占勇几乎完全采纳了锦幺的意见。按照占勇的部署，游击队分头迅速展开行动。鲍家庄有一百多户人家，大个子刘动作很快，动员来了许多老乡，协助他带领的几十号游击队员一起，把通往三营所在地的必经之路，葫芦颈隘口近一里长的路，全堆满了山上滚下来的鹅卵石，覆上枯枝树木，所有工作都忙得差不多了，大个子刘招呼着老乡离去，口里谢谢不断，然后一抹额头汗珠，双手叉腰，立在葫芦岭巅，像棵青松一样，心里喊道：狗日的强盗，过来吧！

游击队这次出发前，王锦原听从了福生的要求，安身立命于原地，但心里却后悔莫及：既然全身心地出来抗日，为什么不强烈要求跟上队伍一起去呢？难道我是贪生怕死的胆小鬼？！游击队走后，一直心神不宁，他把药箱撂在一旁，坐在铁匠铺杨树下的石头墩上，凝望着港水縠纹，心里也微波难平，端着黄铜烟筒，有一口无一口吧嗒着，直到烟火条儿烧着了指头，这才醒悟似的立起身，拍打着身上的烟尘，弯腰背起了药箱，正准备迈步回城，前方竟有个戴着眼镜的瘦瘦男人急急走了过来，王锦原眯起眼睛，惊奇地叫了起来："鲍先生，鲍书元！"

"嗬嗬，王先生，怎么碰上您呢？"鲍书元亲切地握住王锦元的双肘，端详许久，才说："自从在太平松那回看见您，差不多三年了，王先生，您虽没那会儿白皙，但刚健了。"

"托福托福。鲍先生上哪去呢？"

鲍书元告诉王锦原，自从鬼子侵占湖口后，一直"躲反"在老家鲍家庄，听说城里人可以回去，开春后，便把天天闹着要回城的母亲送了回去，母亲在城里住了些时日，不免挂牵，打算又把她接回乡下。他们一同往城里走去，说着说着，鲍书元忽然说到昨天鲍家庄发生的事，他还和乡亲们一起帮助游击队扛木头、滚石头呢。王锦原听后心中大喜："原来游击队开拔到这里了！"鲍书元停住脚步，望着身边的这位郎中，表情错愕，王锦原实话相告，自己早就参加打游击了，鲍书元对这位大名鼎鼎的郎中更加肃然起敬。王锦原带有几分激动，握着拳头对鲍书元说："我马上找游击队去！"

"您知道怎么走吗？"

"知道。嗳，到那多少路程？"

"三十三里吧？"

他们到了药栈门口，王锦原请鲍书元进去喝口茶，说："我只进去交代一下，就走。"鲍书元许是受王锦原的精神感动："王先生，我跟您当个向导做个伴，一起去。既然进城来了，我就只去看下姆妈，马上过来，您等等我。"王锦原不同意，但奈何不了鲍书元的诚恳执着，没过多久，俩人又一同匆匆上路。当他们赶到鲍家庄，已经很晚了，葫芦岭在鲍家庄东北方向，不上一里地，鲍书元手一指，但王锦原停住了步，双手挡着，死活不让这个瘦弱的教书匠跟着去，说是战场太危险，借着淡淡的月光，独自朝葫芦岭摸索前行。

炮声歇了，发报员怎么也联系不上三营，对方毫无信号反应，占勇思忖后，果断派出二夫带上几个队员，跟着鲍家庄老乡回村上买些隔年红薯，并借了几担水桶，到阵地下面的溪涧里挑水，为三营战士解渴。当他们肩挑背扛爬上三营的阵地，王锦云满脸惊喜：一把搂住二夫，激动地与游击队员一个个地握手，真是雪中送炭："太谢谢你们了！"三营的饥饿和饥渴得到了缓解。二夫告诉锦云，"五爹，现在日寇的援军骑兵到不了你这里，我们已在葫芦颈隘口道路设障了，占勇队长的意图是让你们北撤三里，和游击队合围至葫芦颈，作为簸箕港口袋底。"二夫说到这，锦云忽然挠着头，对二夫说："侄子，我懂了，我们立刻北撤，与一营靠拢，到时我会借用一营通讯与游击队联系。"二夫说："队长就是打算把簸箕港的北头作为袋口，与九十一团共同扎牢袋口，和游击队形成东西夹击，把鬼子援军一举消灭在簸箕港这个口袋中。"二夫告辞锦云时特地补充了关键一句："鬼子进了口袋，什么时候开打，以占勇队长三颗红色信号弹升空为准。"

九十一团团部与一营在一起，三营撤出了一二二七高地，熊万发听了锦云汇报，非常赞许簸箕港口袋方案，他拍了拍锦云肩膀："游击队帮了我们的大忙呀。"

占勇带上锦幺、小毛去簸箕港北扎"口袋"口子，但不同意杏儿跟着去，让菊嫂和几位女同志都留下来，参加葫芦颈伏击，危险性相对小些。占勇他们一路奔跑，很快到达簸箕港北端西面的小黄山岭。小黄山岭树木茂盛，荆棘丛生，适合埋伏，易守便攻。占勇拿起望远镜，向北瞭望，日军援军果真来了，打前站的是骑兵，一百多人马，后面估计有几百步兵，最后还有许多辎重，占勇把望远镜给了锦幺，你们也都看看吧，哈哈，大鱼来了，于是命令发报员传令给负责葫芦岭的大个子刘，作好战斗准备。占勇抖擞精神，摸出左轮手枪，拉开枪栓塞进三颗子弹，摁定保险，看了看手枪，又把手枪插回左边腰间。

葫芦岭这边收到占勇发来的命令，大个子刘一声喝令，队员们立即各就各位，二夫、夏生健、菊嫂、杏儿和唐泽丰梅老七等主力队员一个挨着一个，手榴弹土雷机枪，都箭在弦上，严阵以待。

终于宫崎志摩率领的这支骑兵先头部队冲了过来，占勇毫不理会，故意放关。当他们冲进葫芦岭的设障路段，前头的马开始嘶叫，前蹄腾空，奔腾不起，后面的马撞击前面的马，有的马就地打转，有的马原地跳腾，人鞭马，马踩人，马阵开始大乱，马背上的鬼子也慌了神，哇哇乱叫，二夫举枪要打，大个子喝令再等等。就在这时，二夫惊讶地闷声喊道："爹，你怎么跑来啦？！"王锦原挤在二夫身边，严肃地应道："我为什么就不能来？"大个子刘马上凑过来，靠近王锦原，压低着声音："王先生，这里太危险了！"王锦原一脸认真："大家就不危险吗？"他直直地望着大个子刘："你们都上了战场，我怎么心安啊。"大个子刘无奈地摇摇头。王锦原说："等战斗打响了，传传弹药，总可以打打下手吧。"一会儿工夫，王锦原终于和所有人一样，看见了三颗红色的信号弹腾地升上了霏霏细雨的天空，于是簸箕港从南到北，从东到西，枪声大作，喊杀声响彻云霄。

随着信号弹腾空而起，跟随占勇守伏在小黄山岭的游击队员百枪齐射，百弹齐掷，果断斩断援军尾部，齐心协力"扎口袋"，装进"口袋"里的日寇，在游击队猛烈火力压制下，被逼无奈，只有一边顽抗，一边往"口袋"里钻。剩下不足百号人，弃下辎重，直往彭泽方向拼命回蹿，锦幺回头看了看这些逃命的家伙，占勇说，溜掉的算他们命大，我们只管往里面打就赚够了。这时，对面高地上九十一团的国军开始排山倒海，向日寇的乱阵也杀了过来，与游击队一道形成合围态势，"口袋"口显然越扎越紧，"口袋"里的日寇倒的倒，伤的伤，相互践踏……

与此同时，大个子刘这边火力齐开，把本来已经乱作一团的骑兵队伍，打得更是人仰马翻，三营锦云的队伍很快也从北端东面包抄过来，先头部队已与游击队合围，在游击队与国军共同火力压制下，鬼子别无选择，只有往北蜷缩，北边的也在向南退却，除东面陡峭的高地外，三面都是国军和游击队，空间越来越窄，死伤的越来越多，终于剩下的日寇不过百余，被我六百多号人团团围住在不足两里长、一里路宽的山地地带。簸箕港，东面沿着一二二七高地南北走向是一条滩涂小溪，除高地陡峭墈下间或有点深潭，其余顶多水深齐小腿肚，干涸季节大多大小鹅卵石裸露，沿西大小山头起伏，与其说是港，倒不如说是山地滩谷。敌我双方的弹药几乎都已绝尽，一场近战、肉搏战就在这块谷地血腥上演。

千万别小看小日本，肉搏，他们可是中华儿女强悍的对手。一个高大的国军战士正面临两个日本兵的拳击，大个子刘飞起一脚踢翻一个，那个大个子国军得以解围，趁机宰杀了另一个。马上连着又上来了三个围住大个子刘，二夫眼明，连发两镖，全都命中，夏生健也几步跨了过来，一刀砍下了其中一个的脑袋，于是三人又一起奔向密集的敌群挥刀狂杀。可是就在这一瞬，夏生健被乱枪射中，当即倒下，大个子刘见状，赶紧蹲下身子去扶他，只见那子弹已穿过他的左胸，鲜血如注，夏生健拼尽力气说："别管我，我，我不行了，快，快去杀……"话还没说完，就牺牲了。大个子刘噙着泪花，不知又是哪里冒出一股无比的力气，抢起大刀，冲向敌群，狂砍猛劈。

不知什么时候，王锦云在敌骑中缴乘了一匹白色的马，手舞大刀，一路砍将过来，锦云远远望去，有几个日寇正欲向东山峭壁攀逃，沿着高地墈下浅溪奔将而来，手起刀落，接连砍死两个。继而见陡峭山墈上有两个正在使劲往上爬的家伙滚落下来，锦云迅速跳下马，正欲扬刀，却被对面高个子国军一脚猛蹬在鬼子的腹背，又一手刺杀了墈上的一个。锦云赶快蹲下身子，拣起旁边的一块鹅卵石，把这个被高个子国军踩在脚下的家伙的脑袋砸个稀巴烂。当锦云丢掉手中的石头抬起头，这才看清对面高个子竟是自己的四哥锦先，兄弟俩甚是激动，只是短暂地共同举了一下拳头，以示互相鼓励，转而一起又融入厮杀残敌中。

　　在簸箕港的北面，肉搏战的场面亦然惊心动魄。游击队和国军越战越勇，震天的喊杀声就足以让日寇瑟瑟发抖。锦幺、小毛跟着队长占勇一路杀来，敌人一个个倒下。不知什么时候杏儿也过来了，跟在小毛身后。天上的细雨愈来愈密，"口袋"愈来愈小，脚下践踏得愈来愈滑，这时，一个戴着眼镜的鬼子凶狠地向小毛扑来，小毛有意后退两步，为进攻作准备，但是一不小心竟被脚下的石头绊个仰面朝天，鬼子趁势扑骑在小毛身上，双手死死掐住小毛脖子，杏儿敏捷，照准鬼子后裆向上飞踢一脚，那鬼子一声惨叫，侧翻了，小毛凭空一跃，反把鬼子活活掐死。就在那鬼子被杏儿踢翻一瞬，另一个鬼子握着一柄亮闪闪的匕首直朝杏儿后背刺去。菊嫂一直跟着杏儿作战，她刚将刺刀从鬼子身上拔出，抬首见杏儿遇袭，于是向袭击杏儿的鬼子拼将一刺，鬼子立马侧歪着身子倒下。小毛看见杏儿危险，跑过来一看，那柄短匕锋尖还嵌在杏儿右肩胛上，鲜血直流……可是就在菊嫂把刺杀杏儿的鬼子刺死一瞬，却被身后的鬼子一刀给砍了，小毛见状，放下手中的杏儿，发疯似的抢起大刀，把那鬼子拦腰砍成两截，然后抱起杏儿，向一旁奔去，这时锦幺也跟了过来，一路护送小毛撤出到安全地带。

　　原来葫芦岭那边眼看就要进入阵地肉搏，大个子刘故意让几个体力弱小的队员，跟着菊嫂杏儿她们去支援占勇，随后又派出两个队员护着王锦原也往这边来，当王锦原赶到一片坟地前，正好遇上小毛拽着受伤的杏儿，小毛迅速把受伤的杏儿交给王锦原，一边招手那二位队员，一边气喘吁吁地说："前面还有几个受伤的，走！帮忙把他们背过来。"就在这坟地间，王锦原和那位略懂一点的战场护理的队员忙得不可开交。王锦原生怕踩坏了老乡地里新绿的高粱，把伤员逐个抱放在坟冢的斜面上，那个技术半生熟的队员累得上气不接下气，弯下腰，对着正蹲下身子忙着替伤员包扎的王锦原感激地说："王先生，真亏得您赶过来了喔。"

天已泛黑，战斗显然已近尾声，剩下不到二十来个鬼子开始龟缩在滩谷斜地，枪都横放在地上，团长熊万发示意大家远远站着，自己亲自喊话：小鬼子投降吧，中国人不杀俘虏。接着参谋长示意鬼子高举双手一个挨着一个过来，这帮鬼子终于乖乖地投降了。

这次日寇援军的头目宫崎志摩，最后在高地崖下的一个潭穴里找到了，等团长熊万发赶过去，清楚地看见宫崎和身后的一个卫兵，都大半个身子泡在水里，眼睛里露出凶狠又无奈的光，锦云、锦先、锦幺、二夫和游击队长占勇已把这两个家伙围得紧紧的，锦云做着手势，喊他上来，否则击毙。熊万发骑在马上，俯下身来，指着锦幺和二夫，问马边站立的游击队员，那二人是谁，听了游击队员的介绍，熊万发点点头。突然间，天空一声闷雷炸响，许是受了惊吓，或是惊醒，宫崎忽地抽出腰间长刀将身后的卫士一刀砍了，继而长刀对准自己的腹部猛地刺入……

又是一个黎明，迎着雨后初升的朝阳，回去的路上，熊万发骑在马上，满脸洋溢着胜利者的喜悦，侃侃而谈，自问自答，问身边的同志们，这场战斗的亮点是什么？就在结尾！你们知道刚才围着宫崎的几个人，是什么人，除了游击队长占勇外，全是王锦云一家，一家人里有在我们国军里的，有在游击队里的，他们不正是在齐心协力杀鬼子吗，如果大家都这样，鬼子能有杀不完的吗？熊万发左右看看，最后还骂咧咧似的说了一句：老子才不管什么这个党那个党，只要能打鬼子就是好样的。

国军在梧桐岭一带打了大胜仗，王锦原身临其境，目睹九十一团和游击队联手成功夺取了前所未有的胜利，心里痛快极了，大捷呀大捷！第二天跟着游击队一起返回，傍晚回到药栈，朱雅芝端来的饭菜也顾不上吃，兴之所至，埋头填词一首，词曰《渔家傲·梧桐大捷》：

> 弹雨枪林生死秒，梧桐霹雳长空啸，剑影刀丛新鬼叫。终有道，宫崎一命鸣呼了。　　已是鸣金天色晓，三千倭寇肥溪草，邑内乡关飞捷报。君莫恼，降旗指日连城倒。

第十一章　蓄势待发

　　王锦原那天填完《渔家傲·梧桐大捷》的词之后，心情甚是愉悦，兄弟们一大家子参加了这场大捷之战，让往日肆意横行的日寇尸横遍野，该是多么解恨畅气，太痛快了，大哥在天之灵，你看见了吗？还有荷芝、一夫，你们也看见了吗？他忽然又想到了幺弟前些天告诉他的话，徐氏妹回了一趟家，又跑了，她是不得已而为之哟。他自然联想起那天晚上的梦，日有所思才会夜有所梦，雅芝把他打醒，他只说梦见了大哥，梦的另外那些也太龌龊了吧，他羞愧，他不敢吱声。只是战争太繁忙了，让人无暇顾及那深深埋藏在心底的爱，总想抽出时间去找到她解除思念的痛苦，可是没有时间啊。为了复仇故，家与爱全抛。唯有一点思念总会乘隙而袭，思念又为什么不可？思念不就是牵挂，牵挂是一种美好的情怀，让人在揪心的牵挂中享受幸福，享受人间至纯至爱，享受守住了红线守住了的美。但是，但是！一定要想方设法挤出时间，哪怕是踏遍柚山也要找到她！倘若一旦真的找到了她，她的心情怎么样？她会很高兴吗？嗨，命苦的女人，哪能让人放心得下。

武山阻击一仗，的确把鬼子打痛了，一中队长岸石木蔫头吧唧，歪倒在西门港海军金兰医院的病床上，头上裹着白纱布，左手也是裹满纱布至肘间，被一条白纱布吊在胸前，他有气无力地告诉来看他的芳田淑一，游击队太厉害了！我们刚刚到达横山边上，立脚未稳，游击队像是神仙，一下子从树林草丛里冒出来，把我们打得晕头转向，不是撤得快，不知还要死多少，我这条老命也险些丢了。芳田淑一看着这位闺蜜的男人如此垂头丧气，既怜悯又生着责备的口吻，何必去招惹人家呢？岸石木摇着头，答非所答，到底是中国老话说得对，强龙压不过地头蛇。

　　七月半是鬼节，传说七月初一是祖宗进门的日子，待到七月十四（鬼节）烧了纸钱，祖宗方可离去。按照湖口一带习俗，这一时段新死的亡人，如果及时替他们招魂，亡人便可随祖宗一道上路，免受阴曹地府许多罪苦。游击队特地等到七月初一，为这场战斗中牺牲的夏生健、菊嫂等十三位队员，举行一场既素朴又隆重的追悼会。追悼会会场布置在离游击队队部不远处的湖滩上，会场用枯竹竿和松枝搭建了一幢简单肃穆的悼念门，除了门的横框上拉有"追悼大会"的浓墨黑体字横幅外，门框两边是政委福生亲自为牺牲战友撰书的挽联，联曰：甘愿贫身抛热血；誓为弱稷换新天。追悼会由福生主持，占勇致悼词，悼词最后一句"我们一定要化悲痛为力量，驱除强虏，还我中国"，顿时场上群情激昂，连连振臂呼应：驱除强虏，还我中国！追悼会上最伤心的是杏儿，散了会还是泪流满面，任凭小毛怎么安慰，依然泣不成声，诉说着菊嫂为人善良厚德，对自己的处处关爱，最愧责自己害了菊嫂。其实杏儿也是身负重伤，当时王锦原替她处理后，便一直在国军战地医院住着，为了参加追悼会，特地提前出院赶回来。小毛扶着杏儿正向营房走来，占勇匆匆从身边擦过，稍缓步子，和蔼地对着他们说，不要过于伤心自责，有战争就会有牺牲，好好养好身体，继续多杀日寇，才是对死者最好的抚慰。

福生在游击队简陋的队部里踱来踱去，显然仍沉浸在对死去同志的悲痛之中，占勇进来看见福生脸上沉沉的，知道福生心里还很痛苦，便招呼着："政委，我们出去走走吧。"于是他们一起慢慢走到凤凰桥边，身后凤凰山上茂林修竹，一片青翠，风过竹林，送来阵阵清凉，让人自觉身心轻松了许多，望着前面浩渺的鄱阳湖水面，占勇对福生说，我们当领导的要更加努力克制情感，尽快从沉痛中解放出来，死者不能复生，生者还要继续战斗……俩人一番交谈，福生的心情轻松多了，心情一下子仿佛被眼前的鄱湖水面所感染，心里亮堂了，话题也转向了，他们开始转身往回走，你一句我一句，俩人对当前时局的看法一致，日寇已输得太惨，输得太疲惫了，在短时间内不可能发动大规模的战斗，由于鬼子报复心太强，也不排除会随时遭遇鬼子的袭扰，务必还得提高警惕，所以当前一段时期游击队的主要任务是休整、整合、训练和提高。不知不觉他们走到了凤凰桥上，一群洁白的水鸟嘎嘎嘎掠过他们头顶，掠近鄱阳湖水面，向远处一抹青黛的螺蛳山飞去。站在桥边栏杆旁，占勇看了看福生嘴上的烟斗还吊个烟袋，说："记得刚认识你，并不怎么抽呀，到底什么时候好上这一口？"福生有些不好意思："就是锦幺和夏生健被鬼子抓走的那天，就慢慢抽起来的。"唉，说到夏生健，福生不由得又叹了一声，心中念叨着，多好的一位亲密战友，多好的一个主力队员哪。正当福生灭了烟火，把烟斗别好腰间，通讯员小李前来报告，大个子刘的堂客昨晚过世了。

大个子刘的家离游击队驻地不远，第二天一大早，福生和占勇带上了十几个队员，特地过来给大个子刘帮忙，大个子刘感激不尽。由于大个子刘村上只有几户人家，又正值早熟稻谷收割，很缺人手，这一下子可解了大个子刘的难。于是经过简单磋商，除留下少数队员配合村上的人帮助丧葬，其余大多数队员提着镰刀，抬着禾斛下田抢收稻谷。

大个子刘有个叔叔，是这个村上的长者，他把堂客过世的事儿都交给叔叔处理，现在所有的丧事大小事情都已安排妥当，唯独没有找到一个掌彩（指红、白喜事牵头领唱的人）的师傅而犯愁，正好听说福生有这一手，把这个叔叔可乐得忙递烟，忙赔笑脸。福生说多年没做这事，不知忘了没有，试就试试吧。

巳时一到，出殡活动开始，福生也扮成抬丧人的样子，手持酒瓶，鞭炮一阵响过，福生便开始念叨祭词：

爆竹一声闹沉沉，手提金丝玉花瓶。瓶中美酒香喷喷，我将此酒祭龙神……美酒何人造？杜康造酒至如今。杜康杜康，寅时造，卯时香，今借美酒祭灵丧。

唱词至此，福生拧开酒瓶盖，洒酒灵柩前，又唱念：此酒祭龙头，代代儿孙封相侯。福生手朝上挥，示意众抬丧人唱和：好哇。福生又将瓶酒泼于柩中，又唱念：此酒祭龙中，儿孙后代在朝中。好哇，此酒祭龙尾，儿孙后代穿朝衣。好哇。游丧穿村出境，翻岭过桥，一直到别灵下厝，都得有掌彩词，福生基本上都是信手拈来，大家佩服福生好记性。日暮时分，谷子全收上来了，亡灵也入土为安，晚饭后与游击队的同志告别，大个子刘的叔叔比所有人都感激。

两天后，游击队收到九十一团熊万发的电报邀请，电文如下：队长政委诸朋友，为庆祝梧桐岭大捷，本团定于七月十二日特举办百桌宴，谨备菲酌，翘首以待，诚望届时光临，熊万发鞠躬。看到国军的恳切言辞，占勇高兴地问福生，怎么样，去就去吧。于是俩人一起钦点了参宴人员，其中当然有锦幺、二夫和大个子刘，还叫小毛把杏儿也捎上。福生问占勇，王锦原去不去？占勇稍稍思忖，王先生帐中师爷，半在明处，适当回避为好。

这一天天气特好，风和日明，偌大山地空旷场上，上上下下整整齐齐，摆满了酒桌。国军战士按捺不住馋劲，早已满满坐在席间，整个场上闹哄哄的，颇为盛况。等到占勇、福生一行十人赶到，菜已经全部上桌，熊万发带着锦云和他的助手们早已等候在餐场口上，远远地看见占勇一行，熊万发扯着洪亮的嗓门：好哇好哇，终于等来了你们。于是这位牛高马大的团长把福生和占勇，左右各搂住一个，直接搂到主席桌上坐下。主席桌子一共两张，摆在古老的祠堂门口，祠堂门前左右各一棵大槐，槐枝交织，浓荫如盖，俨如一顶巨大的绿色凉篷。福生站在主席桌上位，一眼望去，三排桌子一直摆到湖滩的水边，场面颇为壮观。福生问熊万发"上百桌吧？"熊万发嘿嘿一笑"号称百桌呗，准确数是这个数。"熊万发用右手指比画了一个八和六的手势。占勇一旁插话："数目也不小呀，"说完竖起一个大拇指，"团长到底是干大事的。"熊万发摇摇头，感叹着："唉，不瞒二位，这一仗我们虽然取得了重大胜利，但已减员三分之一，现缩编为两个整编营，保留第二营番号。"说完这句话，他把锦云喊了过来，拍拍锦云的肩膀，"这不就是刚刚提拔的三营营长呗。"游击队过来的同志一齐鼓掌祝贺，掌声过后，熊万发提议，把这两张桌子拼一起吧，让王氏兄弟叔侄、游击队和团部的人都坐一起，热乎热乎。于是锦云、锦先、锦幺和侄儿二夫值此团聚，抱团相拥，两年来出生入死，怎么不令人万分感慨。锦云和锦幺挨着坐，问锦幺，三哥现在好吗？一家都在药栈里？接着对着锦幺耳朵悄声问：他也在帮着打鬼子？锦幺点着头。锦幺看锦云高兴，又想"策反"一下，想了想不是时候，不能开口，话不投机半句多喔。

场上的人陆陆续续到齐，脸盆子大钵子的菜热气腾腾都已上桌，开坛的酒香混夹着菜肉的香味在空气中弥漫，整个村前湖滩上人声鼎沸，洋溢着热烈的气氛。熊万发走出席位，立定席首，干咳一声，立马全场肃静，他拱拳环顾四下，大声说："弟兄们，吃苦了，为了国家，大家把脑袋瓜当个球，生死置之度外，这第一杯，我姓熊的代表党国感谢你们！"于是一仰脖子干了。他接着说，"这第二杯呢，我提议为这次战斗中包括此前牺牲的弟兄们干杯。"团副又为团长斟满一杯，熊万发回转身来，对着首席鞠了一躬，"这第三杯，我就代表全团的弟兄谢谢游击队的兄弟们了。"熊万发又转过来对着全体大声吆喝着，上好的武山糯米酒，大家敞开喝！

一时间，猜拳的，行令的，喝红了眼的，一个嗓门比一个嗓门亮的，赤膊上阵的，五花八门，酒席的气氛愈来愈热烈。

熊万发是个有海量的人，频频举杯敬这敬那，福生不胜酒力，面红耳赤，央求团长再不喝了，占勇也劝说着，团长，少喝点吧。熊万发仍然酒兴十足，又盯着锦云兄弟几个喝上几巡，尽管酒酣耳热，熊万发口齿仍十分清楚："这酒，不敬英雄敬谁，难怪说打虎亲兄弟呀，你们王家兄弟个个英雄！都干吧。"锦云、锦先、锦幺又都一齐咕噜了。熊万发巨掌索性一抹嘴巴，看见锦幺身边的二夫，他认识，手一指，小英雄，也来一杯。团副劝团长吃点菜，熊万发没有理会，他好像才发现小毛似的："嘿，你小子长出息了，媳妇黏着身边，也不谢谢团长了？"众人鼓掌，团长说得对，小毛挠挠头，牵起杏儿，一同向团长鞠了躬，然后小毛一连三杯下肚。团长忽地又问小毛："结婚没有？"小毛摇摇头，心想：房子都没有，何谈结婚呢？

天下没有不散的筵席。散席后，熊万发兴犹未尽，执意要观看王氏一门人的八卦拳法表演，众人毕竟拗不过团长，于是表演者和没有喝醉的都去了河滩上，舞的舞，看的看，又是一番热闹景象。小毛也是王家人，当然参加了王氏兄弟的表演。八卦拳法的精髓仰、竖、抱、穿、劈、撩、掀、闪诸法，在这里得到了淋漓尽致的展现。他们各有侧重，各有秋千。锦云擅长劈仰，步稳拳狠；锦幺长于抱合，拳法快变；锦先老到沉稳，步形机智；小毛也不赖，敏捷快速，双拳如梭，河滩上顿时犹如裹雷挟电，沙砾飞天，看得人眼花缭乱。更精彩的还在后头，当看到年轻高挑的二夫，在十几秒钟之内，身子左右快速旋转，把十枚锃亮的飞镖准确地戳在河边挂在绳子上的十个小葫芦上，熊万发立马站起身来击掌叫绝，全场一片喝彩。这时熊万发想起最重要的一句话，侧身过来对着占勇和福生说："二位领导，入伙吧，怎么样？"

"怎么入伙？"占勇问。

"你们编入九十一团，番号'独立营'，怎么样？"

这熊万发也太唐突了吧，问得占勇和福生面面相觑，不知所答，熊万发身边的刘参谋镜片底下也翻着白眼，神色疑惑。

福生与占勇对了一下眼神后，转身回答熊万发："承蒙团长抬爱，口头上称呼也未尚不可，只是——只是你我各自都有上级，不作为正式论定吧。"占勇接上一句："况且团长一直都没怠慢过我们，喊着就喊着呗。"熊万发虽然是个大大咧咧的粗放型，但毕竟是当团长的人，当真政治头脑简单？此时他心里完全清楚现在虽然是国共两党共同抗日的蜜月期，但是好像没有完全彻底抛弃前嫌，说不定哪一天又会生出些什么，他当然知道他的这一提议不仅仅是单纯的军事问题，他非常清楚双方在场人员此时的敏感触觉，也理解了占勇的话中之话，于是熊万发爽朗大笑，好的好的，就依你们意见，先图个虚名吧。与游击队的同志握别时，熊万发对着福生耳语一会，大家只听到了最后几句，估计相当一段时间不会有大的战事，我们可趁此机会蓄势强兵，强兵养兵，养兵的关键就在于养心嘀。福生连连点头认同，真没有想到这个东北汉子粗中还如此细腻。

一连几个月，果然鬼子就像消失了似的，躲在城里，躲在据点里，躲在碉楼里，躲在舰艇上，躲哪儿去了？福生、锦幺、二夫、大个子刘，隔上一段日子，经常交替溜进城里走走，一直没有发现鬼子什么动向。既然见不着缩头的鬼子，干脆也不去招惹它，游击队一心埋头训练，除了训练还是训练，占勇对队员要求很严挌，他有一句口头禅，常常在日训前重复着，训练就是长本事，长本事就是磨刀。尤其是对主力队员锦幺、大个子刘、二夫、小毛这些人，要求更加苛刻，但是下了训练场，占勇就像换了个人似的，给人兄弟般的温暖。吃过晚饭，小毛正准备跟锦幺出去走走，解解训练的疲乏，正好碰见占勇和通讯员小李在河边洗澡回来，锦幺对占勇说："天已经很凉，队长，不能再下河了。"占勇嘿嘿一笑:"不怕,全方位提升呗。"

晚上,福生又在那古杨树根上坐着,嗑他的烟斗,占勇说:"政委,大伙儿都在练兵,我们几个也来练练脑吧,让王先生过来给我们讲讲兵书,好好学习学习,怎么样?"福生索性把烟斗别进腰间,兴致勃勃:"好哇,这主意好哇!"占勇看福生很赞同,便说,那我就让交通员通知王先生明天赶到铁匠铺。

第二天,王锦原如期而至来到铁匠铺,锦幺也来了。在铁匠铺的后厨屋里,就着昏黄的灯光,王锦原直接进兵书开讲——早些时候,我记得跟你们初步提到过孙子兵书上的五大常事,即"道、天、地、将、法",是决定战争胜负的五大因素,什么是道呢?孙子兵法始计篇的原句是:"道者,令民与上同意也。故可以与之死,可以与之生,而不畏危。""道",表面看来是无形的,很虚的东西,我的理解,"道"就是道义,只要占领了道义的制高点,符合了民心,他们就可以为君王生,为君王死,也就是得道多助失道寡助,得民心者得天下,这是原意。在今天看来,日本帝国主义侵略我们,实行法西斯扩张,它们肯定是失道的一方,失道者能打赢这场战争吗?所以五常之首,"道",对于我们赢得抗日战争的胜利不存在任何疑义。接下来关键的是我们在具体每一场次战斗中,如何把握好"天"和"地",如何用好"将"和"法"。连同王锦原一起,四个人在铁匠铺里闭关了两天两夜,当学到"将"时,王锦原作了比较细致的讲解,所谓"将",必须具备五种品德:智、信、仁、勇、严。其中讲到"勇"时,王锦原说,一个指挥者,在战场瞬息万变的情况下,是进是退,如果犹豫不决,当断不断,必受其乱,三军之灾,毁于狐疑。福生一下子联系上了实际,检讨着：上次白浒塘严重失利，就是我缺少了指挥者必须果断的品质啊。三个人都说讲得好，开阔了思想。王锦原说，讲的这些都是书本知识，权作抛砖引玉吧，到时还是要联系战场实际。当下由于时间不允许，如果领导感兴趣，下一次我就把《论持久战》的学习体会分享一下，听锦幺说，你们都传阅过，那可是一本具有指导实战意义的好书喔，几个人异口同声，一致赞成。

可能是因了那本《三十六计》的小册子被占勇看见，锦幺向占勇透露了学堂公公的一点点，说他是大城市里的人，是自己的叔父。占勇很精灵，总感到这个县议员不凡，几次问及王锦原，很想去拜会老人家，王锦原告诉占勇，学堂公公说他回故乡就是隐居，一般不见外人。

夕阳下，学习回来的占勇看见练兵收工的小毛，叫停了他："打算什么时候办婚事呢？"小毛摇摇头，不知道。然后只见占勇对着小毛耳边悄悄说了什么，小毛的脸上瞬间鲜亮起来。

杏儿跟队长请了三天假，去看她的亲姐姐，还有一天才回来。小毛听了占勇告诉他这一天大的好消息，激动得训练时也老走神，他盼望杏儿早点回来，把好消息告诉她，可是一天就像一个月长。他终于等来了杏儿，将杏儿甜蜜地拥入怀中。又是一个明媚的月夜，虽是霜降时令，他们俩坐在稻草垛下，听着对面桂花树上一对斑鸠在温暖的小窝里轻轻嘀咕，他们也觉得很温暖，全然没有一点寒意，杏儿认真倾听着小毛的话，心里甜滋滋的，美好的憧憬一幕幕出现在杏儿的眼前，想到动情处，杏儿翻身落坐在小毛双腿上，一把搂住小毛的后颈窝说：

"小毛哥，我们终于也有了自己的窝，真好！等到把鬼子全打跑了，我们一心回上王村湾种田去，白天跟你下地干活，晚上——晚上——"杏儿还是有点不好意思，"晚上我一心跟你生崽，生好多好多，好吗？"

原来小毛和杏儿一点也不知道这天大的惊喜是源于熊团长，那天在九十一团喝酒散席临别时，熊万发对着福生耳语，就是提议趁着这训练整休时，国军和游击队同时放了锦云、锦先、锦幺和二夫的假，福生受到了熊万发养兵重在养心的启发，与占勇商量，给了锦幺一点银钱，叮嘱他们帮着把小毛的房子修建一下，王氏兄弟几个和侄儿二夫一起来到上王村湾，快快乐乐与家人团聚的同时，又与乡亲们一道风风火火，在小毛家被鬼子烧了的茅屋原址上重新搭建了一间崭新的茅屋新舍，锦幺办事很热心，邀来巧仍帮忙出主意，总得添置些起码的家具吧，于是该买的买，乡亲们能凑的凑，满村上的人都帮着小毛，冬梅牵着儿子火生过来看热闹，羡慕极了，小毛的命真好，捡了个老婆不说，还捡间屋子啰。

小毛杏儿一道谢过政委、队长，来到了上王村湾，看到了他们的新家，小毛高兴得忽地抱起杏儿，在家门口原地打了三个圈圈，一把放下杏儿，双手叉腰，快要鼻尖贴着杏儿的鼻尖："果真有天上掉下馅饼的事儿？砸到我王小毛和杏儿的嘴边上。"小毛故意用食指戳戳自己的嘴唇，又戳戳杏儿的樱桃唇，俩人笑得开心极了。晚上，杏儿早早地做了荞麦糊粑晚餐，吃过了，便有说有笑地整理新屋子，忙得差不多了，也洗漱了，正准备上床休息，杏儿却坐在那床檩上忽地愁起来，小毛不解，近前看着杏儿的脸："杏，么事惹你烦了？"

杏儿一扭头，别过身向着床内，哭着腔："我又想姨娘了。"

接着便嘤嘤地啜泣起来，"要是姨娘在家，这婚事我们还用操好多心吗？"小毛知道，杏儿和冬梅是同年生人，杏儿生于春上，冬梅冬天生，大冬梅不过半岁。杏儿不上十岁就没有了父母，十五岁前几乎是靠着徐氏拉扯，尽管生活拮据，徐氏把杏儿当冬梅一样待着，杏儿总是念念不忘地告诉小毛，姨娘对自己点点滴滴的关爱，忘不了那无数个冬夜，姨娘总是哄着我，让我和冬梅先吃，说她的留着呢，其实她却是饿着肚子。小毛慨叹着："是哟，你姨娘就是世上最善良的人，不然满湾上的人都说她好呢。"杏儿突然站起身，抓紧小毛的双手说："小毛哥，等结过这婚，不打仗了，我们向队长请假，一起去找姨娘好吗？"小毛频频点头："好，好！"可是渺渺茫茫，上哪去找呢？

　　第二天，中午锦北做东。在外面打仗的兄弟们好不容易聚到一起，吃顿家常便饭，亲热下。锦北说，晚上你们都要上小毛那儿吃喜酒，我就管不了了。锦北问二夫，爹爹呢，二夫指着锦先、锦云和锦幺说，我们先过来，他还在学堂公公那里坐呢。

　　学堂公公叹喟着，鬼子四处挡道，两年多了，我现在听不到外面的消息啰。只有王锦原懂学堂公公口里的外面是指哪里。于是便告诉他，延安的毛泽东发表了《论持久战》，游击队传过来的消息说，这篇文章在全国影响很大，在国民党的军队中都引起了很大的反响……受天寒影响，学堂公公近来身体不大爽朗，疲乏的眼神突然间像先前一样有神，哦！照这样下去，看来我原来的看法错不了，中国的希望一定在延安！王锦原起身了，要不，过去一起吃点？学堂公公摆摆手，今天就算了吧。王锦原想了想，还是再次恳请一下他老人家，过去就是坐坐听听，可能我们兄弟要生嘴仗了。学堂公公回道：我是隔代人，那就更不能去啰。

王家兄弟的确个个精明，锦云料定三哥今天一定会亲自做自己的思想工作，不如先声夺人。就在大家刚端起碗一会儿，锦云才扒了几口饭，便看着王锦原，说："三哥，上次锦幺跟我说过你的想法，我也认同，一家兄弟，又在国民党的队伍上，又在游击队里，至少不该两边分着干。"王锦原望了锦云一眼，认真答道："对呀。"锦云接着进攻，"干脆你们都到国军里来。"理由呢？王锦原埋头吃他的饭，一边应答着。锦云感觉三哥心里像是没谱，越有信心了，"三哥，国军毕竟是政府军，老蒋毕竟是总统，一家当大，实力全在政府这边。就说我身上穿的，总是眼前的现实吧，你们游击队能比得上？"王锦原把碗里的饭速速扒完，把话柄接了过来："五弟呀，你说的是事实，不错，区别就在这里！共产党领导的是穷人的队伍，是代表人民的，国民党苛捐杂税，压榨人民，哪朝的皇帝老爷最终不都是被穷苦百姓推翻的。"锦云说，这都是共产党的宣传，共产党最擅长这一手。锦幺也吃完了饭，过来扶着锦云的肩头，亲昵地说："五哥，你要听三哥的话，早过来早好。万一今后两党翻了脸，我们兄弟怎么办？""今后的事还管得了。"锦云有点气嘟嘟的，"我只看当前，熊团长对我太好，国军对我不薄，我翻得下这个脸吗？"锦先慢慢吃他的，一言不发。王锦原对老弟们的脾性当然了如指掌，一个认死理，太犟；一个没脑子，锦先肯定是听锦云的，再谈也不会有什么效果，于是便说，算啦，不说了。能想，你们就再好好想想吧。

小毛结婚的日子碰巧是冬至，冬至这天竟是个黄道吉日，真乃是择日不如撞日。由于村子小，人手少，王锦原撇下家眷，特地从城里赶下乡来。这天晚上也算热闹，酒席不多，俭朴飘香，虽是独支喇叭，沉寂的乡村冬夜久未这般嘹亮。两床大红牡丹被、细纱罗帐、鸳鸯绣花枕头、窗花贴纸，堂前屋外的红囍字是锦先、锦云的堂客一班人绣剪的；学堂公公为新人洞房撰书婚联：被里鸳鸯同志趣；恶滩险岭斩豺狼。红烛四处摇曳，把个新房照得通亮，颇为喜庆。吃完喜酒后，王锦原为小毛和杏儿做证婚人，完全按照古老的婚仪步步到位，婚礼仪程的最后一项是送新人入洞房，唱掌彩词。唱掌彩词时，新郎新娘必须挨紧坐在床上，双双面对掌彩人。这时有人开始起哄了，小毛再坐拢点，杏儿再坐拢点，让他们亲一个，小毛快三十的人还是青涩扭捏，倒是杏儿大大方方忽地嘟过樱桃嘴，一个响吻亲在小毛脸上，于是喝彩声不断，再来一个，再来一个！人们有意把小毛和杏儿推推搡搡，又见杏儿一把捂住小毛的脑勺，叭叭叭左右几声响吻，杏儿一转身对着众人说，行了吧，闹哄哄的声音终于静下来了，主唱人王锦原对着新郎新娘，浇一把彩米唱一句，边唱边浇，唱完一句，锣鼓手"咚哐咚哐"，一边附和着"好哇好哇"。

　　我等今日闹新房呀，洞房花烛喜洋洋呀，两边摆的箱和柜，中间摆的象牙床，好男生五个哇，好女生一双啊，千秋万代孝喔，富贵永绵长啊……

杏儿娘家没有一个亲人。按照俗规，新婚的第二天分给孩子们吃的糖果糕饼，都是由新娘娘家派兄弟送过来，叫作茶担，好在杏儿有个好姐姐，姐姐又很疼她，结婚的那天傍晚，姐夫早早挑来了一担冻米糖和大红枣儿。放下担儿，姐夫把杏儿拉一边悄悄说着，带来了一个惊喜——听完了姐夫的话，杏儿高兴极了，终于有了姨娘的准确消息，她马上跑到冬梅家里，又叫冬梅的男人桂生把三哥锦原叫过来了，杏儿开始还卖关子，你们还不知道我姨娘在哪里吧？冬梅急死了，你晓得就快说吧。她在柚山脚下的月亮湾里。你怎么知道的？冬梅又问。杏儿答道，是我娘家许麻子师傅上户，在月亮湾翻检屋面看见了她，他回来后告诉姐夫。几个听的人都重重吁了一口气，好啊，总算有个下落。王锦原劝着冬梅，既然晓得人在那里，就不用急啰。我曾经出诊去过月亮湾，这个湾门口有口塘，像个弯弯的月亮，所以才叫月亮湾。王锦原弯下腰，拍了拍坐在小凳上冬梅的肩头："伢伈，莫记挂哈，三伯我无论如何要去把她找回来。"

新婚的第二天，杏儿早早起了床，身上的小红袄映衬着红红的圆脸，越发像个新嫂嫂，新嫂嫂一把把地捧着冻米糖和枣儿，分发给孩子们，孩子们乐蹦了，贺新娘的歌儿唱得越有劲："新嫂嫂三日好，当了媳妇添烦恼，早起先把公婆敬，半夜儿子尿床了。"小毛一边转悠着，看着孩子们围着杏儿转，只管笑。

婚假的第三天午后，杏儿刚给冬梅和巧伈的儿子分了冻米糖，一个陌生人出现在他们的屋门口，经暗号比对，此人是交通员，交通员把别在裤腰里的小竹筒递给了小毛，小毛剥开小竹筒蒂，抽出一卷小纸卷儿，打开纸条一看：见字速速归队！小毛与杏儿立即简单收捡，匆匆上路，一路上忐忑不安，游击队里到底发生了什么？

第十二章 "逼"水一战

　　小毛和杏儿为什么接到提前归队的命令？那是因为正在聚精会神学习的占勇，突然收到交通员送来的"竹筒"情报，打开一看，震惊了：鬼子近日要偷袭游击队驻地！于是马上通知所有外出队员立即归队。

　　对于军事知识产生浓厚兴趣的占勇和福生像上次一样，依旧把锦幺也邀了过来。这一天他们在二号交通站听王锦原授课，王锦原把《论持久战》的精髓辅导完，接着郑重指出，书中所说的游击战的特点就是要发挥主观能动性、灵活性和计划性，要与毛泽东同志在井冈山时期提出的十六字口诀"敌进我退，敌驻我扰，敌疲我打，敌退我追"很好结合起来，而且还应该与古代孙子兵书上的"出其不意，攻其不备"融合起来，古今贯通。他还强调，要认真领会琢磨毛泽东主席在书中特别提到"游击战的特点，规定了游击战争不得不做出许多异乎寻常的事情"，讲到这，占勇为王锦原精辟的逻辑推理击掌喝彩：王先生讲得太好了，您真是高人！就在这时，交通员突然闯进讲课的现场，把紧急情报送到了占勇手中，于是出现前面说的一幕，立即中断学习。

下达了外出队员立即归队的命令后，三个参加学习的人连同王锦原一起，马上启程，风风火火赶往游击队驻地。游击队驻地离二号站有十多里，靠近城郊的一号站铁匠铺距二号站有二十里路程，为了让王先生少跑些路，所以把学习地点定在二号铺。受命回城的二夫把王锦原顶换出来，那是因为三夫还小，看管药栈还是让人放心不下，这一切都是游击队领导周到的安排。恰恰就在二夫回药栈内的第二天中午，街上冷雨敲窗，店里有几个买药的客人都走了，二夫正凝神店外，一个打着油纸伞、中国妇女模样的女人忽然跨进店门，这人就是芳田淑一，显然她身上穿的这件中式棉袄，有些陈旧单薄，带着微微寒颤，看王锦原不在，便急急地把二夫拉进里间，把她去岸石木那里送饭听到的一切都告诉了他。芳田淑一说，岸石木办公室的门关上了，听声音，大队长田中尚荣在里面，好几个人嘀嘀咕咕，最后我听见田中大声叫嚷着，既然游击队的驻地找着了，就要千方百计把他们一窝端掉！我怕中国人吃亏，立刻匆匆转身，下了石钟山，赶快过来，你务必尽快转告王先生啰。二夫不能离开药栈太久，只有将情报通过铁匠铺送出来。

在此之前，王锦原没有来过游击队驻地，翻过一段隘口小路，眼前便是宽阔的湖滩广场，三面环山，山上青翠秀丽，面湖巉岩突兀，天生打游击的好住处。王锦原赞叹道，你们真有眼光。几个人陪着王锦原山上山下，岩底湖滩到处走着看着谈着，就是这么一块好地方现在被鬼子盯上了，怎么办？怎样才能粉碎敌人的进攻？大家都在蹙眉皱额，王锦原突然发声了：将计就计，以退为进。看占勇疑惑地望着自己，王锦原接着说，要想打赢这一仗，而且又要打得轻松，事半功倍，就只有忍痛割爱了。福生恍然大悟：把这块心爱的地方腾出来，变成埋葬鬼子的坟场？对！王锦原抿住嘴唇，微微一笑，点着头。受福生的启发，占勇颇有感触，这就是敌进我退和出其不意的最好实践，王先生的脑洞就是不一般。锦幺高兴得像个小孩，游击游击，反正游击队哪里都是家。四个人站在一起，四双手摞着，占勇最后把他那厚厚的右掌，有力地拍在最上面：好，就这么定！

　　回到了岩底一处宽阔的地方，锦幺在大石桌上铺开了驻地地形图，几个人紧锣密鼓地商量起具体战斗方案，经过近半小时的磋商，终于定下来了，占勇说，抓紧时间，分头落实吧。正在这时气喘吁吁的二夫出现在众人面前，亲自送来新的情报。由于当前情况紧急，占勇和锦幺分头去进行战斗布置，留下福生和王锦原，于是三个人拣一处岩石坐下，听二夫细说——

　　沈淼林曾经告诉过王锦原，自己要被派去日本进修，由于种种原因，未能成行，半年多，一直滞留在安庆。在滞留安庆的日子里，沈淼林基本上没有什么实质性的工作，人住在驻安庆一一六师团辖区，工作则直接归大日本帝国东亚事务局所支配，由于是转送日本东京待岗培训人员，交通工具又得借助海军舰艇，所以启程的时间总是定无时日，一拖再拖，久而久之沈淼林便成了"空窗期"中的闲人，有时也偶或被师团下属联队借用，于觥筹交错中混上两顿，更多时则可自由出入安庆的街楼巷市。头上戴着翻译的帽子，沈淼林内心却始终记住自己是中国人，没有虚度这段自由的日子。他说在安庆这段时间，是抗日以来过得最轻松舒坦，但也是最无聊的日子。实在无聊，就漫无目的在安庆街上闲逛。安庆城不大，他几乎都跑遍了，尤其是繁华的倒趴狮子街，更是浪迹其间，混得再熟不过了，纱店染店布匹店、洋行酒栈、牙馆当铺烧买茶肆，许多老板都混成了朋友。也许是沈淼林为人随和，天生人缘好，也许是沈淼林好结贤良，久而久之，只要沈淼林打从这倒趴狮子街上过，总少不了有人客气地招呼着，沈先生，过来坐坐吧，到了吃饭的时候，总有人留餐，小酌两盅。的确有不少的老板已然成了沈淼林的好朋友。有一次，大概是农历七月初几的傍晚，天气阴沉，风高浪涌，沈淼林被一个宪兵中队的副队长横田介茂聘邀去长江边稽查，稽查队在长江边巡查了一下午，也没查出什么名堂，正要返回时，一只小船远远地靠在江滩上，风浪颠簸中有两三个人正在卸货，巡查的宪兵赶了过去，经查都是云南产的"百宝丹"，宪兵先是一番气势汹汹的盘问，沈淼林走近卸货的人，问哪个是老板，有个正在弯腰搬货的人抬起头点了点，他便对那老板使了一个眼色，等下我就说你是我老乡哈。横田介茂正开口下令，说是没收，沈淼林没有马上翻译，对横田介茂说，"这个老板是我老乡，再说这百宝丹是老百姓常见病用药，药又不多，也不在皇军禁查药之列，看在我面上，放老乡一马吧。"横田果然还算是个人蛋，哈哈一笑，哟西哟西，这个人情你的去做吧。沈淼林大声喊着，老乡，横田少佐大大的好人，快谢谢他吧。老板很灵活，利索地从兜里摸出几块大洋，边作揖，边走近横田，随手把大洋塞进横田的裤兜里了。后来沈淼林走在倒趴狮子街上，听见背后有人喊他，翻译先生翻译先生，济民药行的童掌柜就是因此结缘认识了沈淼林。从此以后，沈淼林多次上童掌柜药栈喝茶，得知这位童掌柜非俗流之辈，看着这位蓄着平顶头中等个子的中年男人，寡言少语，平静如水，实则通江达海，熟汉阳，识沪货，深藏不露。

由于双方都是机警之人，多次相互探底，童掌柜才较为信任地给沈淼林透了底，如有需要，他还可以弄到较多的战场紧俏用药，如消炎药盘尼西林、磺胺嘧啶之类，镇痛药阿司匹林，包括上海信谊厂产的"消治龙"软膏。沈淼林是个有心之人，回湖口前的头两天，还特地去了童掌柜那里一趟。

沈淼林握手告辞，二夫说，暂且先代表游击队谢谢你。

听完二夫的报告，福生先是高度表扬了二夫，回城的两天，送来两份重要情报，功不可没。然后与占勇商量，"买药的事也是大事，抽出几个，不影响应对鬼子的偷袭。"于是当即决定，由二夫带着陈小虎和方小敏连夜直下安庆。福生握着王锦原的手说，谢谢师爷啊，一计胜千军，放心吧，剩下这打仗的事，就是我们的事。何况药栈已经是我们游击战链条中重要的一环，你该回药栈了，一心蹲守，等二夫购药回来吧。

王锦原和二夫仨后生同走了十来里路程，在大王庄的竹岭埂分手，王锦原独个儿左拐向北而去，挥手道别，相互叮嘱一路保重。

月亮湾在回城的路上，不用过多绕道。王锦原一路匆匆，走了两个多小时，赶到了柚山脚下。七八年前来过的地方，印象中似乎有些模糊，翻过一片秃树林峦，正疑惑，终于看见了月亮湾。问过两个人，便问到了原先的老诊户冯友才。冯友才坐在那面壁的夕阳下晒太阳，一下子认出了王锦原，忙欠起微微弯曲的身躯迎上去：王先生什么风把你吹来了？怎么没骑马？王锦原答非所问，一心急挂着他的事："我是特地来找人，听说她在你湾里。"

"谁啊？"

"徐姓女人，今年三十八。"

"她是你什么人啊？"

"房弟媳。"

"您问对人啰。"冯友才看天色不早，太阳也不暖和，邀王锦原屋里坐，边泡茶边说——这女人前年过来，先是在我家里做，很能干，粗活能吃苦，细活手又巧，寡言少语，见事做事，不晓得偷懒，我很看重她，总招呼着她不要太累，可我那堂客是个醋坛子，又有癔症，您是知道的。这女人在我家做了三个月，她便把她赶走了，赶到万姓人家去了。姓万的和我同一个下字，号万贯才，夫妻俩刻薄出了名，男的是见了菩萨要剥金，女人是看了黑豆想刮漆，把这女人当牛使，白天犁田挑水担粪，比男人的事还重，晚上经常纺纱织布到鸡叫，真亏她受得了。王锦原问，知道她现在在哪？冯友才说，刚才她挑着篼子从我门前过，可能是下芜拔萝卜去了，还帮他家养了四头猪呢。之前到他家做工的人谁都受不了，做了三天就走人，最长的也只做了一个月。听到这里，王锦原心中翻腾着，苦海呀苦海，不能干了！日头快要落山，王锦原终于等到了徐氏挑着沉沉的箩卜菜担回来了，看见她吃力地走在那塘坝道上，便匆匆道别冯友才，迅即跑过去，挡住了徐氏的道："妹子，我找你找得好苦哇。"徐氏哪里想到对面穿着长袄的人是王锦原，先是心里猛一噔，再吃力地放下肩上的担子，王锦原赶忙托着徐氏肩上的扁担，帮着把担子搁下来，徐氏一抹汗珠黏湿的一绺额前乱发，别转着脸说："三哥，你何苦跑这老远，我不值得你操心了。"王锦原说："妹子，你的情况我都晓得了，何苦要这样折磨自己呢。"徐氏口上虽这么说，心头却涌起一股久未有过的暖意，憔悴的脸庞上明显生出几分更令人揪心的怜悯:"去东家屋里喝口茶吧?"王锦原定定地看着徐氏,摆摆手,眼睛里射出来的光分明全部是心疼,"今天也不是多说的时候,你等着,有机会了,我一定来救你出去!"别过徐氏,又回过头来道别冯友才,王锦原抓紧时间赶路,城里肯定进不去了,目的地只有铁匠铺。

这天是冬月二十二,月光冷冷,照进了铁匠铺那一洞小窗孔,小窗孔上的尘网像是织出了一朵隐约的莲朵,投射在那黑老布被面上,莲在池中立,西风总将妒,妹子啊,一切都不是你的错。命哪命哪,你比孟姜女苦,比窦娥冤,天下只有我最懂你——你把忍辱负重做到了人世间极限,故意强咬牙关,让那非人的折磨洗刷强加在你身上的屈辱,如果把女人比作水,上善若水,你才最配。温柔时,如涓涓细流,润物无声;坚强起来,就是浓缩一团的苦水——零下三十度的坚冰!月光的另一头,照射下的那个月亮湾里,有个纺纱的女人今夜也是心潮起伏,久久难平,和着嗡嗡嗡的纺纱声漫无思绪,我一个乱糟糟的卑贱女人,你为什么还要这样疼我爱我?

王锦原走后的第二天傍晚,正当游击队按照预定的方案布置妥当,蹊跷的事出现了,山口上站岗的队员将两个嫌疑人押到了占勇面前,嫌疑人说他们是来考察,有一帮人要投奔游击队。占勇盘问了他们许多,你们有多少人,为什么要参加游击队,是哪里人,都答得很好,唯独说他们是苏山人,却有点露馅,听口音不大像,占勇在这一带也混了好久,但不十分吃准,便叫通讯员小李把政委找来,福生过来问过二人话后说:"你们不是苏山人哪?"其中一个浓眉大眼的高个子脑瓜子转得挺快："我们是安徽逃荒过来的。"此时福生已心中有数，对占勇眨了眨眼，转而和颜悦色对二位不速之客说："欢迎你们投奔游击队，走，带你们过去看看。"福生远远指着前面湖湾处一溜山崖说，"那是我们游击队员住的地方，虽然艰苦点，这地方很不错喔。"浓眉大眼的高个子指着右边的湖湾场地问："那里呢？"占勇爽朗地答道："那是我们的训练场地，后背山崖下是我们的仓库。"占勇与福生假装留他们住一宿，两个嫌疑人却坚持要趁夜回去，好吧，随你们了。那你们什么时候过来呢？最快两天吧，答应得挺爽快。送走了两位，福生对占勇说，那个浓眉大眼的家伙就是个日本人嘛，占勇与福生互相望着，吃吃地笑。恐怕那两位奸细回去的路上也在捂着嘴乐，庙前庙后都在笑，究竟是谁笑到最后呢？

　　头天夜晚，游击队全体没合眼，一切都在按照事先的安排有条不紊地推进，大撤退、反包围、关门打狗，是这次闪电行动的方针，占勇在紧急部署会上深有感触地说，看来王先生为我们讲课没有白讲，毛主席说"游击战争必须不得不做出许多异乎寻常的事情"，我的理解，就是要变被动为主动，就是要把单纯的撤退变为主动的反戈一击。为此游击队进行了缜密的分工：大个子刘带着唐泽丰、梅老七等几十号人，负责游击队西面驻地山体掩体上的战前准备，锦幺与小毛则带领一小部分游击队员，控制东面游击队训练场和物资储场半山腰上的战斗主动权，其他大部分游击队员，则分别密布于游击队驻地两侧山顶密林，既可居高临下打击抢占登山偷袭之敌，又可灵活转过身来，与埋伏在半山腰的游击队员形成梯次结构，集中火力，打击日寇一头扎进湖滩，双全之策，应对两种可能。杏儿已是埋雷能手，带着另外两个女队员虎枝、铁掸，她们双手冻得红肿，仍然坚持铲洞、敷埋、连绳接线，一个晚上工夫，把游击队驻地山崖前和物资仓库门口的拉绳地雷都敷埋妥当，清早占勇与福生现场到处检查。占勇看着杏儿，很满意地说："嗯，不错，越干越熟练。"听了队长的表扬，杏儿一脸高兴。占勇边走边回过头来对着几位女队员又说了一句，抓紧回去睡一觉吧。然后与福生并肩走到湖边，经过一夜紧张的奋战，所有的部署基本就位，俩人此时都有一种暂时放松的感觉，占勇转身环顾大半个弧形的湖滩驻地，心里生出一种惆怅，再见吧，亲爱的湖滩！又转过身来望望福生，望望西北方向的湖面，头发迎风缭乱，福生说："等过这一仗，你也该理理发了。"是的是的。福生忽然想起了什么，指着近处的湖面，对占勇说："这里该补下课吧？"占勇有些疑惑，福生补充一句，"游击队不是有很多捕鱼的网吗？"占勇这才恍然大悟："对，对！政委，真有你的。"占勇略一沉吟，"这还不够，要把附近几个村庄的渔网都借来，不行的话，买也要买过来，我们一定要把这块深爱过的地方，变成埋葬鬼子的天罗地网！"

那两个日本探子自以为游击队中计，急匆匆赶回邀功，在鸠山由夫的办公室里，他们兴冲冲地把游击队驻地粗略描述了一遍：那是打仗队伍的天然驻地，南北两头像龙虎山一样，向湖里合抱，合抱成一个偌大的湖滩场，南边面湖的山崖下就是游击队的驻地……鸠山问："他们对你们的造访没有什么警觉？"那个浓眉大眼的家伙睁着眼："开始有点不信任，后来真以为我们是要来参加游击队的。"

"他们有什么异动的迹象吗？"鸠山问。

"好像还挺欣赏他们这块宝地。"另一个探子答道。鸠山听后一脸悦色，一只拳头在办公室桌上轻而有力地叩着，口中喃喃自语，好，好！

鸠山是二中队队长，是这次偷袭游击队的总指挥，田中尚荣命令二中队全部，一中队和三中队各抽一部分，共组成二百多人的偷袭队伍，水陆分别推进，岸石木由于上次战斗受伤还没痊愈，由其副手菅义信人协助鸠山。鸠山接过田中的命令，立即做出连夜奔袭的决定。

还是那两个日本探子带路，一百几十号人马，不带辎重，轻装上阵，抄陆路向游击队驻地小跑前进。等他们快近目的地时，已近午夜，天空中下起了小雪，鸠山窃喜，天助我也。先头部队开始发现前面山路隘口有好几个站岗放哨的，这几个站岗的游击队员也同时看见了鬼子的队伍，按照锦幺的预判建议，站岗放哨的队员故意让鬼子尽量靠近，才开始大喊大叫，鬼子来了，鬼子来了！边往湖边山崖跑。鬼子求胜心切，一心想把游击队一举歼灭，果然不敢开枪，穷追猛赶站岗的游击队员，及至穿过隘口，赶到湖岸这边，远远看见他们钻进了山崖，鬼子大喜，这下该一网打尽了吧。其实山崖里有一条暗坡甬道，直通半山腰的掩体，站岗的队员很快爬上了这条甬道。这时，鸠山下令把湖滩两边的山崖死死围住，已经等候了多时的游击队员，在半山腰和山顶上都看得一清二楚，占勇终于扳动扣机，一声令下，打！瞬时手拉地雷一个个爆炸，一下子把鸠山的美梦炸飞了，阵脚炸乱了，子弹雨点般飞向敌群，鬼子被游击队打得措手不及，全乱套了，任凭鸠山怎么吆喝，向上射击，可刚一睁眼瞄准，雪花掉眼里了，天助谁呢？这时水上的队伍也赶来了，那是两艘小型快艇，一共装了六十多个鬼子，可是一切都于事无补。游击队早在成立之初就开始选中了这块藏身之地，每到枯水期沿近湖的"筲箕"口上筑起一道长堤，向堤内深处取土，堤内平均深度约两三米，丰水期则向坝外倾泻石块，因此湖水表面看上去风平浪静，湖底却暗石嶙峋，入侵船只无法靠近。眼下在湖中打转转的舰艇怎么也靠不近湖岸，能帮上什么忙呢？反而成了游击队的活靶。看来所有战事的发生都在游击队的预料中，锦幺的确很聪明，不知什么时候他也掌握了打炮技术，早已架设在山顶的钢炮终于等来绝佳目标，标高仰角调好，锦幺一摁炮键，正好打中一艘，舰艇很快燃烧了起来，另一艘则慌忙掉转船头，只顾逃命去了。

原本水路上的希望，瞬间化为泡影，剩下为数不多顽抗的鬼子几乎失去了抵抗的信心，这时占勇见状下令，两头各两挺机枪密集封锁近湖两端，进来的隘口继续火力打击，逼得这些残敌向湖滩中间的湖中亡命奔去，三面弹雨，唯有正前方的湖水才是生的渴望，可是他们哪里知道前方一片平静的水面，却是万劫不复的深渊。碧波之下，又被游击队事先突击敷设了一排巨大的水下罗网向他们索命，鬼子终于有人开始被网住了，一个网住了，两个网住了……人越慌，网越乱，水也越来越深，人随网漂，网缠人撕，鬼子已乱作一团，游又游不动，踩网缠足，只见人头在水面上挣扎蹿动，逐个开始出现溺水，好像鸠山和他的助手菅义信人也在水中挣扎。这时福生和占勇赶来湖岸，枪声骤息，游击队员们基本上都已从山上冲了下来，团团围住湖岸，看着落水狗湖中挣扎。这时，有两个鬼子脱网，向岸边游来，占勇毫不犹豫举起手枪，点射两下，再没看见游动的影子，网住的鬼子又是一阵慌乱。队伍中有人喊道：队长，把他们扫掉吧！占勇和福生耳语后，随即下令：全体听令，每人随手捡枪拾弹，迅速撤退！于是福生和锦幺前头带路，占勇、大个子刘、王小毛断后，朝着他们事先选定的路径，向苏山方向撤去。王小毛时不时还回过头来张望，那些挣扎的鬼子会脱网吗？

　　二夫三人那天在大王庄竹岭埂和王锦原分手后，经过一天一夜的辗转，坐船，上岸徒步，又坐船，快近安庆时，又上了木排，终于在第二天午夜时到了安庆码头边，跳下了木排，住进了一家韩江客栈。客栈内卖槐鸡的、补鞋的、算卦的、卖老鼠药的，藏污纳垢，都是社会上谋口饭吃的下三流，客栈内的气味就可想而知了。管它呢，三个疲惫的臭小子凑合在一张床上，倒头就睡。等到他们醒来已是中午时分，肚子咕咕作响，不容分说，找吃的是头等大事。刚出客栈门，远远看见几个日本骑兵踏街而来，看来安庆也是日本人的天下，一样不太平，小心为好。于是三人又缩回客栈，待巡逻兵远去江岸，这才重新跨出客栈，小心翼翼，穿街走巷，终于进了一家江南饭馆。烧鲶鱼是这家小饭馆的招牌菜，店小二年纪不大，佝偻着背，待二夫三人坐定，笑嘻嘻地迎了上去，竖起那根短而粗黑的拇指："烧鲶鱼，江南第一美味。"小虎手一扬，抓紧上饭上菜便是。

　　出了饭馆，因身有重任，三后生也无心溜达初来乍到的新市街景，陌路匆匆，拐过一个街角，只见一酒肆内大缸小坛上，四方红纸写着各式酒字，戴着瓜田帽的老板正坐在酒店上位抽着水烟筒，二夫跨进酒店，躬身问道："老板，倒趴狮子街往哪走？"那老板手朝店门外往左一指，这不就是吗。谢谢谢谢哈。人走在狮子街上，还问狮子街。狮子街的确繁荣热闹，满街黄旗广告，百业俱全，三人还是头一次见这大世面。方小敏突然拍拍二夫的肩膀，前面那黄色的房子不就是醉月楼吗？二夫看见了，对，就在这附近。"济民药行"四个黑体镶金边的门匾终于映入了他们的眼帘。进得药行店堂内，有位身瘦脸削的先生，双手捂在袖筒里，戴着一副黑边眼镜，面无表情地问："几位先生，看病还是抓药？"他们仨都摇摇头。二夫说，找童老板呢。兴许是听见药堂的说话声，这时一位中等个儿、脸庞丰腴敞额的中年男人缓步走下深红木楼梯，笑容可掬走到他们面前，侧着面，轻轻问："来者何人哪？"二夫拱手作揖，马上答道："淼然入林，沧海为水。"只见问话人的眼光闪电般横扫了三后生："这么说你们是沈先生的人啰？"正是。二夫不紧不慢点了点头。来，里屋喝茶，慢慢聊。童老板很客气，唤来药童，泡了上好龙井，几个人差不多聊了一下午，药的品种数量价格，包括交货时间和地点，何时付银都一一说妥，美中不足的是"消治龙"软膏正在上海运过来的途中，须等三天方可有货，等就等吧，来一趟也不容易，狗日的豺狼当道，山高水险，童老板也是这么劝着，和蔼地说：就当是歇歇脚，玩几天吧。

　　童老板为人不错，晚上在望江酒楼做东，为二夫他们洗尘。酒楼生意看样挺火，三三两两，有中国人进来，也有日本兵进来，童老板告诉他们，日本鬼子刚占领安庆，这家酒楼封了好久，后来说什么共荣，这老字号才又恢复营业。边吃边说，方小敏注意到斜对面桌上有两个猪头土脸的家伙，嘴巴嘀嘀咕咕，眼睛老是往这边瞟，小敏俯身桌上轻轻告诉大家。童老板回道，他们是狮子街上有名的混混，猜你们是外地人，注意点便是。吃完饭，出了酒楼，果然那几个混混远远跟在后面，快到了童老板介绍的客栈，那几个混混便加快步伐，迅速跟了上来，几个家伙马上挡在客栈的台阶上，其中两个混混一起伸展着手臂，面孔冰冷，同声道："你们哪里来的？"陈小虎本来就是个虎性子，见状气不打一处来，昂首质问："关你们什么屁事。"那猪头脸好像是领头的，一脸骄横，摇着的手指快戳着小虎的鼻梁："老子的地盘，我不管谁管！"于是一声喝令，"弟兄们，上！"童老板见状，赶忙说好话，各位兄弟，这几位客人都是我的朋友，几个混混没把童老板的话当回事，蜂拥而上，哪晓得一个个还没近得小虎身，全都狗吃屎地趴在地上。那猪头脸蒙了，小虎问他："还上不上？"这家伙还硬着头皮犟着嘴："上！"看二夫身材单薄，双拳击将过来，二夫照准他胳膊肘铁钳般抓住，转身其后，肘扭其背，那家伙痛得哇哇惨叫，直喊饶命。二夫用教训的口吻说："为什么中国人要欺负中国人呢？"旁边卖烧饼的卖糖葫芦的和三两零星夜行的人都过来围观，暗暗高兴，拍手叫好。二夫放了手，只见那猪头脸和几个混混立马下跪求饶，对着二夫他们拜了又拜："师父，我们瞎眼了。"陈小虎唬着："谁是你师傅，还不快滚！"猪头脸看二夫不凶，死皮赖脸地求着："用得上的地方，愿与高师效劳。"二夫笑了笑，好吧，只要不随便欺负无辜百姓，可以交为朋友。此番"景致"，让一旁惊呆了的童老板除了对二夫他们钦佩，或许更悟出了些什么：眼前的几位后生到底何许人也？

　　等货的几天，二夫他们把这狮子街玩透了，晚上回到客栈房间里，二夫问躺在床上的小敏和小虎，这狮子街到底多长，有多少行业，几多店铺，二位摇摇头。小敏想起了一件大事，侧过身反过来问在房间中踱步的二夫："童老板不是说明天货可全部到齐吗，那我们该怎么运出去啊？"小虎立马坐起，瞪着圆圆的虎眼看着二夫："是呀，这才是大事！"二夫早已妙计在心，故意默不作声，反过来问他们："是啊，你们有什么好办法吗？"

游击队在新的栖息地休整了几天，福生一直惦记着弄药这件事，与占勇商量，决定派大个子刘出去接头，按照事先与二夫的约定，先去城外一号交通站，再进城去会王锦原。

这天上午，天上又下起了雪花，一个满身雪花包裹的雪人走进了樱桃食堂，他把一坨猪后腿往桌上一撂，脱下大绒棉帽，抖落身上的雪花，芳田淑一的眼睛竟充满了绿光，高兴得几乎叫起来："刘先生，这么久你哪里去了？"她高兴极了，急忙泡来一杯热茶，要大个子刘坐下，格外关切地问："夫人还是过世了？"大个子刘点点头。唉，真是难为你了。坐了一会，大个子刘说他有事，不能在这吃午饭，芳田淑一望着大个子刘出门的背影，那种不舍的眼光令人太怜悯了。

大个子刘在王锦原家住了一宿，他告诉王锦原，游击队的领导和你一样，十分牵挂二夫。第二天大个子刘正在药栈吃早餐，大家都没想到竟是二夫进来了，一家人大人小孩特别高兴。王锦原第一句话便是，药弄到了吗？二夫连连点头，说："过了江后，药暂时放小敏家里。"二夫饿得好厉害，一口馒头咬下一大半，像要噎着，"我怕爹爹姆妈急，所以先回家来了。"大个子刘说："慢慢吃，吃饱再说。一路上顺利吗？一定吃了不少苦？"二夫放了碗，慢慢告诉他们。

童老板果真是利索之人，说是"消治龙"软膏需等三天，果真三天到货。应那些混混的恳求，二夫教了他们几招，这些混混既佩服又感激，第三天时，便帮忙去砍了一些粗细一样的竹子，把竹子锯齐凿空，然后搬到了济民药行后院，再把买好的药重新用布袋子包装，然后一一塞进凿空的竹子里，竹子两头用木栓塞紧之后，再将头天在布匹店选好的各式布匹，又卷在竹筒上，小虎和小敏不得不惊叹二夫的智商，两个人同时把二夫捅了一拳，好你个灵性鬼。一旁品茶的童老板气定神闲，抚了抚整洁的平顶头，也伸出大拇指，念叨着，小小少年，了不起，了不起！

那几个混混真是帮了大忙，他们是当地人，码头情况熟悉，不但帮着找来船，还选择在一处伪宪看管的码头，连夜帮着把这些布匹装上船去。看来他们跟这些伪宪混得不错，称兄道弟，几个伪宪只是把这些布匹随便翻翻，便挥手放关了。月黑风寒，逆水行舟，一路向西，算是顺利。只是昨天卸货下船，碰上了几个烂渣土匪，经不起二夫他们三两下敲打，跑得比兔子还快……

二夫说完后，大个子刘看了看二夫，又看了看王锦原，对王锦原说："老哥，你看你儿子多像你啊，不但眉长眼亮样子像，聪明干练更像，真是老话说得准，虎生豹儿。""哈哈哈，"王锦原这些年很少这样开心笑过，"你太夸赞了。"

第十三章　夜袭碉堡

王锦原那天在铁匠铺住了一宿，第二天一早赶回药栈，便把徐氏遭罪的情况告诉了雅芝，雅芝也非常同情可怜的徐氏，叹道：唉，那东家也太刻薄了。眼下，王锦原人虽然在药栈蹲着，心里却一直绕不开急挂着的三件事：一是徐氏，该怎么把她弄出来？二是二夫他们还不知多久回来？三是游击队反偷袭到底成功没有？王锦原心里有事越是搂着黄烟筒不放，吧嗒得正带劲时，芳田淑一碎步踏进了药栈，进门便急急地说："王先生，帮我去看个病人，情况很危急。"当芳田淑一领着王锦原一脚踏进樱桃食堂，芳田淑一自己也惊呆了，几个鬼子兵大概也是受惊了，哇哇直叫，芳田淑一慌慌地看着王锦原："是沈淼林先生叫我赶快把他扶下石钟山，扶到我这里。才出去一下工夫，怎么倒地上啦？唉！王先生，求求您了。"王锦原一看是岸石木，他见过，也听过关于岸石木许多传闻，阴险毒辣的小个子，就是石钟山矶头常常夜间麻袋抛人的策划者，看见这杀人魔鬼就很恶心，牙齿自然而然咬得紧紧的。但出于看在芳田淑一和沈淼林的"佛面"，医生的良心，更有那植根心底天生富于理性的一面，他不得不蹲下身子，把脉、听诊、翻眼皮看眼睑……王锦原从胸前缓缓取下听诊器，顿了顿神后，便问了芳田淑一和身边这些鬼子，最近岸石木有什么异常行为吗？芳田淑一翻译着那岸石木身边鬼子的话，原来前两天鬼子偷袭游击队惨败，对岸石木精神打击太大，尽管自己躲过一劫，看着身边的副手营义信人眨眼成了溺亡新鬼，那个侥幸被舰艇救回的鸠山，半死不活，还躺在金兰医院的鬼门关，一百几十号的队伍，一夜几近全军覆没，岸石木不寒而栗，脸色煞白，在办公室里踱来踱去，烦躁不安，口中喃喃不停：游击队太厉害了！王锦原第一时间听到这一大好消息，心中自是甚喜，但神情平静，一边对芳田淑一给出看病的结论："据初步诊断应是惊厥症，深惧所致。"王锦原看着芳田淑一那渴望的眼神，知道她还想说什么，"我暂且先救急，镇静安神，送他去你们的金兰医院吧。"

　　游击队反偷袭成功后不上一个礼拜，二夫他们购药又安全到家，王锦原大大地舒松了一口，三件记挂的事就只剩下徐氏妹的事啰。

　　这一天是腊月二十三。头天下午，北门粮行的黄立云老板来药栈抓药，王锦原跟他说了徐氏的事，黄老板爽快得很，一口答应，我正缺人手，让她过来吧。所以王锦原早早起了床，让雅芝弄点吃的，便去月亮湾了。可是下午还是一个人回来。雅芝问，人呢？王锦原告诉雅芝，徐氏妹倔得很呢，反复劝了许久，好不容易才答应收拾东西走人。最终她还是同意上黄立云这里来，只是暂且先回家过个年。嗬，等她动身了，我们共走了两里路才分开，她往湾里去，我抓紧往城里赶。雅芝自个儿摇摇头，微微一笑，轻轻地嗨了一声，当真她不牵挂冬梅和孙子呗。

老天作美，游击队总算又找到了一处新家。虽时已冬末，大山深处却万木葱茏，溪水傍山蜿蜒而下，绵延数里，流向碧绿浩瀚的堰塞湖。湖岸上操练声冲入云霄，哗啦啦的溪水旁，杏儿、虎枝和铁辫一边浣衣洗裳，一边敞开靓丽的歌喉，尽情释放着青春的快乐。这是一首沂蒙山古老的小调，不知是什么时候传到游击队，又不知是谁把歌词改了，改得很美，可能是这里的景色容易让人联想吧，姑娘们很喜欢：

迤丽山哎景色好，高高山峰入云端，白天练兵蓝天下，晚上梦里溪唱欢。哎嗨哟哎嗨哟，湖中鲤鱼肥，佐我南瓜餐……

下了操，小毛和小敏踏着歌声来到溪边，小毛看杏儿她们衣服还没洗好，准备上山去掏野鸡窝，小敏说，算了吧，你看看鬼子把我们的窝捣掉，害我们又跑这么远。小毛说，不对，是我们把窝挪出来，用来埋葬鬼子！嗨！这一仗打得真痛快，真过瘾，我们游击队无一伤亡。小敏说，好可惜我们三个人没有参加呢。可是你们功劳也很大呀。小毛又说，我就是老惦着那些泡在水里的鬼子会有多少逃出来？不懂为什么不把这些落水狗杀绝呢？杏儿喊着："过来吧，衣服洗好了。"这时大个子刘和另一个队员从堰塞湖过来，抬着一条差不多一人高的鲤鱼，大个子刘真不愧是冬捕高手，惹得虎枝、铁辫高兴得追逐起来，嚷嚷着，又有鱼吃啰。

晚饭后，三号交通站交通员送来了竹筒信件，是鄂东特委秘密文件，福生看完后交给了占勇，占勇收起信件，浓眉紧锁，问福生："今天是腊月二十七吧？"占勇掐着指头，默数着，然后抬头看着福生说："嗯，阳历一九四一年元月七日是腊月初十，事件发生在十七天前。"占勇回屋里急急把地图打开，他找到茂林，位于皖南，就是在这个地方，老蒋动用七个师八万多人，把叶挺九千多人的部队死死围住六个昼夜，新四军弹尽粮绝，只有两千多人突出重围，这老蒋怎么说翻脸就翻脸呢？离赶走日本人还远着呢！福生上前把挂在墙上的马灯调亮点，看见占勇一张正气的脸布满了阴郁。福生说："我们来议议过年放假的事吧。"占勇从墙角桌上端起搪瓷水杯，默默地面对着福生坐下。

这一晚小毛和杏儿坐床上久久不能入睡，小毛很兴奋，告诉杏儿，刚才晚餐，领导特地犒劳二夫他们几个买药回来的人，把大个子刘和我也叫去了，上好的武山糯米酒，八个人喝了五坛子啊。杏儿用手搧着小毛酒醺醺的气味，温柔地摩挲着小毛的脸庞，以后不许这样啊。小毛捧着杏儿的耳根，说得杏儿高兴得把被子掀开了："真的吗？明天就放假，回家过年去啰。"小毛微醺着，双眼迷蒙，直盯盯地看着杏儿，手开始胡乱地在杏儿身上抚拂，杏儿说，我们不是已经拉钩约定，等鬼子消灭干净了才要孩子，小毛无奈地点点头，于是乖乖地背向杏儿，侧弯着身子睡进了被窝。

那一天，熊万发听说游击队又打了一场漂亮的仗，好像是自己的部队打了胜仗一样，高兴得自己连干三杯，奶奶的，这"独立营"真的越来越神乎，将计就计出奇制胜，他尤其赞赏那渔网战术，谁的主意呢，太绝了。当即他向游击队发出了祝贺电文。今天熊万发又在喝酒，心情很不愉快，半天一口，酒喝得很斯文，团副参谋长手下人都在看着他，其实熊万发在想着一个严肃的政治问题，昨天刚刚听到，顾祝同在安徽茂林怎么干起新四军呢？本来国共合作得好生生的，日本人刚刚被打痛，还没趴下，老蒋又想心思了？唉！前途堪忧哇。管他呢，老子照原计划行事，当地人回家过年，让他们团聚去，熊万发一仰脖子，一碗酒全灌进了肚子。

腊月二十八这天，游击队正式放假了。福生叮嘱二夫早点回城，陪着爹爹姆妈下乡去好好过个年。大个子刘也赶早进了城，卖了年前最后一次肉，剩下一部分送给了芳田淑一。这年关的时候，家里还有不少的琐事等着他，况且没个女人，一儿一女说是成年又未成年，总还是让人放心不下。其实芳田淑一这女人也走进了大个子刘心里，卖肉只不过是个名分，看芳田淑一才是真。芳田淑一知道面前这高大英武的男人话语不多，深邃的眸中却折射出让人感知的细腻。芳田淑一看大个子刘额上忙得汗津津的，马上打来热水，捂了毛巾，招呼大个子刘到她房间来帮着擦背抹汗。芳田淑一的声音细细的："刘先生，大冷天的可要注意啊，汗冷了，经风会感冒的。"她帮他解开棉袄扣，他弯下高高的躯干，双手支撑在那印有日本樱花图案淡淡香水味的床单上，她用热毛巾上下擦着长长的背部，她又将毛巾拧了一把热水，把热毛巾再一次搓着这男人搓热了的红红背部，哦，肉肉的红红的背臂散发着男人的体香，这男人太有男人味了。芳田淑一两年多没见过男人，她感到自己的体内也在热热地膨胀，她实在有些抵挡不住面前这男人散发着荷尔蒙的气息，她哪是用毛巾在擦背，她是用那温柔的嫩手在摩挲着那温暖的爱意。大个子刘轻轻地说："毛巾有点凉了吧？"芳田淑一这才惊醒似的，哦哦，再热敷一次。芳田淑一慢慢地帮大个子刘把棉袄胸扣扣好，怜爱地帮他掸了掸袄面微尘，她知道中国的风俗，这年关的时候也勉强留不住他，她窸窸窣窣翻开箱子，用袋子装了许多日本罐头和饼干糖果，不舍地把大个子刘送出了樱桃食堂，恋恋地望着那高大的背影，远远地消失在东门街的转角处。

　　由于游击队临时有事耽搁，锦幺、小毛和杏儿二十八这天好晚才赶到了家。刚刚进得村子，就闻着一股甜香味，哦，过年了，都在忙着年事。杏儿鼻尖，这香味不正是从姨娘家飘出来的吗？见厨屋里灯亮着，杏儿敲了敲门，开门的正是徐氏。太意外了，杏儿还以为姨娘一直躲在外面，惊喜过后，一阵亲热："姨娘，在家里呀？我太想你啊。"徐氏没有先前那样的劲头，软溜溜地回答杏儿，我也是前几天才回来的，坐吧。杏儿惊讶地看着锅里，就像大雨点滴在池塘里那般，叽哩咕噜起着密密的酱色泡泡，稠稠的，徐氏默默不停地用锅铲铲动着，杏儿说我有好几年没有看见熬麦芽糖啊。徐氏说，歇一会吧，马上就会有出锅的麦芽糖吃了。杏儿高兴拍着手，我不在乎吃糖，我要看姨娘拉糖，把黑黑的浓糖粑粑一趟趟，抻拉得长长的，慢慢地由黑变白，渐渐地越拉越白，拉糖的活儿太神奇啦。锦幺等不住，要急着回去和巧伢儿子团聚。这时哄儿子睡的冬梅，听见厨屋有说话声，过来见是杏儿姐，表姊妹比亲姐妹还亲热，紧紧地拥抱在一起。冬梅怕耽搁他们太久，便一人盛了一小碗黏稠的糖，快吃吧，早点回去，拉糖的事，以后有你看的。后天就是大年三十，你们才回，有得忙哦。
　　锦幺回到屋里，只见房间里巧伢身边正围着一群孩子，自己的儿子明明，侄儿三夫、四夫、一平，都在跟着巧伢唱儿歌，锦幺有意不推开房门，悄悄立在那儿，听他们唱："细伢仇，哪里来？我在杭州读书来，多读三年有官做，少读三年也秀才……"等他们唱完，锦幺这才突然踏进门，给了孩子们一个惊喜，口袋里早就留下的一把桂花糖分给了欢叫的孩子们，锦幺抱起自己的儿子，又一手抱起小一平，一边一个响吻。小一平举起桃木枪，天真地望着锦幺。

这一天，二夫很早从游击队出发，赶到城里，陪着爹爹姆妈，护着一路快活的弟妹，踏着一路苍凉，也回到了那个生生世世的家。

大年三十晚上，上王村湾的确好热闹，至少鬼子占领湖口两年多来，没有过上今天这样的年。你家通往我家的门都开通了，满村上的过道里走廊里屋檐下都秉烛挂起了红灯笼，通宵不熄，历来这样的情形是从年三十开始，直至初七。今年更不一样，凡是在外面的人都赶回来了，游击队当兵的，国民党里当兵的锦先、锦云都回来了，村上大团圆。吃年夜饭之前，古老的"玩年"仪式活动，把年的气氛推向到了一个高潮，家家户户端着黄色木桶（木桶里盛满许多祭祀礼品，如一条腊肉一条干全鱼，一把大蒜一双新红筷子和一瓶酒）。依次聚拢到祖堂，一俟所有人到齐，领头的人便开始发令放鞭炮，家家户户这时竞相比赛谁的鞭炮长。鞭炮放得响，放的时间长，预示来年五谷丰登，六畜兴旺。震天响的鞭炮声好不容易静下来，领头人便领着众乡亲一拜天，二拜地，三拜列祖列宗，完毕后，各家户主这才从祖堂神龛前的台桌上端起黄木桶，回家吃年夜饭，"玩年"的程序至此才算结束。

初一，是辛巳年的第一天，村上的传统规矩是新年的第一天足不出村，各家早早吃过早饭，互相串户拜年，从尊到幼，相互作揖，尽说些吉利的话，一切的一切都是喜气洋洋的。锦原弟兄们和村上主要的男人，首先给学堂公公拜年。学堂公公坐在学堂上位，大家一个接一个排队下跪作揖，学堂公公也很有礼数，欠身不暇，乐呵呵的。进了新年，学堂公公已是古稀之龄，仍耳聪目明，心怀天下。其他的人都走了，锦原兄弟几个却被学堂公公留了下来，站在学堂门口，学堂公公炯炯有神的眼睛看着这些弟兄们，带着疑问的口吻："昨天锦幺告诉我，前不久新四军在安徽出事了，你们都听说了吧？"听的都点点头。知道就好。学堂公公也自个点着头："你们心里要有个谱，一山难容二虎啊。"兄弟们都认真地望着学堂公公，学堂公公打住，不说啰，快快乐乐过年吧。锦原说："细爹，中午就上我家聚聚哈，等下叫二夫来接您。反正元宵节前，您不用起火，老规矩，各家各户轮流派。"这时，学堂公公把王锦原单独拉到他的卧室，打开柜门，从那柜底的抽屉里取出一个小布包，小布包里有个小牛皮纸封儿，他把小牛皮纸封儿拿起来，慎重地放在王锦原手心里："药栈的房契，还有我授赠给你的字据，都在里面。"王锦原面有愧色："这——"学堂公公的眼神毋庸置疑，一手托着王锦原的手，一手按在王锦原掌心的纸封儿上："难道你不是细爹的儿吗？把它捡好！"

中午了，还是那不大的堂屋，又摆满了桌子，王锦原做东，兄兄弟弟，大人小孩，几家子聚在一起，新年第一天就图个热闹呗。尤其是经历了战乱，这正月初一更显弥足珍贵。男人女人互相热情地招呼着，陆陆续续坐下。按照辈分，第一位自然是学堂公公，次位就是锦北，其他兄弟依次排座。开席的爆竹响过，王锦原端起酒杯，站在堂屋进门，向着上位说："这第一杯，敬各位了，大家随意；第二，我提议向仙去的大哥和六媳荷芝敬一杯吧；第三杯我们一起敬学堂公公啰。"王锦原拱手作揖，今天都是兄弟们，开怀畅饮！

　　酒过三巡，大家情绪都上来了，你一言，我一语，不知不觉又说到国事上。是王锦原开的头，老蒋分心也太早了。锦云说，三哥，老蒋也有难处，害怕朱毛壮大，夺了他的天下。王锦原自个吞下一杯，从裤兜里摸出小方巾，揩了揩嘴唇，对锦云说，如果哪一天日本人真的赶走了，恐怕还有仗要打啊。锦云说，朱毛那点势力，斗得过政府吗？王锦原摆着头，拍着锦云的肩，半眯着眼："五弟，别看你现在是国军里的营长，当局者迷，旁观者清，据我看，现在共产党虽然没有政府势力大，真正打起来，鹿死谁手，还不一定呢。"锦幺不胜酒力，没喝几杯，像个红脸关公，但脑子很清醒，听锦原锦云在讨论，平时话不多的人也插嘴了，他直盯盯地看着锦云："五哥，三哥的话有道理，老蒋的政府太腐败，都是护着富人，共产党才是站在穷苦百姓一边的。"锦云笑笑，这都是共产党的一面之言。一旁细听的二夫，马上对着锦云摆摆手，为锦幺旁证："五爹，细爹说得对，前不久，我在安庆古董店里听那老板说，到他店里来变卖古董的，都是国军里的师长团长。四爹五爹，到游击队里来吧。"锦先一直不作声，望着二夫，只回了一句，我听锦云的。锦云突然立起身，情绪显然有点激动，端起酒盅吮当碰了一下说："大侄子，谢谢你的提醒，不管今后风云如何变幻，一切认命，上君船，为君赢，我王锦云决不走回头路！"锦北和锦丁不晓得外面的事，只有眨巴着眼睛。学堂公公一直在倾听兄弟们的谈论，看见锦云情绪上来了，他便开了腔："位卑未敢忘忧国，关心国家前途命运人人尚可，但千万不要因为争论国事伤了自家和气，要一致对外哟。"王锦原忙附和道："是是，吃菜喝酒，其他话不谈。"说到亲情，说到以往兄弟们一幕幕联手杀敌的场景，说到那追击场上的山高水阔英勇气概，兄弟们又是笑声不断，有着说不完的话，新年的第一餐午饭，足足吃了两个多小时。

王锦原心有不甘，想趁此相聚的机会再做努力，把二位老弟争取过来。晚上他把锦云单独找了过来，说了许多，说共产党是中国的最大希望，锦云不以为然；说到兄弟的亲情，锦云不为所动，王锦原说，现在你听我这最后一回好吗？锦云执拗得很："三哥，我们为什么要绑在一棵树上呢？"王锦原"黔驴技穷"，只好搬出了学堂公公。他直直地看着锦云："学堂公公的底有多深，你知道吗？"锦云疑惑地看着王锦原，云里雾里，摇摇头。王锦原说，学堂公公的过去我也不知道，但有一点听说过，他是孙中山先生的追随者，是早期的国民党员，否则他怎么是县国民政府的议员呢？现在连他都在怀疑国民政府。锦云这才理会到三哥说出此话的用意，表情忽地紧张严肃，习惯性地笔挺起立，回答着："今后是好是歹，不怪三哥，自从穿上这身军装，我就抱定生是党国的人，死是党国的鬼。还是那句话，决不当叛徒！"王锦原很是不悦，既然这样，那就好自为之吧。兄弟俩不欢而散。

回家躺上床，王锦原困惑了许久，过去那么听话的人，现在为什么却不由人分说？是我老了吗？

初一的下午，满村的孩子们快活极了，玩着各种游戏：跳房子、打地老鼠、推铁圈，斗独脚、捉迷藏，最后孩子们团团围着二夫，嚷嚷着要二夫讲杀鬼子的故事，二夫一下子成了孩子王，他坐在道场一侧翻转过来的禾斛背上，讲了四王庙锦云夜杀鼻涕胡，讲了白浒塘日寇油库火光冲天，讲了簸箕港宫崎被逼刺自身，还讲了丝网港王小毛夜遇杏儿姐……一个个故事让孩子们听得出神，小手掌拍得红红的，孩子们骄傲地叫喊着，我湾里有好多英雄。小一平坐在二夫身边，手里的桃木枪高高举起，另一手搂着二夫的颈，我大哥哥是大英雄，他的飞镖好厉害吧。

小毛和杏儿加在一起，最亲的血缘就只有杏儿唯一的姐姐。杏儿姐姐的婆家是周家嘴，离花尖山不远。初二的早上，杏儿很早就把小毛叫醒，俩人一大早哼着唱着，说说笑笑走了十多里，来到周家嘴给姐姐姐夫拜年。过年的早饭特别晚，同桌吃早饭的还有姐夫的两个外甥，这俩外甥告诉小毛，他们是施十房的，昨天中午，湾里两姊妹去园里讨（摘）菜，被两个鬼子拉进碉堡里去了，到天快黑才放出来，她们都不上十八岁呀。小毛听了非常气愤，问是哪个碉堡的。小毛知道花尖山到程山一带是日占区，碉堡很多，那个瘦个子外甥拉着小毛的手，走到门口的土墩上朝前一指，就是正前方小山冈上的那座，南北两个碉堡都比它矮，比它远。小毛手搭凉棚，认真记住了这个碉堡的位置。矮个子外甥还说，放出来的女伢仍说，碉堡里只有五个鬼子，好想湾里人去为她们报仇，但是湾里人不敢，怕鬼子报复。匆匆吃过早饭，王小毛拉起杏儿起身告辞，姐姐说："不是说好了，吃过午饭再回吗？"容不得姐姐姐夫挽留，小毛两口子连拉带拽，跑出门十多丈远了。

小毛一口气跑回了家，找到了锦云，锦云正在家中帮堂客打井水洗菜，锦云擦干手，站在井台旁，听完小毛的话后略一沉思："嗯，是个好机会，好！你去把他们几个都找来吧。"

不管是游击队的还是国军里的，回家过年一律没带武器。锦先、锦幺、二夫外加小毛和杏儿，都来到锦云家后院的井台旁，小椅马凳围了一圈，几个人着实认真商量了一番，锦云根据小毛的描述，认为今晚的行动，虽没武器但是也不能携带武器，因为左右碉楼相隔太近，一切都必须在无声中进行，时间越短越好。但匕首必须带上。锦云特别叮嘱二夫带好飞镖。最后锦云还特别强调，杀完了鬼子捡了武器直接走人，万一出现新的变故，没有我的命令，不准开枪！锦幺把准备晚上炸碉堡的事告诉了王锦原，王锦原说他也想去，有个照应，锦幺不同意：三哥，我不是说过，我去了，就等于是你参加了。

到达碉堡附近，已是上夜十时，锦云看了看手表。碉堡的周围一片寂静，只有那远处碉堡顶上的探照灯光在机械地移动，散淡的余光也照不见对面碉堡视线内的田野枯枝，一切都模糊不清，虽然是晴晚天气，初二的晚上没有月亮，这样的夜，对于他们的行动有利有弊。锦云原本打算用二夫的绝技绝杀那碉堡顶上的岗哨，但是人影部位不清，如果一镖未能封喉，必定会造整个行动失败。经过仔细观察，锦云决定让二夫和杏儿留在现在身后的高埂坝凹处，俯视碉堡三面的外围。锦先、锦幺、小毛跟着锦云匍匐前进，缓缓摸到碉堡正背面，经过锦云的判断，碉堡的进出门就在正背面。等他们靠近碉堡，果不其然，有俩家伙都坐在碉堡门口打盹，锦云轻身上去扭住右边一个，几乎是同时锦先双手死死卡住左边这个鬼子的脖颈，一会儿工夫，在无声无息中送他们见了阎王。锦云比了比这两个死鬼的身高，马上抓住其中一个解开衣扣，一边示意锦先帮忙退下鬼子的裤子，自己一边急忙穿上鬼子的上衣，又一边用手势告诉他们仨去寻杀另外两个，分头行动。锦云上得楼顶，那家伙背着枪转来转去，看着锦云一把抱住他，还以为是哥们开玩笑，就在这玩笑的瞬间，把小命丢了。锦云拽上鬼子的枪，匆匆赶下楼来，一个在独自喝酒的鬼子被锦幺宰了。另一个肥猪般的鬼子正在被窝里奸淫妇女，被锦先和小毛制服，立马送他上了西天。至此，未发一枪，碉堡里的鬼子被劫杀一空。那女人是附近周家垄的，鬼子抓来一个多月，被这胖鬼子独个霸占，不准她出碉堡半步。锦云立即下令，撤！接着顺手从裤兜里掏出一张来时已写好的字条：作恶伤民者必毙命！落款是一行小字：国军九十一团三营留。刚出碉堡门，只听外面像是有人"嗯"的一声，继而咚地倒下，他们轻手轻脚过去一看，是个鬼子，手上提着两瓶酒，二夫和杏儿也过来了，怎么一回事？那鬼子咽喉右侧深深插进一枚锃亮的飞镖，说明了一切。锦云、锦幺把肩上多扛的一支枪，各自给了二夫和杏儿，这不正是空手而来，满载而归吗。

初三的早晨，上王村湾门口的水塘如同往日，碧绿池水旁的千年石砧上，蹲满了捶着棒槌的女人，此起彼伏的棒槌声，就像一支古老的晨曲，在小村的上空回荡。女人们早已习惯在这洗衣的地方，交流着各家家长里短方方面面的信息，什么猪儿昨天不吃食呀，黄鼠狼清早又叼走了一只鸡婆呀（母鸡），孩子尿床了，婆婆骂人了，甚至连男人阳痿那点事儿，都是由此传散出去。有时有人说哭了，就手浇池水擦着眼泪，洗着鼻涕；有时说得笑疯了，就有银铃般的声音掉进皱皱的池波里，把游过来的小鱼儿砸跑了。今天最早发起调笑的人是锦云的堂客，她一边悠悠搓着锦云的白衬衣领，一边望着对面锦先的堂客，锦先的堂客正在低头使劲捶着棒槌，她挑衅着喊："四嫂哎，你过年这两天好像分外有劲哩。"锦先的堂客抬头白了锦云堂客一眼："你这个王熙凤，又想嚼什么舌根。"锦云的堂客对着嫂子诡秘一笑："昨天一夜又忙化了尸吧（很忙的意思）？"

说得锦先的堂客一棒槌拍在水面上，溅了锦云堂客一身。又是一个哄"塘"大笑。亏得嚼舌根互通了信息，女人们才知道几个当兵的昨夜干的都是同一件事，她们都是聪明的女人，心中暗暗地越发爱着自家的英雄男人。

　　国军和游击队不约而同规定归队时间都是初四以前。初四的凌晨，启明星天空灿亮，大地寒凝，几位英雄，经昨晚约定，早早一同上路。因为每个人身上都背有一杆枪，锦云锦先的部队在东南面，出村不上四里，还要经过日占区边缘，所以必须趁早通过。游击队则在西南方向。学堂公公听说他们昨天晚上洗空了一个碉堡，甚为钦佩和赞赏，跟着王锦原，也一早过来参加送行，人们一直把六位英雄送到一里开外的三岔路口，锦幺二夫和小毛夫妻俩由右道向南去了，锦云锦先则阔步东向而行，送行的妻儿父老站在三岔路口，挥着手，久久没有返身离去。学堂公公——一位睿智的长者，此刻他正在想着一般人没想到的事，天哪，偏偏这个时候，他们为什么在这三岔路口分道扬镳呢？

第十四章　智取鸡冠山

时间一晃，正月便匆匆过去。江南二月的天开始有了些暖意，早春的风一阵吹过，再没有先前那样的刺冷，菜园的菜青青的，仿佛有点熬出头的意思，那翠绿硕大的叶瓣有些昂扬，微风中，有时还得意地舞动。朱雅芝虽是多子母亲，半老徐娘，但她像山上的藤条一样经老，地道的乡下女人，却没有地道乡下人的土气，她弯着轻松的腰肢，在园子里摘菜，望着这些正在迎春茁壮成长的一片绿意，她有些不忍心再撇下去，但她没有办法，今天中午她得做个像样点的午餐，其中就得有一份芥菜秆炒腊肉，这都是锦原和孩子们爱吃的一道地道乡肴啊。过了新年，王锦原家也该翻新篇了。吃过午饭，一大家子就要一分为二，王锦原带上大妹和三夫回城里药栈，四夫不能再耽误了，该去学堂公公那上学去，雅芝则带着俩小儿子继续待在乡下，留守一方小院。

不知不觉，过了惊蛰，游击队接到了上级秘密通知，占勇带上几个人即日动身，过江参加鄂东特委会议。占勇一行已去了一些时日，福生和游击队员免不了开始生出挂念。这一天正是雷雨过后，山里一片晴明，西边天上七色彩虹，像一座天桥，架在南北两座高高的山岭上，大个子刘、方小敏和另外两个队员都站在彩虹正顶下的小石桥边，守着雨水后翻滚的小河，守着一张大罾，畅享大罾拉起来的那一瞬，白花花的各色野鱼在罾底活蹦乱跳，大个子刘叉开那大象般的双腿，用力掌控着罾绳，方小敏三人则是谁抢着捞子，谁便获得了捞鱼的快感。一罾下去，一罾上来，罾罾扳出来的都是无尽的快乐！下午，陈小虎从山上扛下两只狍子，接着在食堂门口帮着剥皮。可想而知，今天晚上的伙食该有多美！伙佬军曹大耳，看见小毛与杏儿扛着枪下操过来，对他们招招手，过来看看吧，杏儿高兴着，竖起大拇指对着小虎，好样的。小毛嘻嘻地望着曹大耳，今晚又有口福啦。曹大耳指指正在剥皮的两只狍子，对着小毛歪歪地眨巴着眼："像你们一样，也是一公一母哦。"杏儿一翻白眼，喝着：曹大耳！一把取下肩上的枪，举起枪托，吓得曹大耳落荒而逃。

　　曹大耳手艺的确不赖，煮了鱼煎了鱼，还蒸了鱼，那蒸鱼上的野绿葱花儿香味，弥漫着整个破旧的老屋子，加上几大盆红烧狍子肉的辣香味交融一起，让人闻之不胜其惑，馋涎欲滴。大个子刘过年回来，在家里捎来了好几斤高粱酒，是他细爹爹烧的送的，平时舍不得喝，今天高兴，让兄弟们痛痛快快过把老瘾，这老长时日的练兵，比打仗还累，干脆今晚好好放松。大个子刘端起杯子，对着福生对着大家先干为敬，开了一个好头，喝着吃着，就像一个大家庭，好不快乐。不知是谁冒出了一句，叨念起占勇，要是队长在多好啊。大概没过多久，门外有了脚步声，有了说话声，是队长？是他们！有人赶快开门，果真是，大家自发地鼓起掌，所有挂念的心终于安顿下来。陈小虎举起杯子高高地隔空喊着："队长，还是你口福大，敬一杯哈。"大家急切地问队长这次会议捎来什么好消息，占勇索性端起碗，仰起脖子一口气咕噜着，只见那凸起的喉结上下滑动着，酒碗便底朝天了，然后手抹嘴巴，看看福生，又看看大家，说："大家训练辛苦，今晚一心乐，借这杯酒，敬大家啰，传达会议的事，明天再说。"

　　第二天天气不错，福生说放半天假，自由活动，多时日的整天刺呀杀呀，翻单杠斗沙包，打靶翻墙……也够同志们辛苦的。福生只把一些主力队员召拢，团团坐在那棵古榆下，听占勇传达黄梅那边带过来的会议消息。占勇说，归结起来，上级领导给我们明确指示：其一是分析认清皖南事变后的形势，老蒋又开始把矛头对准了共产党和共产党领导的抗日队伍，特委要求我们今后要掌握斗争的策略，既要多个心眼，又要坚持与国民党友军合作，防止他们抓住我们的"小辫子"。上级领导还要求我们要努力扩充自己的力量，尽快扩大形成鄂赣皖游击武装，朝着编入江南新四军的方向努力。其二，游击队当前乃至今后相当长的一段时间，仍然坚持"打得赢就打，打不赢就撤"的原则，估计近期日寇不敢发动大的战事。鬼子不仅仅是在我们赣鄂边界战场上，乃至全国，已是到处碰壁，吃尽苦头，但他们不甘心失败，总想寻机报复。所以，我们思想上这根弦始终不能放松，瞅准机会就狠狠地咬它一口，让鬼子不得安生。老蒋不合作就拉倒，况且我们已经形成了自己单独作战的能力，单干就单干呗。听的人几乎是异口同声：好，我们干我们的！

　　天有不测风云，人有旦夕祸福，古人的总结很有道理。连日来，好端端的、生龙活虎的游击队员，接连几个从训练场上掉下来，怎么一回事？来得太突然了！原来游击队里开始有些人得了一种怪病，而且得的是同样的病，腰间后颈都是豆大的疱疹，红红的水疱，剧痛奇痒，晚上无法入睡，怎么叫人参加得了训练呢？而且得病的人逐日增加，政委急了，队长急了，大家也都急了，二夫上次采购来的阿司匹林起到了一部分疗效，可以镇痛，试图用消治龙软膏对症状消炎毫无反应。小毛也染上了，腰上两腹侧密密的大小红疱疹，涂了几次消治龙，不但没有作用，反而症状日渐加重，其他患上的队员也差不多一个样。面对这种严峻的现状，大家都很焦急忧虑，却又无奈。琢磨来琢磨去，忽然锦幺想起来了，印象中三哥以前好像看过很多这种病，是乡村常见病，对，想起来了，就是疱疹，洋医叫带状疱疹。乡下人称它"龙须疮"，没错！就是它，锦幺进一步肯定。至于怎么诊治，用什么药，他就不懂了。大家抓耳挠腮合议着，寻求国军支持。政委福生终于想到了三营王锦云，想到了九十一团熊万发。福生拟好了电文，并亲自手摇发电机，方小敏戴上耳机，食指尖熟练地点着汉字密码，可是怎么也发不出，是发报机出故障了吗，不是，信号灯显示本机正常。是三营接收出了故障吗？也不太像。那再发一营，占勇说："去年簸箕港战斗，当时三营发报机坏了，我们发过一营。"可是一营也接不通，与发报三营是同样的反应，占勇双手叉腰，浓眉紧锁，福生缓缓从发电机小长凳上抬起腿，默默原地立定，和蔼的脸庞顿生疑云，俩领导面面相觑，互相会心地微微点头，彼此告诉对方，我晓得了。

当天晚上，游击队派出两名游击队员，连夜将紧急密令送往三号交通站。

这一年的春节，王锦原过得愉快，兄弟们战乱后得以团聚，家人团聚。孩子们正像地里苗壮的半大高粱，眼看一个个就要长大。二夫在游击队里出类拔萃，已经成了主要角色，再不用担心，应该为有这样的儿子骄傲。游击队是共产党领导的队伍，日本人赶走了，说不定哪一天偌大的中国就会成为共产党的天下。王锦原心底下越加赞赏学堂公公的洞察力，越加坚信共产党。大妹已经十七了，可以承担她姆妈的担子，料理药栈事务和三个人的吃喝起居，三夫就让他正式跟着自己学习中医，一大家子的也得有个人传承。四夫和小一平就是王锦原心中更大的希望，耕读传家，读书、读书、再读书！这一晚，王锦原泡了一碗上好的龙井，让大妹和三夫围在身边，在摇曳的菜油灯火苗边聆听他的兴奋，聆听他的娓娓教导，听从一个做父亲的扎扎实实的安排——大妹从今开始，就要负责做好姆妈原来做的所有事哈，还要收捡药材，顶缺卖药。三夫从此就正式当徒学医，从背药名开始，认药、抓药、切药……

王锦原回城的头天晚上，冬梅带着桂生和儿子火生上他家串门，顺便回话。冬梅说，几个晚上劝姆妈都没有用，她反过来开导我，看你们三口在家过得安稳，我放心了，再不会挂碍。她就是坚持要走。王锦原说："由着她吧，她有她的苦衷，回去叫姆妈准备准备，明天跟我一起进城。"

翌日，到了药栈，王锦原第一时间把徐氏送到了黄立云家。返身回药栈的路上，他突然想起，徐氏对鬼子有着切齿之恨，何不邀她一道参加打鬼子？这里躲，那里藏，也不是个办法，这才是一条实实在在的路子啊。翻来覆去权衡着，这打游击危险不说，也是个苦差活，唉，可怜的女人啊，不可不可，不可反复，还是让她在黄立云家做吧。

　　一号交通站的交通员，是夏生健的侄子夏小喜接替。夏小喜这人选得不错，机灵勇敢，胆大心细，他接过了二号交通站交通员送来的竹筒密件，立即藏于棉袄的袖口里，一刻也不耽搁，向城里奔去。进城门时，他故意背对着日光，主动地高高地举起双手，让站岗的宪兵搜身，阳光射得哨兵眼花耐不住，过去吧过去吧。进得城里，夏小喜远远看见有一队巡逻鬼子过来，灵机一动，闪进了路边茅厕，何必去招惹他们呢？一会儿，王记药栈进入了夏小喜的视线，看见了那一串橘皮。进了药栈，对上了暗号，夏小喜便从袖口取出小竹筒交给了王锦原，王锦原当即打开密件一看，满脸惊愕，不得了，这是"龙须疮"呀。王锦原毫不迟疑，一一拉开药堂背面的中药柜屉，捡了许多中药，简单收拾行囊，又把正在后院晾衣的大妹喊了过来，叮嘱她少开门，早关门，然后令三夫紧跟其后，随夏小喜出门而去。

　　几经交通站交通员的接替护送，王锦原带着三夫跋涉五十多里，下午五点许终于赶到了游击队。游击队视王锦原如救星，一时间，愁云消散。福生带着王锦原抽看了几个，病症几乎相同。王锦原低头出了屋门，摘下眼镜，伸起腰，环顾四周，仰望群山，然后对福生说，这地方好是好，湿气太重，所有这些病都是湿热所致，一般多发于春末夏初，属皮肤科类，由于湿热内攻，湿气闷积于皮肤深层，淤积成毒，毒气攻肤，故奇痒难抑。王锦原很自信地安慰福生，这种病是他的拿手戏，不要太多忧虑。于是便把他带来的中药，分出了许多方子，叫福生安排人，先煎了汤药，内服外敷，救急去吧。由于病号多，用药量大，王锦原对福生说，就地取材，明天还得上山去。

这是一个春和景明朝霞灿烂的早晨，王锦原一早起床，背上游击队员用的竹篓，带上三夫，二夫也跟来作伴，沿着湖山向上攀爬，阵阵凉风吹来，人惬意，草招手，王锦原用小竹棍拨着向他欢迎致意的香花野草，兴奋地说："孩子们，这山上草药好丰富呀。"治疱疹这种病的龙胆草、白术、黄芩、黄柏到处都是，不一会工夫，王锦原已挖了好多。但是还有白豆蔻没有找到，白豆蔻的作用尤其重要，必须找到它。一路攀来，竟看见了小老爷庙庙顶，晨钟悠悠在山壑中回荡，山林颇见禅意。王锦原抬首对面，眼前突然一亮，惊叫着：白豆蔻！他赶忙用小锄开挖，哇，沿着山壁漫漫皆是。就在王锦原正高兴时，意外来了，一行鬼子大约五六个，远远地正从山脚下跟了上来，王锦原和二夫商量，怕鬼子发现他们，于是急忙把三夫送进了小老爷庙，匆匆谢过大和尚，父子二人又原路折回，抄山顶而去，宁可把鬼子引上山来。走了些许时，不见鬼子踪影，他们又回转身来，慢慢地向小老爷庙悄悄靠近，二夫扒开茂密棘丛，屏住呼吸，除了淡淡的檀香味，听不出任何动静。他轻身跳下庙屋后沟，屋门竟是敞开的，一个穿着灰色袈裟的小和尚俯卧地上，地下一摊血污，二夫情知不好，扳转小和尚一看，死了。锦原紧跟二夫穿过庙屋后堂，入前厅，大和尚倒在大门口，尸首两处，残忍的鬼子连佛门都不放过！这一幕让父子俩惊呆了。哦，就在刚刚，那帮湖里上来的鬼子又开了杀戒，于是他们到处寻找三夫，就在庙内庙外四处寻找时，忽然看见山下湖边近处，一艘小型舰艇正在嘟嘟地掉头转向湖心，南风吹来，清楚听见三夫凄惨的声音：爹爹、爹爹——从那艇上撕心裂肺地传来，仔细一看，两个鬼子正紧紧抓住三夫，其他的鬼子则靠在舷栏。望着鬼子就在自己的眼皮底下劫走三夫，眼巴巴地看着那魔鬼舰艇消失在烟波浩渺处，王锦原无可奈何，眼前一片晕黑，痛悔极了，内心在苦苦地呼号，我的崽吔，我的崽吔——

失子后，痛苦中的王锦原满脑子的胡思乱想，想这想那，想到了家想起了爱，想到了亲情手足，想念起锦云，正月初一那晚不欢而散后，又是几个月了，他们那边怎么样呢——

几个月没有打仗的九十一团，当兵的歇得有点不耐烦了，一个年轻的广西兵问锦先，你这炮管子再不用就要上锈了。锦先已是炮兵连的主炮手，正在擦洗炮管，他对着广西兵耳朵轻轻地说："你的骨头痒不成了。"广西兵高兴得蹦跳起来：老哥，打仗像抽烟一样，也真的有瘾啰。"因为炮兵连已经率先接到了战斗部署命令，一小时后就要出发。

这一次战斗是由彭泽一一六师团发动的，主力是驻彭泽一〇九联队，合并湖口一一九联队驻花尖山、程山之驻军，阵容强大，旨在一举歼灭我驻武山一带国军，战略意图是啃掉这块硬骨头，畅通景湖公路，以便向赣东南纵深发展。接到国防部死守武山的命令，二十一军章师长领衔主帅，排兵布阵，包括新十六师两个团，共计八个团的优势兵力，把守了武山山脉东西两侧各个重要山头，战前准备工作做得非常充分。但是日军来势凶猛，先是飞机低空侦察，然后飞机大炮对我主要阵地轮番轰炸，战斗一开始就进入白热化，异常残酷。经过七天激烈争夺，国军死守的刘家港、鲤鱼尖、黄山峰，几易其手，失而复得。

九十一团此次没有承担主攻任务，主要原因是团长熊万发固执坚持联共抗日，惹得上级很是感冒，章师长把熊万发狠狠地训斥一通，熊万发很憋屈，我毕竟是一团之长，你们也不能瞒着我做手脚，断掉与游击队的联系呀。师部担心熊万发闹情绪，把九十一团撂一边，作为后援机动力量。王锦云的三营终于接到了战斗任务，接替友军继续攻夺鸡冠山。鸡冠山地形险要，是扼守景湖公路的重要咽喉，友军四四二团两个连的弟兄们攻了三昼夜，不但没有攻下，反而落得一大半人员伤亡。章师长调整作战计划，对三营寄予厚望，王锦云临危受命，接手阵地后，立即一鼓作气，连攻两次，碍于敌人火力太猛，亦伤亡惨烈，王锦云不得不下令撤退，退居后庙街进行休整。就在第一次撤退下来的时候，副营长很不解地问王锦云："为什么团部不下令炮火支援呢？"王锦云不语，只有摆摆手。当下尽管又渴又累，战士们个个心有不甘。王锦云摘下湿透了的黄军帽，无心地扇着，平时一贯舒坦的一张圆脸，此时肌肉绷紧，战斗一开始怎么就打得这么艰难呢？他陷入了苦苦的思索。

晚上，副营长和营参谋陪着王锦云在后庙街的屋场上转悠着。后庙街位于武山东北面，是个古老的大村场，村场中有一条近半里长的巷道，不远处武山脚跟下有一座大庙，故而得名后庙街。他们仨是从后街转出来的，一看这偌大的村场，就知道这村庄不小，恐怕有百十户人家。村场上堆着许多高高的麦垛，忽然进入了王锦云的视线，他心中豁然开朗，又望了望天空中明朗的月亮，心想明天一定是晴朗天气，他越想越觉得对劲，于是便对俩助手说："部队明天继续休整，没有找到新的办法，再不正面强攻，回屋早点歇去。"

第二天上午，后庙街古老的村屋场子热闹非凡，王锦云虽是农村出身，这样的场面，他还是头一回见过，上王村湾那小小的村场子还不及这里的一角。偌大的土场子，从东到西长约七十丈，宽十几丈，乡亲们一早把几个堆得小山高似的麦垛全部卸下来，铺在平平坦坦的土场子上，麦穗对着麦穗，麦兜对着麦兜，一排排整整齐齐，就像画了线一般，放眼望去，夏初的丰收景象，似乎饱浸在这幅巨大的金黄色的地毯里，太美了。可是美妙的画面更在后头呢。大概九时许，场上的麦穗大概已日晒了两个多小时，这时各家各户的男男女女，足足有几十号人，手里举着一样的悠久的古老工具——簾重（chong），齐聚在麦场上，像出会一般隆重，又像战士出发前集结那样庄重，那簾重仿佛是战士们手中的枪。站在队伍面前说话的大个子女人指指点点，比比画画，兴许她就是这个打麦盛会的头人。稍顷，只见她巴掌一拍，人群就像群舞般迅速出列成序，分成三组，东西头各一组，场子中间一组，每组约十八至二十人，人对人，男女间隔，簾重对簾重，她口里不知含着一枚什么叶子，随着她那尖厉的一声哨响，场上几十号簾重在空中翻飞，一同拍向场子上的麦穗，在她的哨子号令下，人们手中的簾重板一同飞起，一同落地。她在场上不停地来回走动，人们手中握着的竹柄，是那样熟练地控制着竹柄顶端的簾重板起起落落，和着她手中的节拍，啪、啪、啪；啪、啪、啪；啪、啪、啪、啪、啪，（三三五节律）循环往复有节奏的韵律，让王锦云看呆了，这哪是在打麦子，分明是一支再大的剧场也装不下的圆舞曲啊！原来我们的劳苦人民竟是如此乐观向上，在快乐中收获自己的汗水。一会儿，打麦子队伍换岗变位，东头的移到西头，西头的移到中间，中间的队伍又转到东头，犹如舞蹈队重新排列组合，真是太绝妙了。据说这个村上的打麦盛会，始于清朝嘉庆年间，在此之前，由于各家各户的分地收割，常常因为抢晴天气，或是抢占场子地盘而发生族里口角纠纷，为了维护村上和谐，避免因此产生邻里矛盾，当时的头人想出了一个妙招，收割小麦之前，组成麦收产量测评小组，对全村麦子地块产量分上中下三等，打下麦子的总产量便按此标准分配，这个基本公正的办法得到了全村人的拥护，所以从那时起，每年一次的打麦盛会，一直演绎到如今。

其实昨天晚上他们仨回去后，王锦云又一个人溜了出来，沿着后街走访了多户人家，最后找到了一位挖药的老人，老人五十开外，人也憨厚，听说国军要攻打鸡冠山上的鬼子，他非常高兴。根据俩人交流的情况，老人告诉他，鸡冠山的鸡头正南方雄视山脚下缠绕的景湖公路，从东面看去，那鬼子的战壕是在鸡冠的第一个顶峰，鸡冠的第二顶峰处有一山洞直通山脚下庙侧，庙侧北面一里处，还有一条陡峭的险路，可直通鸡冠的最高处。老人提供的信息让王锦云内心十分激动不已，激动的同时，一个智取的方案在他心中基本形成。

村民整整打了一天的麦子，黄昏时分，土场上依然热闹，堆麦子的堆麦子，扬场的扬场，这时王锦云又带着营副和参谋出来看"热闹"，其实他是要出来寻找智慧的灵感，丰满他的智取方案。王锦云的目光终于锁向了那些扬场的人，一锹铲下去，一锹扬起来，麦粒掉下来，麦芒碎屑随风飘向远方，飘进了王锦云的脑海里，他的眼前仿佛突然一亮，一挥手说："走！研究方案去。"

研究好方案后，借着月光，王锦云亲自参加了方案中一项重要的现场推演，正如研究前预判的一样，光是麦芒屑是扔不了许远，参谋建议在麦芒里兑进一定比例的石灰，这是个好办法，可以试一试，石灰比重大，又呛人眼，将二者搅拌一起，外面用南瓜叶包裹，既要扔得远，又能打得散，经反复试扔，南瓜叶叠加二匹为妥，棉线缠绕要不密不稀，最后验正石灰和麦芒比的最佳效果是一比一，即一把石灰，一把麦芒屑，有了踏实的结果，才能安心睡去。但是这一晚，王锦云并没有睡踏实，老在想着明天的许多具体事，该如何件件落到实处，快到鸡鸣三遍，才靠着墙壁打起了鼾声。

原来这位挖药的老人就是村里的头人，村上的人都叫他药佬爹，他一早过来叫醒了锦云，领了任务过去，逐户安排。满村上的人也像药老爹一样，听说国军要杀鸡冠山上的鬼子，拍手称快，积极帮助国军做事。不到一上午工夫，南瓜叶、石灰、棉线、桐油、竹子，所需的物品都弄过来了。锦云有意挑选出山地出身的广西兵，分成两组，一组负责麦芒包投掷，一组负责火攻竹筒，军民分组融合，经过一个下午的精心制作，终于包扎出三百多个麦芒包，接近一人高、香肠粗的竹筒也近二百支，前不久缴获日本摩托上的两铁桶汽油和老乡那里买来的桐籽油，也分别灌进了这些竹筒子，看着眼前充分准备的场景，王锦云的脸上终于露出了舒心的微笑，心想这一回我也该学学孔明，万事俱备，只欠东风了。

王锦云把他的人马分为三路，副营长带着六十余号人仍然原路正南佯攻，参谋带领三挺机枪手及百余士兵攀爬山北陡路，沿鸡冠顶峰一线埋伏，自己则带领一部分士兵和支援的老乡，沿山洞钻至第二鸡冠处，把南瓜叶麦芒包和竹筒一线排好，缜密的分工已经到位，就欠北风了。王锦云劝大家耐心等待，饿了就啃点小麦粑粑，都是老乡送的，渴了就喝口水，等到下午三时许，终于起了北风，王锦云运气真好，北风而且越刮越大，就在这时，天空中倏然炸开了一颗红色信号弹，这是副营长在山南发起了攻击，只见第一鸡冠峰一线骤然火光激烈，稍许，王锦云一声令下，所有的南瓜叶包雨点般向鬼子砸去，鬼子被身后突如其来的袭击惊蒙了，刚一回首张望，正好被南瓜叶包砸在脸上，有的被砸在肩颈上，有的被砸在枪杆上，中途碰砸在树枝上散了的南瓜叶包，石灰麦芒屑在鬼子阵地上四处飘飞，鬼子嗷嗷喊叫，首尾难顾，正欲向王锦云这边扑来，瞬间燃起的火竹筒又齐刷刷抛向鬼子的阵地，加上北风助力，火借风势，风助火威，荆棘灌木树枝枯竹噼里啪啦都燃烧起来，迅速形成了一道火墙，挡在鬼子身后，前有副营长的火力进攻，鬼子被夹在中间，情知不妙，阵地开始大乱，这时王锦云命令部分战士和村民沿山洞撤退，自己则带领一部分士兵退至山顶，与参谋带领的队伍会合。王锦云刚刚来到参谋跟前，气喘吁吁地命令："只要鬼子越过火墙，开火便打。"参谋高兴得像个孩子似的，钦佩地望着锦云："营长，你的办法真妙！这一下我们赢了不说，还节约了多少子弹。"一会儿，果然有两三个火烧鬼子跌跌撞撞钻出火墙，王锦云倏地端起附近机枪手身下的机枪，点射几下后，一字儿狂扫，有意威慑火墙内的鬼子，你们能出来吗？山头上全是我们国军！

这场战斗到此已经没有悬念，当然最后是王锦云率领的三营士兵南北合拢，脚下踩着一片焦煳的鸡冠山，欢呼着胜利。

胜利后的王锦云，就像经过紧张演出后二胡屁股后面的枕子倒了下来，琴弦完全松弛了一样。紧绷了二十多天的他，此时身心俱疲，瘫软地坐在树脚下，眼眶濡湿，脸肌微微抽搐，平时并不喜欢喝酒的人，接过副营长递过来的水壶，大口地咕噜几口，只有到了这个时候，王锦云才吐出苦水，早先接连两次攻取鸡冠山久攻不下，为什么得不到炮火帮助压制呢？原来战斗刚刚打响之初，我炮兵连的位置被鬼子事先发现，刚刚进入预定阵地，就被花尖山上鬼子的远程大炮全部炸毁，整个炮兵连八门大炮无一幸免，炮兵们全都炸成了尸渣。早在王锦云接到攻打鸡冠山命令的同时，就接到了团部通讯员专程送来了这一噩耗，为了不影响士气，为了夺取胜利，他不向任何人透露，他也不能向任何人透露，再大的憋屈也要藏在指挥员的心中！任凭王锦云再坚毅，多内敛，现在的泪水已在他的肚里哗哗地流，四哥锦先那高高个子、温和的形象此刻完全占据在他的脑海里，四哥啊，我们情同手足，一起耕田种地，一起栽禾割柴，一起下港摸鱼，一起寒星起舞、斗拳劈腿，一起成长，一同在国军里当兵杀敌，一同出生入死，你怎么一句话也不留下，就这样永别了呢？

一天下午，王锦原觉得还闲暇，正准备上黄立云那儿去，徐氏也来了好久，活儿累不累？还适应吗？该去看看人家啰。突然有个人进店，告诉王锦原锦先牺牲了，听到这个噩耗，当即一屁股坐在凳上，泪流满面，痛心疾首，发呆了好久，才缓缓拿来笔和纸，慢慢地写就一首《哭锦先》：

痛向亡灵化纸钱，青山寂寂亦呜咽，
出师未捷身先死，为国成仁冢下眠。
细雨梨花飞作泪，英魂烈血幻凝仙，
天台此去匆匆别，尔我阴阳梦约圆。

王锦原的仁心妙术药到病除，为游击队恢复整体战斗力立下了汗马功劳。可是政委和队长却非常内疚，设身处地想一想，亲生儿子被鬼子劫走，当父亲的内心是何等痛苦！无论如何，游击队一定要千方百计去帮助寻找，但是，孩子是死是活，到底在哪里呢？

第十五章　逼上梁山

　　这一天是农历四一年端午节的头一天，五月初四，家家户户正在忙着过节，有的在包粽子，有的在煮粽子，朱雅芝坐在院子里，也在忙着包粽子，面前摆着已拌好了油盐糯米的木盆，她望了望正在逐渐暗淡下来的西天一抹彤云，鼻翼轻轻翕动，嗅了嗅别人家飘来的粽子香味，显然心里有些急了，觉得自己包粽子的活儿动手有点迟，于是手中包扎粽子的动作更加利索，粽叶在她手里翻飞，一会儿卷成一个尖尖的菱角状，灌米，用筷子插实，封口包扎，扎绳打结，眨眼工夫，一个粽子包好了。正准备拿起木盆里水中浸泡的粽叶包第二个，听见王锦原在对面屋角拐弯处就远远喊她，她急忙起身，心里突然噔一下，预感不好，锦原再急的事从来不会这样急急地喊她，当她看见大妹神色张皇地跟在他身后，便主动迎过去，疑惑许久："三夫呢？"王锦原不知如何作答，迟迟缄口不言，朱雅芝脸色有点变了，一向温雅素净的女人，显然沉不住气了，她一头倒在王锦原的胸前："你倒是说啰，急死人了。"王锦原低着头，嗫嚅地告诉她："鬼子抓走了。"朱雅芝猛地抬起头，定定地看着眼前的男人："人呢？现在人在哪里？！"王锦原无奈地摇着头。朱雅芝的脸色倏地变得煞白，王锦原怕她支撑不住，示意大妹一起，把她扶进屋子，天色渐黑，他转身出来把糯米盆和其他凳什，都一一端进了屋子。

三夫的丢失当是不幸中之万幸，不幸的是孩子被鬼子抓走了，万幸的是孩子毕竟还活着。王锦原很是感激芳田淑一老板四处奔走，打听到这一消息。芳田淑一说，那一天杀了庙里大小和尚、抢走三夫的是安庆宪兵监察中队所为，他们沿江沿湖查岗问哨，带走三夫的就是那个中队长本田上井。王锦原告诉雅芝，游击队还派来二夫、大个子刘和方小敏帮助寻找，劝她不要过于忧心，无论如何，就是找到安庆去，我也要把三夫找回来。

端午节傍晚，王锦原把大妹留在了乡下，独自赶回了城里，二夫、大个子刘和方小敏都在药栈里等着。天气开始有些闷热，大个子刘个子大，特别怕热，打着赤膊，王锦原递给他一把蒲扇，方小敏马上凑近大个子刘，嘻嘻一笑，老哥，沾点光吧。大个子刘告诉王锦原，中午芳田淑一来过，说沈淼林昨天跟联队后勤科的少佐坐海军舰艇去了安庆。王锦原眼睛倏然瞪亮，是吗？心中暗自叫好。于是当即决定，带上二夫亲自到安庆去！艰难的事情总是一个道理：只有你付出百分之百的努力，那百分之一的希望才有可能成为希望。他把药栈的钥匙交给了二位。大个子刘不解地看着王锦原："多不好意思，我和小敏还在这儿歇着？"毕竟不是去抢，人多也不方便。王锦原解释着。大个子刘又问："那怎么去法呢？"王锦原扶了扶眼镜，对着大个子刘点点头，我自有办法。

北门街尽头有家颖川洋行，是本县商业巨头黄立云与日本退役军人陈正雄合伙开办的，专营菜油、桐油、皮棉和粮食等生意，长年有许多船只上达汉口、下跑安庆芜湖上海等地，尤其是去安庆的船只更多。说是要去安庆，王锦原第一时间就想到了黄立云。

王锦原不但是黄立云家的常客，而且是他的救命恩人，是他一家的救命恩人。自从药栈开业后，黄立云家没少出事，先是他的大太太得了急性阑尾炎，后是他自己肺出血，都是王锦原治好的。还有一次吃蘑菇全家中毒，三姨太已经翻白眼了，亏得王锦原来得及时，才免于一场大祸！事后黄立云拿出金条千恩万谢，王锦原摆摆手，婉言谢绝，医者悬壶济世，治病救人天经地义，成本费外分文不可多取。黄立云从此高看王锦原，此乃大德大医之人也。并虔诚示好，今后王先生若有什么难处，吩咐黄某一声便是。今日正值小暑之日，天气初热，王锦原背着药箱，果真来到黄府，岂止是讨杯水喝？进得大厅堂，那似有可无的木格子屏风内，小厅里紫檀木太师椅上的黄立云，赤着根根见骨的胸脯，正与四姨太嬉戏，这一幕不堪入目：四姨太的连衣裙腋腰纽扣解开了两三粒，一大块胸裙斜耷叠在胸前，白花花的尤物几乎暴露无遗，她娇嗔地坐在黄立云如柴的双腿上，一只手搂着他的肩颈，一手拍打着那花皮脑袋，咯咯咯地荡笑着，嘿嘿，西瓜熟了吗？王锦原顿时止住步，闭上眼，故意干咳一声："黄老板，在吗？"里面黄立云许是听出了王锦原的嗓音，忙应道：在，在。于是唬走女人，忙将丝网礼帽盖在瓜皮般脑壳上，一边扣着纺绸褂胸扣，躬身相迎，很是客气："失礼失礼，王先生好久没有过来哟，看看你徐氏妹吗？她在后院晾衣服呢。"没等王锦原回答，黄立云照说他的，"坐，坐！哎哟，王先生，你算是又帮我做了一件好事，过去请过的几个佣妈都不如这徐氏，我太太好中意好喜欢哪。"王锦原接过四姨太泡的茶："那就好。"黄立云还说，"我太太现在不要她做许多活，就只洗我夫妻俩的衣服，说她洗得干净，还老拉着她学剪纸绣花呢。呃，要不你过去看下她。"王锦原慢慢放下茶杯，"这徐氏妹中了你们的意就好，我高兴。今天就不去看她了。"边摆摆手，继而语气凝重："黄老板，我是特地过来找你帮忙啊。"听完王锦原简要的诉说，黄立云棱角分明的脸上一脸悦色，答道："王先生哪来客气话，有什么麻烦，找机会报答您都来不赢呢，您的儿子就等于是我的儿子，况且还是个顺风顺水的事。"他瘦长的手指，点了点王锦原的手背，"王先生，您运气好，明天就有一艘装菜籽油的船去安庆，而且是新造的机帆船呢。"王锦原喝了一口水，定定地看着黄立云，又问："那日本老板陈正雄过去吗？你多多美言啊。"黄立云说，其他事您就不用操心，只管回去收拾，一心做好明天上船的准备。

第二天一早，二夫陪着爹爹来到江边，一前一后踏上了上船的跳板，刚刚踏上船头，身后便有人喊道：王先生，王先生，哦，是瘦瘦的黄老板迎风跑了过来。王锦原看着跳板下面的黄立云说："这一早你怎么也过来了呢？"黄立云还是上了跳板，要上船来，江风撩起他那黄色丝绸衣袂，像是风要把他吹跑似的，二夫赶忙走上跳板，把黄老板牵了过来。黄立云告诉王锦原，正雄老板昨晚没有赶回，他还在安庆那边等着，下了船你就能见着他，这人不错。他从口袋里摸出一只白色信封，双手递给王锦原，又说，所有嘱托的话，全写在上面，见面交给他便是，说完便转身下船去了。船头，王锦原站在高他半个头的儿子右侧，手扶帆柱一动不动，更显沉稳，明显瘦了些的脸庞上那副戴旧了的金丝眼镜，透出的是一种练达，西装头发任风撩起，更显斯文气质，他凝视远处渐渐暗淡下来的朝霞，被翻涌的乌云拼命地遮盖，风欲起，微雨生，他痛楚的心也渐渐沉了下来，对着茫茫江天，不知不觉地吟出了一首七言绝句：

　　浩浩大江万古流，烟波浪里使人愁，

　　山河破碎心肝碎，何日阴霾一望收。

王锦原凝眸低吟，二夫听得清清楚楚，爹爹又在作诗？王锦原半闭着眼，我是在作诗吗？

装载着几十吨菜油的船，鼓满风帆，一路顺风顺水，下午三点就到了安庆，日本商人陈正雄看完王锦原交来的信件，哟西哟西，很是热情，派人安排好王锦原父子二人的住宿，并约定晚上在兴亚酒楼招待他们。

城市大一码就是大一码，灯红酒绿，人群熙攘，王锦原哪有心思欣赏这花花世界。进得酒楼，一眼看去，日本人居多。吃饭的时候，王锦原告诉陈正雄，三儿子三夫是刚刚开始学徒，带他上山认草挖药，没想到发生这一幕。陈正雄中国话大多都听得懂，也能生硬吃力地说着中国话，他说他常在安庆码头来往，装货卸货，认得本田上井，但最近几天没有见过，如果一旦见着，会立马去客栈告诉你。不管陈正雄这根线头效果如何，总还是一线希望吧。然而，王锦原更寄希望于沈淼林那根线。饭局散的时候，王锦原想了想，还是问陈正雄，你认得沈淼林先生吗？陈正雄点了点头，不就是那个漂亮青年吗？王锦原说，他前些日子也来了安庆，望帮助留意，哟西哟西，陈正雄连连答应。

第二天上午，二夫领着爹爹来到倒趴狮子街济民药行，拜见童老板，倒是童老板双眸犀利，父子二人还未进门，就听见童老板诚挚的欢迎声："小伙计，是什么风把你吹过来了？"

二夫给童老板介绍，这是我爹爹，与你同行。二夫已经给童老板留下了很好的印象，听说与王锦原又是同行，格外亲切。顾不得童老板烧水泡茶忙着，王锦原开门见山便问："沈淼林先生来过您这里吗？"童老板应声挺快："来过来过，就是前天晚上来的。"王锦原脸上露出悦色，"知道他现在在哪吗？"童老板把茶杯分别递给了王锦原和二夫，似是一见如故，坐下来热情答道："他走的时候说过，望江回来后，还会过来看我。"王锦原一颗提着的心终于放下了，好，好！不知不觉他们转了话题，二夫说，这次来安庆比上次安全多了，坐的是湖口日本商人的船，不用担心搜查和盘问。二夫的话启发了童老板，童老板说，今后你们需要药品或者其他什么，都可过来联系，药品装运，就继续用你的独创妙法，装他们的船，办你们的事，大放官灯（畅通无阻的意思），何乐而不为呢？哈哈哈，三个人都笑得非常开心。一会儿，童老板用铅笔在小纸片上写了一个字递给二夫，二夫一看，是个"共"字，先是心里一怔，继而镇定地看着童老板平顶头上乌密发下那张精明脸，摇摇头说："不懂。"童老板矜持一笑，说："小老弟，别瞒我了，我们都是一个姓。对不对？"俩人又是一阵开怀，"今后，放心合作！"童老板接着补充，然后紧紧地握住二夫的手，双方久久凝视。中午，童老板尽地主之谊，盛情款待了王锦原父子。

王锦原下榻的韩星客栈，挨着兴亚酒楼，就在江边上，风景很不错。六月的夏夜，风凉气爽，让人没有困意，王锦原站在客栈的二楼，凭栏眺望江水边上黑魆魆的星星灯火，无边思绪袭上心头，忽听有人喊他，低头一看，陈正雄。陈正雄特地来告诉王锦原，沈淼林先生现在望江，目前暂无其他消息。然后俩人坐下，边喝茶，边谈论着时局。陈正雄说，这场战争也不知什么时候能够结束。王锦原说，最终你们日本人打不赢中国，中国太大了，是你们小小日本吞得下的吗？陈正雄不无感慨地说，老实告诉你，我们日本本身就有很多人反对天皇发动这场战争，就拿我的家庭来说，我父亲是中学校长，对日本出兵侵略中国很是反感，我跟父亲一样，当兵是没有办法，是义务，我很害怕杀人，所以借故身体有病，退役经商。王锦原说，哪里都有正义与邪恶，你说的话我相信。聊毕，陈正雄从口袋掏出两张票放在茶桌上，说："明天晚上亚美茶楼有场音乐会，上演黄梅戏选段，你在这等人也闲得慌，去散散心吧。"王锦原拱手作谢。陈正雄出了客房，又扭回头说："那茶楼离这不远，明天我过来领你们去。"

翌日上午，陈正雄果然如约而至，领着王锦原父子来到了茶楼。说实在的，日寇未入侵湖口之前，下至南京上海，上至汉口重庆，王锦原哪儿没去过？虽然见过大世面，可在这茶座听黄梅戏还是头一遭。陈正雄说他有事不能陪，便对着王锦原耳语："如果碰到有人唬您，您就说我是您的朋友。告诉您吧，一一九联队大佐田中尚荣就是我的舅舅。"难怪陈正雄的生意做得如此风生水起。听完陈正雄的话，王锦原便拣了位和二夫一起，心安理得坐了下来，管它呢，烦心闲养，一心听戏吧。正听着那女主人公唱着："又见蔡郎哥哥收账回来，为何愁眉不开"时，四个日本军官和两个穿着日本军装的中国人进了听戏场，但他们却没有坐下，从戏台前鱼贯横穿，径直上了二楼。王锦原下意识抬头望去，记住他们进了第三间茶室。过了一会儿，王锦原对二夫轻轻说了一句，便起身上楼，慢慢走在二楼走廊里，抬头看着茶室的招牌，像是欣赏招牌上漂亮的隶书：梅花厅、海棠厅、牡丹厅，这牡丹厅就是刚才下面数记的第三间，没错，里面在说话，而且听见中国人在说，是！是叫白浒塘。他便停住步，装作像是欣赏"牡丹厅"三个字，又听那中国人答着："嗨！三天之内，一定保证'龙山丸'号开过去！"王锦原发现有位日军走过来，便缓步移动，装作赏看海棠厅招牌字样，那日军声音低沉，但很凶："干什么？！"王锦原很淡定："找人。"

"找谁？"

"沈淼林翻译。"

"找他干什么？"

"捎药给他。"

"你的什么的干活？"

"大夫"。王锦原终于搬出了"王牌"，我是陈正雄的朋友，是他请我来听戏。那日本军人态度一下子和蔼起来，先生，下去好好听戏吧。王锦原拱了拱手，好的，哦，我还得去一下洗手间。

大概是王锦原到了安庆的第五天，沈淼林回到了安庆，晚上他上童老板这里来了，童老板告诉沈淼林，王锦原的三儿子被安庆的宪兵中队长本田上井抓走，过来找你帮忙。沈淼林听后大惊失色，几近喊出声来："这孩子是王先生的？"沈淼林刚到安庆，就听说本田在湖口抓了一个男孩，但不知道是王锦原的儿子。沈淼林告诉童老板，这次来望江前，他就听说过，本田前年来中国之前，正在上中学的儿子由于突遇车祸死亡，老婆几近哭疯，为此，他把"捡到"中国儿子的事打电话到烟俊六将军那儿，将军为了成全他，让他带着这个"儿子"押着一批羁押反省的军人回日本去了。屈指算来，也就是王锦原来安庆的前两天，本田带着三夫离开了安庆。沈淼林想了想，晚上还是不去韩星客栈，急着告诉他也于事无补，这么晚了，该让王先生安稳睡一觉，童老板很认可沈淼林考虑问题周全，连声念叨，对对。

第二天上午沈淼林来到韩星客栈，客栈老板说，那二位先生刚出去，就在前面一点点吧。一会儿他们在锚链铺门前遇上了。握着沈淼林的手，王锦原就像看到了希望之光，心中自是高兴，可是当沈淼林把该告诉他的话说完，王锦原仿佛一下子掉进冰窟，透心发凉，下意识地回过头来，望望那客栈招牌，这是天意吗？沈淼林担心王锦原挺不住，开导他，鼓励他："王先生，好就好在孩子还在这世上，也知道他的去向，您是坚强的人，等中国胜利了，总会有机会交涉。"王锦原毕竟是豁达沉稳之人，很快从精神上镇静过来，反过来给沈淼林打气，其实也是在给自己打气："我们不但同属中国人，还是乡亲，不管站在何种位置，一定记住赶走日本人才是天大的责任！"

告别了沈淼林，告别了那"寒心"客栈，傍晚正好有陈正雄的商船去湖口，暮色中，快近上船跳板，王锦原牵着二夫的手，掷地有声地说："走！儿子，跟你一起炸船去。"

船在江心慢慢地吃力地逆水行进，夏夜的江风一阵阵吹进船舱，许是有些累乏的二夫，在爹爹身边香甜酣睡。王锦原爱怜地看着儿子，抚摸那结实的赤膊，有些凉吧，他从身边的行囊中摸出一件单薄长衫轻轻给二夫盖上，为人父亲的慈爱、辛酸、痛楚和责任交织在一起，齐涌心头。他睡意全无，脑海愈来愈清晰，弯下腰，低下头，慢慢走出船舱，走上船头，任凭夜的江风千般抚拂，但怎么也抚不平如江水翻涌的一颗心——四年来桩桩件件的刀光血影，无不让人梦里醒来都是恨！先是心爱的大儿子走了；接着是亲爱的大哥倒在魔鬼的枪口之下；

几乎是同时，贤惠能干的六媳荷芝，被这帮强盗逼得跳进海塘，顷刻香消玉殒；如今那心肝宝贝的三夫又被豺狼叼走，短短四年工夫，我们家竟失去四口亲人，天下谁有我的仇大？谁有我的恨深！王锦原在心中呼号，难怪古人班超面对强敌侵国"安能久事笔砚间"！他一下子想到了范仲淹，想到了辛弃疾，他们毅然投笔从戎，我王锦原只不过是在向古人学习，有什么理由留恋于一纸小小的处方笺？

自从二夫跟着王锦原去了安庆，方小敏和大个子刘歇得无聊，天天巴望着他们早点回来。晚上睡在药栈里，方小敏不知是哪里弄来一本皱巴残旧的《金瓶梅》打发时光，虽然其中有许多字不甚认得，诗词更不懂，但其中情节连估带猜，还是大致晓得。有时大个子刘也来药栈住夜，来得晚时，方小敏就把小说塞进枕头底下，望着大个子刘笑："今晚有人翻瓶儿墙去了？"大个子刘听不懂，估计不是什么好话："有屁就放，说什么洋话。"方小敏又说，"芳田淑一老板那里有好吃的，也不带点来。"大个子刘唬着，"细伢伢，少管大人的事哈。"于是跑到后院冲个凉澡，便一头钻进王锦原有蚊帐的床上，摇了几下蒲扇，便呼呼睡去。

王锦原父子一到湖口，立即着手开展新的行动。寂寞的时光终于过去，大个子刘和方小敏又浑身来劲了。王锦原说，现在人手少，更需要我参加你们的行动，药栈开与不开已经无关紧要了。由于游击队离得太远，将在外君命有所不受。他们只好自作主张，四人一起商议，此次行动定为"斩蛟行动"。第一步先监视"龙山丸"号商船停泊具体位置，第二步再择机动手。王锦原的具体任务是负责与城外一号站铁匠铺联络，通知游击队增援。

两天内，"龙山丸"号果真在白浒塘的港湾处抛锚停了下来。坐在山上树林的三个人，看着这斜照下的巨大铁兽，兴奋极了。二夫站起身来，指着下面金光闪闪的白浒塘水面，对大个子刘和方小敏说："我五爹锦云告诉过我，前年腊月初，国军二十六师师长刘雨卿率部与日军一〇六师团一千多人在山里至湖港一带激战四天三夜，终因力量悬殊，奉命撤退，一个风雪交加的夜晚，由于看错地形，视线又不好，撤错了方向，三面环水，二百多号人被鬼子逼进了白浒塘，在这里活活淹死冻死……今天，我们发誓要在这里为死去的国军兄弟报仇，用'龙山丸号'祭奠他们！"

二夫的确少年老成，提出的一揽子方案，大个子刘和方小敏都很认同，一天半准备时间，分头去办各自该做的事。

城外城内的路，大个子刘熟悉，很快来到药栈，找到了王锦原，王锦原片刻也不耽搁，直奔城外一号交通站。王锦原跟夏小喜说，交通站传递情报的速度跟不上此次行动，能不能在附近村庄租到一匹马？夏小喜说，有！附近叶家垅叶麻子家里有几匹蒙古马。于是他们一起来到叶家垅，叶麻子样子难看，人不错，夏小喜还没说完，叶麻子就答应着，租钱好说，边带他们去马厩里选马。叶麻子说，王郎中，我听过您的名字，您是大医之人哪，一边将一匹高大的枣红马牵了出来，王锦原接过缰绳，道声谢，纵身而上。夏小喜正准备付银，忽然转念一想，王先生这么大年纪，又有几十里路程，没个伴不行，路上万一有什么不顺呢？于是索性找叶麻子又要了一匹，紧追王锦原而去。

游击队接到了王锦原和夏小喜的情报，立即着手人员挑选和弹药准备，由占勇带队，连夜出发，一路抄近路小路山路急行军，东方刚刚鱼肚白，十几号人赶到了白浒塘渔湾处，在半山腰设伏。二夫见到了队长带来这么多援兵，很是高兴："队长，你们动作真快呀。"占勇说："还得感谢你爹爹呗，是他为我们赢得了宝贵的时间。"占勇急着要听二夫的："快说说你的想法。"听完二夫的详细方案，占勇一脸满意，跷起大拇指，好得很！

下午三点多，二夫衣衫褴褛，划着小舢板缓缓向那大铁船"龙山丸"号靠拢，上面有两个日军靠着舷栏在看风景，二夫提起一条白花花蹦动的鱼，对着日军喊："太君，鲜活的'萨格那'，要不？"一个日军挥着手，去去去。"鄱阳湖的名贵鲗鱼，机会难得。"另外一个日军可能听懂了二夫的话，对二夫招招手："哟西哟西，上来吧。"二夫把鱼绳和船绳系在腰间，趴着那大船梯杆，一跃而上，一个日军上前把二夫全身摸了一遍，然后说，鱼呢？二夫拉动绳子，往小舢板上一指，在那呗。"太君，我不要钱，换盐好吗？"

"哟西哟西。"

"多给点。"二夫很恭维，那日军也点了头。二夫马上把鱼拉了上来，两个日军看着活蹦乱跳的鱼乐着。二夫得了两袋盐，撂那块，他挠了挠蓬乱的头发，冲日军傻傻地笑着："太君，这船好大，玩下好吗？"那日军挥挥手，哟西哟西。二夫装得非常天真，惊奇地四处看，然后船头船尾，上上下下看着记着，船上的确不少物资，布匹、服装、鞋帽、罐头、粮油，什么都有，船员卧室看了后，二夫怕在船上待久了，引起鬼子怀疑，赶忙回到放盐的地方，那两个日军还在，二夫又说，哦，我还得去撒尿，其实是再去察看下舱口的梯口。等到二夫撒尿回来，看见两个日军在看厨子杀鱼。船头上还有个日军在看书，就这几个家伙？二夫又与他们搭讪："要西瓜吗？上好的西瓜，太君。"一个日军说，"要！要好多。"二夫说："你们人少，顶多几个够啦。"那日军说，还有十多个上海军俱乐部去了。二夫答应送二十个过来。那日军很高兴，又笑眯眯地凑近二夫的耳朵："小孩，有花姑娘的没有？"二夫狡黠一笑，"有！多少包盐一个？"那家伙伸出两个交叉的食指，十包？二夫摇摇头，二十包？哟西哟西，抓紧送过来吧。二夫答应着，还比着织网的手势，说花姑娘都是织渔网的，大大的漂亮。二夫搂住盐包，跳上小舢板，快活地向渔湾的拐弯处划去。

少许工夫，两只小船出了渔湾，又向"龙山丸"号划来。前面还是二夫的小舢板，装满了西瓜，小虎也是渔夫的样子，坐在小舢头。当两只小舢逐渐靠近大船，有个鬼子兵把头俯下舷栏，急切地问："花姑娘呢？"二夫手指着后面的乌篷船："四个，都在里面。"那鬼子乐颠了。二夫跃身跳上大船，和小虎传接着西瓜。搬完了西瓜，便开始搬花姑娘，小虎推搡着铁犇，又接着过来拉虎枝、杏儿，连方小敏也成了花姑娘，二夫在上面帮着拉，花姑娘都上了大船，几个鬼子乐得昏了头，缠着花姑娘嘻嘻哈哈。几乎是一瞬间，躲在乌篷船里的锦幺、小毛、大个子刘都同时跳上了"龙山丸"号，在"嘿嗬"的暗号下，四个"花姑娘"和大家同时出手，乒乒乓乓，利索地把几个色迷迷的家伙的狗命全都了结。立马搬炸药的搬炸药，布炸弹的布炸弹，上舱下舱，合理布放，尤其是机舱和物资存放的地方，都是布的束弹和重磅炸药。二夫很细心，嘱咐大家务必把引线双倍连好。就在这时，怕有事果然有事，节外生枝的事发生了，一艘小汽艇载着两个穿海军服的过来了，锦幺看见，立即招呼小毛一同下到一楼，俩人各藏在上船处的两侧，第一个走过小毛身边，小毛猛拳出击，将其击倒，第二个见状，欲往回跑，被锦幺脚下轻轻一绊，狗吃屎栽倒，锦幺迅速一脚踏在那家伙腰间，双手将其狗头咔嚓扭断，至此，惊险一幕复归平静。所有工作已经做好，二夫又从容地检查一遍，最后在大船上面堆放的被枕上浇了一铁桶汽油，所有人员立即火速撤回到乌篷船上，二夫接过小虎点燃的一支香烟，仍然一个人划着小舢板，任凭小舢板转悠着，二夫把香烟抽吸两口，让烟蒂燃烧恰到好处，又抽出些许烟丝，将三粒火柴前后错位塞进烟蒂中，再用丝线把烟蒂扎在飞镖尾部，然后将小舢板船头拨对湖岸，自己回转身，紧紧捏着飞镖，向着"龙山丸"号一个瞄准，飞镖嗖地从他双指间箭似的飞出，精准地戳在那浇满汽油的棉被上，少顷，只听轰的一声，火光蔓延开来，火苗上蹿，二夫见状，赶快使劲划着小舢板，离那铁棺材越远越好。这时，在半山腰上架着两挺机枪的中间，站着队长占勇，一直手持着望远镜，终于放下心来，哈哈大笑，左手又在腰间，扬起右手，高喊着，我们又成功啦！二夫终于听见身后的爆炸声接连不断，一声比一声响，振聋发聩，把半边鄱阳湖都震动了，心花比浪花还怒放，越划越快，他终于跳上了岸，与战友们欢呼着胜利。听到惊天巨响的爆炸声，许多舰艇呼啸而来，鬼子只有眼巴巴地看着熊熊大火，无可奈何。而我们的游击队员，唱着胜利的凯歌——《游击队员之歌》，披着湖岸绚丽的晚霞，迅速撤向丛林深处。

一号交通站的夏小喜找到了白浒塘，追上了游击队，把新的竹筒情报递给了占勇，大家望着队长，一定又是新的战斗在召唤！

第十六章　弟兄奇遇

　　王锦原快马加鞭把情报送到了占勇手里，立即返回，将枣红马还给了叶麻子徒步回家，到了东门，正好天亮。这一整天一个人闷待在药栈里，睡坐不安，心里却一直惦着白浒塘，他们究竟进行得顺利不？这一惊天巨爆毕竟不是儿戏啊。中午他没吃，晚上也没吃，直到晚上九时许，交通员夏小喜从白浒塘回到药栈送来了好消息，王锦原连连拍着双手，痛快痛快！这才是报大仇，雪大恨哪。这时，才想起肚子闹翻了，便对夏小喜说："你暂且先喝茶，我去下面条，弄点小菜，我俩喝上几盅！"喝酒的时候，夏小喜告诉王锦原，好像游击队接着有战事，要开拔很远，这几天你可以拾掇拾掇药栈，歇歇脚，也够辛苦了。王锦原嗯了一声："幺弟说过，杀鬼子，他参加了就等于是我参加了，也有道理。"说完自个仰脖一杯，接着对夏小喜说，"自从跟上福生政委，这药栈我根本就没指望开得多好，而且我还想把它关了，是政委和队长不同意，说开好药栈就是最好的抗日。"
　　恨和爱，对于此时的王锦原，就像两只浮在水上的葫芦，暂时按下了这个，那个又冒了出来，好不容易静会儿，王锦原又想起徐氏，上次去黄老板那里都没有看下她急着走干吗呢，王锦原心下后悔着，怨着自己。忙了这么久也没见个面，不是冷落了她吗？她生我气了吗？她现在心里舒坦些吗？真得抽个时间专门去看看她。忙了些许时候，再坚强的人也有些疲累了，绷紧的心只有在这静谧的深夜才松弛下来，心爱的女人也自然走入了他的心中。从花轿出来的徐氏妹，那样柔美年轻，她还是带露的及笄初蕾呀；她手拿诗稿声音甜润落落大方敲门进来了，她坐在那灯下，笑得是那样端庄而又妩媚；那一颦一笑别样情深，她当窗理鬓是要待见三哥路过吗？大家都指着憔悴的徐氏说，再好的女人也经不起霜侵雪冻，老啰。她又哭了，哭得好伤心，他太心疼她了，他把她紧紧地搂在怀里，妹子没老，我喜欢你！雅芝突然从空中飘下来，从来没有这般恶狠狠的，他吓得赶忙松开了徐氏，双手一撒，一只手竟碰着硬邦邦的床檩，唉，怎么尽是胡思乱想呢。

由于胜利带来了快乐，大家忘记了疲劳，从白浒塘出发，一鼓作气赶了二十多里山路。快近中秋的月亮，明晃晃当头照着，湖风送爽，走上一段湖滩路，占勇兴致不减，上前拍着锦幺的肩膀说："看来你三哥不但课讲得好，而且很会联系实际，这'龙山丸'号一爆，不就是发挥了游击队的主观能动性了吗？"哈哈哈，锦幺也跟着笑。差不多走了三个小时，不知不觉队伍中开始出现了困乏，走到一处西瓜园，占勇驻足，四下环顾，不远处一幢古老祠堂映入了他的视线，于是下令就地餐宿。曹大耳动作很快，马上在瓜地边的一处地墈垒灶架锅。等饭的时间，占勇派小毛和小敏去瓜棚购买西瓜，老乡不在，小毛便放些碎银在那铺上，俩人便摘了几个回来，又红又甜的西瓜，解渴解饿又解乏。

一顿红薯，让大家解除了饥饿。曹大耳自己名下剩下的一只红薯舍不得吃，他顺手摘下两片西瓜叶子，偷偷地把红薯包裹起来，放一边搁着，洗涮锅具的时候，老是一边瞟向祠堂门口的几个女人，虎枝她们怎么还不下湖洗浴呢？这时二夫过来找曹大耳借小木锯，大个子刘和小虎也跟了过来，曹大耳问，干什么？小虎摆摆手神秘兮兮。原来吃过薯饭后，二夫和小虎沿着湖边走了一阵，准备找一合适处月光浴，忽然发现有四艘舰艇泊在前面山嘴凹处，看着这些舰艇，二夫心中火气不打一处来，就是这铁怪兽，把我的大弟三夫劫走了，今晚，这仇非报不可！二夫是个遇事从来很镇定的人，小小年纪已经形成了以计取胜的风格。他叫小虎原地等他，自己上前一探究竟。

回到休息地，二夫把他的想法和办法一一告诉了队长，占勇听了大加赞赏，纠结的只是这一天多太疲劳了，没有休息。二夫愉快地回答队长，没关系，干完了回来再睡。

曹大耳递过锯子时，二夫叮嘱了一句："记得跟下湖洗澡的女人们说声，往北去点啊。"

一会儿几个女人们开始从祠堂动身，铁粹搂着杏儿前头走，虎枝跟在后面，曹大耳等了好久，机会终于来了，赶忙跟上虎枝，叫停她："二夫说，你们洗澡往北边去点哈。"一边把那西瓜叶包的红薯塞给虎枝，虎枝不肯收，曹大耳一把捏住虎枝的手腕儿，把红薯强行塞给她。这个死曹大耳，老是缠着我，我又不作兴（喜欢）你。虎枝看见大个子刘正走在前面，心想，得就得着呗。于是小跑几步，亲切喊着："大个子哥"，大个子刘回过头来，一看是虎枝，满脸认真："干什么吗？"虎枝听出大个子刘的不耐烦，还是高兴地把那只红薯送给了大个子刘，大个子刘心中不愿，不好推辞，还是伸手收下了。虽然隔得比较远，大月亮下，曹大耳看得清清楚楚，心里大不是滋味，气嘟嘟的：你个死虎枝，你当大个子刘和我一样作兴你？我不嫌你粗，你也莫嫌我肥，前年你参加游击队，是我跟队长去接你，你湾里的伢仍怎么唱你：虎枝高、面容姣，眉梢眼角往上挑，千万莫从后面看，吓跑男人水桶腰。曹大耳发呆了一阵，还洗个屁，便一头倒在那塍坝上呼呼大睡起来。

竹子锯好了，二夫叮嘱大个子刘把竹子锯成四截，每截尺五长，竹子一端锯成三十度斜口，自己便邀小毛去弄洋灰（水泥）。小毛印象中，舰艇停靠的岸边附近一处鬼子战地仓库，还是去年游击队里一个队员的老乡说的，说这个看仓库的是上等兵吉冈，吉冈不同于其他鬼子，人很和蔼善良，有天晚上村上人偷了仓库里不少东西（是个芦席油布做的仓库），第二天他把村民找来，开个会，发糖给大家，说好话，央求大家再不要偷了，还说如果确实有什么特别需要的东西，可以当面来找他。二夫果然一会找到这个仓库，俩人蹑手蹑脚巡看一番，终于发现了芦席下面的洋灰，小毛索性扛起一包就走，二夫心想，如果吉冈发现了，就跟他说好话，也许能成。

洋灰弄来了，四个人一起忙活着，在河边捞些沙子，把洋灰搅拌一起，又和上水，再将这些搅拌好的泥浆分别灌进四个竹筒子，于是四个人每人双手各握着一个竹筒子，捏着一截竹棍子，踩着水向舰艇游去。二夫游在最前面，当靠近最后一艘舰艇时，他第一个示范，将竹筒里的泥浆往舰艇的排烟管里灌注，一手还用竹棍子抽插灌实，三个人都知道了，大个子刘、小毛和小虎，依照二夫的做法，一人灌注一艘，待他们把四艘舰艇的排烟管堵塞完毕，舰艇上是没人呢还是睡死了？一点动静也没有。四个队员又游回来了,终于痛痛快快地在鄱阳湖里把一天的疲惫洗掉。小毛说,真可惜没有炸药,大个子刘说:"这下也够鬼子喝一壶了。"

当他们回到祠堂,附近的村庄开始鸡叫头遍,占勇没有睡,靠坐在那墙壁下等着,看着他们都好生生地回来了,一跃而起,高兴地问:"成功啦?"大家都一同点着头。占勇像是睡意一下散去,很亢奋:"这就叫打得成就打,打不成也要咬它一口,符合上级要求。"说完,指着他亲自打扫好的一片空位和那长长的稻草枕,和蔼地说:"快天亮了,抓紧睡会吧。"

睡了一阵,队员们又精神了,一路上大家说说笑笑,不是说曹大耳巴结虎枝,就是窃笑虎枝瞄着大个子刘,世上的事老是怪怪的,想吃的吃不上,凑上嘴边的偏不吃。不知不觉到了穆家港附近的周上舍湾,队伍中有两个本地人,老远就指认了。占勇这才告诉大家,周上舍湾就是昨天干掉那铁兽后,夏小喜送来情报的目的地。

这户人家的大院子前有一片竹林,福生早已在那竹林道口上等候,大家惊讶地望着福生与占勇四只手紧紧握在一起,原来今天的会面,是因为小红山的军情,福生一手策划的。

今天正好是八月十五,福生说:"大家快快乐乐在我大妹家里过个中秋节吧。"福生大妹子的家是个大户,殷实得很。正屋就有六间连成一排,院场也很大,难怪福生选择在这里落脚。福生的大妹子人很好客,邀来几个妯娌,头一天就开始准备,一大清早起来忙乎着,做了许多各式特色的粑:炒米粑、发糕粑和芝麻馅甜糯米团,满满三大桌,摆满了一间屋子。占勇和外地队员特别喜欢吃炒米粑,杏儿坐在队长旁边细细介绍,这炒米粑可是我们湖口的一大特色哟，别看圆圆的它，白白的亮亮的，皮嫩肉薄馅多，口齿留香，可它工艺复杂：淘米、炒米、磨粉、揉团，尤其炒米的火候把握是关键……占勇听得认真，吃得有味，一屋子热热闹闹，队员们多些日子没有这样好好敞开肚皮美餐一顿。大家说真要好好谢谢政委和他的妹妹，没有政委的关怀和细心，能有今天大家的畅享吗？

政委和队长去了一间屋子，单独商量事情，队员们三三两两一旁闲扯，竹林子很荫凉，虎枝说："队长和政委到底哪个人能干些？"二夫说："不能这么简单论定，我认为俩领导都很优秀，旗鼓相当，各有千秋。"锦幺说："俩领导有很多共同点，足智多谋，都关心人，队长也很细心，所不同的是政委温和些，人也矮些，队长给人感觉比较果敢，你们说是吗？"在场的几个人都一致认同。如果说珠联璧合，用在占勇和福生俩人身上，再贴切不过了。

国军前两次对小红山的强制火力打击虽未能攻取，但日军伤亡不小，福生提前派人侦察，小红山上只剩下十来个鬼子，不过机枪有两挺。但根据最新截获情报，穆家港方向有五六十号日军异动，有可能是向小红山增援，为了截断日军援路，拿下小红山，吃掉这块嘴边肥肉，经福生与占勇商定，又来一个兵分两路：由锦幺打头，占勇其次、二夫、小虎、大个子刘十来个人穿上福生带的鬼子服装，天黑即行出发，直取小红山。福生则带领剩下的三十余人和机枪三挺在小红山以东方向设伏，阻击来自穆家港方向可能增援之敌。

游击队里会日语的人当数锦幺。锦幺单在白浒塘里帮宪兵队做装卸工就有几个月，加上平时又勤奋好学，一般常用日语基本流利。吃过晚饭，夜幕刚刚降临，十五的月亮还没爬上东面的大红山，锦幺一行十几个"鬼子"扛着枪，便大摇大摆向小红山攀登而去。小红山附近，前两年日本鬼子在这里投了许多毒气弹，连塘里的鱼都毒死了，上山砍柴的老乡由于被毒气侵害，至今还有许多人生疮烂脚，幸好有个队员是附近村庄上的，在他的带领下，拣道前进。

也许是鬼子太疲劳了，当锦幺一行踏进小红山上的战壕，只见鬼子都搂着枪，靠着壕沟壁歪三倒四睡着了，只有尽头两个鬼子在叽哩咕噜，突然看见来了一行"自己人"，其中一个马上问道："哪部分的？"锦幺随即答道："一〇五师团。"锦幺的话还未答完，占勇用指尖在锦幺的背后用力戳了两下，随即哟西一声大喊，大家一同把锋利的匕首插进各自脚跟下敌人的心脏，所不同的是，只是有的刚醒，有的还在梦中就稀里糊涂去到了另一个世界。锦幺十分佩服占勇捕捉瞬间先机的果断能力，立刻领悟队长的号令，当即用膝盖发力千钧，朝着对面问话的鬼子的胯裆向上猛蹬，那鬼子一声惨叫，栽倒在锦幺身侧，于是锦幺迅速从腰间拔出锋利的匕首，用力刺进鬼子的喉管。在占勇发出哟西的号令后，也不过是几分钟工夫，没有一声枪响，小红山这座被国军攻打了近半个月的顽固山头，终于踏在游击队的脚板底下。

红山顶拿下后，占勇招呼着战士们立即清理战壕，把已杀死的鬼子码上战壕，当作掩体，就在紧张忙碌的时候，一队持枪出刺的便衣从战壕后背冲了过来，游击队措手不及，他们只有左躲右闪之功，霎时，二夫一声大喊：五爹！几乎是喊出声的瞬间，锦幺也看见了穿着便衣的锦云，大声喊道：五哥！随着锦云一声令下：全体住手！所有便衣放下了手中的刺刀，占勇这边也全体脱下帽子，一头雾水的双方，这才恍然大悟，原来双方都是假鬼子，好悬呢，差点走火相残。锦幺丢下手中的枪，上前猛地抱起锦云："五哥，五哥！这不是在做梦吗？"兄弟俩激情相拥，占勇和在场的人都为之感动。锦幺依然定定地看着锦云："五哥，自从正月初四那天早晨，在三岔路口分手，我们又大半年没见面了。"锦云不无感慨应道："烽火连天，战事在身，由不得人哪。老弟，哥也好想念你。"锦云又问，"三哥好吗？"他摇摇头，"唉"了一声，"初一晚上，三哥一定生我气了，这是没有办法的事呀，回去帮我转告一下，锦云向他谢罪了。"锦幺想趁此再做锦云的工作，但又觉得战事在身，不好开口，只仔细看着锦云的脸庞，兄弟情全在关切的话语中："你的脸色没有过年那阵子好喔？"锦云疑惑着："是吗？"这时占勇走了过来："王营长，这样行不？小红山就交给你们国军，两挺机枪留下，其余长枪我们扛走，政委就在小红山东面腰间，一起过去叙叙，怎样？"锦云一口答应，好哇，带上通讯员，跟着占勇锦幺一行跳出了战壕。

十五晚上的月亮分外明亮，像是一个温柔的白昼。占勇远远地喊着福生："政委，你看谁来啦？"福生揉了揉眼睛，抓住一撮小竹杪，跳上沟墈："锦云老表？"锦云伸出手，紧紧握住福生的手："好久不见，老表好。"连着荷芝、锦丁一层关系，福生和锦云也算是一个拐弯的亲戚。于是他们席地而坐，畅谈起来。福生说："我们还是百桌宴时见的面哪，已有一年多了。"锦云点着头。福生又问："熊团长可好？我们甚念。"说到熊团长，锦云不无感慨，轻轻吁了一口气，告诉大家，九十一团撤销了，部队都整编走了，只保留番号，熊团长调师部当参谋去了。一阵唏嘘，多好的一个团长，这不是明升暗降吗？游击队的人很喜欢熊团长，喜欢熊团长的豪爽大气霸气，熊团长发脾气时，总是那句话，"杀完了鬼子，老子回东北种玉米去"。大家总记得他，留恋那愉快的合作时光。福生叮嘱锦云，回去务必转达游击队对他的问候哈。锦云告诉大家，鸡冠山一仗后，他接到师部电报命令："原地驻守，自寻战机，待后听令。"由于老乡提供的消息，侦察员侦察后，考虑小红山路程不远，所以我们才决定介入小红山这场争夺战，托你们的福，今天我们三营竟捡了个大便宜。锦云拱手："谢谢了，谢谢了。"占勇接过去说："我们才捡了个便宜，哪晓得鬼子看见我们来接班，都放心睡觉去。"一句话弄得大家都哈哈大笑。锦幺觉得时机到了，决定再尝试一下，于是走近锦云，语气很认真："五哥，过来吧，别跟国民党干了。"二夫也帮着锦幺的腔："五爹，反了吧，不能再拖了。"福生和占勇很谨慎，看着他们兄弟叔侄谈论的是政治话题，不敢过多发表意见，福生敲着边鼓："王营长，可以适当考虑他们的意见？"听完大家的话，王锦云一脸凝重："我还是老观点，做人，起码得讲信用，我端党国的碗，就得为党国效劳，就是一条路走到黑也得走！家与国两码事，今后不谈这个话题了。"锦幺和二夫再也不敢吱声了。

推前三里警戒的队员回来报告，穆家港的鬼子已经出发，正在向小红山这边运动，于是大家一下子精神都振奋起来，锦云也很亢奋，看着福生和占勇："按你们原定计划打吧，我们再来一次没有计划的合作。尽管这次是巧合，恐怕是——"最后一次"四个字他没有说出来，说到"是"字戛然止住，于是摆摆手，告辞众人，回奔小红山。

炸掉那"龙山丸"号后，王锦原切身感受到什么才是真正的复仇？什么是集体的力量乃至形成民族的伟大力量？个人单枪匹马，何其渺小，在这抗日的洪流中只不过是一滴水，当这滴水融进洪流中，才会发挥其应有的作用。他很高兴，很庆幸自己参与了这场战斗，而且儿子也参加了，锦幺也参加了，单自己一家就有三口人参加了。现在他们又去迎接新的战斗，虽然自己去不了，独蹲药栈，却心生愉快，也暗自感到有些骄傲，尽管抗日的道路还很漫长，总算成功上路了，他又暗暗叮嘱自己：从此跟定共产党跟着游击队，没有彻底打败鬼子，决不下战场！王锦原兴奋了，抽烟也厉害，正在吧嗒猛吸的时候，黄立云高喊一声："王先生，我们看您来啦。"黄立云后面还跟着俩女人，一个是他的大太太，一个是徐氏。王锦原忙放下烟筒，起身相迎，接过大太太的水果罐头，招呼三人坐定。黄立云说："王先生，一切我都听说了，不要着急，慢慢来哈，只要人在，总有机会跟日本方面交涉。我太太听说后，硬要过来看您。"大太太风言快语，把话接了过去："是啊，王先生莫焦（愁）哈，阴天久了总会见太阳。我早就说要来看你，这个臭老板总说他忙。徐氏妹子这几天又不爽，干脆叫她也一起过来，一是看看您，二是您也帮她相看一下，到底生病没？可怜了她，自从来了我家，没有出过门。"王锦原看大太太滔滔不绝，便接了腔："多谢太太关照徐氏妹了。"大太太讲话神情太有意思，眉飞色舞，又答了过去，"这妹子太惹人疼了，我把打水劈柴那些乱七八糟的事都吩咐给刘妈，只要这妹子多陪陪我就好啦。"大太太喜爱地看了徐氏一眼，继而起身座椅，像是故意扭动着那明显扭不动的腰肢，挨近黄立云胸前，掸拉着黄立云穿在身上的白色洋布衬衫，又非常爱惜地抚拂那白色裃领，然后望着王锦原，声音娇滴滴的："王先生，你看看，这徐氏妹子的手有多巧，这么好的白褂子，原先都让那刘妈洗成黄褂子啦，现在经徐氏妹一洗，白得耀眼，爱死人。"大太太像是没完没了，黏着黄立云，翻动那白色的褂领，"你看你看，棱是棱，角是角，没有一点皱褶。"大太太啰啰嗦嗦，说得黄立云皱紧眉头，说得徐氏好不自在，不爱言语的徐氏这才吱了声："是太太让我太轻快了。"大太太双手拍着大腿："哟，忘了正事，王先生，给妹子看看吧。"王锦原听了大太太的话，把徐氏叫到桌边，把了脉，听了诊，翻了眼睑，看了舌苔，细细检查了一遍，好得很呀，没有病！还是女人心细，正当黄立云起身说要回去，大太太说："王先生家眷都不在身边，您又要忙着招呼来往顾客，有什么浆洗的事，就让徐氏妹子帮帮？"王锦原很高兴地答道："太太您这一说倒真提醒了我，那床被子床单还得真要洗下啰。"徐氏心里当然乐意，便留了下来。大太太的确是个热心肠，黏扶着黄立云身侧，出门时还回过头来叮嘱着王锦原："这街上日本人多，徐氏妹子胆小，一个人从没出过门，您可要把她送过来哟。"王锦原点着头："好。"

王锦原的内心何尝不感谢大太太的一片热心，赐予他与心爱的女人独处的机会。战乱以来，多久没有和心仪的妹子相处一起，他忙着烧水打下手，提桶拿盆，帮着一起上楼拉绳晾晒，他疼爱着对她说，好好在黄老板家做吧。一切事毕，徐氏说她要回去了。在王锦原的床侧边，正欲拿起她来时戴的小草帽，此时王锦原心底那压抑了太久的爱意冲了上来，凝看着这张更加白皙而又温柔的脸，进入双眸的还有那不大不小依然青春如莲的胸脯，他的眼睛有些热辣，眼前仿佛弹出那二十多年前一直萦绕在心的画面：她坐在窗前，背对着窗外，照镜理鬓，王锦原正好路过，把他也照进了菱花镜，"对镜贴花黄"的妹子没有看见王锦原，连日来几乎天天晚上过来吟诗问句的鱼玄机般的女子，怎么越发楚楚动人？让这窗外路过的男人不由自主驻足痴眸。镜中的美人插好发髻上的最后一根碧簪，突然起身了，吓得镜中的男人赶快溜走。想到这，王锦原像是回过神来，斯文地把她手中的帽子拿了下来，双手慢慢地捧起了对面这张优美的鸭形脸蛋，摩挲至双颚下端，托起了圆润细腻的小小下巴，那一瓣正好吻的红唇近在分毫，但他随即又松下双手，让那已处在渴望中的下巴复归原位，因为他心中始终记住了他们之间的那条红线，于是只将那聪慧秀气的前额轻轻吻了一下便就此作罢。此时的徐氏何尝不是烈焰中烧，她恨不得立马紧紧抱住三哥，甚至完全拥有他，可是她的心里已经铭心刻骨地记住了：三哥圣人君子呀，我不能玷污他。于是她只有用无奈和自怜的目光，看着对面这位充满阳刚之气的男人，细声地说："三哥，送我过去吧。"一对深爱着的男女，近在咫尺却如墙相隔，怎么不叫人叹息！王锦原只有恋恋不舍地把徐氏送走。

象山，形之像象也，尤其是长长的象鼻拖在地上，与象身形成一个空隙，极像一头大象屹立在鄱阳湖内陆东侧，与小红山相距不上二十里。鬼子新近抢修的一条简易公路，就从象鼻内侧的空隙中穿过，连通横山一带的碉堡。

游击队在小红山帮助国军打退了鬼子援军的进攻后，把阵地拱手让给了王锦云，一连休息了几天，正准备回驻地整训，在大茅山的路上走了一段，走到石岭古樟树荫处，便碰见从象山过来的三个挑着棉花的老乡，老乡都是象山那边人，他们说，鬼子这几天都有卡车摩托车从象山过去，好像是横山一带在增修碉堡和抢筑工事。突然获得新的信息，牢记游击战"灵活性"

的特点，占勇和福生几番磋商，决定不放过象山这等机会，并且同意锦幺的主动请缨和建议，凡是当地人都跟锦幺走，虎枝是象山人，更是首当其冲，虎枝真不像个女人，这么高的个子，高兴得围着樟树连打三个"老虎蹿"（翻跟斗）。占勇对福生说，政委你也过去，一来可为锦幺撑腰当参谋，二来战斗顺利，有空也可回家看看。于是兵分南北，各赶路程。

方小敏跟着队长往南走，走在曹大耳前面回过身来，问曹大耳，你干嘛不要求跟虎枝去呢？曹大耳横了一眼："去不去跟你有关系吗？"方小敏装作生气："看来你这人不识好歹。"曹大耳说："我去抢呀？去赖吗？"曹大耳本来就烦，气嘟嘟的，"男女事，都是命里注定的，是你瞎操心得了的吗？"方小敏无言，笑嘻嘻的，好啦好啦，你就慢慢等吧，等天上掉块肥肉你嘴里哈。

福生、锦幺带着队伍往北，晚上到了象山对面的曹神湾。在曹神湾他们了解了一天一夜，老乡说的都差不多，近些天，每天都是早晨开车送鬼子过来，但是下车的地方离工地还有两里路要步行，空车只能在那山坳上掉头，下午又把车开来，停在象山的鼻子里，接鬼子回城。有时一部有时两部。情况摸清后，战斗方案敲定了，福生坐在小石板上，舒畅地叼起了他的小烟斗，和蔼地看着正在化装的锦幺说："别看你这叫花子样，象山行动，你是组长啊。"意思是战斗的一切拍板权都交给锦幺。吃过早饭，锦幺这帮人都成了地道的老乡，在田里收割稻谷，大约一小时后，鬼子的两辆卡车果然从象山开过来，装着鬼子翻过了小山坳，估计卡车马上就要掉头了，锦幺手握禾镰，一声呼哨，大个子刘和虎枝、小毛和杏儿分别组成两组，各抬着一幢禾斛，慢慢靠近公路，走在前面的虎枝眼看卡车快要过来，便几脚跨上公路，嗨嗬嗨，吆喝着后面的大个子刘，齐心协力把肩上的禾斛撂了下来，小毛和杏儿同喊一二三，也把禾斛从肩上卸了下来，两幢四四方方庞大的禾斛竖在公路中央，鬼子的卡车不得不停下来，俩司机打开驾驶门，跳下车，气势汹汹跑过来叫喊着，看着正在用衣衫扇着汗身的虎枝和杏儿，但看不见禾斛背面的两个男人，顿时色相毕露，噫，花姑娘？花姑娘大大的，那大胖子司机嬉皮笑脸一步步地向虎枝靠近，还一边挥手叫小个子司机快去拽杏儿。虎枝人如其名，女人相男人身，根本不把这家伙当回事，等他快要起手动脚，照准对方胸脯双拳出击，如电如风，虎虎生威，随即一脚把这家伙踢个仰面朝天，马上扳下禾斛，大个子刘顺势跳坐在禾斛背上哈哈大笑。虎枝脱了身，又立即过去帮助正在缠斗着小个子司机的杏儿，三下两下，又把这个小个子司机也关进了禾斛里，刚刚还在得意忘形的两个色鬼，一下子成了"笼中兽"。

二夫和小虎分别把两辆卡车开到象鼻尖，停在鬼子天天停车的原地方，大家都过来帮忙，把两个死鬼司机分别拖上各自的驾驶室，帮他们搂着方向盘，像是睡着了，然后摇上窗，关上车门，就再也不管了，让他们永远地"睡吧"。

天色尚早，还未晌午，虽是秋老虎，阵风时时吹来，干得正欢的队员们也不觉得热，有说有笑，仍然沉浸在初试得手的兴奋中，这时锦幺跟福生说："我们接着干呗？"福生低头打开了小纸包包，捏一撮黄烟丝正往烟筒嘴里轻轻搓塞，头也不抬："组长么说就么定。"锦幺见政委如此放心，开始大胆走他的第二步棋了。

其他的人继续在象鼻山上竹林里休息，锦幺只邀了杏儿、虎枝和小敏，每人拿上两颗地雷来到卡车边，锦幺把地雷和拉线亲自划好位置，然后让杏儿带着虎枝去敷埋，虎枝力气大，除了方小敏铲了两个洞外，其余都是虎枝铲的，然后每埋好一个之前，虎枝按照杏儿的要求，对洞穴再进行一次修铲，敷埋时，杏儿不让虎枝插手。拉线地雷都是沿着公路外沿敷埋，最末端一颗离卡车约三米远，大概是为了给走在后面的鬼子提供最后"保障"，真是考虑得太周全了。而且每一个自爆地雷正对着公路边沿九十度拐角处，钉插着锦幺亲自动手做好的竹筒套竹竿的小巧滑轮，让拉线地雷的拉线经过滑轮连接着自爆地雷顶盖，每个地雷的拉线又都并连一起，可谓是牵一发而动全身，拉线地雷变成了半自动，太神奇了，好一个小诸葛！全部敷埋妥定，锦幺派二夫和小敏蹲在竹林守护，俩人的午餐就交由虎枝负责。

虎枝不但给看守地雷的二夫和小敏送去了午餐，所有人肚子的填饱，都得谢谢虎枝和她的妹妹。吃完饭，福生说："大家好好睡上一觉吧。"小毛和杏儿坐得远远的，在那棵硕大的银杏树下卿卿我我，免不了爱意缠绵。锦幺和小虎睡在那团茂密的一丛斑竹边，望着浓荫蔽日的青松翠竹，许是小虎在轻轻哼唱：在那密密的森林里，有我们游击队的宿营地……不知不觉他们在凉爽的森林阵风中酣然入睡。福生没有睡，又在咬着他的短烟斗，坐在一块青石上。虎枝正在弯腰用扁担钩钩起两只送饭的小空桶，福生取下嘴上的烟斗，对虎枝说："看看弄得到笔墨纸啵，万一没有，找块朱砂石子也行。"望着虎枝远去的背影，他轻轻地拍了拍身边躺着的大个子刘，又像是自言自语，多结实的女人，革命胜利了，种田定是一把好手。

夕阳快要落山，一队收工回去的鬼子，果然映入队员们的视线，丛林中的气氛迅速收紧，当然神经绷得最紧的是锦幺，布雷的效果究竟如何，马上就到了检验的时刻，他的思想已高度敏感，如果地雷效果不佳，就必须启动第二方案，也要把鬼子干掉。他一边暗暗祈祷苍天保佑，一边缓缓地在松树下原地踩着碎步，眼睛一眨不眨盯着山下前方的公路，来啦来啦，已经看得非常清楚，一个两个三个，一共十一个，一路叽叽歪歪的鬼子，此时一点也不知道他们离地狱之门越来越近，有的已经进入了第一部卡车边上，正欲手扒箱门，最后面的鬼子也进入了最后一颗雷爆区，可是怎么还没引爆呢？锦幺的心快要提到喉咙眼里，但他镇定地一手摸着腰间的驳壳枪，正在这时，咚咚咚冲天巨响，终于在象鼻山边炸开了，像是要把这个世界炸塌似的，锦幺心中默数着，一个不落，一共响了八下，他太兴奋了，对福生说："政委，下去看看吧，爆了，全爆了。"队员们全部冲下山去，只见两部卡车已经炸个稀巴烂，经清点，除一个鬼子失踪外，其余无一幸免，横七竖八的尸体散落在车边道路旁，有的头手分家，溅落在远处的坟丘间。大家忙着收捡枪支，福生则用虎枝捡来的那块朱砂石，在一块醒目的崖壁上竖行写上："正告小鬼子：今日袭击，纯属游击队所为，如若加害老乡，后果将更加严重！！！"写完字，福生把石头一甩，发出命令：抄山路迅速撤退。

夜幕完全笼罩了大地，撤退的队伍刚刚退到象鼻山尖的西面，便远远看见县城方向有好几盏跳跃的车灯射了过来，福生说："许是附近横山碉堡的鬼子，看见了这边地雷爆炸的火光，或者是听见了爆炸声，电话报告了城里。"大家都说政委分析得有道理。这时，锦幺指指脚跟下许多裸露的大块卵石说："来就来呗。"福生一下就明白了锦幺的意思："好哇，就按小诸葛的意见，再干一票！"由于弹药不足，福生不想今晚再战，于是号召大家一齐动手，徒手能滚动的石头，尽量推滚到山下，碰到大的石块，七手八脚一起来，不一会工夫，山下公路上百余米长的路段堆满了石块，就像卖石场，成了鬼子摩托车已无法逾越的一道屏障！许多队员心有不甘，小毛叽咕了一句：今晚算是便宜了这帮家伙。一天下来，"连演三出"，有诗为证：

灭寇何曾怕断头，英雄胆借孙仲谋，

锦囊妙计连三计，象鼻山前鬼也愁。

第十七章　暗度陈仓

　　那一天徐氏在药栈洗完被子，被王锦原送进了黄立云家之后，心中一直不能平静，晚上黄太太绣完花走了，她便早早地上了床，想着三哥前前后后对她的好，想到了自己一生的不幸，但唯有一件最幸的事，就是碰上了三哥，遇上了真爱。自从十六岁嫁到上王村湾，如今四十春秋，二十多个年头，却有一个欲爱不能不爱难忍的男人始终如一地牵挂着深爱着自己，世上有多少人求之不得求不到啊，况且自己是个什么女人呢？王锦原越是爱她而不占有她，她的爱越是升到百分之百的峰值！她由衷地感到：那是一颗洗尽了的灵魂——如湛蓝的天，可以任由人在那无边无际的广阔天空中驰怀畅游，难道不是何其幸哉。女人啊女人，毕竟还是盛年的女人，这一夜她做了一个春梦。

　　送走了徐氏，王锦原回到药栈心里也非常愉快。他手上端着黄铜烟筒，心里却想起了许多，自己是受过严格家教的人，从骨子缝里已经形成了自己的品行德性，看着这么一大堆听话的儿女，想着家妻雅芝的贤淑温雅，体贴入微信任大度，加之如今抗日大业至高在上，倥偬繁忙，岂能容存那些肉欲之想？！徐氏妹啊，原谅我吧，今生今世我们能心心相印，已经是一种至美至幸，当足矣！夏小喜的突然到来让王锦原中断了美妙的神思，他就近药栈柜台内的王锦原说："福生政委和占勇队长都已到了铁匠铺，象山不但偷袭成功，占勇带着一班人去高桥的路上，也打了一场遭遇战，炸掉了鬼子四辆运送物资的卡车，战斗不到四十分钟就结束了，两天内分别干了两仗，收获真不小。领导特地派我过来通知你，和我一起过去。"听说游击队又干了两桩漂亮的买卖，王锦原高兴地背起药箱，一挥手，招呼着夏小喜说："走吧，我正有话要告诉领导呢。"

在铁匠铺里，王锦原把芳田淑一请他去给岸石木看病回来时说的话，一一告诉两位领导。

那一天，一一九联队总部正在召开军事联席会议，田中尚荣端坐在"武运长久"四字楹联簇拥着太阳旗的上座，各中队正副队长、参谋以及各宪兵队队长列座长形会议桌两边。田中脑壳上几根稀疏的软发，光溜溜地往后努力地倒梳着，但怎么也遮不住像脱光了毛的老鼠皮一样嫩嫩的脑肉，这个表面看去很温和的家伙，黑边眼镜片中却射出两道和蔼得让人发毛的光，他作了简单的开场白："根据湖口当前战场态势，我们到底是进？还是守？大家的认真的讨论……"说完，双眼盯看着岸石木，"一中队长，还是你的先讲。"岸石木半晌没有吱声，然后颓唐地摇摇头，他的精神状态坏到了极点，好像那惊厥症的老病又有复发的征兆，他不乐意去海军医院，崇拜中国中医，看好王锦原的精湛医技，请了芳田淑一去把他请来，但他不知道贤良淑惠的芳田淑一已经把王锦原请来了，而且他们就在会场附近。这家伙可能是想得太多了，前几天象山遭袭是诱因，诱发岸石木惊恐的内心失控想起许多可怕的往事：武山战役，自己险些在文星丢了老命，偷袭游击队驻地，是副手菅义信人用命为自己垫付；巨大的商船瞬间灰飞烟灭；鸡冠山一败涂地；小红山也没占到便宜；最近象山和屏峰又吃亏不浅，仅卡车就被炸掉六辆……想到近一年多来的前前后后，他开始对天皇发动的这场战争要想赢得胜利产生极大的怀疑——大日本再厉害，按照中国俗语，就算是一只猛虎，落入平阳，还逞得了威风吗？他无精打采地看着上司田中，反问道："这场战争，我们打得下去吗？"田中皱眉蹙额，甚是不解，昔日这个杀人不眨眼的狂魔，心里怎么变得这么脆弱？参会的面面相觑，都感到这家伙脸色不对劲，田中使了一个眼色，下令把岸石木扶出了会议厅。

已在会议厅外踱来踱去的芳田淑一，看岸石木被人搀扶出来，急忙上前搀接，转过两道屋角弯，进到一个小厅，把岸石木扶到了王锦原的面前。王锦原心里早就恨透了这小鬼子，看在芳田淑一的面上，更看重与芳田淑一的情报合作，王锦原被迫施以仁心，告诉芳田淑一，岸石木的恐惧症恐怕是要伴随终生，目前没有什么妙招，只能是扬汤止沸了。把岸石木送走，芳田淑一陪着王锦原往回走，一路上，便把她听到的会议上的点滴都告诉了他。

听完王锦原的话，福生对占勇说："看来我的担心是多余的。当时我怕鬼子出来报复，伤害老乡，所以在象山上蹲守了几天，原来鬼子是这种心态，当起了缩头乌龟啰。"哈哈哈，受两位领导感染，王锦原也跟着一起笑。占勇说："前几天鄂东特委对当前游击战专门发来电报指示：化整为零，近城布点，积蓄为主，偷袭为辅。电报还说，上级正在积极酝酿成立鄂赣皖边委。"说完随后从口袋里摸出电报递给了福生。王锦原一旁听后，带有几分激动，当即表态，二位领导，把我的药栈腾出来，给游击队用好吗？一句话让福生和占勇相看愕然。占勇摆摆手，王先生，这哪行？王锦原回道，老夫早把家眷全部安置乡下，如今孤身一人，心无旁骛，身无后顾，何不跟着你们一起甩开膀子干。福生很是感动，王先生乃大义之人，我辈心生敬佩，只是这不误了药栈生意？什么生意，早已名存实亡，背个药箱四处走走，无非是个名分。王锦原诚恳地答道，我从游击队里已经看到了国家的希望，老夫一介布衣，愿以热血报轩辕，何况区区一爿杂肆！实话实说，投身革命队伍后，我越干越有劲。既然王先生一片诚意，我们就十分感谢了，占勇从那桌旁座位走过来，对着王锦原拱手鞠躬。

光阴匆匆，冬去春来，一九四二年的雨水季节到了，王锦原药栈的地下室已然成为游击队的核心站点，占勇、福生和几个主力队员认真总结了前段工作：认为往后必须继续加强游击队布点之间的联系，增派可靠的交通员，便于既分散、又能快速集中，发报机原则上只接收上级特委来电；王先生药栈目前仍然要坚持多开市，二夫可协助药店站堂，其他队员一律恢复原来职业；药栈后山靠近出口处和一号站铁匠铺地下室要继续每天派人掘土扩容……最后占勇传达了特委发来的捷电，他说第三次长沙会战于元月二十日结束，我们又一次把鬼子打趴了，中国人真是扬眉吐气，鬼子上上下下士气更是低落，估计他们又会很长时间不敢出来张狂，相反，我们则要抓住机会，反而主动出击，狠狠地剁他们一刀，敌疲我打，敌驻我扰嘛。

雨水时节催人困乏，尤其是春天的早晨，药栈房屋后檐几乎是挨着王锦原的床顶，从发黄的蚊帐顶部，仰眼可以看见橡瓦间的玻璃瓦面雨水汩汩流淌，流到屋檐口，滴滴答答，滴到后山墈屋沟青石板上的水洞里，又变幻出有规律的嘀——嗵、嘀——嗵声，更催人香眠。二夫和爹爹都参加了昨晚的座谈会，夜深才上床，王锦原看着儿子沉睡的样儿，心里头温暖甜润，便一心享受听雨的美妙，心中升起那隐隐的沉重："中年听雨客舟中，海阔云低，断雁叫西风。"药栈低矮破旧，自奴曾住，不正是人生中的一叶客舟吗？

大个子刘已有好久没有卖肉，一个早上，半边猪肉被老主顾一下子抢光了，只留下两刀肉悄悄藏在那卖肉的布袋里。斜对面修钟表的师傅过来想买点，大个子刘摇摇头，说声对不起，下次吧。收拾好肉摊，大个子刘便先去了樱桃食堂，送肉是名分，看芳田淑一倒是真。现在只要有机会进城，大个子刘总少不了和芳田淑一在一起，他们的关系到底混到了哪一步呢？

二夫很认真，正努力进入新的职业角色，在中药柜前熟背药名，听有人进门喊了一声：药堂伙计，二夫回转身来，一看是大个子刘，便问：开始卖肉了？大个子刘点着头，边从那油乎乎的厚布袋里提起一刀肉递给二夫，送厨房去吧。虎枝和铁辫受福生指派，也到了药栈，店上店下帮助整理，打扫搓洗，忙得差不多，虎枝便去准备午餐。

吃过午饭，王锦原在他的小客厅里泡了一碗上好的花尖山茶递给了大个子刘，大个子刘轻轻打开茶盖，鼻翼翕动，嘬了一口，品了品，嗯，好茶！哪来的？王锦原嘿嘿一笑，黄立云老板送的呗。话毕便起身从条台上端起了他心爱的宝贝黄铜水烟筒。这时虎枝和铁辫扛着棉被上楼，王锦原看见了，下意识地将话题转到了虎枝身上："刘老弟呀，听我的话不会错，虎枝这女人不但身板健硕，且粗中有细，刚才中午的菜不是做得特别出味吗？娶上她，是你们的缘分，也是你的福分。"大个子刘对王锦原很恭敬，虽然心中已有所爱，却认真洗耳恭听。王锦原犀利的眼光，像看透了对面这位英武淳朴男人的心，话锋突然一转，"芳田淑一也的确是个好女人，我跟她打了不少交道，尤其是她的善良正义，令人称道。你喜欢她，我很理解，可惜她没生在中国呀！虽然爱情没有国界，但国界还是会窒息爱情。有的爱情由于残酷现实的制约，就像云中的花朵一样，是摘不回来的！"大个子刘一声不哼，双手托着双腮，低首聆听。王锦原把烟筒放回桌上，回首依然盯看着这个男人，接着说，"假设你真的娶了芳田淑一，这便是一桩跨国婚姻，况且对方还是一个血债累累的侵略国的女人，天下一旦太平，国家将怎么处理对待？恐怕是未知的麻烦吧。"药堂来了人，喊王先生，王锦原这才扫了话尾，"老弟，我的话你好好参考一下。"大个子刘诚恳地点着头。

　　登门来请王锦原出诊的后生是黄立云的外甥，这外甥的姆妈生病了。二夫要跟爹爹一起去，王锦原说："你还是坐药堂，没事就多看看《本草纲目》。"随后便跟着这外甥出门去。

　　望闻问切后，王锦原给老妪诊断的结果是黄疸肝病，便叫上这外甥继续跟他回药栈抓药。二人走到白菜地时，王锦原说："我们翻山过去吧，路程约近一半，店里缺知母和蕨根，顺便上山寻找一下。"月牙山缠绕城南，俯视江湖，是军事要地，听说鬼子一直在上面不停地修建工事，上去看看，王锦原心想，今天是个机会。登上山顶，那外甥跟在王锦原后面，王锦原埋头草丛寻觅，但也时不时张望铁丝网里面，其实王锦原的真实目的就是想探听铁丝网里面的虚实。沿着山顶铁丝网一路觅来，也挖到了一些，那外甥有些害怕，说："王先生，这里是禁区，能来啵？"王锦原说："这是我们自己的家门口，挖点草药也不行吗？"走到一处荆棘丛附近，王锦原伸手去抓住知母枝秆，由于脚下用力，松动了的小石头突然滚落到铁丝网上，网上的铃声一下子响了起来，俩人怔住了，还没回过神来，鬼子就像从地里冒出来似的，三把刺刀团团围住，一个鬼子凶神恶煞地叫道："你们的干什么？奸细的？"王锦原若无其事似的拍打着药箱，又从药箱取出听诊器，挂在脖子上，用手指指着自己胸口："我是医生。"不管鬼子懂不懂中国话，那外甥提着草药袋给鬼子看，我们都是良民，挖草药的。鬼子不听，凶巴巴地把他们押进了铁丝网内，径直向西边山顶的碉堡走去。王锦原一路走来，正好默记炮台壕沟和碉堡的位置。

碉堡里有个日本人翻译，听完了王锦原的话，与那个络腮胡子耳语一阵，络腮胡子还是不同意放人，把他们当奸细对待，要押往宪兵队，王锦原立即从药箱拿出处方纸和笔，很快开了两张处方，给那个翻译看，并说："大东亚共荣，没有人了能共荣吗？我是医生，治病救人是我的天职，这家的病人在等着服用我开的药呢。"那外甥央求着翻译，老母在等我送药回去啊。翻译和络腮胡子又一次商量，才同意放走了那个外甥。王锦原仍然被鬼子扣留着。不知王锦原说句什么，那鬼子扬起枪托，就要对王锦原下手，王锦原一声大吼："你敢？！"加上那小个子日本翻译也摆了摆手，甩枪的鬼子才作罢。

那外甥一口气跑下了山，跑到了王记药栈，把两张处方一起交给了二夫，二夫一边抓药过秤，一边听着这外甥诉说事情经过，面不惊慌，心想着，把这外甥的事办好让他先走，然后再想办法营救爹爹。

芳田淑一满口答应了二夫的请求，并对二夫说："我这就动身去找人，爹爹的事包我身上。"芳田淑一的诚恳善良，让二夫很是感动，二夫鞠着躬，别了芳田淑一。心想爹爹是个处变不惊的人，在没接到援救之前，他一定会有办法保护自己，在去找政委的路上，一边暗暗地为爹爹祈祷。

离关城门的最后一刻，二夫出了城，赶了二十多里路，在一处游击队据点，把王锦原在鬼子碉堡里开好的处方交到了福生手中。福生把药方打开一看，处方上患者姓名竟然写着宛福生的名字，这不明摆着是在送信我吗？再看药方：鸡头（1个）、白豆蔻（6钱）、三支枪（6钱）、狼毒（少许），除此以外，还有下面两排六味药名和重量，福生琢磨许久，突然笑了，一边把处方交给占勇，一边说："王先生，实在是睿智过人，给我们送来了狼窝里的重要情报！"福生又摸出腰间的烟斗，望着一脸疑惑的占勇说："来，队长，听我慢慢给你解读，为什么鸡头不注重量，只写一个；白豆蔻的蔻字应有草字头，王先生是白字先生吗？应该理解为碉堡里是六个日寇六支枪……二夫沉着应对，不能足以说明王先生已完全脱险，军情优先没错，但眼下军情当是后步之事，当前令人担心的是芳田淑一出马一定有效果吗？岸石木会不会翻脸不认人？一切都是未知。福生神情凝重，我们一定要尽力救出王先生！

当晚福生便选定几个队员，嘱咐他们明天上午分别陆续进城，自己则一大早就赶到了王记药栈，看见一串橘皮安然挂在门窗上，三分疑惑，七分惊喜，便上前把门敲了三下，开门的果然是王锦原，福生高兴极了，急步上前双手紧紧捂住王锦原双臂："王先生，你可急死我了。"王锦原愧疚地说："我临时擅作主张，惊扰领导了。"福生肯定了王锦原此举为游击队提供了很有价值的情报。他还告诉王锦原，昨晚接到你的"药方"后，大家商量觉得不宜马上对月牙山动手，一是出于保护你，王先生的身份不到万不得已不能暴露；二是敌人在月牙山工事力量部署已经生成，至少短期内不会有新的加强。哦，扯远了扯远了，王先生你是怎么平安出来的，快说说吧。王锦原把黄铜水烟筒给了福生，抽我的吧，看看我这烟丝比你的强不，便慢慢地相告。

芳田淑一承诺了二夫，便直奔岸石木，岸石木听了芳田淑一的话，开始有些犹豫，芳田淑一便对岸石木实行进攻，你不觉得人家是你的救命恩人吗？没有王先生还有你今天人在这儿吗？岸石木这才缓缓抓起了电话筒，但是电话打不通，没有办法，岸石木只有跟着芳田淑一一步一步爬上月牙山，走进碉堡，找到了络腮胡子，把王锦原也叫在一起，岸石木说："王先生，算我欠你一笔大人情，今天你的走人，从此了断，谁也不欠谁的。"岸石木还说，"月牙山是特级绝密军事禁区，任何中国人不准进入，就是挖草药也不行！"由于岸石木亲自出面，才免送宪兵队，但是王锦原从此进入了宪兵队黑名单……听完王锦原的话，福生既喜又忧，黄铜水烟筒在手中僵住，满脸忧虑："王先生，现在我们都要百倍谨慎，尤其是你，得万分小心啊。"王锦原亦是一脸凝重，坦然地点着头，是啊是啊。

没过几天，由福生提议，占勇和几个主要队员都赶到一号交通站铁匠铺，紧急磋商了几件事情。一是由于王锦原已被宪兵队盯上，相当于已经半暴露，为保护王先生，保护王记药栈以及保存游击队实力，游击队核心活动据点改定铁匠铺，万不得已，游击队员确需入城，必须由药栈后山进入，王先生本人恢复常态行医，暂不要与游击队直接会面；二是鉴于鄂东特委电示，长沙会战大捷后，日本在整个中国战场上兵力部署捉襟见肘，开始在抽虚赣北兵力，鉴此，可以延缓一段时间，寻机给月牙山一击；三是议到了大个子刘的个人终身大事，大家认为需要组织名义出面，做好他的思想工作。夜深了，占勇推开小木窗，望着一片黛色的禾垅，夜风抚鬓，蛙鸣似疲，月已西沉，占勇回转身来，互致招呼，这才分手睡去。

大个子刘很听福生的话，加上前些日子王锦原的开导，毅然当即跟福生表态，听组织上的。对待个人婚事的处理，说明大个子刘不但开明随和，其实人也厚道。在王锦原的帮助下，大个子刘和虎枝在药栈隔壁二十多米远的一条巷子里租了一间小屋子，虽然不大，有厅有房有厨室，虎枝满意极了，收收捡捡，洗洗涮涮，该买的买点，没两天工夫，把个旧屋子布置得很鲜亮，大个子刘一旁看着，难怪大家说得没错，虎枝是个粗中有细的女人。虎枝高兴了，但总有人哭了，而且哭得很伤心，哭了一晚，把眼睛都哭肿了，这女人当然是芳田淑一，芳田淑一怎么知道了？王锦原说，是他有意告诉她。告诉芳田淑一，大个子刘家人反对跨国婚姻，如果藏着掖着反而会伤害感情，不利于今后与芳田淑一的合作。世上的事情往往是这样，聪明的人，煎熬之后必定会晴空万里。王锦原思考问题总比别人深入一步。果然在大个子刘和虎枝办婚酒的那天，芳田淑一也大大方方受邀参加了，王锦原父子、小毛夫妻和福生都来了，一桌人看着芳田淑一与虎枝互动交流，都没有一点尴尬，很是高兴。大家频频举杯祝福，祝福这战火岁月中闪婚的一对人儿永远美满幸福。

转眼时已入秋，江边荻絮飞扬，像是给秋的模样有意添加一笔。有一天在石钟山下面的空场子上，皇军召开良民媳妇会，虎枝作为新媳妇，自然也去了。鬼子的巧言令色哄骗招数，老百姓早已领教，无非是宣传天皇的博爱，东亚共荣，把侵略说成是仁义和关怀，做的和说的完全相反，谁能相信？谁愿意参加这假惺惺的亲民会呢？但是迫于日寇的淫威，还是来了一部分人，西门口街边补衣服的翘嘴女人也来了，因为嘴巴上唇老是翘着，便得了外号"咬鸡"（谐音翘嘴）。会议快开到一半，有个持枪维持会场秩序的鬼子发现"咬鸡"总是在笑，认为她是在嘲笑台上讲话的少佐，便扬起刺刀要刺"咬鸡"，虎枝赶忙过去，芳田淑一看见，急忙过来一把扯回虎枝，一手按下那鬼子的刺刀，斥责着：你的干吗？！那鬼子说，他在讥笑少佐。芳田淑一做了一个小小动作，用食指和拇指扯了扯自己上唇一角，人家嘴角有毛病，没看清吗？多亏芳田淑一，"咬鸡"才躲过一劫。无论虎枝是为"咬鸡"还是为自己，她谢了芳田淑一，芳田淑一说谢什么，我们都是女人啊。大个子刘卖完肉，提着家什，也过来凑看热闹，远远站在那河岸石墩上，正好看见了这一幕。

六月九日，黄河花园口被老蒋炸开，虽然暂时起到了遏止日军疯狂西进的作用，但却给黄河中下游沿岸的老百姓带来了深重的灾难，被迫背井离乡，加上淮河洪水泛滥，来自河南、江苏、安徽的不少灾民涌入了赣北，流入了湖口，面对此情此景，游击队接到上级上示，立即着手筹备粮食，一部分用于赈济难民，一部分用于自己备荒。在王记药栈的地下室，福生把他的想法告诉了王锦原，王锦原满口答应。

还是在黄立云那间后厅，王锦原和黄立云品茗交谈。看得出黄立云很是敬重王锦原，他从座位起身，移着轻飘飘的身体，来到雕花古柜前,打开上柜门,取出一包茶叶,递到王锦原手中:"这是庐山云尖,拿去吧。"王锦原说:"别客气了,黄先生,喝茶是小事,我找你有大事。"黄立云应道,"什么大不了的,请讲。"王锦原说自己有一朋友乐善好施,心系苍生,愿济天下,欲筹粮赈救灾民。黄立云告诉王锦云,皇军对粮食控制很严,但是看在王锦原面上和这位先生的慈善义举,黄立云还是答应了:"要多少?"

"五十石",王锦原伸出五个手指头。

"先走二十石,怎样?"黄立云说,"太多了,就是颖川洋行的货单,也不好通行。"王锦原说,再不能为难黄老板,万分挠为(谢谢)你啰,货款我也带来了。黄立云一把握住王锦原的手:成交!

买粮的大事搞定,王锦原心情轻松了,便问黄立云,徐氏妹子呢,又有好多时没看见她啰。黄立云拍着自己光秃秃的前额,有点苦不堪言,啊哟哟,真不好意思,正要告诉你呢。大概是五六天前吧,我特地去找你,你药栈关了门,她就是那一天走的。王锦原诧异,怎么回事?!黄立云实话实说:"王先生,发生这事全怪我,无论如何学不像你哟,不瞒你说,也不怕你笑话,我一生就好这一口,以前我也没觉得徐氏有什么特别,等过上一阵子,渐渐发现她越看越有女人味,前些时候,不晓得什么缘故,我越来越喜欢她,我一喜欢上就控制不住自己,那天上午,我以为太太一下子不会回来,就跑进徐氏房里,坐了许久,然后开始调戏她,徐氏很怪,硬是不从,许是她的声音有点大,哪晓得太太回来了,踢开门,拧起我的耳朵就往回拉,骂骂咧咧,你不看看你这芦粟秆(高粱秆),再要这样贪下去,怕要变成香火棍了……看你骚?明天我就把她赶走!"

黄立云唉了一声，接着说，"太太果真当真了，第二天吃过早饭，她故意当着我的面，拎起徐氏的包袱，边塞给她几块银子边说，'我知道不是你的错，妹子，对不起，走！我送你出城。'就这么索性把徐氏撵走了。唉！"

出了黄府，王锦原想着，事情总是这么不巧，那天若不是我被关在鬼子那里，徐氏妹应该来药栈打个招呼吧，她一定不会去乡下，但是，一下子她能去哪里呢？

占勇亲自赶到了药栈，取走了王锦原开好的粮单。

提货的这天，占勇头顶太阳礼帽，戴上墨镜，身着板栗色府绸秋衫，挂着枣色文明棍，俨然乡绅富户，大个子刘和锦幺左右忙上忙下，言听计从。大个子刘报告，粮食全部装好，占勇文明棍一挥，上路！出城门时，宪兵看是颍川货单，二话没说便放行。十几辆独轮车吱吱呀呀，大概碾压了十来里，秋日阳光当头照射，颇有几分热辣，车夫们屁颠屁颠，有些吃不消了，有人提要求了，占勇答应着，那就歇会儿脚吧。长长的运粮队伍十几号人沿着河边柳荫席地而坐，有的喝水，有的撒尿，最后面两个好像不合群，不怎么说话，引起了大个子刘的警觉，他在柳堤上假装来回走动，目光却盯着他们，其中一个好像眼熟？对，是前天良民媳妇会上持刺刀的那个，是鬼子？大个子刘心里顿时惊讶，但还不十分吃准，慢慢走到锦幺身边悄悄耳语，锦幺也立马警惕起来，装作去河岸撒尿，想看下他们正面，这时那俩人也起了身，背对着锦幺往东，也走下堤岸解裤，大个子刘马上走过去，挨着他们东面上前几步，欲解裤带时故意回转头一看，哇，白布裤兜，真是鬼子！大个子刘裤子本来就没有解开，大吼一声："你们是谁？"俩鬼子吓得不敢答话，转身拔腿，夺路而逃。锦幺和大个子刘随后追赶，占勇喊道："别追了，由他们去吧。"占勇要求运粮车夫继续前行，锦幺与大个子刘各推着一辆鬼子奸细推的车，走了一里多路，在一处杨树桩下，占勇突然叫停，把粮食全部卸了下来，结清车夫的脚钱，让他们回去。车夫们走远了，占勇告诉大个子刘和锦幺，为什么临时决定在这里卸货？这些车夫中还有没有奸细呢？这里距铁匠铺不过三里水路，虽然多一次中转，但甩掉了风险。宁静的港水，倒映着占勇英武的模样，也让人看出那一双忧心忡忡的眼神，他有一种预感：日本宪兵已经紧紧盯上了王锦原，而且跟踪到了黄立云家里，所以才派了奸细混入运粮队伍，监视这批粮食到底是运到游击队还是运给国军，如果我们刚才开了枪，或者暴露了卸粮地点，王先生将会有多大的危险，日本人能不置他于死地吗？纵然现在这样，王先生的安全亦令人担忧啊。

粮食安全运进了铁匠铺，可是没过几天，终于传来了不幸消息，王锦原被宪兵队再次抓走！

第十八章　小城飞泪

　　得到王锦原被日本宪兵带走的消息，锦幺受命，带着几个人连夜从药栈后山暗道潜回县城。听二夫说，占勇队长押走粮食的当天傍晚，爹爹正在药堂教我切药，四个荷枪的宪兵气势汹汹闯进来，不容分说，强行把他架走。二夫怒火中烧，恨不得干掉两个，但理智告诉他，切忌鲁莽，只得由他去了。

　　原来那两个混杂在送粮队伍中的日本奸细受到惊吓，一口气跑回宪兵队后，新任宪兵中队队长石原小郎听完两个奸细的匆匆汇报，便草率下令：把人抓来再说。这是后来才知道的。

　　在药栈的地下室，锦幺也在，占勇和福生认真商量了好久，认为再去找芳田淑一不太合适，或许效果不一定理想，沈淼林先生去了日本，想来想去，还是想到了黄立云。福生长期卖豆腐，黄立云是老客户，于是决定还是由福生声称自己是王锦原的老表，带着表侄二夫去找黄立云。中秋刚过，天气有些送凉，黄立云戴着瓜田帽，府绸衫上罩上了一件厚绒金丝马褂背褡，正抬脚进屋，听后背有人喊他，回头一望，看是福生带个后生，忙招呼着："好久没见你过来？"黄立云虽是出了名的洋行老板，为人谦逊随和，平等看待富贵贫贱，这可能是他与一般富人的不同，也许是他成功的秘诀所在，除了特别嗜好女人外，看不出这位富商什么大坏，这就是福生对黄立云的印象。福生接过黄立云泡好的茶，说："我有点忙，现在卖豆腐的是我的侄子，您若有事，让下人吱下声便是。"黄立云的确是个精明人，洞察入微，倒是主动开口："宛师傅，有事吗？"说完，看了看二夫，又说，"这后生是谁？"福生说："这是我的表侄，王锦原的大儿子。"

"嗬！难怪像王先生，聪明相啊。"黄立云很赏爱地看着二夫。

"黄老板，我今天就是为他爹爹的事来求您啊。"听了福生的话，黄立云一脸愕然："别说求我，王先生怎么啦？！"福生便把王锦原从月牙山采药被抓，一直到买粮的前后经过告诉了黄立云，黄立云蒙了："还有这等事！"黄立云回忆着，告诉福生，王锦原那天开好粮单走后不久，有两个宪兵来问我，王锦原找你干什么，我也没考虑许多，很坦率地告诉他们，帮他的朋友买赈济粮呗，难怪王先生被日本人跟踪了。福生说："如果真像日本人怀疑的那样，王先生是帮游击队买粮，或是通了国军，那粮食送到了他们的地点吗？两个逃跑的日本奸细，游击队怎么不开枪打死他们呢？"黄立云连连点头，是呀，商人怎么会有枪呢，认为福生说话在理。"是嘛，我早就看出了王先生是大医大德之人，他办的事，准没错！"黄立云原本对王锦原就心存感激，满口答应福生，你老表的事包我黄立云身上，就是找到田中尚荣，我也要把王先生要回来。福生早就听说，田中大佐是他的合伙人陈正雄的舅舅，这就是黄立云表态的底气所在。听了黄立云的话，福生心中一块石头落了地，二夫那绷紧的脸庞也放松了下来。福生和二夫连声谢过黄立云，二夫去到前厅，黄立云又拉住福生，显然不想让二夫听见："宛老板，你也是个实在人，我跟你私下说句实话，我看日本人在中国已是兔子的尾巴长不了，你知道吗，去年底，他们偷袭珍珠港虽然得手，但是美国人从此对日本三天两头狂轰滥炸，日本人吃不消了，国内国外承受双重压力，他们现在已经力不从心，不会很久，我看中国还是中国人的天下，从这方面考虑，我倒还希望结缘游击队或者国军，给自己留条后路，你在外面跑得多，能搭上线的过来找我，我在日本人堆里混，有办法对付他们。我怕他们什么？我是个纯粹生意人，中国人种的粮食不能让中国人吃？那是什么共荣圈？"福生点着头，暗生高兴。不交谈不知道，原来黄立云颇有中国人的良心。送福生出门时，黄立云又喜爱地看着二夫问："找马马（媳妇）没有？"二夫摇摇头，满脸羞赧。

两天后，大个子刘卖完肉经过樱桃食堂，把一刀肉递给芳田淑一时，芳田淑一问大个子刘，知道王先生的事吗？大个子刘摇摇头，装作不知道，也没追问许多。遵照游击队领导的要求，最近一段时日，他一直是坚持卖肉，其他事不闻不问不说，彻底保密身份，蹲守城里，准备随时应对新的变故。快中午了，勤快肯干的大个子刘从后山上劈了两捆柴回来，闻到厨房的香味，弯腰低着头，钻进厨屋的矮门一看，只见好几盆香喷喷的菜肴摆在小木桌上："有客人？"大个子刘像是欣赏着色香味形俱全的盆中美味，笑眯眯地问虎枝，虎枝还是新婚后的快乐劲儿，押了押胸前的蓝花点围裙，灿烂一笑："你猜是谁，保你欢迎。"话未落音，芳田淑一双手拈着日式粉红牡花旗袍，跨过老木门槛，进屋来了。看来芳田淑一也是个热心肠的女人，人未进门嗓门先响:"刘先生,刘先生,王先生刚刚回来了。"
虎枝看芳田淑一如期赴约,甚是高兴,听说王先生回来,夫妻
俩都很淡定,哦哦地应着,好,回来就好。吃饭的时候,虎枝
与芳田淑一很是亲密,已然成了一对好朋友,看着两个开明的
女人融洽相处,大个子刘心里舒坦。

吃完饭,芳田淑一回去了。大个子刘和虎枝便急匆匆抄后
山坳沟下小路,从药栈后面的厨屋敲开了门,王锦原果然安然
无恙坐在家中,正在和福生抽烟聊天,王锦原刚刚开始说到"黄
立云独闯宪兵中队质问宪兵"这句话时,便打住腔,待虎枝夫
妻俩问安坐定,王锦原继续接着刚才的话茬——

"听声音,是抓我的那个新任宪兵中队长在跟黄立云解释,
别看黄老板人单薄,说话挺血性刚气,有你这样新官上任乱抓
人的吗?那粮食人家送到了游击队吗?人家开枪打了你们日本
人吗?你说说有哪条理由够抓王先生的?况且王先生是我们城
里有名的郎中,给多少人看好了病,就连岸石木少佐都是王先
生救过的……再说这粮食,绝大多数都是供给皇军,湖口老百
姓种的粮食,他们自己就不能得到一点赈济?如果中国的老百
姓都饿死了,还怎么共荣?队长,你今天到底放不放人?要不
要我打电话给田中大佐?!黄老板说到此,翻译也翻完了,那
中队长依旧解释着,是上头意思,好像两个宪兵在嘀咕什么,
过一会另一个宪兵开了门,把我叫出来了,大概是同意放我走,
最后那中队长看了看我,又看了看黄老板,说:'人,现在你
的可以领走,但从现在开始,王先生只许在药栈内活动,不准
上街巡诊!'就这样,黄老板还亲自把我送了回来,这一回,
我算进一步认识了黄老板,够朋友!"

为了感谢黄立云的帮助,晚上王锦原在樱桃食堂定了几

个菜，开始黄立云不依，最后还是带着太太过来了，福生是老表，和二夫一起过去作陪，陈正雄和芳田淑一也参加了，晚餐气氛很好，黄立云不善酒，但很开心。尤其是黄立云的太太特别高兴，一连端起三盅干掉，给王锦原敬酒，她抿动猩红的粗唇，拈拉了几下那深红暗绒高领，但怎么也遮不住略显松弛的脖颈，声音装作尖嫩："王先生，还要你谢什么呀，我的命都是您给捡来的，我一直找不着机会谢您呢。今天借您的酒谢您啰。"接着还下了位，对着王锦原耳语几句，可能是说辞了徐氏的事吧，然后一仰脖子又干了一杯："谢罪哈。"弄得王锦原忙欠起身子，哪里哪里。

　　日寇一而再再而三盯着王锦原，而且还立下严规，不准他出门巡诊，这等于要了他的命，这郎中还做得下去吗？这个一向沉稳理性的男人，怎么也憋不住对鬼子越来越大的仇恨，抚今追昔，想了几天，一天晚上，他终于抑制不住，叫醒了二夫，不干了！早就不打算干了，把药栈关了，彻彻底底跟你们干去！二夫双手撑在床上，惺忪的双眼，定定地望着对面显然消瘦了许多的爹爹，一个更加坚毅的爹爹！二夫一言不发，认真聆听，那偶尔眨巴的眼神复杂，是敬畏？是惊？是担心？王锦原说，儿子呀，鬼子让我不好过，我也要让他们喝一壶，走之前跟他们好好干一下，于是把他奇特的想法告诉了儿子……
　　福生那天晚上作为陪客，借花献佛，谢过黄立云，并丢下一句暗语，后会有期，有望合作，想必黄立云这等精明之人一定能听懂。第二天，他叮嘱王锦原，务必待在药栈，暂且避避风头，千万别去招惹鬼子，然后，赶到铁匠铺，占勇正在铁匠铺等他。按照上级最新指示，俩人分别带上了助手，去了棠山和天红一带活动了几天，卓有成效，占勇和挺进十八团的人接上了头，长江独立支队也被福生找到了，都是共产党领导的抗日武装。回来后，福生和占勇认真磋商了考察的情况，几经权衡利弊，一致认为上级的决策十分正确，游击队的重心必须向彭湖边区一带转移，增强和其他抗日武装的合心力和向心力，谈到此，俩人甚是兴奋，福生又从腰间取出他的烟斗，撮了烟丝团，点了火，大口吸着，占勇嗬嗬一笑，政委烟瘾越来越重，福生一脸喜悦。这时王锦原出现在俩领导面前，说有要事，于是他们认真地听取王锦原的大胆设想……俩人为王锦原壮士断腕的大义，越来越坚定的抗日行为感动不已，一致认为，这个方案虽然奇葩，但饱含智慧，符合游击队即将东移的战略构想，正好队员们歇够了，手也痒了，让鬼子"开炮"为我们送行吧。

王锦原认为游击队既然采纳了自己的建议，就得严格遵守领导的要求，不能出药栈，便叫二夫回乡下一趟，把他所需要的物品捎回城里来。二夫出门的时候，王锦原叫儿子顺便打听一下徐氏婶，看她回家没有，并叮嘱他不要惊动冬梅。等到二夫赶到家时，天已漆黑。近家情更怯，从半开的门缝望去，久违的家，还是那样昏灯静寂，两个弟弟四夫和一平正在昏黄的豆油灯下读书写字，姆妈怎么念起佛来？正在堂屋一角神龛前，焚香举过头顶，对着佛像顶礼膜拜。门终于吱的一声被推开，朱雅芝和两个小儿子都惊喜得叫了起来，四夫和小一平围着二夫转，朱雅芝爱怜地抚摸着二夫的双颊，眼眶晶莹："儿子，你瘦多了。"于是便上厨房煮了糖水荷包蛋……睡觉前，朱雅芝按照二夫的要求，把王锦原需要的衣服物件全部收拾妥当，四夫和小一平开心极了，各人都从枕头底下习惯性地摸出桃木手枪，搂在手中，又是闹着要英雄的大哥哥讲杀鬼子的故事。

夜深了，朱雅芝来到三兄弟床前，"都睡吧，明天清早大哥哥还要赶路呢"。

经过几天的精心准备，三个王锦原终于在药栈后厢房"彩排"，衣柜镜子里穿着咖啡色长衫，上身罩着黑绒金线福字背褡，留着西装头，左手拄着枣木文明棍，右肩背着白色小方药箱的"王锦原"，一个华丽转身，金丝眼镜片里一双炯炯有神的大眼睛，告诉你这人却是占勇。福生和几个看的人都哈哈笑起来了，轻声击掌叫绝，像！像极了。锦幺穿着三哥一身蓝布长衫，外面也罩个黄色马褂背褡，戴个瓜田帽，挂上金丝镜，大个子刘人粗手艺巧，做了个精致小药箱挂在锦幺肩上，正面远点看，几乎就是王锦原！三个一般高的王锦原同时"上演"，可把王锦原乐坏了，嗬嗬，我王某人怎么一下子变成了孙大圣？大家都开心极了。

这一天选得确实好，初冬稀薄的雾霭弥漫着整个破落的山城，留着西装头的王锦原背个白色药箱，故意在日本宪兵经常出没的南门街上大摇大摆走着，走了一会儿，偏不见宪兵，踟蹰一会，王锦原折转身来往回走，没走几米远，果然四个宪兵迎面过来，王锦原又一转身朝原来的方向走去，四个宪兵远远跟了一会，两个返回了，王锦原低头往回瞄了一眼，看见两个宪兵紧紧尾随身后，他头往路旁一侧轻轻一歪，后面两个"乞丐"看见了。王锦原突然一个转弯，迈向路旁的巷道，尾随的宪兵急忙跟了上来问道，"哪里去？"一个宪兵闪身巷道里口，把王锦原夹在中间，王锦原生气地把药箱往地上一撂，看热闹的俩"乞丐"迅速扑了上来，其中一个双手死死卡住宪兵的脖子，巷口里侧的宪兵正发蒙时，这个王锦原顺势左拳猛出，把宪兵当胸击倒，眨眼工夫，两个假乞丐和一个假王锦原把两个鬼子做掉了，立马取下鬼子身上的子弹，并抛尸路旁茅坑，迅速撤离现场。

刚才在南门折身回转往西门巡逻的两个宪兵，走到下沙塘的僻静路口，看见戴着瓜田帽、穿着蓝色长衫黄褂背褡的王锦原站在塘口柳树下，很是惊疑，这就蹊跷啦？明明王锦原刚刚还在南门，怎么这么快，他有分身术？其中有一个认得王锦原，催着另一个宪兵，快点，近前去看个究竟，哟，真是王先生。锦幺与锦原几乎是一个人！可是当两个宪兵还未真正靠近锦幺，扮作卖菜的陈小虎和另外一个特种队员，眼疾手快，一人掐住一个……

真正的王锦原则被安排在离药栈不远的北门附近，福生、大个子刘和小毛全穿上了国民党军服，藏身教堂东侧，他们信心满满等待着猎物靠近，可是等了许久，长长的荷枪实弹的宪兵队伍看也不看一眼王锦原，穿街而去。鬼子太多了，福生摆摆手。当宪兵队伍走去许远，有一个远远落在后面的宪兵匆匆跟了上来，看见了王锦原，便停住了步，欲上前与王锦原说什么，福生见状，计上心来，速速脱下一只袜子示意，大个子刘和小毛心领神会，以迅雷不及掩耳之势扑向宪兵，一个卡住宪兵的脖子，一个将宪兵的双手反背死死扭住，福生贴紧站在宪兵的后背，将那只臭袜子死劲塞进这家伙的嘴巴里，大个子刘腾出自己的双手，解下裤腰带帮着小毛，把这家伙的双手腕缚得紧紧，又用绳子把他的双脚缚了，便丢下不管，于是三人摆开绑架王锦原的架势，穿小巷，朝着大个子刘租屋的后山墈方向撤去。

王锦原药栈里的药材早已零零碎碎转移到乡下，剩下几张空床和桌椅板凳，空空余也，有何牵挂？他一心跟着大家钻出药栈甬道，来到了铁匠铺。秋风飞扬，金黄的田畴一马平川，望着这深爱的乡愁秋色，忽然间像挣脱了羁绊，给人一种心阔天宽的感觉，革命原来如此洒脱！王锦原感到从未有过的舒畅。此时此地，不仅仅是王锦原，就连一向稳重的政委福生也沉浸在胜利的陶醉中，这一下干得漂亮！他甚是兴奋地对正在提壶倒水的占勇说："看来东移之前，我们还得干桩大买卖，把鬼子的窝翻个底朝天！"两位领导一拍即合，几经捣鼓，将此次行动定名"霹雳行动"。

几天下来，城里各种各样的消息不断传来，游击队神通广大，在日本人的眼皮底下一连杀了好几个宪兵；王记药栈被日本人抄了；那王郎中好像是被国军绑架了，鬼子自占领县城以来，还没有被中国人这样闹腾过，一下子成了惊弓之鸟，草木皆兵，城门过往盘查得更严，又恢复"人过必搜身"的规矩，晚上也早早关了城门。鬼子对游击队又气又恼，又无可奈何。福生则开心极了，他把烟斗脑儿在桌沿一敲："我敢说岸石木那小个子一定是在天天叹怨，太可怕，游击队是天兵天将哪，可能又发死病了。那个田中，恐怕已经失眠，脑门上几根稀疏的头发再怎么梳理，恐怕已遮不住一片荒原吧？"把满屋的队员们说得笑成一团。

大概过了几天，大个子刘找了个机会，和福生聊天聊到了很晚，讲革命，谈前途，最后说到了家庭。大个子刘告诉福生，他很看重虎枝，但心里仍放不下芳田淑一，趁着队伍东进之前，想找个机会进城卖次肉，看下芳田淑一，也探听一下城里风声。福生说，城里一定要去，但你不能去，你个子大，目标显眼，那个被你绑了的宪兵，说不定他会认出你，还是我挑豆腐去，顺便代你问好芳田淑一。

一连十多日，福生依旧晃悠着他的豆腐担儿，走街串巷，看见巡逻的宪兵明显比以前增多了，气氛没有松动迹象，芳田淑一那儿他也去了，转达了大个子刘的问好，芳田淑一眼神明显没有先前鲜亮，问福生，刘先生忙什么去了呢？王先生真的是被国军绑走？芳田淑一叹着气，摇着头，福生也是摇摇头。

游击队根据福生连日来搜集的信息，最后决定，"霹雳行动"再推迟半个月，预定行动时间腊月下旬。听说新的行动往后推迟，又估计今年有可能回家过年，小毛和杏儿趁着这放假的机会，把茅草屋翻新加厚，这活儿全是细猴过来帮的忙，不收一文工钱。细猴的爷爷和小毛的爷爷是亲兄弟，算起来很近，细猴只大小毛一岁，俩人各是独苗，从小到大都惺惺相惜，外人看来不亚于亲兄弟一样。杏儿做了几个好菜，恭喜茅草屋顶完工，也算是慰劳细猴哥。吃饭的时候，细猴轻轻问小毛，游击队还收人不，小毛答非所问，反问细猴，你爹爹现在同意了？细猴点点头，我前不久念叨当兵的事，不作声也不骂我。锦幺也回家过了两天，便和小毛夫妻俩一同返回队里。

为了慎重起见，经与王锦原一起商量，福生他们三人一致同意，让占勇专程去了一趟江北，把"霹雳行动"向即将成立的鄂赣皖边委筹备小组领导作了汇报，上级领导对此次战斗计划原则上给予了肯定，并指示此次行动的震慑意义远大于战斗本身的意义，具体战术方法和发动时间，自行择机掌握。

摩拳擦掌的时间终于到来。腊月二十六，早上五点钟光景，大半个月亮挂在西天，惨白的月光照在轻纱薄雾笼罩的月牙山上，树枝草丛，一切景物都在看得清又看不清的模糊中。他们从药栈地下室抱起炸药包和手雷，每人腰上清一色插上短枪，带足子弹，傍着城外东面半山腰走了一段，顺利来到了月牙山南坡。福生带着大个子刘、二夫、陈小虎和铁猕，从月牙山西头悄悄向山顶西边碉堡逼近。占勇带着锦幺、小毛、杏儿和虎枝负责对付月牙山东头的碉堡，两个小组的行动都推进得非常顺利。二夫遇事向来沉稳，敏捷心细，不一会工夫，铁丝网被剪了个大窟窿，大个子刘和小虎各自把手中的炸药包都传给了二夫，当二夫把炸药码好退出来后，负责警戒的福生这才松了一口气，便叫铁猕把事先加工制作好的电筒，光点近似萤火虫大小，贴近地面对着东头摁了三下，告诉了占勇。杏儿的速度也不慢，炸药包快要码好，可是意外发生了，两只追逐的鼠貂不知是看见人受了惊吓，还是自个儿戏嬉觅食，蹿上了铁丝网，铁丝网上的铃铛瞬时当当当响起来，糟了，糟了！碉堡里的鬼子一下子冲了出来，从两碉堡之间的山坳处冲上来了，后续还有鬼子在向上冲，把游击队东西两组人员拦腰隔开，占勇很冷静，看来福生他们抄原路一起东撤的方案行不通了，立刻用手电筒给福生回了信号：立即引爆，向西撤退。眨眼工夫轰隆几声巨响，西边碉堡炸碎的砖块在火光中蹿上了天空。顿时枪声骤起，从山坳处上来的鬼子分成两路，一路向西追击，福生几个且战且撤。往东过来的鬼子，被占勇他们顽强阻击，掩护着杏儿做完最后一步。杏儿一点也不慌乱，码好炸药包后徐徐拉开引线，手指紧紧钩住引线扣头，静等占勇一声令下，炸！又是几声巨响，东头的碉堡也轰然坍塌，火光照亮了夜空，借着火光的照耀，占勇一行已撤出了许远。但是西边山坡下传来了几声爆炸声，好像是地雷声？占勇有一种不祥的预感，对面撤退到了哪儿呢？占勇正在犹豫牵挂时，几个鬼子追了上来，一梭子弹从松枝旁嗖嗖飞来，小毛中弹了，殷红的鲜血瞬时湿透胸前棉衣，锦幺还击两枪，背起小毛就往山下跑，杏儿撕开棉衣，扯下一块棉团，使劲往小毛胸口按着。虎枝麻利，接连甩出两枚手雷，让追赶来的鬼子把距离拉远了，占勇断后，边跑边射。狂奔一程，小毛血流太多，说话力气太小："我不行了，你们跑吧。"虎枝说，我来背，锦幺放下小毛，虎枝看见锦幺鲜血流满了手背，这才发现他的右膀也被子弹打中，好像鬼子没有追过来，虎枝和杏儿急忙对俩人伤口进行临时包扎处理。小毛躺在干枯的草丛上，面对晨曦，脸色越显惨白，声音越来越细，杏儿哪敢放声号啕，小毛拉着抖泣得厉害的杏儿，意思是有话要说，杏儿只好把耳朵凑近那没有力气的双唇："我对不起你，我——我走了，你——你哪也不要去，听我话，跟细——细猴——"哥字没说出来便已气绝，杏儿搂着小毛的头，哭得昏天黑地："还说等胜利了，我们回家生儿子，好好种田过日子……"

直到天黑，满脸硝烟的二夫和血肉模糊的大个子刘回到了约定地点，占勇看见两个心爱的队员终于出现在眼前，心疼地把俩人双双搂住，轻轻地问的第一句话是："他们呢？"他们回答得也很轻："都牺牲啦"。二夫便把早晨撤退时那断肠一幕告诉队长——碉堡爆炸后，鬼子就像黄蜂一样拥了上来，我们都是短枪，压制不住敌人的火力，只有小虎带了两枚手雷，甩出后我们跑开了一阵，敌人分两路火力夹击，把我们夹在中间地带，最先踩到地雷的是铁犟，铁犟尖叫了一声，然后我也被地雷震晕了，昏沉中只听政委跟我说："就是到阎王那儿去，我也要作检讨，对——对不住大家呀。"政委就这样不行了。枪声终于平息下来，可能鬼子以为我们都被炸死了。我和大个子刘商讨一下，觉得应该沿着鬼子枪击的方向撤退，可能安全些，在一处芭茅丛密的溪边，我俩休息一阵，确认鬼子已经完全撤退，便小心翼翼原路抄回，找到牺牲的他们，把三具尸体全部移藏在一棵松树下……

听完二夫的话，占勇满脸泪水，那地雷声早就给占勇打了一支预防针，一直忐忑不安的心告诉他，今天准没有好事，这一天牺牲了多少好同志，政委、小虎、铁辫、小毛，锦幺子弹还在膀子里，大个子刘也受伤不轻，唉，唉！游击队自创建以来，从未遭过如此大的创伤和打击，要说检讨，只能是活着的人检讨，现在是自责的时候吗？占勇脑子里漫无头绪，他就地打着转，习惯性地双手叉在腰间，终于他很快镇定下来，当前第一要务就是治伤救人，一边善后，再是抚恤家属……

在临时医务室里，王锦原忙得不可开交，只有虎枝一个外行助理，打些杂活，二夫和大个子刘创伤不轻，只是做了一些简单外伤处理，还需要更多后续治疗。当前最要紧的是把锦幺右膀上的子弹取出，没有消炎药，就用中药代敷，只是时间上慢点，可是没有麻醉药怎么办？锦幺赤着右膀，凑近王锦原的工作台前："三哥，犹豫什么？老弟死都不怕，还怕痛么？！"王锦原看着咬着牙关的锦幺，叫他张开嘴，把一条拧干了的毛巾塞进了他嘴里，王锦原也是咬着牙，抿住双唇，用酒精擦拭了的手术刀，在刚刚擦洗过的术位周围慢慢割开缝口，可以试想，这是一种什么痛？钻心痛！彻骨痛！虎枝帮锦幺托握着那只右肘，看也不敢看一眼那刀子，高寒腊月的日子，豆大的汗珠从这一声不哼的硬汉额头上，一滴滴地滴了下来，终于花生米大的子弹，咣当一声，滚落在那玻璃缸里……

几天过去，受伤的队员有了明显的好转，锦幺问占勇，什么时候开追悼会呢，占勇说，明天吧，后天就是除夕。这个追悼会一定要开！而且要既简单又隆重，占勇把他的意见告诉了大家。伙佬曹大耳在另外一个据点抽不了身，晚餐是虎枝做的，虎枝有心眼有手艺，特地弄了几个好菜，一早跑了几里路，还弄来几坛糯米水酒，一心想着要好好慰劳大家一下。吃饭前，占勇首先将一碗酒泼在地上，祭敬新逝战友，祭敬那梦里犹生的政委，然后特地给王锦原敬酒，谢谢王先生。王锦原说，还用队长谢什么，我现在不也是专职的游击队队员吗？占勇点着头。一会又苦笑着对王锦原说："你知道我现在是什么心情哪，要是有你那水平就好啰。"王锦原思忖一下，好！我就代队长口占一首：

　　　革命何曾心意灰，伺机再起把城摧，
　　　腥风血雨低迷后，便是江东日出开。

烽火湖畔 | 265

第十九章 新的转折

　　方小敏不但会吹口琴，而且画得一手好画，刚到游击队来，偶有作画，画谁像谁，无师自通，有人问他，跟谁学的呀？回答是没有谁教呀，真是天才一个！就是这样一个秀气俊靓的天才，这下可派上用场了，二十六日的那天夜深，已经疲惫不堪的占勇问计王锦原，追悼会怎么开法？怎么别开生面？王锦原皱了皱眉，别的现在不管，先叫方小敏把四位死者的遗像画出来，这是我们游击队独有的资源，然后找个会木匠的把相框框好，占勇很是满意地点着头，对呀，我怎么没想到呢？

　　所有善后处理完毕，按照原定计划，在游击队的临时秘密驻地，为四位牺牲的同志举行了一场隆重简朴的追悼会。会场设在古庙前，四位英雄的画像摆在庙前松树掩映的长条桌上，沿着画像的四周，摆满了杏儿和虎枝她们编制的花环，方桌下面偌大的浓墨"奠"字，饱蘸着王锦原的心泪。悼词没人写稿，全是占勇凭着他对死去战友真挚的感情，信口迸发。对每一个死者的感情和评价，都是自然的流露。占勇和福生的感情不是一般，不是几句话说得清楚，当他评价完福生的功绩和为人，讲到他与福生的感情时，占勇已开始泪流满面，欲哭无声："我敢说他是天底下最善良的人，是天底下待我最好的人，天底下没有哪一对搭档有我们铁！"占勇极力克制住冲动，用拳头连连捶胸。然后低垂着头，伤心地一字一句自责，勇敢地承认了决策失误，对敌情判断不足，为了不影响士气，最后还是肯定了这次行动对鬼子的震慑远大于失败。占勇的悼词铿锵有力，充满着血与火的炽热，催人泪下，满会场尽是嘤嘤嘤的啜泣声，当然哭得最伤心的是杏儿。追悼会结束，占勇亲自出马，带上锦幺和几个队员代表，捧着英烈的画像（除陈小虎是江北的外），一一上门抚恤，直到夜深才回到临时驻地。

　　一九四三年的新年，对于游击队来说，是在"吾门独素风"的哀伤中度过。

　　还是正月的日子，有一天晚上，吃过晚饭，占勇特地邀上锦幺来看王锦原，谈了游击队的许多事，最后占勇说，当前游击队的主要任务仍然是休整，恢复元气，积蓄战斗力。临出门的时候，占勇紧紧握着王锦原的手："王先生，去冬以来，你也够紧张够辛苦，该好好歇歇啊。"是的，自从把药栈交给了游击队，王锦原更是做好了充分的思想准备，把自己的命运和游击队的命运紧紧联系在一起，从那次"彩排"开始，他的心一直是绷得紧紧的，分分秒秒和游击队同呼吸，现今游击队松缓下来，他的思想也轻松些，原本家里家外所有的牵挂在繁忙的战事中抛之九霄云外，独步静悄悄的陋室中，现在又一件件袭上心头：雅芝怎么样了？她怎么会想到念佛？孩子们可都快乐？二夫那次从乡下给我拿衣服来，说是徐氏妹没有回家，她到底去哪里了？去哪里了？！唉，黄太太你真不该把她"赶"出来哟。无论什么境况，王锦原心中永远装着这两个女人，一个是在娘家也读过了几年书，受过良好的家教，是谁也替代不了的贤内助啊。徐氏妹呢，则是永远也游移不散的灵魂伴侣！魂啊魂啊，你到底飘向何方？

新年在悄无声息中很快过去，雨水节的当天，游击队终于全部东移到达了新的驻地，新的天地，山高水绿，雨霁天光，占勇环顾四下葱绿，抬头仰望，这不正应了王锦原先生吟的那句诗吗，"便是江东日出开"。两天后鄂东特委发来电报，电令占勇三天内过江，参加鄂东特委扩大会议，占勇走之前，指令锦幺临时负责游击队的工作。

闲着也是闲着，锦幺让二夫陪着王锦原到处转转，无边光景一时新，给人一种客路青山外、九叠云景长的感觉，远处大山雄伟，峰峦叠嶂，蓬蓬勃勃；近处钟灵毓秀，空水氤氲，云影徘徊，飞鸟鸣唱，气场不错。这里离新四军挺进十八团棠山驻地应该不远，选址人很有眼光！峰回路转，山坳处竟出现了黛瓦灰墙，村庄不算小，王锦原印象中十多年前来过这里，于是便对二夫说，儿子，我们过去走走。刚一进村，着实让王锦原乍惊乍喜，竟碰上了算卦先生。王锦原赶忙上前握着算卦先生的手，眼镜对眼镜，长衫人对长衫人："刘先生，您怎么上这里来了呢？"一九三八年上王村湾一别，屈指算来已五个年头，两位先生免不了感叹时世寒暄问安。算卦先生告诉王锦原，自己的家刘望山湾还是日占区，但离这里不远，不上二十里，为了躲避日寇，这几年就在姨夫家借居。算卦先生把王锦原父子迎进屋子，粗茶叙旧。算卦先生听说王锦原参加了打游击，非常赞赏，竖起拇指："王先生勇敢大义，我等榜样。"听了王锦原透露了游击队东移前的一些事，算卦先生心里一阵捣鼓，何不给游击队敲敲边鼓，鼓鼓气，于是一捋下巴上那撮山羊胡髯，对王锦原说："王先生，帮您卦卦游击队的运势如何？"王锦原高兴着："好哇。"算卦先生忽然皱起眉额："不过您至少要报出游击队当家的生日时辰，知道啵？"这下可难住了对面的王先生，占勇开会去了，哪里去问呢？心想那就下次吧。少许，王锦原双手拍掌，有了有了，占勇不是和锦云就只差时辰不同吗，否则就是四同老庚。锦云辰时，好像说占勇只早一个时辰，卯时？卯时！据此，便报出了队长的生辰。刘先生几次摇了爻，然后半眯着双眼，口中喃喃自语许久，再睁开眼睛看着王锦原说："吉卦呀吉卦。顺时针数起，西北方为乾卦，北方为坎卦，东北方是艮卦。九宫八卦，艮为生门，一年之计在于春，寅卯辰同属春天，卯为正春，生机焕发之象，春天万木向荣，合了春天合了时辰，还合了东北向，绝佳的上卦呀。"算卦先生收捡了他的爻具，对着王锦原拱手，恭喜游击队有福了。这一卦让王锦原心头甚为震撼，那就拭目以待吧。道别时两位先生互相叮咛，后会有期。

　　游击队新的驻地东南方向是石涧，有座碉堡，隶属汪伪，有一连的兵力，当时选址驻地的时候就已知悉。西面方向棠山附近还有个碉堡，据说是日军的一个班把守，但具体情况尚不清楚。占勇走后，按照他的交代，锦幺带上大个子刘和二夫几个人，来到了棠山附近的周后村里摸查情况。锦幺真是生性近人，天天帮碉堡里挑水的老倌细和尚很愿跟锦幺交谈，在交谈中得知一九三八年日寇初来时，对周后村进行了疯狂的烧杀，细和尚的父母堂客和一个十岁的儿子，都是在这次烧杀中丧生，留下少数青壮，是日寇为了修筑工事。谈得差不多，锦幺觉得这矮瘦的细和尚不但人很厚道，有着深仇大恨，于是便明说自己是游击队的，希望能得到你的帮助。细和尚很高兴，觉得报仇的机会来了，毫不犹豫地满口答应，并且一五一十把碉堡里的情况告诉了锦幺……最后还告诉锦幺，村里有个汉奸，叫周水小，叮嘱锦幺要小心提防，这个人行踪不定。

晚上锦幺躺在床上翻来覆去，好久没有入睡，老是想着那瘦矮的细和尚，觉得此人非常关键，必须派个队员蹲守在他的家里，和细和尚一起监视汉奸周水小的动向。睡前锦幺又想出了一个好主意，第二天一早起床便告诉了王锦原，王锦原跷起拇指，幺弟，你越来越聪明哪。于是锦幺把制作两只特型水桶的任务交给了大个子刘。

已经到了麦收季节。开了几天会，占勇和他的两个助手终于从江北瓦窑镇赶回了驻地。开会回来的占勇像换了个人似的，意气风发。锦幺握着占勇的手："队长，你长精神了？"占勇说："你知道这次会议开得多成功，多鼓舞人，我心头亮堂多了。"占勇拍了拍锦幺的臂膀，又说，会议情况现在就不说了，今晚立即传达。快说说我交代你的事进展如何，锦幺把摸查碉堡的工作从前至后，包括智取的初步构想给占勇作了详细汇报，俩人并肩走着，占勇低着头认真地听，满面笑容，嘴里一个劲地嘣出："好，好！"

晚上，古老的大八间天井屋的大堂里挤满了游击队员，占勇说，这次边委的会议精神，上级要求传达到每个游击队战士。他首先介绍当前的抗日形势，新四军五师驻扎在湖北的大悟县，七师驻扎在安徽的无为县，边委为了配合新四军拓展鄂赣皖边区抗日根据地，决定打通江北至江南的三条通道：其一是通往瑞昌；其二是通往湖口；其三是通往彭泽。边委要求湖口这条中间通道作为上下通道的桥梁，要开创性工作，创建扩大赣北抗日根据地。边委还明确指示，由于新四军挺进十八团已在棠山地区站稳了脚跟，占勇领导的游击队要在十八团的统一领导下，继续以棠山这块地方为依托，发展壮大棠山红色抗日根据地！说到此，占勇激动得一拳砸在桌上，把桌上的两盏马灯都震跳起来。他兴奋地接着说："边委高强书记亲自指着我说，占勇同志，你们那里还有两支抗日武装，一是张群同志领导的长江纵队；二是陈仲同志领导的新四军挺进十八团。你们游击队要主动和他们联手，千方百计拔掉日伪据点，团结一切可以团结的力量，将日伪匪顽恶各自占领的地盘吃掉，不断连片、扩展自己的地盘。大家说这个形势喜人不？！"接着占勇宣读了上级的文件，一是成立边委的决定，湖口、彭泽、至德、宿松和望江五县组成边委，又称"小边委"，受鄂赣皖大边委领导。二是边委正式任命占勇为湖口游击队队长兼政委，王锦幺任副队长。边委还特别要求湖口游击队要健全党支部活动，努力培养发展党员。散了会，王锦原的心头热热的，最不平静，不单是为幺弟升任高兴，幺弟和锦云同一时辰，游击队又多了一个辰时出生的副手呀，寅卯辰同春，哈哈，果然让算卦先生说对了？游击队真的要走向欣欣向荣啊。

两天后，占勇着手准备举行新党员宣誓仪式，王锦原用红纸写了入党誓词，贴在大八间天井屋东侧的鼓皮板上，党旗挂在誓词上方，把福生在世时先后发展的党员锦幺、大个子刘、二夫和虎枝都通知过来，补上加入中国共产党党员庄严宣誓这一课。几句开场白之后，占勇领读一句，大家跟着读一句："我志愿加入中国共产党，为党努力工作……严守党的秘密，永不叛党。"宣誓完毕，占勇说，我们接着商量当前几项紧要的事吧，那个被锦幺安排在周后村的队员二苟进来报告，汉奸周水小回来了，占勇对大家摆摆手，会议到此结束，二苟你说吧。二苟语速不紧不慢——

"细和尚确实是个好人，几天来留我吃饭留我睡，他有四十多了，比我大十一岁，我叫他叔，他很高兴。昨天周水小回家来了，他听我的话，去与周水小套近乎，周水小说，嗯，在家过几天吧。他按我的话原本告诉周水小：昨天村里有个放剪刀菜刀的（这一带自古流行不收现钱的一种走村串户商人，来年上门收款）人从村里经过，说他手里货放完了，明天还有两个伴一起再过来。周水小一对小眼睛贼得发亮，问细和尚真的吗？细和尚说那还有假。前天我试着换细和尚挑水进碉堡，那站岗的鬼子指着挑水的我问细和尚，他是谁，细和尚说，我外甥，那站岗的也没说什么，招手让我进去，接着我还帮细和尚挑了两担，好与鬼子混个脸熟。"一贯雷厉风行的占勇，听完二苟的话，神情立马严肃起来："按锦幺预先设定的方案准备战斗。"

快近晌午，四月的阳光直射头顶，有点热烘烘的，三个戴着草帽的外地人，挑着箩筐，提着大竹篮走进了周后村，屋前屋后吆喝着：放剪刀嘞、放菜刀啰，吆喝得比唱还好听，小眼睛歪帽子的二吊周水小听见了，远远上前一望，小眼睛滴溜溜地转着，一般上门推销剪刀的都是一个人，怎么三个呢？周水小犹疑着：有情况！本想近前再探察一下，吃过亏的他怕再吃亏，一溜烟向碉堡跑去，差点把挑水的细和尚撞翻。

周水小进了碉堡没一会工夫，果然有五个鬼子跟着周水小直向周后村奔去。三个推销剪刀的商人远远看见了，便占据了有利巷道，藏在巷道口的祠堂里。这时，躲在周边麦地里的十几个游击队员，见鬼子进了村，一下子从麦地里钻了出来，把出村的三条路口全都堵死，瞅准有利掩体，尽量缩小包围圈。这边碉堡附近割麦子的二苟赶忙从麦地里出来，接过细和尚挑着的一担水，往碉堡里走去。两只水桶的上面，还分别浮着水桶口一样大的南瓜叶，二苟跟细和尚说，叔，你看看，看得见这担新水桶的桶底吗？细和尚摇摇头，因为这担特制水桶桶底特别浅，怕鬼子发现破绽，是王锦原帮着想出了这个妙招。可是到了碉堡门口，那个站岗的日本兵横下刺刀，不让二苟挑水进去，二苟说我舅舅病了，昨天不是跟你说了吗？那日本兵说，今天不一样，有军情！二苟只得把挑水的担子歇下来，正在这时，在附近地里割麦子的二夫汗淋淋地跑过来，对着这站岗的家伙打着手势，弄碗水喝，未等站岗的反应过来，二夫使出拿手功夫，将这家伙的脖颈一百八十度扭转，活活拧死。于是二夫又轻身飞上碉堡楼顶，楼顶上站瞭望岗的鬼子来不及扣动手中的扳机，被二夫一刀割断喉管。二夫下得楼来，帮助二苟把特制的两只水桶的水倒掉，然后把水桶底板取下，拿出炸药包，分别布放在碉堡南北两处重要位置，盘出引线，二苟叫二苟先行快撤，自己则不慌不忙，用早已预备好的打火机分别将两处炸药包引线点燃……咚——咚——二夫和二苟，还有那挑水的细和尚，站在那清粼粼的水塘坝上，看着鬼子的碉堡轰然坍塌灰飞烟灭，高兴得拍手狂笑。

　　进村的鬼子，一直在村巷里和叫唱放剪刀的三个游击队员捉迷藏，听见了爆炸声，感觉不对劲，声音是来自碉堡的方向吗？他们开始慌了，在周后村屋场子中的丁字口上打转，撤！赶快回撤！那个下令叫撤的，可能是个班长，撤得了吗？三条路口都被扮装成收割麦子的老乡堵死，五个鬼子一会儿往东一会儿往南，没有办法，只好火力开路，强行向西，没等冲到巷口，就已倒下三个，剩下的两个往祠堂方向跑去，又被三个放剪刀的人挡住，东逃逃，西望望，他们自知已是关进箱子的老鼠，乖乖跪在那丁字口的巷口位置，举枪投降了。周水小呢？挑水的细和尚叫了起来，他在翻围墙！锦幺眼明手快，举枪砰砰两下，这个平时作恶多端、横行乡里的狗汉奸，软溜溜地像条死狗趴在围墙上。

　　游击队干掉了日寇碉堡的大好消息不胫而走，在彭湖边界一下子传开了，传到了抗日武装和爱国人士那里，是多么鼓舞人心，传到日伪匪顽那里，倒是一种有力的震慑。在彭湖边界这一带，把游击队传说得神乎其神：游击队是神兵，什么时候冒出来你根本不知道，游击队的人能飞檐走壁……游击队自己内部的士气也得到了极大地提升，特别是对月牙山一仗受挫是很好的自慰疗伤，很好的自我鼓舞，战士们的精气神又重新抖擞起来。刚驻新地，旗开得胜，打出了游击队的声威！此时的王锦原心里比谁都欣喜万分：天哪，刘先生的卦如此灵验！

　　占勇看着热议中的队员，心里自是十分高兴，也带着自豪的口吻凑上两句："在为游击队驻地选址摸查情况之初，我就觉得要想开辟新天地，下手的地方就是吃掉这个碉堡！"大家觉得眼下是个起哄的时候，以方小敏为首的吵着要锦幺请客，一是恭喜他荣升队副，二来是祝贺他的金点子——水桶下面藏炸药的妙招大显神威，锦幺拗不过，好吧，我请客！王锦原为幺弟取得骄人的成绩也高兴着，从临时病所出来，索性表态：凑个兴，我出酒！于是伙佬曹大耳和虎枝又有事忙活了，虎枝风风火火跑到附近洋山街上割了肉，买了鱼，回来又是忙着帮曹大耳打下手，自从虎枝结了婚，成了大个子刘的女人，曹大耳死了心，再也不敢半点斜视，一心一意剁肉切菜，忠于职守。

自从月牙山吃了败仗后，一直到现在，游击队员们没有这样开心过，占勇很理解大家，故意推波助澜，既然王先生慷慨，大家就尽兴吧。

吃过午饭，有三个骑马的人来到了游击队，在古屋东侧的青皮竹峦被站岗的队员叫停，一个小个子立即翻身下马，指着仍坐在马上的大个子说："他是我们长江纵队的队长张群，要见你们队长。"听说是张群，占勇和锦幺跟着站岗的赶忙过来迎接，张群一跃而下，三步并作两步，拉住占勇的手："瓦窑镇会议，我们认识有半个多月了吧？"占勇邀请张群进屋喝茶，张群说："茶就不喝了，陈仲同志指示我，邀你过去商量缔结联盟事宜。"占勇没有马，对张群说："你们先走吧，我和副队长随后就去。"张群指着另外两匹马，都小个子，共坐吧。于是五人三马扬尘而去。

新四军挺进十八团为七师所辖，是挺进江南战略的一支重要武装，陈仲是十八团的政委。没有开会之前，陈仲把占勇带到了一张"彭湖抗日根据地拓展态势图"前，拿起桌上的一根小木棍，指着棠山西向一处碉堡，说："这块黑色地带，经你这么一炸，就炸成了红色，方圆起码扩大了五里。"陈仲顺手从桌上拿起那支红颜料小毛笔，把这处黑色套红了。陈仲还介绍说："这图上有二十多个乡，红色的为我们的根据地，黑色的为日占区，灰色的代表伪匪顽恶地段，我们的战略目标，就是要把这张地图全部变成红色！这头一炮你干得好哇。"

会议终于开始了，占勇是首次参加陈仲同志主持的三武装联盟会议，听完他的讲话和工作部署，占勇这才真正认识到这位敦厚庄重的北方汉子，的确是既有战斗经验又懂地方工作的复合型人才，归属能力强的领导麾下，是我占勇的福分。尤其是当他讲到自己领导的游击队和张群领导的长江纵队，以及他所领导的十八团之间的关系，陈仲很谦虚，阐述得非常清楚。三支武装既是独立的战斗体，又是战场信息共享互相配合的联合体，反正这三支武装都是在共产党领导之下，以消灭鬼子、不断扩大彭湖抗日根据地为大局，为目的。当他把早就准备好在会议桌上的柴棍，不紧不慢拿起来先折断一根，再把另外三根柴棍捏在一起，狠狠使劲怎么也伤不了其中一根，然后放下手中的柴棍，拍拍手，丰腴黝黑的脸庞微微一笑，道理不是很明显了吗？占勇从心眼里佩服起这位政委形象思维超常的说理能力。还有，说到怎么争取团结悠心州恶霸地主方大安，他说得很透彻。由于方大安有倾向共产党新四军的一面，但又摇摆狡诈，自私贪婪，我们越要有耐心，恩威并施，先俘其心再俘其人。占勇听得出神，感到政委是当之无愧的师傅。会议还研究了当前许多亟须解决的具体事项，如减租减息问题，怎么消除"灰色地段"的统战方法问题，药品问题……最后，陈仲把方大安的问题交给了占勇。占勇还主动承担解决粮食问题，陈仲非常高兴，对占勇说："虽然我们初次相识，早有所闻，队长不但有勇有谋，还有宽广的胸怀和勇于担当的精神，谢谢你！"散会后，陈仲安排通讯员牵来了两匹枣红马，并亲自把缰绳分别递在占勇和锦幺的手心里，这就权作见面礼吧。陈仲双手拱拳，对着翻身上马的人说，祝你们成功！

　　开会回来后，经过仔细磋商，占勇决定把对付方大安的事交给锦幺，自己则和王锦原去一趟城里。

颖川洋行的老板黄立云最近老是念叨着王锦原，王先生你到底在哪里啊？找不到王先生人心里就像没有根底。黄立云的太太病了好久，日本人的医院也去了，小岭涧里的劳巫婆也来作过法，都不见好转，且日渐消瘦，黄立云焦躁不安，跑去问芳田淑一，芳田淑一也是无奈地摇摇头，王先生多好的人，就这样消失得无影无踪？到底是不是国军把他绑走了？黄立云只有回到家中闷坐在他的太师椅上抽闷烟喝闷茶，四姨太好心好意过来给他捶腿，被他气嘟嘟地赶走了。这时，佣妈周嫂来报，说有俩先生是你的朋友，找你有事，让他们进来吧。俩人随着周嫂进来了，黄立云先是躺着，起身一看，陌生的面孔，一个也不认得，你们是谁？！正当黄立云有些慌神，俩商人模样其中一位剃着平头的人，从上衣口袋摸出金丝眼镜戴上，认得吗？黄立云摇摇头，那人又一把扯下上唇的胡子，认得吗？黄立云一脸疑云立刻消散：“王先生？王先生！”黄立云一把抱住王锦原，“王先生，您可把我想苦了。”黄立云问道：“满城都说您被国军绑走了？”王锦原说“是的，是游击队又把我抢出来了。黄老板，听福生说，你想认识一下游击队，我把他带来了。”王锦原手指占勇。看着占勇，黄立云又紧张又高兴，他真的是游击队？半梦半幻半晌，黄立云回过神来，这才拉着占勇的手，坐，坐！喝茶，忙招来四姨太沏茶上茶，事毕，又挥手四姨太退去。黄立云对占勇说：“王先生可以作证，街坊邻居可以作证，自从日本人占领湖口后，我姓黄的只纯粹做生意，伤天害理的事从来不做。”占勇接了黄立云的话茬说：“我相信，听说黄老板您颇有悯民之心和爱国情怀，愿意与我们交为朋友，故贸然前来求您相助。”黄立云一抬手，先生照说无妨。于是占勇把买粮的事说了出来，黄立云拍着胸，一口答应，愿为你们尽绵薄之力。日本人那里怎么对付呢？黄立云说那都是我的事，卸粮付款时，你们只管声称是我的朋友，是做生意的，或赈济湖口乡民就可。占勇说购二百石，黄立云说，干脆一艘小船吧，二百二十石，我把送下江的货压一压，先送你们的。占勇立马从座位起身，双手一拍，说："好！卸货时，具体怎么联系，我派专人与老板您接头。"

正欲与黄立云握手告别，黄立云这才想起他的太太还躺在床上，便拉着王锦原去正厢房给她号脉，黄太太见是王锦原很是感激，但是没有力气快言快语了。经过一番问诊，王锦原告诉黄立云，夫人无大碍，只是气淤血滞，夏热贪凉寒气湿重，导致脾胃虚弱所致，我开个方子容易，你哪处抓药呢？黄立云说去安庆。王锦原说，要不这样，哪天送粮食过去我也托人捎几服，黄立云谢过。出门之前，又说到芳田淑一，王锦原拜托黄立云不要说我来过，告诉她一句吧，听说王先生还在世上。王锦原又重新化好装，俩人正欲出门，黄立云早就想把憋了好久的一桩心事，找个机会当面跟王锦原说出来："王先生稍慢，我还有句重要话当面跟你说，你那儿子挺优秀，我的大闺女也还不错，开个亲如何？"黄立云的直截了当，出人意外，让王锦原爽朗一笑，眼睛亮亮的："黄老板，那就高攀啰。"交谈几句，俩人都认为鬼子的日子不会很久，儿女如若有缘，抗战胜利后再来操办也不迟。黄立云送王锦原出门几步，又悄悄问："嗳，徐氏这女人后来做什么去了？"王锦原双手一摊，摇着头："不晓得，我也一直没有见着她哟。"

三天后，按照占勇约定的时间地点，黄立云和陈正雄亲自把一船大米押了过来，占勇也亲自来了，指挥着老乡搬卸。船外秋高气爽，热火朝天，船内黄立云与陈正雄酣谈。黄立云说："陈兄弟，你我异国他乡结缘一场，也许是前世修来，在这祸乱中还能愉快合作，是我们的福分。我俩很少同船押货，今天邀你同来，就是要你一起感受一下乡民对粮食的渴求，湖口人自己种的粮食，还要由你们日本人控制，这是什么道理？就是游击队买走，国军买走，他们也是人哪，也要吃饭呀，今天邀你一起来，就是要确保这船粮食平稳地交到买主手中。"陈正雄是一个有良知的日本人，言语不多，点着头，很是认同。黄立云又说，"如果哪一天，你们日本人灰溜溜的拍拍屁股走路，我还要在湖口做人湖口活呀。"陈正雄伸出拇指，频频点着头，表示十分理解。这时，有艘小艇正向这边驶来，陈正雄马上钻出船舱，走到船尾高处，对着小艇喊着，颍川阿雄，颍川阿雄呀，小艇上有个日本兵招了招手，随后掉头就走了。收款之前，黄立云对陈正雄说，把分给我的一半利润让给买主吧，陈正雄说，哪能这样，要让一起让，兄弟一场，有福同享，咸淡均沾。

货卸完了款收清了，黄立云还收到了王锦原捎来的中药，心中激动不已。岸上的人送走了卸粮的船，便又开始忙活起来，三支武装都派了人来分粮，手中有粮，心里不慌，杀鬼子更有底气。分粮的人听说这批大米是占勇弄来的，窃窃议论，难怪说游击队长神通广大。站在那高坡地上笑容满面的陈仲，对着面前瘦高精明的张群说："我们联盟又添虎将，智勇双全，何愁根据地不日长夜大呢？"

晚上，占勇正在洗脚，王锦原进来说，村上的细猴邀了一个伴投奔游击队来了，刚到，要不要带过来看一下？占勇穿上鞋，披上罗麻布罩褂，招呼着王锦原坐下，先让锦幺把他们带到新兵组吧。占勇给王锦原递上一杯水，自己也搂个杯子，满脸舒畅，王先生，最近我干得很开心哟。不用占勇表白，王锦原看出来了："队长，你现在是时来运转，要风得风，要雨得雨，如鱼得水啰。"哈哈哈，两人都笑得特别爽朗。笑毕，王锦原这才把刘先生算卦的事告诉了占勇，不要不信，还真让这卦说得差不多哩。占勇颇有几分新奇，侧歪着脸望着王锦原："呀嘎嘞①，真有这灵"？王锦原瞪大眼睛，倏地紧紧握住占勇的双手，像不认识占勇似的看着他："呀嘎嘞——队长悟性真好，这么土的湖口方言你都学会了。"俩人笑得不亦乐乎。笑毕，占勇还念叨着："嘿，湖口的方言还有个特色，不少是倒装句。"占勇饶有兴致地右手食指点着左手手心，像是默数着，说一句左手大拇指自个按一下："例如说公鸡是"鸡公"，说母鸡是"鸡婆"（母），说月亮是"凉（亮）月……"说得王锦原连连竖起拇指："队长入乡随俗，进入角色真快！"又是一阵愉快的欢笑，占勇端起茶杯呷了口水，回过身来看着王锦原，说起了别的话："嗳，我听锦幺说过徐氏的事，她是你的房弟媳，前不久在黄立云那儿买粮，你说她跑了，跑哪儿去了呢？"占勇对着王锦原摆摆手，意思是不要他作答，接着说，"像这样苦大仇深的女人，把她动员到我们这里来，哪怕跟你打打下手，学学涂个药，裹个伤，总比在外面东躲西藏好。"占勇这下可说到王锦原心坎上了："是哟，我也和你一样，曾经想过，想把她弄来游击队，看她上了黄立云家，有份差使，也就算了。唉，哪晓得好景不长，还是不见人了……"说完了徐氏的话，王锦原说起自己的事，正式向占勇说出了蕴藏心中许久而未说

---

① 湖口最具特色的方言，表示惊奇惊讶的意思。

出的话——自从跟定游击队辗转前行，身临其境耳濡目染，越来越觉得这是一支很有希望的队伍，是一支充满正气的队伍，尽管条件艰苦，总给人勇气和信心。尤其是把药栈交给游击队后，全心而退，全心而入，几次想提出入党要求，总是由于领导太忙，话到嘴边又咽回。前不久，帮着写入党誓词的那天，王锦原一颗炽热的心跟着宣誓人的心一起沸腾，宣誓完毕，他正准备向刚刚宣布兼政委的占勇提出自己的要求，炸碉堡的战事燃眉在即又搁下来了，今天是个闲暇机会，终于把准备了好久的话说出来："政委，我正式向你提出入党的要求，好吗？"占勇情不自禁地双手紧紧地握住王锦原的手说："王先生，就知道您会有这一天，我也盼着您的这一天。"占勇的表态很爽朗，认为王锦原坚定的革命意志和行为早已具备了入党的条件，只是觉得王先生人才特殊，待请示陈仲政委再行商议。王锦原愉快地答应着："愿意接受党对自己的继续考验。"送王锦原出门时，占勇说："王先生对最近的工作有什么好的建议？"王锦原踅身驻足，稍作思虑："依我看，你和幺弟已经都是上级正式任命的领导，队伍也越来越大，有空可得要加强学习啊。"占勇非常赞同："王先生，你的意见很好，有时间，还得请你给更多的人讲课呢。"

这一天天气很好，山川晴明，浓荫鸟唱。吃过早饭，难得这份悠闲，锦幺陪着锦原傍着山脚下潺潺溪边小道缓步而下，兄弟俩好久没有这样舒心地畅谈，从对家里的挂念开始，谈到学堂公公，谈到打游击的艰辛与快乐，谈到这次干掉鬼子的碉堡时，俩人依然怀着胜利者的喜悦。但是，当话题转到锦云身上，兄弟二人不免都慨叹起来。锦幺念叨着，小红山分手后好久没见着五哥啰，现在家里家外一点消息也听不到。王锦原问锦幺，当前战场态势中日双方僵持，鬼子开始认怂，兵力萎缩，听说国军已陆续从赣北抽走了许多，是不是？锦云到底离开湖口没有？锦幺摇摇头，不晓得啰。说着说着，迎面过来三个人，还有挑谷箩担的，狭路相逢，近距离贴身相让，锦幺眼尖，第一个惊叫着："算卦叔，上哪去呀？"这时算卦先生和王锦原也惊喜地跟着叫了起来，啊哟，怎么在这里又碰上呢。原来老乡听说新来的游击队把周后湾附近的碉堡给端了，拍手称快，高兴极了，便叫算卦先生带路，挑着一担鸡鸭蛋慰问游击队来啦，那位长者就是算卦先生借居湾里的甲长。占勇上"小边委"开会去了，锦幺代表队长，代表游击队收下了老乡的心意。这时算卦先生问王锦原："你的四弟锦先怎么老跟着国民党的特务混呢？"

"啊？！"王锦原大惊失色，手中的黄铜烟筒差点滑落地上，"你看清了吗？他已经牺牲两年了。"算卦先生吓蒙了，声音颤抖得答不上话来："天哪，活见鬼了？！"

第二十章　不辱使命

人"死"了真有活回来的。那天，吓晕了的算卦先生过了好久才平静下来，根据他提供的线索，王锦原父子跟着锦幺在弯弯曲曲的大山皱褶里转悠了五天，果真找到了活生生的锦先，这就奇怪了——

原来一九四一年春末攻打鸡冠山前，化装成老百姓的鬼子早已将锦先所在的炮兵阵地位置侦察得清清楚楚，精准传了回去。日方炮击之前，锦先出来小解，正好被要抓活口的鬼子瞅准了，几个家伙一下子把锦先蒙了绑了下来，然后便是轰隆隆的炮弹飞过来，把国军阵地上的大炮炸得片甲不留，炮兵也都炸成了尸渣。为了让抓来的活口无后顾之忧，他们把锦先身上穿的国军服装脱下来，又给事先抓来的乞丐穿上，再把炸药绑在乞丐身上，将乞丐推上炮兵阵地，把乞丐炸了个干净，所有这一切都让锦先亲眼看着，然后威逼利诱："怎么样？你们的队伍绝对以为你死了，大大的放心，跟我们皇军走吧。"锦先在鬼子那里关押时间不长，毒打也受了，鬼子见问来问去也问不出什么有价值的东西，就丢一边不管，尽分派做些苦力杂活。锦幺打断锦先的叙述："其他话别说，你是怎么到这边来的？"

锦先接着说——

　　那是过来后我才知道，鬼子特高课有两个便衣特工被这边抓住，中间通过汪伪协调，就把我交换到刘锦奎这边来了。实话告诉你们，刘锦奎可厉害了，名义上是国民党爆破小组组长，实际上是戴笠一条线的，隶属重庆军统。这一年多，爆破小组三十多人一直在彭湖边界暗地活动，主要矛头是针对新四军，暗中破坏阻止新四军在这一带发展，新四军刚一进驻江南，刘锦奎就盯上了，这里上上下下方圆几十里，我们已经摸得很熟了。不听则已，听了着实让人头皮发紧，王锦原神情极其严肃："这是典型的国民党特务组织，锦先！你不能在这里干了。"锦幺马上接着说："这个组织是与人民为敌，马上脱离，跟我们走。"锦先哭丧着脸："三哥、幺弟，走不了呀。刘锦奎把我家里的情况摸得一清二楚，连你们在哪里都知道。他说了，只要对爆破组有一点二心，就会杀了我全家，甚至殃及全村，你们说我走得了啵？"锦幺从座位上嚯地立身，"什么我们，是他们！"随即倏地死劲抓起锦先的手腕，"四哥，跟我们走。"锦先用力掰开锦幺的手，央求着："不行不行，不能走！"这时王锦原父子也来帮着推搡，推着推着，锦先烦躁了："再这样，我就喊人了。"王锦原他们只好松了手，锦先脱了身，往另一幢屋子小跑，边喊着："你们赶快回吧，我绝对不去游击队。"王锦原叹息着，锦先中毒太深了。

　　回去的路上，锦幺告诉锦原，陈仲政委说过，彭湖边界日伪匪顽恶错综复杂，多方在这里博弈，单国民党势力就有三股：一是国民党江西省派出的战地工作训练队，人数不多，态度中立；二是第三战区司令长官顾祝同的情报组，与新四军比较合作；三是刘锦奎为首的特务组织爆破组顽固反共，极尽破坏国共合作之能事，总想在背后捅新四军的刀子。四哥怎么跑到这么个可怕的地方呢？王锦原回道："这也倒不怪他，时也命也，拖他不出来，就是他的问题了。"

回到驻地，他们把锦先的事跟占勇作了汇报，占勇很重视："一定要想尽办法，把他拽过来。"正在这时，有位新四军女指导员一脸硝烟，可能是刚从战场下来，策马送来陈仲签署的紧急指示，新四军有十多名伤员滞留在殷家山，缺医少药，情况十分危急，请求王锦原出山。

王锦原临危受命，在儿子二夫的护送下，连同两名十八团的女护士，组成了临时医护抢救小组，一路马不停蹄，翻山岭，过溪涧，绕开日占区，风雨兼程，终于日暮到达梧桐岭与笔架山交界处的殷家山下，时已深秋，只见梧桐山岭连绵起伏，苍松翠柏遮天，暮色流丹，但无心欣赏，趁着天色还未完全黑，必须抓紧找到董家湾。

王锦原一行四人在殷家山转了好久，总算是在一处山坳里找到了董家湾，进村的路口上有两个村民像是站哨，挡住他们盘问，这边说，我们是那个齐耳短发的中年女指导员叶秋萍派过来的，两个站哨的互相递了眼神，名字都报出来了，但他们眼光中仍是充满警惕，二夫又从胸兜里摸出叶秋萍写的那张地址条儿，俩人看了还是不放心，我们又不认得女指导员的字迹。扯皮了好久，王锦原突然想出一个好办法，说："这样吧，你们把这两位女护士好好看清，她们是双胞胎，回去报告，看我们的人有人认得她们的啵？"俩站哨的又互相看了看，都觉得这办法没有假，于是一个人便向村里跑去，很快又从村子里跑过来，远远地喊着："对了对了，都过来吧。"

藏在潘细娇大八间屋里的伤病员，好几个战士都认得这对双胞胎护士，排长张大发几次负伤，都是双胞胎姐妹护理，人刚进门，张大发就喊着：大兰！小兰！一时间整个屋子弥漫着欢乐的气氛。在屋子里帮助护理的村民，一颗焦急的心顿时都舒缓下来。气氛稍静，大兰主动发声："同志们，接到叶指导员的消息，陈政委立刻派我们带了药过来。"说到这，不知伤员堆里是哪一位故意憋住嗓门，瓮声瓮气地喊着：陈政委好！新四军万岁！大兰手指着王锦原，接着给大家介绍说："这位长者是王医生，大家一定要听王医生的哟，那小伙子是游击队特种队员，专程一路护送我们。怕大家分不清我和妹妹，大兰我嘴唇上有颗黑痣喔。"大兰说完，王锦原立即动手，对十一位伤员逐一重新进行清洗消毒上药，直忙到午夜过后，风尘仆仆了一天，这才开始歇去。

由于殷家山不远处有座碉堡，日寇经常在这一带出没，时不时牵猪抓鸡，奸人掳掠，老百姓苦日久矣。保长殷春生和董家湾甲长董秋生悄悄合计，决定想法联系新四军，把鬼子狠狠惩治一顿。新四军果然联系上了，陈仲接到了殷春生送来鬼子要下山扫荡的信，便即派出二连指导员叶秋萍，带领两个排的战士五十余人，急行军赶到殷家山，将快要进村的十多个鬼子全部歼灭在一处狭窄的隘口处，打了一个漂亮的伏击战，可是就在胜利返回时，却遭遇了驰援日寇的反伏击，吃了不小的亏，所以才留下十一位伤员藏在董家湾。

两三天过去，经过王锦原带着俩护士积极治疗和精心护理，除了几位重伤员外已好多了。这天中午，潘细娇杀了两只鸡，熬了两大罐汤送过来，伤员们喝得很香，吃完饭，潘细娇又和大兰小兰们一起，把伤员们扶进院子里晒太阳，太阳晒得暖融融的，大家很有兴致，在小兰的要求下，潘细娇娓娓讲起了伤员那晚历险的一幕——

那天下午，新四军和日军交火结束，迅速组织撤退时，齐耳短发的中年女指导员风风火火，和殷春生保长一起把十一位伤员背进我家大八间屋里藏起来，留下了两位战士协助村民护理看守。女指导员他们撤走后，保长派了两位村民离村两里远站岗放哨，果然就在那天晚上吃了晚饭不久，其中一位站岗的气喘吁吁跑回来报信说，起码有十几个鬼子远远打着手电过来了，于是湾里人在甲长董秋生的带领下，把伤员们背的背，抬的抬，藏进背后山上的神仙洞里。好悬哪，伤员们前脚走，鬼子后脚就进村。当我把伤员用过的绷带废弃物品都丢进灶里烧了，和老头子把屋子刚刚收拾妥当，鬼子便到我家了，我搂着三岁的孙子，和老头子都趴在床底下，看见鬼子到处翻箱倒柜，找了好久，什么也没找到，最后走之前，也不放过那半坛粟米，还抓走了两只黄鸡婆（母鸡）。鬼子现在在村里不敢久留，闹腾一阵，鸡鸣狗叫终于静了下来。我这一颗悬着的心也安稳下来了。自此以后，为了伤病员的生命安全，不管白天黑夜，村里一直是双人放哨站岗。

听完董细娇的叙述，王锦原站起身来，感慨地说："嫂子呃，你给我上了生动的一课，爱谁恨谁老乡心里一潭清呢。"

王锦原一行四人，救治伤病员平安回来，陈仲和占勇听了他们的汇报后，当即给予了肯定和表扬，并告诉他们，我们还要创办棠山医院，王先生，你要挑大梁啊。王锦原听后非常高兴，感到革命越干越快乐！

方大安是悠心州一大恶霸地主，方圆十多里的一个悠心州，几乎让他霸占殆尽，田地二百余亩，庄园黑压压的一片，估计占地面积不下十几亩。整片建筑江南园林风格，黛瓦灰墙，朱漆大门常年紧闭，三十多个家丁日夜把守，大门上方褐红色匾上"方府"两个金色的楷体字，总给人一种虎视眈眈的感觉。锦幺受命，带上几个队员扮成泥工，进了方府只几天工夫，便把方大安架到了陈仲面前。那是个很好的机会，活活等精明的锦幺守着了——

　　那一天家丁头领带着这帮"泥工们"穿过正屋前后天井，只见前厅后堂雕梁画栋，太师椅卧龙椅条台柜桌清一色红木，古色古香，锦幺着实开了一回眼界。带路的头领把他们带到后院，今天你们就在这里翻粉院墙吧。半上午时分，正在搅泥粉刷围墙的"泥工"们，听见方府正厅内闹哄哄的，宅内家丁大小，男女老少人乱如麻都往大厅拥，锦幺丢下手中的泥锹，趁乱挤进了人群，钻进厅堂，只见厅堂上位，一条白色的布帛带从朱漆横梁上垂掉下来，白色布带正下方地上，躺卧着身穿高领旗袍、身躯微胖的中年女人，口吐微沫，哭闹着："你们不要放下我，老娘今天就吊死在这大堂上，化作阴魂永远不散，吓死老色鬼，吓死那些小妖精……"原来是方大安最近要娶四姨太弄得正宫老大无路可走，只有一哭二闹三上吊。方大安闻讯赶来，急急冲进大厅，慌忙拨开人群，锦幺这才看清，高高大大的方大安长得不赖呀，像条肥肥大大的胖头鱼，大头大脸圆眼，白白净净，样子不像个恶霸，管他像不像，人不可貌相，抓！锦幺瞬间朝人群头顶挥了三下手势，大个子刘和几个队员一步冲进厅堂，将方大安挟持住，扭手的扭手，大个子刘比方大安还高，左手卡着他的后颈，右手用驳壳顶着这家伙的太阳穴，一边喝令家丁放下枪退下，一边往院门走去，方大安看似大块头，其实是个纸老虎，哆嗦着双腿，招呼着家丁们："都，都退下吧。"在大个子刘鹞鹰抓鸡般的威逼下，方大安束手就擒。

陈仲亲自提审方大安。提审时，陈仲对方大安晓之以理，耐心劝说，同属中国人，只要枪口一致对外，承认共产党，接受新四军的收编，归顺抗日根据地，我们不计前嫌不究旧恶，你的财产还是你的财产，继续受到根据地政府保护。否则，彻底消灭之。这家伙好像是认同，时不时点着头，但又瞪着牛眼露出狐疑的光。应方大安的要求，不能用这种方式把我抓来，要体面地迎接我。好吧，不管是真心还是花招，给你一个大方，陈仲与方大安最后达成"君子协定"：可以放了你，但归顺期限必须是腊月初六以前。

锦幺出色地完成了擒拿方大安的任务，很得陈仲赏识。方大安暂时放了，这是统战的需要，对于"灰色地段"的摇摆者要做到仁至义尽，真的再要抓他，还不是探囊取物，陈仲解释着，请游击队的同志们理解，命令锦幺继续盯住方大安。

锦幺庆幸抓方大安的那天亏得自己多了一个心眼，除了在乱哄哄的人头攒动中招了三下手，其他基本上没有暴露自己。回到方家大院继续玩他的朋友。交朋结友的确是锦幺的强项，几天下来，锦幺又有了新的"眼线"。有一天"眼线"跟他悄悄说，方家大院最近来客频繁，昨天上午有俩长者上了他家里，其中一位是棠山附近的绅士周彦升，他认得。"眼线"说到这，锦幺心中有数，另外一位就是王锦原，是陈仲派他们二人上门争取方大安，给方大安的面子。可是晚上刘锦奎带上几个人，也上方大安家里来了。"眼线"提供的情况引起了锦幺的高度警觉，一连几天，他带着二夫亲自在方家大院继续修砌花坛，和泥粉墙，果然发现刘锦奎与方大安交往甚密，出入频繁，而且发现那个高个子就是四哥锦先，不离刘锦奎左右。晚上锦幺火速赶回报告了占勇，也告诉了王锦原，王锦原对锦幺说："下次碰上锦先，绑也要把他绑过来。"

锦幺终于找到了菊香酒庄，刘锦奎是这里的常客。

不知是方大安巴结刘锦奎，还是刘锦奎缠着方大安，最近他们老是搅在一起。这天中午，方大安果然跟着刘锦奎进了菊香酒庄。接到锦幺送来的信，占勇带了俩助手，装扮成生意人模样，也进了菊香酒庄，让老板安排在方大安邻桌坐下。锦先看着占勇不敢出声，占勇也装作不认得锦先，对俩手下说，今天我们慢慢喝。这时老板娘上来拍着锦先的肩膀，下去给我帮下忙吧。下得楼来，菊香老板娘手指后院，有人找你。锦先一看，是他们！心里噔一下，但表情麻木，也没有先前兄弟见面时的那般亲切："你们找我干什么？不是说过回不去了！"弄得王锦原不知说什么好，半晌又恳切又央求："老四，跟我走准没错。"等不及锦幺和二夫过来牵他，锦先撒腿就跑，边对楼上刘锦奎喊道："我先回去了喔。"无可奈何，这么一喊，他仨哪能追，只好闪一边藏着。锦先没有脑子啊，王锦原叹口气，悄悄对锦幺说："看来他已经陷得很深了。"

楼上终于有人面红脖子粗，嗓门响了，刘锦奎忽地猛拍一下方大安的肩膀："方老弟，你还看不出来？日本人走了，新四军是政府的对手吗？蒋总统八百万正规军！"刘锦奎一仰脖子又干了，方大安赔着笑脸，只有给刘锦奎倒酒的分，刘锦奎越说越狂妄，"共产党不就是共匪，怕他们干什么？"占勇顿了顿神，该是教训这个恶种的时候了，他轻轻走过去，看着刘锦奎："你骂谁是共匪？"

"关你屁事！你是谁？"刘锦奎有点莫名其妙。

"老子就是共产党！"占勇把刘锦奎面前的一碗酒浇在刘锦奎的眼睛上。刘锦奎本能地从腰间拔出铁家伙，占勇马上也从长袄胸前掏出手枪，顶住刘锦奎的太阳穴，"有种的动手！"刘锦奎那只掏枪的手被占勇的助手用酒瓶倏地一砸，手枪滑落地上，占勇的另一个助手马上捡了起来，下了手枪里的子弹夹。方大安和刘锦奎带来的助手都蒙了。方大安赔着笑脸，忙打圆场："误会误会，英雄息怒。"占勇对手下说，把枪还给他。然后用食指点着刘锦奎的鼻梁："今天算是警告你，少干破坏国共合作的勾当。"接着对方大安说了一句，"你也好自为之吧。"走！占勇下令俩手下离去，方大安谦恭地急忙问道："敢问英雄大名？"

　　"游击队长占勇。"方大安闻言失色。

　　占勇受陈仲委托，去江北开会已走了好几天，一天傍晚锦幺冒着呼啸的北风赶往棠山，把重要情报报告了陈仲，刘锦奎勾结方大安，准备在减租减息大会召开的当天实施会场袭击。为了对付刘锦奎，方大安则想出了两全之策，答应抽出一半家丁协助他，自己不去，理由是冬月初八这天晚上他要和四姨太结婚，这样一来，国共两头都不得罪，难怪方大安善于心计，这一招太绝了，刘锦奎当然拿他没有办法。听到此，陈仲脸色凝重，心想后天就是冬月初八，时间太紧了，怎么应对这突变？初六是最后的期限，方大安明显违背了约定，必须镇压！锦幺知道陈仲正在犯愁，特地献上一策："政委，我有个办法，不知行啵？"犯难中的陈仲正求之不得，好哇！快说说，陈仲随手把办公室门关上。锦幺说："干脆将计就计，大会如期召开。"于是便把白天怎么对付刘锦奎，晚上怎样捉拿方大安的方案说得详尽缜密，方法出人意外，妙不可言，陈仲听得津津有味，满脸乌云骤散，口中高兴得一个劲地念叨，行，行！然后紧紧握着锦幺的手，喜不自禁："都说你是小诸葛，一点不假。"

初七这天夜色降临，锦先借故摆脱了刘锦奎，慌忙赶到了算卦先生住的地方，恳求他带路去找王锦原，说是事情十分紧急，算卦先生二话没说，加穿一件衬袄旋即出门。紧赶一阵，站岗的把两位带到了正在洗脸的王锦原面前："三哥，有重要事。"王锦原匆匆抹了一下脸面，赶忙戴上眼镜："锦先，你想通了？"锦先怕算卦先生听见，把锦原拉一边急急耳语："……你们明天务必不要去开会哟"！说这最后一句声音很重，然后主动一个拥抱，"哦，三哥，忘了跟你说，我看见湾里徐氏了，她在晒布坊。"说完，便拉起算卦先生往回跑。"锦先，锦先你别走！"王锦原怎么呼喊，跑路的人头也不回。随后王锦原赶忙出门，把锦先说的话告诉了锦幺。锦幺很淡定，锦先送来的消息只是进一步佐证了已经获取的情报。他点点头，"三哥，我们都知道了。"

躺进被窝的王锦原在为明天祈祷，但愿逢凶化吉。想着默着，还得谢谢锦先，杳无音信的徐氏妹终于有了消息，她怎么跑到这边来？晒布坊应该离这里不远吧？欢乐聚，离别苦，自从那回她在药栈帮着洗了被子后，一年多了，没有见过一次面，她到底做什么去了？又遭了什么罪？黄太太你千不该万不该哟。想着徐氏妹的前前后后，王锦原难以入睡，无休无止地悯怜无限上心的女人，终于，满腔的恨在他胸腔中又一次燃烧起来，为她而爱，更为她而恨，不是那该死的鬼子，让人千般心疼的女人，会落得今天有家不能归、四处漂泊的下场吗？女人啊女人，这笔账，这笔仇，我一定为你记上！王锦原想得太疲惫了，竭力关闭思想的闸门，巴望着快点入睡，乱云一别后，唯有梦里同。

冬冷必晴，初八这天，棠山办事处的会场上颇有节日气氛，书写着"棠山地区减租减息大会"的红布条幅横拉在办事处院内，下面是大会主席台，主席台两边彩旗猎猎，东升的旭日，把阳光洒满办事处的院子，洒满闲冬旷野，洒在乡间小道，四乡八里开会的村民代表陆陆续续向根据地的中心会合，凡是参会代表左胸前都佩有小红笺布，很好辨认。院外有零星新四军站岗，前不久跟占勇在菊香酒庄吃饭的两个游击队员认得刘锦奎，长江纵队也抽来两个认得刘锦奎的人，配上四个狙击手，锦幺负责抓刘锦奎，身边带上一个狙击手，一共分成四组，作为流动岗哨四处流动。院内有人维持秩序，时不时地总有一两个开会代表进入会场，被维持会议秩序的人带进屋里，其实这些带进屋里去的人才是真正的村民代表！大会由长江纵队队长张群主持，当他宣布大会第一项议程，由棠山办事处主任陈仲讲话，话音刚落，会场外突然朝空砰的一声枪响，这是国民党爆破组刘锦奎发出的指挥令，埋伏在大会会场附近山沟里树林里的几十号特务兵，连同方大安的十几号家丁，一起冲向会场，殊不知，会场里胸前飘着红布标签的参会村民全是新四军，在陈仲即将讲话时，忽然变成了一声令下，这些"参会村民"操起手中的短枪，腰间的手雷，向来势汹汹的敌人反攻过去，隐蔽在二楼的两挺机枪向敌群吐着猛烈的火舌。刘锦奎被新四军的突然反击一下子打蒙了，整个阵脚全乱了，完全失去了抵抗的信心和进攻的能力，刘锦奎带头逃命，溃不成军的敌阵个个抱头鼠窜，可是外面也早被化装成村民的新四军反包围了，内外夹击，把刘锦奎带领的一伙的空间挤压得越来越小，"抓住刘锦奎，抓住刘锦奎"的呼声四起。锦先已是刘锦奎的护身符，俩人死死缠在一起，有刘锦奎就有锦先在，锦先个子又高，哪躲得过兄弟的眼睛，看来两个逃跑的人路况很熟，他们冲出了人群，跳进了荆棘覆盖的废弃石桥孔下，沿着浓荫蔽日的小溪蹚水狂奔，锦幺带着狙击手紧追不舍，脚下水花四溅，锦幺嘴里不停地喊着：四哥，回来——四哥，回来！回来！锦先死死搂护着刘锦奎，把锦幺炽烈的呼叫全然当作耳边风，头也不回，一心拼命奔逃。前头的终于跑出了上里路长的小溪，突然一个右转弯，朝小山峁跑去，追的和逃的时速势均力敌，中间距离始终差不多，锦先护推着刘锦奎快要登上山峁顶，眼看就要消失在视线中，狙击手急了，问锦幺打不打？打！锦幺斩钉截铁。狙击手一扣扳机，两个亡命之徒接连应声倒下……

锦幺找到了锦原，咬着牙，泪流满面："三哥，我把四哥杀了。"王锦原面色平静，仰天长吁，一手轻轻拍打着锦幺后背："短寿鬼自作孽，死有余辜喔。"

中午，办事处食堂为上午留下来的真正村民代表准备了简单的午餐，吃过午饭，会议接着召开。会议召开前，村民仍在热议上午惊心动魄的战斗，周后湾的周遇才说："昨晚我怎么也弄不明白，为什么新四军要装成我湾里人，还在我湾里过夜，今天早上只叫我和凤枝两个人和他们一起过来。"坐在周遇才旁边的二虎说："老爷子，这就是新四军的高明，所有湾里都一样，来开会的除两个人外，都是他们装扮的，早上从四方八面走来，是故意做给刘锦奎看。"坐在后排杨山冲里的杨胡子老倌，把头伸到他们俩的耳边说："这一仗真是设计得天衣无缝，新四军里有高人哪。"

会议开得简约，减租减息的政策和方法都说得很清楚，陈仲双手一拱："同志们，由于今天情况特殊，会议规模缩小，对不起，只有拜托你们相互转告啰。"有个高个子后生马上站起来，声音很大，"陈主任，今天会也开了，仗也打了，特别热闹哇。"一句话引得掌声不断。可是老乡们哪里知道，今天的精彩还在继续呢。

初八这天的确是个好日子，天气从早一直晴到晚，金黄色的夕阳照在方家大院的墙壁下，暖洋洋的，前来打锣的吹喇叭的，所有帮忙的人和方家的亲戚朋友，都在这里说说笑笑，围绕着方大安谈这论那，一边等待迎接新娘的时光。锦幺和方大安的"影子"混得不错，前几天锦幺有意试探性地问"影子"，方大安最后怎么搞定大姨太呢？影子神秘一笑，对着锦幺耳语，你可不知道，方大安吓唬女人的本事天下第一，他反用起了大姨太的撒手锏，一哭二闹三上吊，他吓唬大姨太，如果初八的晚上不和四姨太结婚，就要被刘锦奎拉去送命的，吓得大姨太胆颤心惊，忙不迭地答应他，娶吧娶吧。方大安乐得心花怒放，告诉影子，影子又把这秘密告诉了锦幺，让锦幺也笑翻了。日头快要落山，接亲的队伍终于进了村，吹吹打打好不热闹，锦幺和二夫也混进了迎亲的队伍，花轿快到方家大院的门口，等待多时的锣鼓队也哐当哐当响了起来，双班锣鼓队凑到一块，加上鞭炮声响起，更是热闹极了。趁着热闹劲的混乱，好多游击队员混进来了，锦幺思索着，觉得刘锦奎拉出去的方大安的家丁，目前还没有一个回来，除了院门两边有两挺机枪把守外，其他剩下的一点家丁不足以构成威胁，但是如果等到与陈仲约定的时间动手就可能晚了，万一逃生出来那些家丁回来了，又会是什么情况呢，机不可失，锦幺当机立断，决定趁着现在混乱的状况提前动手。于是锦幺立即分工：二夫负责制服院门边的机枪手，其余的队员除一名去通知在村外隐蔽的新四军外，全都盯住这些持枪的家丁。就在这紧急的关头，从棠山逃回的两个家丁，跌跌撞撞地进来了，大声叫嚷："不好了，不好了，游击队马上要过来。"锦幺对二夫使了一个暗号，立即动手。于是自己拉着杏儿直寻方大安。方大安果然与他的四姨太正甜蜜地坐在红罗帐下，卿卿我我，爱意缠绵。锦幺刚刚跨进婚房的门槛，外面突然响起了突突突的机枪声，方大安被眼下这突如其来的情况所惊吓，情知不妙，锦幺也是心里一怔，但他很快镇静住了："方大安！投降吧。"方大安缓缓举起左手，另一只手忽地从枕头底下摸出手枪对准锦幺，锦幺立即闪身门侧，避开了那罪恶的子弹，就在方大安扣动扳机的一瞬，杏儿已拔出手枪，一扣扳机，方大安的脑袋立即开了花，霎时血溅罗帐！这不正是：机关算尽太聪明，反误了卿卿性命。锦幺带着杏儿一路小跑出来，外面枪声已息，看热闹的人们早已作鸟兽散，那个负隅顽抗的机枪手，白白搭上一条性命，陪方大安的阴魂去了。悠心州，原本属于老百姓的，终于回到了人民的怀抱。

第二十一章　乘胜扩疆

　　冬月初八的确是个黄道吉日，这一天，根据地算是得了双喜，上午消灭了国民党顽固反共派刘锦奎，晚上方大安的喜事反转成了新四军的喜事，悠心州除掉了一霸，连日来边区军民无不拍手称快，笑逐颜开。陈仲习惯性地拿起桌上那根小竹棍，指点着墙上根据地态势图悠心州那块灰色的地方说："这一块可不小啊，现在该把它套成红色的了。"陈仲放下手中的红蜡笔，拍拍手又说，"由于现在紧缩开支，暂不开庆功会，但是有一个人我得务必提出来，先口头特别表扬他，没有他的金点子就没有初八这一天的双喜啰。这就是大家称道的'小诸葛'，湖口游击队副队长王锦幺，这一功暂且先把它记上。"会议室人数不多，掌声清脆响亮。

　　掌声刚息，门口竟走进一位英武男人，声音洪亮，风趣地说："大家怎么知道我要来呢？都在这里等我？"当他把黑色呢绒帽取下，还原了占勇的本来面目，大家这才争相招呼着，陈仲紧紧握着占勇的手，让占勇坐在自己身边："怎么样？有感受？有收获？你来讲讲。"占勇马上报告说："三百套棉衣是师长亲自批准的，后勤部派专人送来，估计明后天就到吧。至于感受吧，那就多了，简单说，这次去了江北，就好比塘里的乌龟游到大江里，让我这小小游击队长大开了眼界。"接着陈仲把前三天冬月初八村民代表会议上宣布的减租减息的主要政策，在今天排长以上干部会议上再行宣读：从明年春粮开始，每亩由减租前上交三十斤减为每亩上交十五斤，租佃户八二分摊，即租户交八，佃户交二，所有苛捐杂税全部取消。会上还对方大安的田地房屋财产专门作出处置，方家大宅收归根据地公用，陈仲坚持挺进团不用，在张群和占勇的互相谦让下，认为游击队地处偏僻，条件特别艰苦，最后决定游击队入驻，以便三股红色武装力量在彭湖边界形成三角互犄态势，有利于今后武装斗争的相互配合。会议最后确定筹建棠山医院，具体牵头由王锦原负责，另外两项重要任务是和平化解云墩桥汪伪和干掉杨家山日寇碉堡，都交给了游击队。散会后，陈仲要求王锦原马上启程去江北师部医院学习，并派出专人护送。

游击队入驻方家大院后，当天下午在方家大院场子上召开了一次全体队员会议，占勇作了简短的训话。占勇说："我们的居住环境得到了大幅度改善，但是大家务必要保持艰苦奋斗的优良传统，不可忘乎所以。方家大院里的财产家什，不能随意挪用损坏，该保护的我们要保护好，都是人民的财产，今后会由人民政府公平分割处理。从今天开始，一切都要向新四军学习，新四军传唱的《三大纪律　八项注意》就是我们游击队的训令，大家都要把这首歌唱会。虎枝、杏儿你们嗓子好，先去十八团当学生，回来再当老师。"占勇最后还提醒大家"虽然现在有了一块安定的绿洲，但是匪顽仍然猖獗，尤其是'缺一门'为首的土匪四处流窜，上至鄱阳都昌，下至彭泽太平关一带，行踪不定，为非作歹，戕害百姓无恶不作，我们必须高度警惕。"

　　三个月很快就过去了，王锦原从江北学习回来，一刻不停，乒乒乓乓，忙了十多天，医院初见轮廓。陈仲心里一直惦着这件事，特地过来看看。王锦原首先汇报了人员组建，特别说了人的事："十里桥有个姓刘的年轻郎中，我回来的第三天跟他见过面，他很想参加革命队伍，也懂得蛮多的医学知识，应该把他吸收过来。"王锦原说到这，陈仲插话说："十八团这边的医护力量大多也可抽过去，无论如何把它先撑起来，毕竟是军民联合医院。"陈仲对医院的选址显然很满意——祠堂很大，环境又好，三面环山，一面临水，葱翠幽静。俩人走到祠堂东面，陈仲指着脚下一块空地说，我跟老乡说好了，在这里加建病房，一个月内抢建好。接着告诉王锦原，春夏之交，准备彻底攻下望夫山，然后集中精力消灭匪患，恳望王先生趁着这段时间，把医院方方面面的事抓紧完善。四只手紧紧握在一起，王锦原说："一定不负重托。"正分手，陈仲突然想起一件事："哦，王先生，对不起，关于你要求入党的事，占勇早跟我说过，我一直没跟你说，凭着你的革命干劲，完全符合入党条件，只是考虑你自身以外的因素，个人认为暂缓一下，怎么样？"王锦原愉快回答，一切听从组织安排。

　　一天上午，已是身兼三职的陈仲刚走进办事处院子，一个十六七的姑娘甩着一根独辫，哭着追了上来，拦着陈仲，强忍羞涩，鼓起勇气："长官，您救救我吧？"随后又有一个中年妇女跟了过来，撕扯着姑娘的水红褂子，吵闹着。原来孤女寡母一对，母亲为了减轻家庭租田租地债务，同意把女儿许嫁给附近的东家，东家虽然富裕，但那儿子是个弱智，外号二臭宝。从正月闹到现在，女儿死活不依，村上好心长辈指点找办事处去，这女儿果然运气好，碰上了大官。陈仲百事在身，还是耐心了解情况，开导母女俩，根据地提倡婚姻自由，反对包办，事态虽已平息，但这女儿死活不肯回家，要参加新四军，这母亲说："你到哪我跟着哪。"陈仲想到了王锦原，对这母女俩说："要不上医院学护士去？"小姑娘破涕为笑，连连点头道谢。

王锦原接到陈仲派人送来的母女俩，马上安排了她们的工作，小姑娘分到大兰手下，女人就上食堂打杂。看来这女人挺会干活，几个小时工夫，把食堂打扫得干干净净有条有理，下午三点的时候，她向王锦原请假，说是回去收拾一下，明天一早就过来。王锦原这才想起问她哪里人，晒布坊湾里呀。啊？这么巧，王锦原十分惊讶，那你认得姓徐的女人啰？何止认识，晒布坊就在我家隔壁，我跟她关系可好哩。她很能干，织纺染样样在行，在这里做了一年多吧，东家很看重她。嗳，王先生，您怎么认得她？你先别管，回去告诉她，说我的名字就行。

这女人名叫蛾儿，村庄本叫柳家舍，因为织布染布出名，日久天长，柳家舍成了晒布坊。蛾儿回到家，第一时间找到正在收布的徐氏，把今天见到王锦原的事告诉了她。徐氏一听，不知有多惊喜，但肩上扛了许多布，遮住了那无法掩饰的喜悦，她口里好像很淡定，哦哦地应着，内心却如泉涌，她把布扛回了染坊大堂，喝了几口茶水，心儿还在扑通着，多少年缘聚缘散，也许就是这份爱的信念支撑，让她坚信：他一定会记着自己。颠沛流离艰难困苦，让她活得愈发坚强，也许是冥冥的意念之中感觉到三哥在给自己输发功率，咬紧牙关，洗涮柔弱，坚定了在人世间活下去的勇气。晚上坐在油灯前，徐氏破天荒地没有做活，在那儿低眉发呆，心中抑止不住地兴奋：三哥啊，就知你是顶天立地的男子汉，是干大事的，你去打鬼子怎么不把我一起捎上？想到此，她急急地出了门，叫开了蛾儿的门……

第二天一早，两个同岁的女人，走出了晒布坊。

王锦原万万没有想到徐氏这么快出现在自己的面前，他定定地看着她：你来啦。内心兴奋不已，朝也思君夜也思君，眼下是梦幻吗？过去看别人演戏，如今的戏竟把自己演了进去。都说战争无情，却偏偏给了我们一点情，谢谢上苍啊。王锦原愣住半晌才问徐氏吃过没有，再倒杯水过来："我还说等有空了去找你呢。"徐氏一反先前的那种羞怯，健康红润的脸庞上绽放出一种深情："三哥，我不走了，分我活儿吧。"心有灵犀一点通，跟王锦原想到了一起，他把徐氏带到大兰那里去了。

徐氏和蛾儿母女俩住一起，虽然初来，陌生的环境，全新的工作，但她们很快乐，感到一切很新鲜。蛾儿跟徐氏说："你三哥真好，又堂正，又慈善，我好像一生没见过这样的人。"王锦原实在是太忙，到了她们来的第三天晚上才过来问徐氏，累不累，感觉如何，徐氏一扬头，语气坚定："三哥，谢谢老天的安排，现在我哪也不去了。"王锦原满脸欢畅："好哇！"于是俩人边说边往医院门前荷塘边走着，踏着溶溶月色，野花香草在夜风中送来清爽，王锦原止住步，看着徐氏："妹子，我觉得你像变了个人似的，比以前坚强，是啵？"徐氏回道："也许是吧，命运多舛，岁月磨砺，只要想到三哥，便有了活下去的勇气，我坚信这一天终于到来。尤其是到了晒布坊，听说附近有新四军，专门打鬼子，我好像看到委屈的日子就要熬出头了，有几次晚上，我都冲动得拉开门，钻进漆黑的夜里，想去找新四军，可是茫茫无边的黑夜，我上哪里去找呢，我犹疑，我害怕，我又缩回了屋里。如今听说三哥也参加了打鬼子，我不知有多高兴，不管今后如何，是生是死，再不和你分开，跟你打鬼子一直打下去。别人不知道，三哥还不理解我吗？"王锦原怕徐氏伤心，好啦，不说这些，三哥又何尝不愿和妹子在一起呢？快说说，你是怎么来到晒布坊——

一九四二年秋初，我被黄家赶出来，黄太太算是仁慈，把我送出了城。可是出了城，伶仃一人，四顾茫然，我没有勇气再回到上王村湾，可是何处该是藏身之地呢？正在踌躇，我问上了一个扛着染料包的人，问要人做工不？这人点着头，就这样跟着他来到了泗桥染店，就是现在的柳老板家。在这里只做了半年，柳老板看新四军进驻了棠山，觉得老家更安全点，便又把染店搬回了柳家舍，就是现在的晒布坊。老板踏实，待人厚道，我又常常听说新四军杀鬼子的事，自己是不知不觉中渐渐坚强了，总鼓励着自己，一定要好好活下去，相信总有一天能看到鬼子的末日。徐氏语毕，王锦原说时候不早了，该回去休息，你有文化，把这护士的本领好好学到手，就是复仇！

几天后，占勇上棠山办事处跟陈仲汇报完工作，顺道来告诉王锦原，悠心州有两个小姑娘找到了游击队，说是想当兵，第一眼，他就觉得俩姑娘学护士比较合适。刚进医院走廊，碰上王锦原正在对两个女人说事，其中一个就是徐氏，王锦原看是队长来啦，呵呵乐着，便指着徐氏，语气有点诙谐："队长，你看这女人是谁？她就是失踪的那个徐氏呀！"占勇惊讶。王锦原又马上对徐氏说，"快叫队长。"徐氏半羞半大方，向占勇鞠了躬："队长好。"然后礼貌地别过，跟着大兰忙去了。占勇跟着王锦原来到他的诊室坐定，像是很好奇："王先生，你是怎么找到她的呢？"当王锦原把从锦先发现徐氏在晒布坊开始，一直到她最近投奔到医院的话说完，占勇颇有感触，从座椅上站起来，定定地看着王锦原，自个频频点头，点着食指，快乐地说："看来人生就是故事，精彩传奇就在你身上上演啰。"俩人笑得好舒心。

医院筹建的事终于忙出了个头绪，有一天，春雨霏霏，王锦原习惯穿起旧时酱色长衫，打着油纸伞，特地抽空来悠心州接那两位新来的女队员。吃过晚饭，锦幺陪着三哥，在占勇的房间几乎聊了一晚，阔别许久，还没有像今晚这样坐下来，亲亲热热畅谈一番。王锦原坦陈，在七师进修期间，已全新感受到新四军充满活力，这支队伍虽然艰苦，但很快乐，朝气蓬勃，像是受了感染，我觉得自己心里年轻了许多。回来后，短短的一个多月时间，又看见发生的好事太多，方家大院成了游击队驻地，棠山根据地比我们初来时不知扩大了多少倍，所到之处，看到军民都是开心的样子，这都是共产党领导得好哇，感触太深了。听着王锦原的娓娓言谈，占勇颇为感慨，按照王先生的革命热情，早就该批准你入党，只是上头另有考虑。队长你别说啦，陈仲政委跟我说过了。

都休息了，锦原睡锦幺床上，兄弟俩难得这样，一晚上的兴奋畅谈，王锦原老不想睡，窗外雨停了，月半的天，虽然是阴雨天气，但光线亮亮的，王锦原手把后脑勺，望北遐思，思念起锦云。便问对面已躺进被窝的锦幺："你什么时候和五哥见面？"锦幺当然清楚记得，一九四一年下半年小红山顶上一别，就再也没有见过，算来已两年多了。锦幺告诉锦原："前年年底回去听说，五哥给五嫂来过一封信，说他们的部队到了徐州附近的一个小镇，后来再也没听说他的消息了。"烽火岁月，山高水阔，邮差信使能有保障吗？这春宵夜雨怎么不撩拨兄弟情思，五弟啊，你到底在哪里？锦幺渐渐微鼾，王锦原还是没有睡意，把一首《夜雨寄北》写就：

贼起彭蠡乱，不知何处春，

弟兄南北散，儿女梦中亲。

尔是曹营尉，吾成戍里人，

何愁头断日，羞作懦夫身。

上次减租减息大会上最后确定的三件大事，除王锦原抽去筹建医院外，其余两件大事也都是游击队的事，占勇和锦幺商定，云墩桥汪伪策反工作由锦幺负责，自己负责干掉杨家山碉堡。占勇说："做人的思想工作你最擅长，用什么办法，点什么人，都是你的事，我只有一条要求，也是陈仲政委的指示，用非战斗的方式把他们和平争取过来。"锦幺语气坚定："一定全力完成任务。"

云墩桥后背还有个云墩山，是山因桥得名，还是桥因山而名，谁也说不清楚，反正远近闻名的只有云墩桥。这地方的确不错，青峦叠嶂，松竹茂翠，川溪从云墩桥下潺潺流过，源头是从武山北面与都昌交界处汇合而下，终年流水不断。过了云墩桥，便是从太平关过来的简易马路，横亘桥东，蜿蜒伸向都昌。桥东便是云墩山，一座日式碉堡就建在云墩山上，鬼子毕竟人手不足，这座碉堡便交由汪伪的兵佬看守。

锦幺带着方小敏、杏儿还有新战士细猴从云墩桥上走过，看见桥下有两个女人在洗萝卜，锦幺便叫杏儿下去与洗萝卜的女人搭讪。他们仨也在溪边拣了一处石板，垫上背上的空包袱袋坐了下来。方小敏下去喊了声嫂子，弄来三个白萝卜，三个人慢慢剥着，慢慢嚼，慢慢听杏儿与那两个女人聊着，杏儿本来就勤快，边洗萝卜，边热乎着。女人们你一言，我一语，后面的三个男人听得清清楚楚。原来这两个洗萝卜的女人都是碉堡里请来做饭的，她们是姊妹，是这个连长的外甥女。连长本人是广东三水人，是汪精卫的小老乡，来湖口后不久，便被汪伪政府派到了云墩桥，前年就做了云墩桥倪家舍湾的上门女婿。这俩女人咯咯地笑，说连长姐夫不但人长得帅，心可好，是我们的细姨主动追他的。锦幺开始发话了，不能再歇了，还要进山去呢，那俩女人很好客，招呼着杏儿，又对三个男人挥挥手，笋子挖好了，回碉堡这边喝茶哈。

就在锦幺去云墩桥挖冬笋的这一天，腊月二十六上午，占勇带着大个子刘和虎枝来到了塘垅坂廖家湾开始外围摸查。廖家湾离杨家山碉堡最近，也是当年日寇疯狂烧杀受害最严重的村庄，不出占勇所料，这个村庄里有说不完的故事，有着说不完的深仇大恨！在老乡廖孝先家里，占勇开门见山亮出了自己的身份，并说明是来向老乡了解情况，准备拔掉杨家山上碉堡的。在场的老乡无不用敬畏的眼光看着占勇，这位坐在自己面前的英武男人，竟是赫赫有名的湖口游击队队长。人群中有人问："上半年周后湾边上的碉堡是你们炸掉的吗？"占勇点点头。廖孝先已近花甲，状态有点萎靡，可是此时的他，双眼突然射出光芒，就像看到了希望，他双手激动地拉起占勇的手："谢天谢地，求求你们把这后背山上的狼窝端掉吧，日本鬼子太可恨了！"老人心中的仇恨翻滚，话语一下拉回到五年前——

至死我都记得，那是一九三八年六月初一，天气初热，天上乌云翻滚，要下雨又不下雨的样子，还没来得及吃早饭，鬼子有好多人马马上要过来的消息一下子传进了村子，于是全村的人手脚慌乱，随便拣了几件衣物，纷纷逃亡。亏得大多数人侥幸早一脚，可是老弱妇小，动作慢的跑不动的，共有九十多人，前后不到一个时辰，全惨死在日寇的屠刀下，我们廖家湾一百七十多户，在魔鬼的疯狂中顿时化为一片灰烬！廖守义老人六十多，跑不动，鬼子来了，要抓鸡鸭，他跪在地上，双手作揖央求着，鬼子一刀砍去，老人的头顿时滚落到门外篱笆边。这个杀人魔鬼转身过来，又是一脚踹开廖林瑞的门，老人身体不好，坐在小椅子上喘着粗气，鬼子问"蒲答"在哪里，老人不懂，木然看着鬼子，这魔鬼竟对着老人的胸膛连刺数刀。廖守义没有来得及跑脱的老伴躲在堂屋角的柴堆里，看得清清楚楚。被杀死的人好多喔，至今我都随口可数：爱堡、献祥、谷生、爱生、甲生、爱云、寿生、水保、兴生、品凡、兰生，还有月祥兄弟、何水兄弟和两位教书先生，就连庙里的三个和尚他们也不放过……

　　听完廖孝先老人的句句泣血，占勇沉重地叹息，老叔您给我上了生动的一课喔。然后问他，鬼子现在怎样，廖孝先说："看来鬼子的末日到了，不敢再像前几年那样张狂，只干些偷鸡摸狗的事，一来可能是他们的大部队撤走了，没有了靠山。二来我们村靠近根据地，他们毕竟害怕新四军游击队，尤其是你们炸了周后湾那边的碉堡，鬼子可能更害怕了。"占勇拜托老乡，如果发现碉堡的鬼子有什么异常，直接去棠山办事处报告，廖孝先和几个老乡满口答应。

　　由于事先和占勇约定，是日傍晚，锦幺把自己扛的一袋笋子交给了细猴，绕道办事处，与占勇一起去找陈仲，工作汇报完了，占勇想起王锦原的建议，跟陈仲说："以后战事闲的时候，我和锦幺队副也分别抽时间过来学习学习。"陈仲很赞赏："这就对，指挥员就应该不断努力提升自己的领导素养，好好历练自身。"陈仲还告诉他们，在适当的时候，游击队该正式收编了。占勇和锦幺高兴极了。

回去的路上，他们一路穿过隆冬的旷野，穿过冷风飕飕的江岸，踏上了悠心州，便是香味扑鼻的村庄，一村又一村。哦，年关了，家家户户都在准备年货，蒸煮炒煎，多少年了，久违了这种浓浓的年味。

第二天清早，锦幺来问占勇，是派虎枝跟杏儿作伴还是让细猴跟杏儿一起去，占勇说："细猴本来就是小毛的堂哥，让杏儿跟着细猴也是小毛的遗愿，游击队里天天忙，有个机会就让他们去吧，我们应该希望尽快抚平杏儿心里的创伤。"

这一天，杏儿和细猴从云墩桥回来得很早，便马上过来找锦幺，锦幺不在，占勇看见了他们俩，于是杏儿便把那边的情况告诉了队长。我们找到了吴连长的家，倪家舍村庄不大，只有几户人家。吴连长的老婆比我大四岁，聪明贤惠，我对她说："听你外甥女说，剪纸绣花你很拿手，我想拜你学艺，好啵？"她说不急不急，非要留我吃午饭。午饭后，她给我讲了一些剪纸的要领，我说我好笨，只是爱好，过年后我接嫂子你去悠心州玩，多腾点时间教教我，这嫂子可能也好交朋友，一口答应。杏儿弯下腰，把布袋子打开，队长你看，临走时她还送给我两只兔子，说是当兵的打的，多着呢。吴连长家离碉堡很近，回来时，还特意在碉堡歇了会，俩外甥女还带我们见了吴连长，这人确实长得俊，挺和气。

一九四三年的腊月廿八，悠心州热闹得很。悠心州面积不小，有四百多户人家，十多个村庄，是长江南岸半岛洲地。靠近游击队附近的周月垅湾，是个一百多户人家的大村庄，半上午，村场上挤满了看热闹的男女老少，腊月的阳光努力地播洒一点难得的暖意，男人们忙着扎筏，筏子是由两只木脚盆覆在水面上，一架木楼梯和一扇门板呈 T 形扎在一起，然后门板压在两只脚盆上，一根竹篙一张网，便下塘捕鱼了，这是祖上一直沿袭下来的古老捕鱼方法。周月垅湾多年的规矩，每年年三十的前三天择日捕鱼。忽然只听头人一声哨响，捕鱼开始！男人们齐刷刷忙着扎筏下水，架筏上筏撑筏，一时间几十张木筏布满了偌大的池塘，渔网在男人们优美臂力的作用下，甩出去在空中旋开的那一瞬，就像圆圆的巨大的轻盈的花朵，继而落在粼光闪闪的水面上，水底下的鱼儿好像很愿意助人们欢乐，密密地挤在网里，一网拉上筏来白花花的，活蹦乱跳，冻红了手指的男人们，一点也不觉得冷，只顾抓鱼串鱼。偶尔碰上哪个筏上拉上一个大家伙，水上岸上便是一片尖叫哗然。锦幺和几个队员陪着占勇看热闹，占勇的老家是江北大平原，平生没有见过这种场面，看得特别入神，他特别爱看那迎着旭日、百网竞开的场面，这一网网撒出的是快乐，拉上来的是幸福啊。

后天就是大年三十，占勇想起了一件事，特地把锦幺叫过来，叮嘱道："这院子里还有几间空房间，就让虎枝杏儿都住个夫妻间吧，趁着这过年，大家热热闹闹，顺便为细猴证个婚，成人之美嘛。"锦幺点着头："就去办。"就在这时，发报员送来陈仲发来的紧急电报，看完电报，占勇对锦幺说："今天你在家，我去！"于是带上二夫，带上炸药，大个子刘独个骑上锦幺的那匹马，仨人二马直朝棠山办事处奔去。

办事处武装科有专人在等候占勇，系好马，武装科的人随占勇他们一同上路。路上武装科的人告诉占勇，发电报给你们之前，塘垅坂廖家湾老乡特地送口信来，说是杨家山碉堡里的鬼子出来了八个，全部化装成老乡，不是偷鸡摸狗，就是打劫。大过年的，陈仲政委不忍心分派其他领导，亲自带领十多个战士，全部化装成老乡，跟着那向导去了。占勇心想，天赐良机啊。碉堡里现在只有两个鬼子，二比一，就是胡来，掐死他们也是易事。快近碉堡，他们把伪装的炸药包藏在一处地沟里，占勇让大个子刘和二夫扛着刚刚拔好的两袋萝卜向碉堡走去。走近那站岗的鬼子，二夫一边从袋里摸出一只大萝卜，一边把袋子放在地上，说："皇军，白白的大萝卜，要吗？"鬼子背着枪，低头看袋子，二夫瞬间用右膝猛地上蹬鬼子的胸口，鬼子立马趴下，他顺势左手死死钳住其后颈，右脚踩住其腰，右拳死命捶击，几下功夫，鬼子便没动静了。大个子刘趁机进了碉堡，四处搜寻另一个鬼子，当二夫随后赶来，大个子刘已将匕首插进了鬼子的胸口，空空的碉堡，就只等着轰隆一声。

占勇不知道陈仲那边情况如何，不敢贸然开炸，除二夫一人负责引爆外，其他人都向外警戒。大概半小时后，终于有人送信过来，那八个电鱼的鬼子全都陈尸鱼塘里，占勇几个高兴得举手互拍，炸！又一个魔窟顷刻被彻底捣毁，这一炸，又炸出了一片艳阳天！快到棠山办事处的三岔路口，占勇与陈仲会合，陈仲风趣地对占勇说："听到了你们燃起的那声巨响，我还以为是日本天皇给我们送来的新年礼炮呢。哈哈哈……"占勇对陈仲说："听到了刚才的爆破声，恐怕更高兴的是周围的老乡啊。"接着又说，"政委你分给我的任务，不是你帮我完成了吗？"陈仲回道："嘿！什么你的我的，不都是党交给的任务吗？"

到了办事处，陈仲与占勇互致迎接新年，道别时占勇说："初一见！"于是三个人策马而回，春风得意马蹄疾啊。

占勇他们刚刚扬鞭而去，王锦原带着徐氏、小兰还有一位老乡随后而至，正碰上陈仲还立在办事处门口跟人说话，看见王锦原一行过来，陈仲问："你们忙什么去呢？"小兰抢着答道："三连叶排长腿伤，前天出院，顺道过来给他换药。"陈仲握着王锦原的手："这一阵子，可把你忙累了。"王锦原答道："本职工作，应该的。"说完话，手指徐氏，她就是上次跟你说过的，别看学护士年纪大点，进步可快哟，说得徐氏有点不好意思。告别陈仲，他们还要跟老乡去悠心州看急诊。

　　经王锦原诊断，悠心州这位老乡的堂客是食物中毒，若再拖上三天，必有生命危险。王锦原把新学的西洋医术派上了，三个人忙上一阵子，给这病人配药输液，呕泻症状明显减轻。来之前根据老乡的口头描述，十之八九就给王锦原猜准了，所以还开了两服中药，作为后续巩固。观察几个小时后，老乡对着离开的王锦原三人千恩万谢。

　　王锦原答应小兰，反正来到了这边，进去看看。游击队可热闹啦，扫院子的，扛鱼的，还有人在那擦窗子贴窗花，一切都是准备迎接过年的样子。占勇、锦幺陪着王锦原到处走走看看，游击队搬进方家大院，王锦原没有真正来过，目之所及，啧啧称赞，今非昔比，鸟枪换炮啰。徐氏和小兰被杏儿邀去看她正在布置的新房，杏儿搂着徐氏亲热极了："姨娘，你的精神样儿好多了。"杏儿拉着徐氏还撒着娇呢，"姨娘，你莫走，我好不想你走喔。"徐氏也为杏儿高兴，终于有了新家啦。徐氏告诉杏儿，革命队伍里好，比哪里都快乐。游击队留他们过年，王锦原摇摇头，必须赶回啊，医患一家嘛。于是占勇派人收捡了一些鱼肉，作为慰问品，把他们送出大院许远。

自游击队成立以来，除夕之夜，是头一回这样欢庆热闹。曹大耳使出了浑身解数，把他的手艺提高到了一个崭新的水平，什么传统菜东坡肉呀、香菇炖鸡呀、豆参炖胖鱼头和创新菜溜鱼片、腊肠焖冬笋、鸡汁黄花……各种各样的丰盛菜肴摆满了大年的餐桌，看着闻着这盘中的色香美味，就让人大开胃口，馋涎欲滴。满堂屋闹哄哄的，应和着村中陆陆续续除旧迎新的鞭炮声，游击队年夜饭的开席爆竹也响了起来，队员们听完占勇迎接新年的祝辞，在他的倡议下，全身心放松，大口吃肉，大碗喝酒，猜拳行令，不醉不罢休。大家举杯为杏儿与细猴证婚，证完婚，细猴真像个猴子，被人们托起，连连向空中抛起，抛了细猴，又抛杏儿，就这样闹腾着，狂欢着，一直持续到午夜过后，队员们才在不绝于耳的乡村爆竹声中酣然睡去。

新年的第一缕阳光透进了窗棂，占勇早早起了床，戴上了"四块瓦"绒帽，穿上陈仲送给他的新四军新军大衣，邀上锦幺和通讯员上村里绕圈，给老乡拱手拜年。淡淡的太阳，照射在昨晚下过的一场小雪上，折射出耀眼的光芒，给新年平添了一份气氛，新年新气象。尤其是那家家户户一片红楣的春联，吸引了占勇的眼球，如"旭日东升连万户，春风扑面暖千家""根据地春光明媚，悠心州百姓开颜""同心协力除顽恶，载舞欢歌送旧年"……这些春联正道出了老乡的心声，道出了老乡对新四军的拥护，道出了对新的一年寄予新的希望。

陈仲和办事处的几位科长都聚集在一间小小的会议室里，生了一盆炭火，正等待拜年的客人到来。忽听窗外一声嘶鸣，陈仲开门迎客，果是占勇和锦幺。勤务员接过两匹马的缰绳，占勇远远拱手："我俩代表游击队，给你拜年了。"陈仲接道："同拜同拜，新年新辉煌。"进了办公室，大家互相握过手，围着火盆坐定，占勇说："锦幺同志有个建议，正月里举办一场军民联欢会，怎么样？"陈仲一拍大腿："刚才我们还在说这事呢，不谋而合！"在场的人兴致勃勃，一番磋商各出什么节目，最后确定会演名称为"棠山根据地新春军民联合会演"，演出时间正月初九。会演的消息一经传出，十乡八里奔走相告，一九四四年的春节显得春意尤浓。

听说初九的天气不会有大的变化，原定演出时间不变，杏儿听锦幺的话，初八一大早，天还未亮，便与细猴去接吴连长夫妇。初四杏儿已经单独去了一趟，一是拜个年，二是提前打个招呼，听说是去看演出，哪晓得吴连长高兴地说，我也去。既然人家夫妻都来，那我们不能少礼貌，也得夫妻去。游击队仅有的两匹马都用上了，马儿去马儿来，回来时两夫妻各骑一匹，怕马儿累，男人们时不时下来走走，说说笑笑，正好赶上午饭时间，吴连长夫妻哪里料到游击队为他们的到来早作了精心准备。

到了游击队门口，杏儿这才开始掏心窝子，告诉吴连长夫妻俩，自己是孤儿，是这个州上人，刚刚嫁给了游击队，三十晚上才与细猴结的婚，队长听说我的好嫂子要来，又是吴连长的太太，非常高兴，跟我说："你的客人就是游击队的客人，游击队来接待。"吴连长心想，也好，游击队以前总是个传说，正好见识见识。果然两个气质不凡的男人前来迎接，经过杏儿介绍，吴连长这才认识了稍高一点的圆圆脸庞是副队长锦幺，左眉心有痣的国字脸是队长占勇。中餐很丰盛，看得出，吴连长对游击队的盛情款待很是感激。吃完饭，杏儿拉着吴连长老婆，一心要去学剪纸，锦幺对细猴说："我们一起陪吴连长转转吧。"

杏儿的房间不大，但收拾得妥帖，窗户上墙壁上的红双喜字，无疑给小小的婚房平添了几分温馨。小方桌上圆圆的荷篮里针线纸笔剪早已备好，就等师傅进门。杏儿和师傅并肩坐在小方桌边上，杏儿看着师傅把她自己带来的虎头花样，轻轻摁在一张白纸上，小心翼翼用纤纤蜡笔套画着，嘴里一边说："剪纸就像写字一样，先得描红，然后临摹，再能信手自如，套样剪得多了，老虎的眼睛在哪里，与鼻子的距离多少……久而久之，烂熟于心，便得心应手。"杏儿很有灵性，在师傅的指教下，终于剪出了一幅虎头。

锦幺做人的思想工作的确拿捏得精准，不到火候，他不进攻。走到一处渠头的静水潭，吴连长看见一潭青苔死水，触景生情，唉声叹气，我们的部队现在像什么呢，没有信仰，没有目标，只为日本人，日本人明显靠不住了，还落个伪军汉奸的骂名，士气低落，我也是混到哪算哪，看见你们的队伍，我羡慕极了。锦幺瞅准了机会，很认真地看着吴连长说："兄弟的心情我很理解，说实话汪伪政权一点前途都没有，日本人明显的快支撑不住了，汪精卫自己也快奄奄一息，你听说了吗，汪精卫一九三五年被方亚樵手下刺杀后，拉下的老病根又复发了，据说日本人把他接到东京上好的医院里，也没有好的治疗方法，可能拖不了好久。"说到这，锦幺明显地看出吴连长眼神里满是惘然，接着说，"兄弟，我指你一条路？"

"什么路？"

"跟我们一起干，加入游击队，或者加入新四军，都是共产党领导的队伍，这无疑是一条光明之路。"

"好，我好好想想。"吴连长感激地一把握住锦幺的手，眼神明显地亮了许多。

晚上，吴连长躺在床上，思来想去，看着人家的队伍多朝气蓬勃，相比之下，自己的队伍也太寒碜了。他跟老婆聊着叹着，我这队伍吧，既怕共产党，又防国民党，还要看日本人的眼色，真不是人干的……吴连长老婆正名倪小仙，听着吴连长的叨咕，点了几下头便呼呼小鼾。吴连长突然一个侧身，拍打着女人："阿仙，阿仙！"倪小仙揉着眼睛，"你这一惊一乍的做什么事？"吴连长举着拳头："反水！"

　　棠山办事处东面有一大块缓坡地，是文艺会演的绝佳场地，等到占勇、锦幺陪着吴连长夫妻赶到演出地点时，正是四面八方看演出的老乡向这里拥来，一路鼓锣喧天，喇叭声响彻云霄，演出还没开始，就像出庙会般热闹。武装科的同志很细心，前面第一排正中间给政委留了一个空位，政委的右边是长江纵队的张群，政委的左边依次是占勇、锦幺和吴连长夫妇。周彦升几个有名望的民主人士和王锦原也被安排在第一排就座。占勇给吴连长介绍认识了张群。都落座后，只听后排有人议论，新四军怎么这么会选日子啊，昨天初八还是半阴半晴，今天却晴空万里，有个人接茬，还不是共产党洪福大。这时，只见台上左右角上站着一模一样的俩姑娘，这就是双胞胎护士大兰和小兰，她们穿着崭新的新四军军服，各自手持铁皮喇叭，声音清脆同步："同志们，老乡们，演出马上开始！"顿时人山人海的场上鸦雀无声。演出之前，陈仲作了简短的鼓舞人心的讲话："同志们，我们棠山革命根据地，在中国共产党的领导下，抗日斗争节节胜利，抗日队伍不断壮大，在取得新的伟大成绩中，迎来了新年，迎来了新的辉煌……"话毕，便是一阵雷鸣般的掌声。首个节目是塘垅坂廖家湾出演的狮子舞，欢快热闹。陈仲走到座位前，在占勇的介绍下，吴连长与陈仲握手相识。台上的节目个个精彩，喝彩声不断。当杏儿穿着蓝花碎白点褂，头披褂布一色巾，手挽新篾竹篮，唱起新四军里刚刚传唱过来的《南泥湾》——"花篮里花儿香，听我们唱一唱，来到了南泥湾，南泥湾好地方……"词新曲美，嗓音悠扬，好像把整个场子都听醉了。徐氏和蛾儿母女俩也来了，她们相互簇拥在那高高的杨树蔸上，听着远远传来悠扬的歌声，徐氏的心像灌了蜜。接着是铿锵有力的小合唱《游击队之歌》，唱得群情振奋。虎枝上台了，人高嗓音高，啪嗒啪嗒的快板清脆响亮："游击队、真神妙，戴草帽、卖剪刀，水桶底下藏炸药，眨眼工夫碉堡倒，鬼子一个个上西天，呜呼——还搭上汉奸周水小……"虎枝数说得越有劲，下面的掌声越响亮。节目一曲胜似一曲，划龙船，打莲箫，天仙配，夫妻观灯……一场会演持续了两个多小时，人们沐浴着早春的阳光，依依不舍地散去。回去的路上，徐氏搂着蛾儿，蛾儿的女儿莲儿搂着徐氏，三个女人姐妹般地说说笑笑，仍然沉浸在观看节目的欢愉中。蛾儿对徐氏说："你侄女儿的《南泥湾》唱得真好，那声音像是从嗓子里吹出来的。"她们不断地回味着说这说那，说虎枝快板打得好，大兰小兰长得水灵……徐氏高兴地长长地嗨了一声："要是早来部队该多好啊。"莲儿止住步，天真地双手捏住徐氏的双手，直直地看着她："姨，你比来的时候鲜嫩多了，你和我姆妈同龄，她就和你不能比了，若是我俩一起，外人还以为我们是姊妹呢。"徐氏口里虽然不承认："有那么好事吗？"心里却甜滋滋的。

　　中午，陈仲亲自接待了吴连长，吴连长显然有些激动。边吃饭，陈仲问吴连长："来我们这里走走有什么感受？"吴连长坦言相告："这里朝气蓬勃，阳光明媚。"陈仲把筷子往桌上一搁，"既有如此认识，何不弃暗投明？"吴连长激动了,"陈政委,昨晚我就想好了,今天看了你们的演出,看了你们新四军,更坚定了我的主意。"

吴连长名叫吴东生,算是个开窍的人。吃过饭,在办事处的会议室里,他的顾虑是部队过来后自己怎么安排,陈仲当即表态:"你还是当你的连长,但部队要接受混编整编。"好!吴东生很满意,向陈仲立正敬礼,干脆利落地说:"三天后,我亲自来接你们过去,接受我的受降。"陈仲指着锦幺,你与他直接联系。

三天后是正月十二,可是等到十二这一天,锦幺从早巴望到晚,一直不见吴东生的影子,锦幺睡不着,什么原因呢,难道他变卦了吗?

第二十二章　巧打望夫山

日子好不容易熬过了年宵，熬到了十六一早。外面一场春雪正越下越大，雪花落在地上马上便融化了，地上湿漉漉的。一大早的，锦幺就这么直挺挺地站在自己的房门前，呆呆地盯看着雪花飞舞的前方。突然大门前站岗的过来报告，门口有一男一女，说是找你。锦幺眼睛倏然一亮，问了他们哪里的呗？他们说是云墩桥的。快让他们进来。

来人就是吴连长老婆倪小仙，男的是吴连长的通讯员，倪小仙说，非常时期，吴东生不敢抽身。由于三排长思想不通，吴东生一直在做他的工作，但是这个人是个犟木头，不但不转弯，还拉拢了排里十多个弟兄，像是要跟吴东生对抗。吴东生人好性格也好，想了个两全之策，自己既不离开连队，守着三排长，一边把他所想出的下策让倪小仙转告锦幺，锦幺听完了倪小仙的耳语，觉得吴连长的下策是没有办法的办法，但很有道理。

云墩桥碉堡后面还有一间大屋子，是这个连的营房，营房与碉堡之间是个蛮大的场子，营房后面是一片茂密的竹林。锦幺带领着二十多号队员，一路披着雪花，踏着泥泞，近午赶到了云墩桥。按照吴东生的要求，锦幺让大部分队员趁着雪花飞舞悄悄隐身竹林，自己则随身带领几个队员，来到营房的操场上，大声高喊："吴连长，吴连长！"吴东生应声出来迎接，稍稍与锦幺耳语几句，便一声哨响，全体集合！经过点名报数，足足九十一人，一个不落。吴东生作了几句简短开场白后，便高着嗓门，下面请游击队副队长王锦幺为我们训示。

锦幺的样儿，哪怕是不哼声，就让人有亲切感，说起话来，语气平和实在，让人亲近又信服："兄弟们，你们吴连长可是个开明人，该说的，估计他都给你们说了，我就没必要重复。我只说几句，一层意思，共产党领导的新四军八路军，包括我们游击队，都是人民的队伍，一切为了人民群众，是为劳苦大众打天下，人民必然拥护，有了人民的支持，我们一定能赢得最后的胜利。我的话到底对不对，你们今后看。所以，希望大家深明大义，审时度势，在这十字路口的关头切莫糊涂，跟着吴连长走，一定是一条光明之路。"

吴东生立刻神情严肃，立正吹哨："全体听好，此刻再无须多言，大家各自抉择，愿意跟着我投奔新四军的，往左呈六纵排列，想回老家的往前几步，不想跟我走的靠右出列。"话毕，果然原有队伍一分为三，想回老家的只有三个，都是确有特殊原因，有父亲年迈的，母亲瞎了眼的，还有一个是妻子长年卧床不起，三个人都向吴东生跪着，锦幺忙上前扶起了他们，代表游击队，向他们每人赠送三块大洋作为路上盘缠。就在三个人刚刚接过大洋，站在左边十二个人最前面的木头排长忽然一声大喊："吴东生！你这是出卖党国，出卖汪主席，我不同意你把队伍拉走！"立刻端起枪，瞄准吴东生，锦幺迅即从腰间拔出手枪，先发制人，只见那木头排长应声倒下。听见枪声，藏在竹林里的"神兵"立刻赶过来，见此状况，那剩下的十一个兵没有什么过激反应，一切复归平静，吴东生再一次征求他们的意见，结果所有的人都回归了吴东生麾下。雪停了，红日出来了，在游击队的带领下，锦幺陪着吴东生和他带领的队伍，一路鱼贯向棠山方向而去。二夫的任务是断后，夷平碉堡，让震天巨响，为投奔光明的人们送行。

陈仲决策果断，办事雷厉风行，很受上级赏识，又受下属和战士们爱戴。吴东生带过来的部队很快接受了整编，接着又将游击队正式收编，游击队新挂出的牌子是"新四军挺进十八团独立连"，在简单的挂牌仪式上，陈仲宣布了团党委的批准决定，占勇为连长，锦幺担任指导员。一支拼杀多年、经过无数次战火洗礼的游击战斗队，在党的引导和关怀下，终于历练成为革命队伍里的正式武装，游击队员全部穿上新四军的军装，个个激动，人人自豪。王锦原自己和他所带领的医院新来的几位医护人员，也都高兴地换上了军装，徐氏帮蛾儿的女儿整拉着军袄下摆，系扣领口风紧扣，又抻拉着自己的袄袖，笑容灿烂，做梦都没有想到会有今天！仪式最后锦幺也以指导员的身份讲了话，要求全体战士从今天起要更加努力，把自己锻造成合格的新四军军人，时刻听从党的召唤，党指向哪里，就打到哪里，把胜利的旗帜插到那里！

散会后，虎枝、杏儿和几个新来的女兵走在一起，你摸摸我的后背，我抻抻你的军袄，互相称道好看，都精神多了，杏儿说，虎枝姐穿着军装，像个首长，威风呢。虎枝总自卑，说自己傻大个，不像个女人，威风个屁。反笑杏儿，武装带系着，腰是小蛮腰，屁股是贵妃屁股，怕是细猴天天晚上搂着不放吧？一路上，几个女人仰腰搂腹，把肠子都笑翻了。

下午，按照占勇的安排，班以上干部差不多十几号人，在医院的一间厅堂听王锦原授课，吴东生也来参加旁听。王锦原的课越讲越好，他对《孙子兵法》理解得越来越透彻，当他又一次简要解读了"道、天、地、将、法"五大因素是决定战争胜负的关键，便对其中的"法"作了较为详尽的阐述：所谓"法"，在这部兵书里就是指军队的管理，军队中的纪律，一支没有严格规矩的队伍不可能战胜敌人。他举例了甲午战争，当时北洋水师拥有定远舰和镇远舰，排水量均七千吨以上，堪属亚洲第一。而日本买不起，只有三千多吨排水量的铁甲舰三艘，就装备来说，北洋水师占有明显优势，可是日本人看到北洋军舰主炮上全是晾晒着士兵的衣服，童子在舰艇上面追逐嬉戏，料其内部军纪松弛，断言汝必败之。果然不出日本人所言，北洋水师全军覆没，究其根源就在于这"法"里。王锦原马上话题一转，联系当今实际，为什么共产党领导的新四军要把"三大纪律八项注意"编作军歌来传唱呢？为什么只有唱着这支歌的队伍节节胜利呢？秋毫无犯，才能所向无敌……王锦原深入浅出、由古及今层层推理的演讲，让大家听得津津有味，十分佩服，热烈鼓掌致谢。散课后，吴东生激动地拉着王锦原的手："王先生，您让我大开眼界了，今后的胜利一定属于新四军。"

过了一些时日，锦幺跟杏儿说，明天不用上操了，让虎枝跟你做个伴，去吴连长的老婆那里走走，人家过来这么久，该去看看。当杏儿和虎枝高高兴兴地跑过来，看到一向快乐的倪小仙却愁在那儿，一问才知是生病了，于是俩人就催促着她上棠山医院去，吴东生听说也随后跟了过来。到了医院，王锦原不在，给老乡看病去了。徐氏热情地招呼着，我去叫刘医生来哈。刘医生一看二问三听，把了脉，胸有成竹地对倪小仙说："问题不大，有点急性肺炎，输了液就会好的。"针还未打，倪小仙圆圆的脸相一下子转晴起来。逃婚出来的莲儿不但打针技术好，而且机灵热情，白色胶布条儿一会儿贴好，头一扬："今天病号不多，这位姐姐我来招呼，你们跟徐氏姨四处转转吧。"棠山医院筹建到现在，不上半年时间，虽然房屋简陋，却干干净净像模像样，井井有条，伤病员床位几十张，规模不小，几个人一路看来，吴东生总是点头，频频赞叹，新四军哪里都是生机。杏儿黏着开心的徐氏，亲热极了，替徐氏庆幸："亏得到这儿来了喔。"徐氏应道："是哟，现在打死我，哪里都不走，我就要看日本鬼子灭亡的下场。"杏儿看着徐氏的脸忽然问起："姨娘，上次还没空问你是怎么上这里来的？"徐氏爽快一笑，得要感谢蛾儿莲儿娘女俩啊……杏儿像是没完没了，看着徐氏穿着那最小号码的军鞋，又问："姨娘，我总说问你，你怎么没裹成三寸金莲呢？"徐氏开心一笑，真亏得那时犟啊，不然今天还当得兵上？徐氏告诉杏儿："裹脚的那会儿已有六七岁了，父母把我养得娇，还没裹上三个月，我说痛，哭着吵着，爹爹姆妈再也不逼我，拖了两年，放脚运动来了，所以才是半大脚婆呗。"

转了一圈，大家回来了，倪小仙的针正好打完，王锦原也赶回来了，到了吃午饭时候，王锦原便留吴东生他们在医院便餐，吃完饭，杏儿像是想起了一件大事，惊喜地望着倪小仙，又手指徐氏："小仙姐，她也好会剪纸绣花哟。"吴东生反剪着双手，愉快地望着倪小仙："好好向人家学习啰。"徐氏不好意思地摇摇头，谦虚着："我也只是胡乱几下。"杏儿精灵，点子多，倡议道："高手和高手过招，要不去姨娘房里交流一下，比试比试？"王锦原和吴东生饶有兴致，跟着三个女人一起，来到了徐氏住的地方，徐氏帮着倪小仙准备好了剪刀纸，俩人并坐在条桌前，按照共同商议的比赛项目，各剪一幅自认拿手的动物，创作一幅植物，倪小仙选的是老虎和蜡梅，徐氏那就只有剪狮子了。吴东生看俩人准备工作就绪，看了看表，就像下达战斗命令一样："计时开始！"不上一刻钟工夫，当徐氏的两幅作品全部剪毕，倪小仙的第二幅作品蜡梅才刚刚剪出一点躯干，尤其徐氏剪的那幅活灵活现的并蒂莲，得到了包括倪小仙在内的一致啧啧称赞，谁胜谁负，一目了然。吴东生连连点着头，欢喜地看着自己的女人："怎么样，天外有天吧，赶快叫师傅。"

立夏的天说变就变，王锦原出诊回来的路上突然遇上好大的雷雨，浑身淋透，生病了。他自己开了方服了药，许是药力的作用，从傍晚开始，一直昏昏沉沉地睡，徐氏过来看他，他也不知道，叫他他也不醒，她舍不得再叫，睡就好好睡吧，也许睡得这样香甜的日子太少了，她就这么默默地坐在他的床侧，呆呆地守着他，痴痴地看着他，藏在心中一生的男人，今天才有机会看个够。就是这张曾经俊秀的面孔，几近诱惑了她的一生，而今这张岁月侵磨了的熟悉脸庞近在咫尺，她轻轻地移动凳子，伸出微微俯弯的上身，用前额轻轻贴着那仰在枕上的宽敞前额，她想去吻那张标准的男人嘴唇，但是她却止住了自己的渴望，悄悄地复归原位，她不忍心把他扰醒。不知过了多久，王锦原终于醒了，昏暗蒙眬中第一眼看见了徐氏，水，水！徐氏早就备好了热水，王锦原一口气喝完了两大搪瓷缸，这才问起徐氏：你怎么来啦？徐氏答应着：我不能来吗？徐氏这时才把手伸进被子里面捏了捏，全都湿透了，感冒后必然要出大汗，这都在徐氏的预料之中，徐氏帮着王锦原擦了胸背，换了衣服，又搂来了自己盖的被子，等他躺好才说：已经半夜了，我走哈，你好好睡吧。

王锦原生病只休息了一天，便接到了陈仲交给购药的任务，到外面去了半个月，武汉刚回，看的第一个病人是吴东生，这样的小病，王锦原见得多，天寒地湿，冻了脚冷了身，是重感冒，少吃药，多喝热水，天天晚上睡前泡脚，十天内保好。接着便扯到了病外话题，王锦原告诉吴东生，汪精卫虽然住在日本东京医院，已是奄奄一息，要不了好久就会气绝，现在武汉的汪伪国民政府几乎是一盘散沙，尽管陈公博打算出来接任，声称代主席，但也维系不了人亡政息的残局。吴东生紧紧握住王锦原的手，我要谢谢你们，谢谢新四军，更要谢谢你的兄弟锦幺指导员，是他引领我走上了正确的路。吴东生接到了通知，要去陈仲那里参加连以上干部会议，怕政委着急，王锦原请他暂先代为转告陈仲，急需的消炎药和止痛药都已弄到，详情待后再向政委汇报。散了会，陈仲却亲自来了医院，邀着王锦原往池塘边慢慢走去，听他说采药的事——

我乘坐黄立云装载菜籽的货船，经安庆倒扒狮子街童老板介绍，找到了汉正街的邱掌柜，看来邱掌柜与童老板关系不浅，看了童老板写的信后，对我非常热情，估计他即使不是共产党，也是亲共人士，满口答应我的要求，当真两天内货已备齐。我思忖着，怎么对付日本人的检查呢？便把黄立云老板的皮棉货运到汉正街邱老板店里，用这些皮棉打掩护，把药包装好，又运回船上。邱老板对我说，对日本人防是要防，但日本人已是强弩之末，比先前怂多了……

有天上午，听说来客人了，王锦原马上从医院出来，一看是老朋友黄立云、芳田淑一和一个姑娘，忙上前热情地招呼着："稀客呀，久违了。"黄立云说，王先生，好不容易打听到你在棠山，还是干你的老本行，而且干得风生水起，今日我是慕名而来哟。王锦原回道，哪里哪里。芳田淑一也忙过来拉着王锦原的手，亲切地说，今天是个很好的机会，借着黄老板的货船，顺便一起过来看您，后天我就要回国去了，特地来道个别，今生今世，我们恐怕就很难再见了。王锦原既感激，又惊讶地望着芳田淑一。芳田淑一告诉王锦原，田中大佐请示上面同意，把岸石木和另外几个重症患者送回国内，给我个机会，让我一路护送他们。芳田淑一很兴奋，可能还赶得上看樱花的尾巴哟。王锦原握着芳田淑一的手说："好人好运！"芳田淑一盯看了王锦原一会，那眼神里分明留有一种不舍的余光，一转身，便带着那姑娘门口耍去。黄立云这才手指女孩背影："王先生，那就是我女儿，特地带过来你们看看，当面说的话，她特别害羞。"王锦原夸赞这女儿长得文雅秀气，笑呵呵的，对黄立云说，我那犬子二夫能得到您的垂爱，当然是他的福分，这里我只有先谢过黄老板了。王锦原转而面色沉重，现在二夫这孩子还在部队，谈婚姻大事恐怕还不是时候……如若他们一定有缘，一心等到抗战胜利再说吧，我看为期也不远了。黄立云点着头，先生所言极是。王锦原正欲送客，二夫来到医院门口，喊了黄老板黄叔，也问好芳田淑一，真是巧得很。王锦原对着客人拱着手，就让二夫代表我送送你们哈。

　　陈仲病了，病得不轻，无法工作，把攻打望夫山的任务完全交给了张群。有天晚上，张群的办公室里，彻夜灯火通明，整个战斗方案议到天亮，终于正式敲定。由于太平洋战争爆发，美国人持续两年多向日本本土轰炸，使得日本国内许多民族工业遭到了重创，居民食品供给困难，市面出现了严重萧条，而对于远在中国广袤大地上为天皇卖命的狂徒们，日本帝国已经力不从心，后勤补给明显脱节，这是日本人当前致命的死穴！万一分到了一点点"羹汤"，他们会非常看重。所以，方案认为，第一手就是要切断他们残存的一杯"羹汤"。如果从彭泽方向运输过来的，由张群直接负责阻击，如果从湖口方向过来，则由新四军十八团一营挡住，从后勤补给线上掐死他们，活活把他们困死在望夫山。当然仅此还不够，必须用战斗的方式，速战速决端掉他们的巢穴。

望夫山，山不高，形如青螺，视野开阔，虎视通往湖口、都昌、彭泽三县交界的太平关，战略意义极其重要，所以鬼子早已处心积虑，把望夫山经营得特别牢固，环形壕沟两道，铁丝网三层，据说里面迫击炮等轻重武器装备很多，仅手榴弹就有二百余箱，如果不智取巧打，强攻硬掳，恐怕会适得其反，所以方案决定，把巧打望夫山的具体任务交给了独立连，独立连则落实到锦幺负责。等到锦幺正式动手的那天，新四军十八团作为最后保障，会全力切断一切可能外援之敌，确保完胜。

接到攻打望夫山任务后的第一天，锦幺就立即挑选了十几个优秀战士，任务是好好休息，不干活，多吃长身体，而且重点是偏不玩枪。吃饭的时候，大家面面相觑，疑惑中又好笑，小诸葛葫芦里到底卖的什么药喔？

趁着挑选来攻打望夫山战士休息时段的空档，占勇陪着锦幺找到了张群，汇报了巧打望夫山的奇思妙想，张群听完后，一脸满意的微笑，十分赞赏地竖起拇指："锦幺同志，你和锦原同志一样，都是难得的人才呀。"说完沉顿稍许，定定看着他们俩，右手轻轻朝上一挥说："走！我们去医院，打望夫山，我还得给你们补充一点。顺便去看看医患。"到了医院，张群看见王锦原正进医院大门，远远地喊停他："王先生，你看谁来啦？"然后开门见山，"锦幺同志马上要打望夫山，从慎重方面考虑，到时你派两名医护人员一起去，具体衔接你们商量。"王锦原点着头："好！有条件了，是可以把事情想得更细致点。"说完，几个人一道，陪着张群上病房看望伤病号去了。

张群打前，快进病房，小兰赶忙过来喊停王锦原："王医生，有人送药材来了，叫你过去下。"陈仲对着王锦原掸掸手："你忙去吧。"王锦原拱拱拳："政委，一会儿我就过来。"进得病房，徐氏把床单刚刚铺好，正搀扶着一位腿伤的战士坐上床，准备帮他躺下，张群问身边的刘医生："这不是徐氏吗？辛苦啦。"刘医生点头应着："对，对。"徐氏赶忙在衣服上擦擦手，伸手去握张群伸过来的手："首长好，不辛苦。"便有点不好意思地转身，又忙她的事去了。大兰告诉张群："徐氏工作又勤快，又能吃苦，病房里这些床单被套，等不到脏，她就邀着厨工蛾儿姐一起洗，过年前后塘里的水多冷，已经洗过两遍了，住院的人都夸赞她。"张群满意地点着头。大兰兴奋地说："这徐氏姐现在打针的技术都超过我了，有的人手背上的筋好细，她一打就准。我跟她开玩笑，这绣花的手，天生就是打针的料吧？"大兰把张群说乐了："嗝嗝，有点道理。"问候了一溜病号，张群、占勇继续跟着刘医生来到医护办公室，稍稍坐定，大兰忙着去倒水，张群忽然看见桌上有一张红纸，是感谢信，边看脸上边鲜亮起来。刘医生告诉张群——

那是前天，带着徐氏在枫树涧看病，我正在给躺在床上的人听诊，忽然我们闻到了一股浓重的焦煳味，觉得情况不太对劲，徐氏说：我出去看下哈。原来隔壁人家有个两岁多的男孩睡在箩窝里，早春依然寒冷，怕孩子冷着，孩子脚头放了一个铜烘笼，铜烘笼许是被孩子蹬翻了，烧着了箩窝里的被子，不知烧了多久，徐氏看见的时候已是浓烟冲天，刺鼻的焦煳味中，夹杂着孩子撕心裂肺的哭声，可是大门已锁，徐氏急得团团转，一边喊着："来人呀，救火呀……"情急之下，徐氏掰开了那歪斜的厨屋后门，冲进屋子，一把抱起那赤脚站在堂屋一角瑟瑟发抖的孩子就往外面跑……还真亏得这孩子能翻出箩窝啊。刘医生刚汇报完，王锦原正好赶来，张群握着王锦原的手，然后非常满意的目光横扫全场，看着大家说："看来徐氏同志不但聪慧、勤劳勇敢，而且有着深厚的无产阶级感情，我们都要向她学习啰。"

望夫山下，辽阔的田垄一片金黄，昭示今年收成不错。

过了一些时日，到了收割菜籽的季节，锦幺带领着选定的几名老队员，常常帮助老乡收割菜籽，菜籽晒干了，又帮助揉菜籽，终于有一天，有两个鬼子下山来，问在晒筐里揉打菜籽的老乡，这是榨菜籽油的吗？鬼子懂菜籽油，说菜油大大的香，想买菜籽油，二夫听得懂鬼子说的这些话，看见了锦幺的暗示便说，哪一天送上山去的可以，大洋大大的不能少，鬼子满口答应，哟西哟西，一个鬼子还伸出小拇指，与二夫拉钩。

大概十天后，锦幺与二夫穿着破旧，戴着草帽，锦幺挑着菜油，二夫手提一篮鸡蛋，上了望夫山。望夫山羊肠小道蜿蜒，壕沟绕山而上，借着天气的闷热，锦幺时时歇脚，留心察看默记。快近碉堡，锦幺又有意歇下担子，草帽扇着，撩起衣袂慢慢擦汗，一边偷偷地四下察看，这时有个鬼子端着刺刀过来盘问，二夫用半生硬的日本话回答，辅以手势，那家伙听懂了，忙过去叫来两个鬼子。鬼子现在生活物品匮乏，加上前段时间附近新四军游击队的威名震慑，便一改先前的暴抢狂掳，不敢再得罪老乡了，油钱鸡蛋钱一个子都不少，还哄着锦幺和二夫，有什么好吃的只管过来卖，大洋大大的有。二夫装着天真的样子，也哄着鬼子，这里真好玩，让我上碉堡去玩玩好吗？鬼子摇摇手，不行的不行。二夫说，下次给你捎个大母鸡来，好不？那鬼子挥挥手，嘴里叽呱，意思是去吧去吧。二夫天真地蹦跳着，钻进碉堡，上上下下玩了个够。

有一天锦幺上了望夫山，和二夫把菜油鸡蛋卖了后，下得山来，又故意绕到山后，装作采摘药草，磨磨蹭蹭，该看的都看了个遍，熟记在心，晚上回来，点起菜油灯，把望夫山上碉堡周围的壕沟、铁丝网、上山的道路都详细地在图纸上标了出来，望夫山下周围的地形也一一记录下来，第二天送到张群手里，张群看后很满意，夸赞锦幺做事不但善动脑筋，而且细心。张群晃着手中锦幺递给的草图说："重要的战事必须要有预案，万一你们在山上出现失手，我们立即强攻，这就是最后保障！"

看来攻打望夫山，的确到了水到渠成的时候，就连伪乡长刘汉文都已看清了鬼子的穷途末路，连夜主动把情报送到棠山办事处棠山联村主任王林手里，他告诉王林，鬼子要求后天五月二十五这天要多上苦力，加挖碉堡前的战壕工事。这一情报又连夜传进了锦幺的耳朵，第二天一早，锦幺找到了苦力班长王七斤，与他细细磋商一番。王七斤是个二十刚出头的壮小伙，一个月前在棠山办事处认识了锦幺，之后又听说了锦幺不少的英雄事迹，心底自是对这位英雄十分景仰，眼下他不但十分激动，赞同锦幺的办法，而且举起拳头说："王指导员，我早就巴不得有这一天。"

那天听了张群的交代，到底医护人员派谁去，王锦原与刘医生商量，刘医生恳请去，最后还是王锦原说服刘医生：我亲自去，望夫山脚跟下刘望山湾有个算卦先生，是刘望山湾里人，他是我的老朋友，到时邀他作向导就方便多了。至于什么时候去，就听锦幺的通知了。这天下午，王锦原跑了不少路，专程跑到算卦先生借住的湾里，把他的想法告诉了他，算卦先生一撸下巴底下上的山羊胡子，连连晃着脑袋，不知多高兴："太好啦，终于等到这一天啦。"

二十五日这天一早，山风吹来，给人阵阵凉爽的感觉。王七斤像往常一样前头带队，锦幺大个子刘二夫依次其后，十几个人的苦力队伍，扛着镐锹锤镢一路登上山道，快近岗亭，站岗的鬼子嗨了一声，示意停下检查。于是一个个搜身，一个个细看双掌，人人过关，没有发现一点破绽。检查完毕，其中一个站岗的跷起大拇指，嚷嚷着，今天苦力大大的好，个个强壮。这时，这些挑选来的"苦力"一下子明白过来，前段时间难怪锦幺不让大家玩枪。

锦幺始终挨着王七斤，边干边四下窥视，心里数着鬼子的人数，刚才半山腰有两个站岗的，现在现场监工的有三个，有两个端着脸盆出来，像是进那厨房屋里洗澡，其余还有五个鬼子蜷缩在碉堡里。这五个手持武器的鬼子不出碉堡，绝对不能动手。怎么办？锦幺边干边想，终于计上心来，他对着王七斤耳语几句，然后大声喊道："太热了，受不了，大家休息吧。"于是有人坐在草地上，有的坐在镢柄上，有的坐在石头上，扇着帽子，吹着口哨，迟迟不肯复工。王七斤跑进碉堡报告，苦力不干活了。这一招果然灵验，那五个鬼子一齐跑了出来，大声吆喝，统统的干活！锦幺又对着大个子嘀咕几句，大家这才装作害怕鬼子的样儿，开始挖呀，铲呀。看见这些鬼子手持长枪，并排站在沟岸上，大个子刘发出暗语："靠拢些，靠拢些。"大家慢慢越靠越拢，拢得差不多了，大个子刘猛扬镢头，又是一声扯着嗓门吆喝："挖深些，挖深些！"刹那间，大家抡起镐镢砸向鬼子，有的从腰间取出假干粮袋，向鬼子掷去，一时间鬼子晕了，眼前灰沙弥漫，呛鼻障目，哇哇直叫，只顾揉眼睛，趁此机会，有搂住鬼子的，有下鬼子枪的，一场混战迅即激烈上演，他们把鬼子掀翻在地，掐的掐，砸的砸，劈头盖脸，平日里凶神恶煞的家伙，一时间鬼哭狼嚎。趁此混乱，锦幺和二夫向碉堡溜去。看着俩苦力过来，那个机枪手警觉地端着机枪，二夫上前递烟，说借个火，趁着鬼子低头点烟，锦幺猛地使出他的八卦拳劈法，一掌劈在鬼子的后颈，鬼子顿时倒栽葱似的晕倒在地，扳转鬼子的身体，锦幺对着鬼子胸口又是连击三拳，鬼子当场口吐鲜血，口眼歪斜。与此同时，半山口上两个站岗的鬼子，也在灰沙尘扬中，被游击队员乱镐锤镢活活打死。

意外终于发生了。当锦幺和二夫进得碉堡，上上下下寻找那两个洗澡的鬼子，转过楼梯拐弯处，猛地发现那俩家伙整齐地躺在铺上，可能是外面的喊杀声传了进来，一个睡得轻的马上跳下床，看见锦幺和二夫准备夺路而逃，被二夫一个飞镖当即封喉。另一个睡得沉的鬼子也突然惊醒，顾不上穿衣服，从床头摸出家伙，朝着锦幺砰的一枪，锦幺脑袋一偏，子弹从右耳朵边嗖地飞过，殷红的鲜血汩汩流出。就在这时，二夫猛地扑向那鬼子，拽掉他手中的驳壳枪，俩人就在床上肉搏起来，锦幺也顾不上腮帮上鲜血直流，鬼子哪是叔侄俩八卦拳高手的对手，活活在一阵拳脚中断气。至此，望夫山的战斗，除领头的锦幺挂了一点花外，以无一牺牲，夺取了胜利。

当大家正在清点战果，沉浸在胜利的喜悦中，忽然听见山下枪声零乱，夹杂着猪嚎狗吠人喊，给人的感觉，这一片乱象来自大陈屋湾方向，是增援的鬼子吗？大家的神经骤然紧张起来。

第二十三章　祸起谣言

听到了山下的枪声，锦幺也顾不上自己已经负伤，忍着疼痛，领着大家继续投入战斗。当他们风急火燎赶下山来，近前一看，发现竟是一大帮匪徒，二十多号人，像鬼子一样作恶，正在大陈屋湾里横行霸道，牵猪打人，锦幺见状，立即下令大家操起刚刚从碉堡那里缴来的家伙，盯着匪徒一阵狂打，匪徒被这突如其来的袭击打蒙了，没有中枪的吓得屁滚尿流，丢鞋掉枪，抱头只顾逃命，不上十多分钟，这帮匪徒估计毙命过半，跑得快的算他命大，侥幸逃过一劫。村里的老乡也蒙了，这不是猪吃麦苗羊来赶，土匪被打走了，来的是什么队伍？就在这时，算卦先生带着王锦原和徐氏从隔壁刘望山湾顺着枪声赶了过来，算卦先生远远地第一眼就发现了锦幺，从那塘坝上的柿树下走过来，与王锦原几乎同时喊着锦幺的名字：锦幺兄弟！锦幺—锦幺！算卦先生立马招呼着老乡，双手不停地在空中上下搧动，大声喊着："新四军呀，这是新四军呀。"原来眼前这帮人是化装成老百姓的新四军，老乡们一下子高兴起来，围着的人越来越多，又听说新四军刚刚把望夫山的据点拔了，碉堡里的鬼子被全部杀光，满村的老乡立时转悲为喜。王锦原在人群中一把握住锦幺的手，猛地发现幺弟右耳上脑侧挂花了："你受伤了？还有人受伤没？"锦幺摇摇头："就只我一个，小伤。"王锦原急急地翻看了那灰土临时包处的伤口："这可不是小伤！"马上吩咐徐氏，在塘口的石条墩上对锦幺的伤口进行全面处理。先是王锦原为锦幺剪除创面周边的头发，然后让徐氏消毒涂药，锦幺歪侧着脑袋，问徐氏："徐氏嫂，怎么能让你跑这老远的路呢？"徐氏轻轻答道："是我自己硬要求的。"等锦幺的伤处理好了，村里头陈老爹赶过来说，游击队帮他们除掉了鬼子，又赶跑了土匪，正好两头肥猪土匪没有牵走，要为游击队接风洗尘。陈老爹捋着长长的灰白胡子，近距离盯看着锦幺："您是长官，今天，新四军为我们办了大好事，怎有不感谢的道理？"

"先进屋喝茶去吧。"那个穿着灰蓝长褂、后脑勺绾着硕大发髻的老大娘，许是陈老爹的老伴，也一旁帮着腔，锦幺拗不过老乡的诚恳，最后说定，饭一定不吃。

趁着喝茶的空隙，锦幺有意了解土匪在这一带活动情况，并宣传新四军对待土匪的方针政策，劝降、分化、瓦解、镇压。锦幺还告诉老乡，凡今后出现冒充新四军或游击队干这类坏事的，一定是土匪，大家一要千方百计报告，二是不要害怕。现在彭湖根据地的鬼子据点已经全部拔掉，下一步的重点就是清除匪患，让根据地老百姓踏踏实实过日子，在老百姓十分感激的掌声中，锦幺一行离开了陈大屋湾。

拔掉望夫山最后一个鬼子据点，实际意义非同凡响，它使得彭湖边区根据地不但得到继续扩大延伸，而且集中连片，从彭泽西南方向到湖口中部的东南走向的狭长地带，形成了一个完整的 V 形红色区域版图，这就是后来非常有名的彭湖边区革命根据地。这块根据地，涵盖了杨山、定山、西山、牌楼、张青、石涧桥、王斯文、横山以及二十五都，二十多个联村办事处，这些办事处均为乡级机构。

大概半个月过去了，陈仲的身体大有好转，虽然仍很虚弱，又重新上岗了。有一天，陈仲专门在彭湖边委扩大会上特地传达了最近鄂赣皖大边委和新四军联席会议精神，在此次会议上受表彰的集体，有挺进十八团一营和独立连，以及棠山军民联合办事处，王锦幺名列这次受表彰的个人之首。陈仲显得异常兴奋和激动，又拿起桌上的小竹棍点着墙上的挂图，看看吧，红色的区域已经扩大了！在会议结束前，他握着拳头，鼓励大家说，我们面临的下一个中心任务——就是彻底肃清"缺一门"这帮土匪，还根据地一个朗朗乾坤，还老百姓一个安宁。

这次扩大会还邀请了王锦原和民主人士周彦升参加，散会后，王锦原和周彦升握别后，便被占勇邀进了陈仲办公室，陈仲先是问了一下锦幺的伤情，王锦原说："亏得处理及时，未有大碍，但是子弹擦断了左侧大脑皮层神经，必须防止引起神经炎。"陈仲紧紧地握住王锦原手说："有王先生把关，我就放心了。"接着又恳切地说，"王先生，今天特地约您过来，是想和您谈谈您要求入党的事，我们认为王先生的革命觉悟革命热情，以及对革命所做的贡献，完全具备了入党的条件，但是，经过仔细考虑，我们觉得王先生暂时留在党外，或许更合适些，更有利于统战，对争取一切愿意支持我们共产党人的工作可能更有说服力，王先生您的意见如何？"王锦原爽朗而又愉快地回答："一切听从组织！"

回到医院，王锦原一直在琢磨着陈仲的话，不是担心自己入党成不成，迟入早入都不在乎，心里一样愉快。只是确实觉得共产党有海纳百川之胸怀，旨在要把天下人尽最大努力统合起来，团结起来一致对外，这个党何尝没有希望？难怪学堂公公一直对共产党笃信不移。想到此，自然而然地更加佩服起这位古稀长者，更加想念他老人家了。这是一个月光皎洁的夜晚，徐氏送来了几只早熟的春桃，王锦原心情很好，一扬手说，月明星朗，我们出去走走吧。他们绕着轻虫细唱静悄悄的荷塘不知走了多少遍，卿卿细语，重温起过去灯前细论文的美好时光，忘不了曾经厄运重重人苦黄花瘦的岁月，庆幸那抗战开始后曲折传奇的离合，幸福着有情人今天尚能互诉衷肠……月夜本来就容易勾人情思，何况眼前是自己深爱一生敬重一生的心尖上的男人，徐氏外表文静，但陈年的躁动又在体内重新上演，她微微颤抖着手，点亮了王锦原床头边的豆油灯，昏淡的灯光中，她目不转睛地注视这张太喜欢的脸："三哥，我不走了哈。"王锦原没想到徐氏会说出这一句，显然有点慌神："不能啊，妹子。早年我不是说过，我们中间有一根不能逾越的红线。"现在的徐氏确实是变了一个人儿似的，她爽快又坚决："既然你也爱我，现在条件允许了，我们为什么不能在一起？我孤身一人，不赖你，不为难你，没有任何要求，三嫂又不在，我们就不能温存一回吗？"王锦原摇摇头，不行啊不行。徐氏好像没有休止，"难道你不是男人，面对着自己喜欢的女人你真的生不起一点欲望？"王锦原脸上热辣辣的，摇着头，只听徐氏细语不绝："亏你还是郎中，强制地委屈自己不行啊。"王锦原不吱声，徐氏抑制不住想得更多，"要不就是嫌我卑，嫌我脏，对啵？"王锦原怕伤了徐氏的自尊，赶快摆摆手："妹子哪里话，假如一个人把你手上砍了一刀，结了痂，是你的错吗？灵魂纯洁，才是干净的人。"徐氏紧紧抓住王锦原的双手，痴眸许久："三哥，我真的不是贱啊，我就只想好好地爱你一回，哪怕就是今天这一回，今生就足矣。"语毕，便把王锦原推坐在床上，一头扎在他的双腿上。王锦原随即双手捧起两行滚烫热泪的脸，深情地注视着情深："好，我答应你，下次吧。"他拥抱了她，重重地吻了她的额，再送她出门。

新四军拔掉望夫山据点的胜利消息不胫而走，传遍了都昌、彭泽、湖口，远的传到了波阳，特别是传到大山沟沟里，更是传得神乎其神，传说他们飞上山顶，飞墙走壁钻进碉堡，把鬼子一窝端了。也有说这些人是赤匪一起的，红头发，红脸庞，像个红色魔鬼，道听途说，以讹传讹，越传越走样。近些日子，还传说那个领头的，就是原来湖口游击队副队长王锦幺，他已被鬼子打死了，被鬼子砍头了，被活埋了，形形色色的说法不一而足，真是无中生有，谣言四起，令人听了又好气又好笑。

不久，望夫山的好消息也传到了上王村湾，巧仂听了特别高兴，鬼子被消灭了，终于可以回娘家。巧仂的娘家刘望山湾就在望夫山脚下，典型的日占区，自从鬼子占领后，谁还敢回去呢？这下可好了，已有六年没回娘家的巧仂有些兴奋不已，近些天，天天想着回娘家的事儿。她去问三嫂雅芝，雅芝说，既然是这样，也是该回去看看，孩子都五岁了，嘎婆（外婆）还没见过外孙呢。她又去问二哥，锦北说，要不等几天，正好过了八月节（中秋节），看看你娘家侄子来接你啵，路也委实太远，这样我就放心点，实在不行，就叫六哥锦丁送你。锦北洞察世事，果然八月十七这天，巧仂娘家的侄子，那个一九三八年来报信的三石伢过来了，说是湾里现在太平了，奶奶和爹爹要我过来接细姑回去住些日子。三石伢歇了一晚脚，锦北一早过来叮嘱，锦丁就代表锦幺吧，送下巧伢。锦丁的儿子小铃铛，搂着巧伢的儿子明明，坐独轮车左边，巧伢坐右边，就这样三个大人两个小孩，一辆独轮车吱吱呀呀上路了。三石伢说，锦丁叔，我也会推，这几十里路太远，等下我换你哈。俩小兄弟一路欢叫，巧伢心里舒畅极了，看着这金色的旷野，秋风送爽，愉快地哼起《回娘家》的小调：

> 山路弯弯长又长，娘想儿来儿想娘，
>
> 儿是娘的心头肉，娘让儿啰想断肠，
>
> 望断天涯不见娘家路，
>
> 夜夜梦里湿脸庞……

走过十多里，看锦丁额上有点汗津津，三石伢硬要给锦丁叔换下手，把车子接了过去，毕竟是个初生牛犊，刚一上手，双手把住车柄，屁股左右也颠得均匀，肩上沉沉的皮带左右换肩来回自如，推得轻松，但是没有锦丁老到。走上一阵子，碰上一个沟坎，由于用力过猛，车子噔地一震，巧伢跷在车前的右脚上一只绣花鞋掉下来了，锦丁赶忙叫停，匆匆跑到车前捡起了那只鞋子，本能地将鞋子的灰尘拍了拍，又吹了吹，还将鞋面在自己身上又擦了两下，边说："巧伢，莫下车。"下意识地蹲下身子，说是来帮巧伢穿上，巧伢不好意思，说："六哥，我自己来吧。"正要起身，锦丁已把绣花鞋的前口套上了巧伢的脚尖，巧伢的脸庞顿时一阵绯红，双手一把接过鞋帮的双侧，锦丁这才反应过来，四目相视，尴尬极了。

不知走了多久，他们终于看见夕阳照射在静静的刘望山湾，塘坝边挂满小红灯笼似的红柿子树上几只喜鹊跳来跳去，喳喳叫唤。巧伢远远看见，小侄子和侄女们正在道场上巴望着远方的姑姑回娘家呢。

锦丁住了一晚，第二天就让小铃铛留下来，与明明做伴，自己与巧伢说定，半个月后再过来接她。

"缺一门"何许人，原是川军一四七师下面的一个副营长，正号赖宁清，因贪污军款严重违纪，受到团部严厉处分，此后一直心怀不满，一次战斗结束后，趁机拉出一部分队伍叛离，称匪为王，并不断纠集地方上的恶势力和地痞流氓，两年多时间，竟发展到近三百人，是一股不可小觑的祸乱势力，亦成为新四军的心腹之患。此人生性暴烈狡诈，个子粗壮，满脸肉疙瘩。参军前就劣迹斑斑，上山做过土匪，由于生性好斗，参军后也算是一块好料，勇猛顽强，每次战斗都很出色，所以一路飙升，当上了副营长。就在副营长这个位置上，他参加了一九三八年杨家山的战斗，带领一百多号人负责阻击增援的鬼子，战斗持续了半天，鬼子第三次反扑时，交战特别激烈，他带头与鬼子展开肉搏，接连砍倒三个鬼子后，自己则被鬼子砍断了一条胳膊，"缺一门"的雅号便由此而来。

土匪那天在陈大屋湾吃了亏，缺一门一直不服气，耿耿于怀，发誓要报此仇。他手下有两个得力干将，都是原先部队里的，一个是原先的副连长，绰号"耀眼"，就是有点斜视，那眼睛本来是往东看，给人的感觉却是在向西看，小土匪看着他，总忍不住要笑，又不敢笑，这人是个炮筒子。另一个也是他原先手下的排长，土匪们都称呼他二爷，二爷不怎么言语，看样性子很静，不像个土匪，但肚子里尽是坏水。缺一门问这左膀右臂，仇怎么报？二爷眨眨下垂的单眼皮，然后仰着脸说："先下饵，后钓鱼。"缺一门不解，此话怎讲，二爷解释，先派几个弟兄在村子附近故意转悠，总有人会向新四军报信吧，然后我们——话未说完，缺一门手一挥，懂了懂了，就按二爷你的意见办！赶紧吩咐下去。

　　巧伢回娘家这几天，着实过得愉快，好多年没有回来，东家走走，西家坐坐，很是亲切。登门的第一家当然是大姑家，没有大姑的垂爱，巧伢怎么会做了上王村湾的幺媳呢。过了两天，渐渐地她发现有些不对劲，细妈大嫂大侄许多人看她总有些异样的眼光，姆妈避开她就轻轻叹气，有时眼睛里还泪水汪汪，好像有什么事，大家都在瞒着自己。一天，在巧伢的逼问下，正在搓洗衣服的细妈终于道出了实情，锦幺他，他牺牲了。巧伢如五雷轰顶，整个人就像一下子坍塌了……

　　任何人的劝解都无济于事，连日来，巧伢天天傍晚来到望夫山下，用烧化纸钱的方式来化解心中的悲痛，对着那已经炸垮了的碉堡方向烧化冥钱，跪地磕拜。转悠的小土匪看见了，为何这漂亮的女人天天来这里焚香哭天拜地呢？回去报告缺一门，缺一门问，真的很漂亮吗？那小土匪肯定着。于是缺一门带着左膀右臂，跟着小土匪，来到望夫山的树林里偷窥。果不其然，巧伢虽然身穿素缟，头戴缟布，身腰还是那么楚楚动人，臀是臀，腰是腰，胸部丰满，一张丰腴的蛋形脸布满忧郁，反而更显庄重女人味。看得缺一门快流口水了。经过四方打听，这女人就是原来湖口游击队副队长王锦幺的堂客。晚上三个土匪头子凑在马灯下，那垂眼皮的二爷说，这谣造得好吧？不但造来了大当家的艳福，还给了我们报仇雪恨的机会，乐得缺一门一拳砸向二爷，真你个狗头军师，太会想了！于是端起桌上一碗酒，一仰脖子，咕噜咕噜，啪的一声，把酒碗狠狠甩在地上，好！明天抢亲去！

刘望山湾与陈大屋湾只有一丘之隔，田地犬牙交错连在一起。刘望山湾的刘老先生手挽盛满秋椒的竹篮，从菜园地里回来，遇见陈老爹，便问他，这土匪也不抢也不偷，几天来老在我们这里晃着干吗？陈老爹便说，你可不知，土匪就是土匪，乌合之众，那一点破秘密都泄露出来了，他们就想我们派人去通知新四军，好打新四军的埋伏。刘老先生是个有学问的人，对着陈老爹跷起拇指，对，我们偏不上当！然后指指远处跪在地上烧纸钱的巧伢，那是我的房侄女，牺牲的锦幺就是他的男人，怪可怜的。刘老先生叹喟着告诉陈老爹，这望夫山应了古喔——当年陈友谅与朱元璋大战鄱阳湖，朱元璋兵败，躲进了望夫山，后又在望夫山消失，许久不见其踪影，马夫人便天天来到望夫山下寻找等待，一天撕下一丝巴茅，终于感动上天，巴茅渐渐变成了丝茅……唉，如今又是我的侄女儿效仿马夫人。刘老先生苦苦地摇摆着头，看着陈老爹，这事传是传得厉害，但是锦幺这孩子到底牺牲没有？

晚上，侄儿铃铛和明明都睡了，孤灯之下，巧伢的脸色明显憔悴了许多，她在算着日子，后天就是九月初三，六哥要过来，约定的半个月时间到了，明天就最后一次给锦幺烧纸钱了。人死不能复生，巧伢自己劝慰着自己，俩孩子要去学堂公公那上课，地里还有高粱要收，红薯要挖，许多活等着回去做，总住在娘家也不行啊。

第二天傍晚，已是第七个黄昏，巧伢还是一身缟服，独自来到望夫山下的老地方，跪在地上焚香化纸，泪目无声。秋野里有几个稀疏劳作的人，听见那噼啪的爆竹声，自然地抬头望去，只见火纸上空的灰屑，在残照中像是大小不一的黑蝴蝶凌空乱舞，树枝上的乌鸦时不时的几声凄厉。就在巧仍欲起身返回，旁边的树林里突然蹿出几个黑衣人，架着巧仍就往大路上奔去，巧仍大声呼喊着，"土匪——土匪，放下我！"有意守护巧仍的大侄子，在近地里挖红薯，第一个听见姑姑的呼救，丢下锄镢，边追赶，边大声喊道："土匪抢人了，土匪抢人了！"于是地里头干活的人也一起跟着冲了过去。

缺一门把巧仍抢到手，心花怒放，满脸的肉疙瘩乐得更是挤在一起，任凭他花言巧语，千般哄骗，怎么动得了一个正在痛苦中的女人的心呢？这是一栋富人的房子，没盖几年，单独坐落在小山冲里，被缺一门抢占过来，做了自己的窠穴，也可以说是窜匪的"行宫"。为了让抢来的女人开心，新房倒是认真布置了一番，红帐红被红窗花，房门上还贴上了新婚对联。缺一门把所有人都赶了出去，关上房门，反复劝说巧仍，既然你男人死也死了，能哭得活吗？今日与我成亲，做个压寨夫人何尝不好？保你今后穿金戴银，吃香喝辣，生几个胖小子，我把你当祖宗敬。倘若不依我，我就——我就怎么样？巧仍终于开口，进了狼窝，难道我还怕死么？！缺一门忙赔着笑脸，不是那意思，又是一番无赖嘴脸，卑躬屈膝，甜言蜜语。巧仍声色俱厉："倘若你对我动粗，我就断舌自残，撞墙自尽，死在你面前。"缺一门慌忙回答："别别别，放心吧，我会尊重夫人的。"巧仍聪明，一转念，便又说了一句，"今晚你出去，容我细想。"缺一门听了巧仍的话，倒也高兴着，心想这男女之事，强扭着也是不行，好事不从忙中取，于是满口答应，好，好！退出房中。

九月初三下午，锦丁如期赶到了刘望山湾，可是他看见的只有两个怪可怜的孩子，巧伢呢，巧伢昨天被土匪抢走了，锦丁一屁股坐在地上，像个女人一样哭了起来，一副悲痛无助的样子。锦丁也确实像个女人，自从荷芝死了后，带个儿子小铃铛过日子，除了男活耕田种地是他的担当，哪样女活他不会做？就连纺纱、织布、做鞋，他都做得像模像样，比女人还要女人。难怪上王村湾的女人私下窃笑，锦丁不就是下面多了那一坨肉呗。巧伢的爹爹和姆妈过来劝他别哭，大老远地过来，进屋吃点东西吧，六哥。巧伢大哥的三个崽，大石伢到三石伢，都来找六哥合议，想个办法去救救细姑。哪晓得锦丁也太窝囊，我不敢，我们斗得过土匪吗？堂堂五尺男子汉，竟如此懦弱。

　　巧伢藏在靠近都昌交界的沈家舍里，那房子是沈万山的。昨天大石伢和二石伢跟在土匪后面，快追到沈家舍，碰见一位放牧归来的牛童，那牛童说，看见一个女人，被穿黑衣的土匪抱进沈万山屋里去了。刘望山湾的人都为巧伢着急，但又都束手无策，一直在等主心骨刘老先生回来作主，恰好锦丁来了，满以为有个指望，谁知听了他的话："我怕土匪。"叫人大失所望。就在这时，刘老先生赶到了，听了情况后，立即吩咐，大石伢带上几个人奔沈万山那边守着，这位六哥与二石伢共个伴，去棠山办事处送信，事不宜迟，立即上路。

　　巧伢一宿未睡，第二天一早缺一门过来向巧伢献媚，夫人可睡得香吗，巧伢强作欢颜，装作很认真的样子，假如我真的做了压寨夫人，你会真心对我好吗？缺一门只管点头，当然当然。你不许再纳小妾，做得到吗？一定听夫人的！这么说——

夫人想好啦？缺一门肉疙瘩缝里全是谄媚。巧仍微微点着头，缺一门高兴得要蹦起来。但是巧仍突然来了一个"不过"，不过什么？缺一门急得垂涎三尺望着面前这个女人。不过你要答应我两个条件：一是不许你再伤害老百姓，是真正的男人，是中国人，是英雄，杀个鬼子我看看。缺一门双手一摊，苦着脸说，现在这一带，鬼子都被新四军杀光了。巧仍说，那程山红部里，县城里不都还有不少的鬼子吗？哪怕你杀了一个，我都嫁给你。还有，哪里抢来的，就用花轿到哪里把我接过来。做不到这一点，休想碰我。奶奶的，好！三天内老子提着鬼子的头来见你。缺一门正急步跨出房门，忽又止住步，回转头来，那第二呢？巧仍手指卷着右胸前一绺秀发，慢条斯理："不能老把我关在这屋子里，把我关得面黄肌瘦你还会喜欢我？我牵挂孩子，让我在沈家舍来回走走，看看别人的孩子，心里也舒服些。一个女人在这天高地远的地方跑得了吗？"缺一门喜癫了："好，统统答应你，等着我回来，快快乐乐做夫人吧。"

　　锦丁与二石伢赶到棠山找到了办事处，已是下夜。只见办事处办公室里依然亮着灯光，陈仲他们正在彻夜商量剿匪的事情呢，占勇、锦幺都在里头。当站岗的把二位不速之客带了过来，第一个惊讶的当然是锦幺："六哥，你怎么来啦？"霎时大惊失色的反倒是锦丁，锦丁盯着锦幺，眼睛一眨不眨，仿佛梦里，舌头不听使唤："幺，幺幺弟，你没，没死？"一下子大家都蒙了，可是当在场的人听完了事情的原委，又都哈哈大笑起来，太啼笑皆非！笑得最高兴的当数锦幺："我死了还能变成人呢。"一阵笑过，陈仲说，会议到此为止，立即行动吧。占勇说他亲自去，担心锦幺身体还没完全恢复，锦幺说，堂客陷在狼窝里，我能放得下心吗？

已是身陷狼窝的第二个早上，巧伢早早起了床，小土匪端来吃的，巧伢说吃不下，心里闷，要出去走走，两个小土匪只有依着她，背着枪跟在巧伢后面。转到沈家舍湾场上，看见两个小女孩在跳绳子，巧伢走过去，看她们玩。一会儿，巧伢看见洗衣的大娘进那屋去了，巧伢便跟小土匪说，我方便去，小土匪哪好意思，只好远远地守着。巧伢不但脑子灵巧，运气也好，碰上了好心的大娘，一口答应，按照巧伢说的方法去做。巧伢若无其事从大娘屋里出来，走到那枯杨树下，坐在树苑上，发着闷。

　　太阳丈高了，大石伢两个人在沈家舍大路边的柴屋里守了半宿，等锦丁带新四军过来，一直等到现在。这时，沈家舍过来了两个半大小伙子，就是大娘的孙子，受巧伢拜托，帮她来碰碰运气，小伙子很高兴，果然这么巧，碰上了救巧伢的人。于是四个人凑在一起，继续等候着，等了不久，锦丁和三石伢带着占勇、锦幺他们终于赶过来了。按照大娘俩孙子提供的情况，他们分成两组，分别从沈家舍和沈万山的屋子两个方向向中间合拢。这两点之间不上半里路，他们还没走出多远，果然在所有人的视线里出现一个女人，后面跟着两个土匪正向沈万山的屋子慢慢走去。占勇说，避开沈万山屋子方向，先抓土匪，留活口。占勇、大个子刘几个人腰系绳索，装作捆柴的老乡，故意靠近土匪。几个人三几下子便把俩土匪缚了，嘴巴塞了，巧伢怔怔地看着锦幺，是幺？是锦幺么？天哪！我这是在哪里？发愣许久，听见锦幺喊她：巧，巧！巧伢这才一头栽倒在锦幺怀里，整个身子都在抽动……就在这时，土匪窝那边的狼狗许是嗅到这边的动静，汹汹吼叫，便有土匪跑出了屋子，占勇立即扯开一个土匪嘴里的布巾，问：你们有多少人？答：只剩八个，都跟大当家去程山了。土匪真的跟着狼狗追了过来，占勇下令，选择地形，撂倒几个！当对方进入了射程后，冲在前头的狼狗和土匪陆续倒下，剩下的几个见势不妙，掉转头来拼命往回逃去。

缺一门一旦回来，是暴跳如雷，还是捶胸顿足？有诗为证：

劫色劫财乡里横，乌鸡也学老鹰萌。

桃花梦里三更断，赔了夫人又折兵。

第二十四章　双线传捷

缺一门在程山埋伏了一晚，不但没有割下一个鬼子的头，反而被鬼子的机枪突袭，损兵折将，自己都差点丢了性命，拖着血淋淋的腿，窝着一肚子火，快中午的，一瘸一拐地回到了他的"行宫"，看见的又是一片惨状，"压寨夫人"也跑了，一举三损，气不打一处来，见瓶砸瓶，见罐砸罐，无人敢近前劝阻。自砸自歇，一屁股坐在地上，痛悔万分地哭了起来，奶奶的，大呼上婊子的当了。缺一门"表演"得差不多了，一屁股坐在地上，双手搂着A型双膝，气嘟嘟地闷不作声，"耀眼"恨恨地建议道："大哥，这口气我们一定要出，袭击棠山！"缺一门定定地望着"耀眼"，半晌憋出一句："那是送死！"随后霍地站起，皱起粗眉，此地不留爷，自有留爷处。走！上武山去。垂眼皮二爷仰着脸，大当家想法对，退一步天高地阔，我们哪是新四军的对手，先休整，再伺机。

救出了巧伢，锦幺听了占勇的话，回去住两天吧，陪着巧伢回到了上王村湾。久违了，两年多，田野、村庄、乡里乡亲，一切都是那般熟悉亲切，温暖心头。战争太无情了，战事也太繁忙，烽火阻隔，区区几百平方公里的范围，总让人感觉家远在天涯，回来一趟多么不容易啊。锦幺家里村里到处走走看看，二哥锦北明显地老了，三嫂朱雅芝和几位嫂嫂们还不错，都还健朗，难怪说女人经老。冬梅的儿子火生长大了，龙梅也已出嫁，物是人非，进宝也不在？只有那村前的清水塘波光粼粼，依然如故。锦幺喜爱侄儿一平，胜过爱自己的儿子明明，一平比明明大一岁，也许是这小家伙抢先一步，夺人所爱。锦幺一手牵着一平，一手牵着明明，一平嚷嚷着，大人们都说幺爹是大英雄，幺爹讲杀鬼子的故事啰。一边从口袋里摸出那支桃木枪，咚——咚——锦幺笑咧咧的。四夫四哥呢，小一平手指一指，上学去了。锦幺说，我们去看看学堂公公好吗？学堂公公明显地老了，步履蹒跚，言语迟钝，怕是不久了。

接连两个晚上，锦幺和巧伢有着说不完的话，谈这谈那，他们最为上心的是憧憬着抗战胜利后的生活，巧伢问锦幺："到那时你最想干什么。"锦幺说："我早就想好了，到时我还是做砖匠，多上户，赚钱攒钱，然后盖两间新房子，一间给村上做新学堂，让孩子们好好读书，再是——"锦幺止住了，巧伢追着问："再是什么？"锦幺不得不说了："再就是让你替我生好多小明明，好不？"说得巧伢不好意思，笑得钻进了被窝。

锦幺回到部队的那一天，首先来到医院，把学堂公公的身体近况告诉了王锦原，并转告了老人的心愿，要你务必抽空回去一趟，可能有要紧的话说。王锦原问锦幺，跟家里人没说锦先的事吧？锦幺点着头。锦先助纣为虐，是耻辱！我们要把这件事烂在肚里，烂一辈子，让它永远是个谜。王锦原最懂学堂公公，也最孝敬他，正好最近也不是甚忙，二话没说，马上去向陈仲请了假，回来把医院的工作给刘医生交代了一下，又去问了徐氏，要不一起回去看下孙子？徐氏摇摇头，只是把自己做工攒下来的一点银钱，早已装好在小布袋子里，交给王锦原给冬梅带去。既然出来了，就不念俗，你一个人去吧，路上保重。徐氏把王锦原送过医院前的荷塘，不知不觉送了许远，送到靠近一个小村庄时，突然从那村前草垛里蹿出一条大黄狗，十分凶恶直扑过来，俩人猝不及防，就在大黄狗快要扑到王锦原的肩头上的一瞬，徐氏反应迅速，随手从身边歪倒的篱笆里捡起一根木棍，直挥黄狗，黄狗见状，马上退缩回去，这时从村里又冲出一条黑狗，汪汪的更厉害，黄狗见有同伙助阵，又凶狠地扑将过来，瞬间徐氏又捡来一根棍子，把手中原有的一根给了王锦原，于是上演人狗大战，徐氏高高扬起手中的粗棍，一棍下去，狠狠击中了黑狗的狗头，痛得黑狗汪汪几声惨叫，败下阵去，那黄狗还没等到王锦原的打狗棍砸下，也逃之夭夭了。俩人这才如释重负，王锦原长吁一口，舒坦地望着徐氏一笑："有惊无险。嗳，真没想到妹子出手如此厉害。"徐氏说："我也不知道自己哪里来的勇气。"仇恨总是在寻找机会，也许这狗日的，就像当年的俩鬼子。担心狗们卷土重来，徐氏要王锦原先离开，王锦原则要徐氏先返回，送君终有一别，不去争执了，只好每人挂着一根打狗棍，在相互守望中一步三回首，各自渐渐远去。

回到了上王村湾，王锦原径直进了学堂。学堂公公确实老得不像样了，隔着蚊帐望去，形如枯槁，但神智很清，看是王锦原来了，很高兴，想坐起来，却无力，王锦原靠近床榻坐着，紧捏着老人的手："细爹，你莫起，我听得见。"学堂公公先是夸赞了几个侄媳们，说她们很是照顾他，尤其是雅芝很耐烦，好贤惠，女人你要看重哦。然后才断断续续说出自己身世的秘密。

原来学堂公公青年时期就很有志气，抱负远大，那时的他与"康梁四君子"就交往甚密，"四君子"革鼎失败后，他又投身了辛亥革命，国民党在广州召开一大时，他就是国民党党员，在这之前，一九一五年春，还去了云南讲武堂学习了半年，受派系排挤，讲武堂的教官以他的年纪大为由劝退了他。他回到武汉、上海等地活动，经人介绍，秘密加入了共产党。一九二七年蒋介石发动反革命政变，为躲避追捕，辗转济南、武汉后，回到九江暂避风头。时年已五十多岁的学堂公公，遵从上峰的意见，先留得青山在吧，于是便回到乡下办起教育，暂避锋芒。学堂公公有过一次婚姻，未生子女，由于女人受不了这种聚少离多的生活，最终还是分手了。学堂公公从不气馁，不怕家散，不怕杀头，矢志不渝，尔后的每年春季学堂放农忙假总要上武汉去，直到日寇一九三八年侵占湖口后的头两个月还去了一趟，寻找组织寻找联系人，但是天违人愿，除了打听到邓恩铭一九三五年在济南牺牲了，再也没有获得任何有价值的消息，从此与党组织完全失联了。

王锦原扶起学堂公公喝了两口水之后，学堂公公把身子斜出帐外，指着那朱漆衣柜底，让王锦原取出了一本发黄的书——《共产党宣言》，王锦原惊奇又惊喜——这就是"神书"？学堂公公灵气还在，深陷的眼珠儿像是瞬间射出了光芒，笑得有点诡秘，贼寇祸世，乱党横行，我能不深藏吗？学堂公公又叫王锦原从床底下的地窖里取出了一个敞口陶罐，陶罐里面有一个沉沉的厚布袋子，学堂公公坐不住了，躺了下去，干枯的手指指着布袋子说："里面有一百块银圆，除留下二十块为我丧葬用外，其余全部作为党费，帮我交给组织，交给你们部队上也行。行将就木之人还怕什么，我就是要让后人知道，王庭之实际上是共产党员啊。"学堂公公很累了，但他还是用尽力气地说了最后一句，"除了让大家吃好，其他一切从简哈。"

王锦原回到家里，把"神书"庄重地藏好，忽然想起当初闹游击那会儿，学堂公公常说资产阶级必然灭亡之类的话，原来是"神书"上说的，那阵子总觉得头顶有神明，现在才一下子恍然大悟，神明，神明啊，我终于找到您了！

难怪说人在弥留之际有着极强的忍耐力，学堂公公就是这样，当他把重要的后事托付给最信任的王锦原，心无挂碍，第二天卯时初便咽尽了最后一口气，享年七十六岁。王锦原遵照叔父的遗愿，除了早已备好的上乘十圆棺木和丧酒丰厚外，其他事情都很简朴，终于把这位尽其所能为信仰坚守一生的老人，送上了最后一程，让他安心地见马克思去了。

三天后，王锦原返回部队，第一时间找到了占勇，邀上锦幺，一同来到陈仲办公室，把肩上扛着沉重的布袋子撂在办公桌上，手捂着袋子，看了看陈仲，侧转身又看着占勇说："你们知道学堂公公是什么人吗？队长那会儿总想去见见他，我为什么总不引荐呢？这是天大的秘密啊——学堂公公是中共一大时的党员！"听的人都惊讶万分，唏嘘着。王锦原的话还没说完，"那会儿我们总说他老人家很神秘，像个神人，现在才晓得了喔。"神书——神人——神明，神明到底是谁？神明原来就是共产党！当王锦原说明布袋子里八十块银圆的来由，郑重地把布袋子双手推到陈仲手里，几个人对这位老者——一位共产主义的忠实信徒立马肃然起敬。陈仲说："我不但要代表组织把这笔沉甸甸的党费收下，我还要把它交到上一级党组织去！"

最后陈仲提议，大家都摘下帽子，对着桌上这袋银圆默哀三分钟。后来听说，这笔党费上交到新四军政治部去了。

一九四四年底，又是一个寒冷的冬天，呵气成霜。陈仲搓着双手，刚刚走进办公室，发报员送来紧急密电，师部已截获日本鬼子驻彭泽一〇五师团的"夜狼行动"计划，这是针对新四军近年来在彭湖边区扩张的报复。鬼子千方百计纠集彭湖地区残存的鬼子力量千余人，准备向湖西方向秘密移动，企图一举扑灭新四军这支抗日武装。陈仲浓眉紧锁，难怪侦察员报告，近日江面日寇舰艇来回穿梭，磨刀霍霍，于是连夜召开会议，部署战斗。会场鸦雀无声，只听浑厚的男中音在这瓦屋中有力地回荡："同志们，本来春节前后，我们准备集中精力，全歼顽匪，但是不死心的日寇又向我们发起挑战，敌人的阴谋幸好被上级及早发现，虽然鬼子的兵力数量远超我们，但是只要我们团结一心，调动一切可以调动的力量，把民兵组织起来，放手发动群众，对他们实行反包围，反偷袭，一定会彻底粉碎敌人疯狂的进攻，赢得这场战斗的胜利！但是我们要做打恶仗的准备，做好流血牺牲的准备……从现在开始，各作战单元按照部署，立即进入作战地点，进入临战状态。锦幺同志继续负责剿匪，双线同时开弓！"

这是一个出奇平静的夜晚，医院里几乎没有什么病人，也许是快过年了，一些轻伤的病患都回家了。黑灯瞎火的冬寒腊月，似乎更催人冬眠，医护人员基本都酣然入梦，唯独王锦原和徐氏这对有情人灯前夜话，情意绵长，这样独处的时光在繁忙的军旅中当然是难得的片刻逍遥，他们之间哪有说得完的话？两颗原本很容易碰撞起的心灵火花总是被人为地掐灭，夜阑人静，说着说着，这一次却不一样，碰撞的火花好像要燃烧起来，忍耐了一生的王锦原忍耐不住了，还是故意不忍耐？他想起了女人的话，爱我一回又何妨？明天和意外谁知哪一个先来，万一哪一天我没了，你也许后悔莫及了，况且上次已答应过她，面对这死心塌地爱着自己的女人，他任由她千般温存，万般缠绵，俩人不知不觉坐进了被窝，床头边的灯花在摇曳，徐氏的脸比灯花还红，她羞涩地缓缓把袄扣解开，露出了两团隆起的红兜兜，红兜兜在起伏，又像在痉挛，带着玉体气香的一片红云直向王锦原挤压而来，王锦原气粗了，血也上涌了，他恨不得立刻张开双臂去抱合胸前这一片红云，他任由她温柔地退下一只袄袖，正当她把他搂在热气腾腾的胸前，去拉脱另一只袄袖时，窗外突然响起了紧急的军哨，医护人员房间的灯全都亮了，所有人瞬时集中到场子上，武装科程科长宣布命令：除一两人留守外，其余所有医护人员捎上急救药用品，随同机关特务连一起，立即出发！

陈仲非常重视医疗保障，让武装科派了战士，还安排了民兵一起过来帮忙，把战地"临时医院"连夜抢了起来，王锦原和医护们一直奋斗到天亮，抢救组、包扎组、担架队都已准备就绪，陈仲过来察看很是满意，紧紧拉着王锦原的手，又转身对全体医护人员说，同志们辛苦啦，天气寒冷，大家抱团取暖，抓紧迷糊下吧，战斗随时可能打响。

所有战斗部署已就绪到位，独立连和吴东生的四连负责阻击西侧兜底，张群的长江纵队严守鬼子进口一头，十八团的三营和机关特务连作为主力，伏守岷山，担任正面打击，通往岷山上的战壕和战地医院都已连通，一百多号民兵进入了战斗序列，群众自发地前来阵地支援，运弹药，抬担架，挖壕沟，正如陈仲所说，我们正在实践毛主席的号召，打一场小小的人民战争。万事俱备，就等着小鬼子进来。可是等了一天，等到天黑还不见鬼子的影子，占勇是指挥这次战斗的主要助手，终于接到张群来电，鬼子已经出发，正向岷山方向运动。

鬼子方面此次行动的总指挥是驻彭泽一〇五联队新任联队大队长大佐墨本浩田，此刻，这家伙正骑在高大的棕色马上，夹在队伍中间。当队伍的前头快要进入伏击带路段，便被叫停，墨本拿起望远镜对着岷山仔细瞭望，队伍一直原地停在那儿不动，可把隐蔽在山上的长江纵队队员们急坏了，怎么还不进来呢？墨本的计划是夜晚穿过岷山路段，零点后赶至湖西，铁臂合围，一举歼灭十八团，但是他们万万没有料到对手抢占了先机，且如此耐心恭候。夜幕笼罩了四野，除了偶有归巢的鸟叫，山上看不出有什么动静，墨本又举起马刀下令，继续前进！鬼子前头的队伍终于出现在三营伏击带的视线里，占勇和陈仲也都看见了，陈仲说，估计还等五分钟差不多了。大家屏住呼吸，睁大眼睛，手扣扳机，一分钟的等待都是漫长的啊。等哪等哪，张群终于发出了红色的信号弹，说明鬼子全部进入了伏击带，陈仲一声令下，所有的火力全开，子弹如雨，机枪吐焰，手榴弹漫天翻飞，战斗前段确实打得很顺利，接下来却越打越艰难，战场形势一度胶着。鬼子人数多，其有效战斗力虽已被我方挫伤过半，但是几经战力战术调整，轮番攻防，尤其是山对面丛林中，鬼子的小钢炮弹像有打不完似的，对我方阵地威胁很大，我方陆续出现了不少的伤亡，炮弹已在我方战壕到处开花，担架队几乎是在炮弹中穿梭，许多担架队员连带担架上的伤员在炮火中丧生，敌人的炮弹打到"战地医院"近处了，情况万分危急，伤员急增，担架队员在不断减少，这时王锦原已顾不了许多，带领部分医护人员冲出树林，冲下山坡，大兰让小兰留下，蛾儿把莲儿扯回来，自己跟着徐氏冲出去，他们在一茬又一茬的炮火中，来来回回帮助抢救伤员。徐氏很担心王锦原的安全，紧紧地跟在他身后，来回往返帮着扶、拉、扛，就在王锦原再次跑出"医院"，徐氏也返身跟在后面，他们前后刚刚跳下一个坡墚，猛地一颗炮弹落在前面墚下，徐氏眼明身快，纵身一扑，把王锦原压在身下，霎时咚的一声巨响，俩人都被震昏了，一会儿，王锦原强力挣扎着爬起来，拂去徐氏身上的沙砾泥土，猛然间只见殷红的鲜血从她的胸腋涌流而出，他立马从口袋里掏出一团纱布，使劲按在那血涌处，近处有个深坑，他抱起她，移坐坑里，让她躺在自己的怀里，准备将她的伤口再次简单处理，可能流血太多了，此时的徐氏嘴唇完全发白，半睁着眼睛，说话没有力气了："三哥，伤口可能在乳根部，无所谓处理了，我已经没戏了。"她把胸扣一粒粒解开，把王锦原拿着纱布的手塞进去，按在自己桑叶状胎痣的胸脯上，又把他手中的纱布取下，"三哥，一生你还没这样待过我，趁着我还没咽气好好爱爱我吧。"一生矜持稳重的王锦原，此时像完全失去了理智，他抓住那团纱布，使劲按在徐氏的乳根处，另一只手搂着徐氏的背，吻着她的额，吻着那没有血色的唇，心中十分愧疚地爱着这爱过一辈子的女人："妹子，我对不起你，对不起你呀！"他几乎是在喊叫，徐氏微微笑了，声音已经很细，"三——三哥，为了打鬼子，为了你，我——我值！"徐氏拼尽力气，说完了最后一句……

徐氏壮烈牺牲，王锦原悲痛欲绝。战斗已近尾声，刘医生、蛾儿母女俩、大兰小兰，许多人都赶过来了，他们本想好好安慰王锦原，看着王锦原泪流不止，几个女人都哭得唏里哗啦，蛾儿说："徐氏妹呀，你是世上最善良的女人啊，我们有缘相识，无缘处长啊……"

蛾儿的女儿莲儿哭得更伤心："你像我姆妈一样疼我，又像亲姐一样亲……"

大兰小兰相互搂着颤抖的肩头，互相诉说着："这么好的人永别了，我们接受不了喔。"王锦原满面尘烟木然地坐在那干枯的松蔸上，似是无力地掸动着手："同志们，你们该忙忙去吧。"这时杏儿匆匆跑过来，扑通一声跪在王锦原面前，扶着他的双膝："三伯，您别太过伤心啊。"自己则哇的一声哭了出来，晕天黑地哭个不停，"姨娘啊姨娘，我再也看不见吃尽千辛万苦的好姨娘……"

经过六个小时的惨烈激战，新四军最终还是赢得了这场战斗的胜利。由于牺牲的人数不少，三天后在岷山现场举办了追悼大会，王锦原由于腿部也被弹片削伤，无法前去，他只有怀着内心无比的剧痛，用自己独特的方式去悼念那心爱了一世的女人，诗意人生的开始，为什么不能用诗的花环去祭悼她壮丽的结尾？他躺在病床上，悲悲切切填就了一首《青玉案·寄冥中》：

> 柚山折尽岷山路，无可奈、香魂去。失伴离人心痛楚。韶华时日，酌词问句，殁了玄机女。　　多情愧责无情负，遣笔新冥断肠诉。满堰芳心谁最苦？绿荷孤叶，风摧雨妒，反被东风误。

刚填完词的初稿，程科长送来了徐氏的烈士证，看着浑然不知立在那儿一动不动的王锦原，程科长也没有给他打招呼，悄悄地把那小小的烈士证搁在桌上，移来黄烟筒压在上面，便退了出来。

锦幺没有参加岷山战斗，专门对付剿匪。根据那天对抓来缺一门手下土匪的审讯，得知常常在彭湖边界一带骚扰的三股土匪，早就不是一路人，他们自身也在明争暗斗，只不过是共同利益的需要，才进行短暂性或某次性的合作，各自做着"山寨王"的梦。别看波阳的戴月英打打杀杀，跟着缺一门厮混一起，也是貌合神离，常有龃龉。缺一门已藏身武山，戴月英也远躲波阳，厘清了土匪们间的头绪，锦幺决定先从彭大麻子那里下手。

有天下午，锦幺特地先赶到医院看了王锦原，知道三哥为徐氏的牺牲悲痛着，劝慰交谈了一阵子，王锦原要去给锦幺泡茶，锦幺摆了手，说有急事在身，匆匆走了。然后赶到预定集合点大塘口，带着独立连的一部分战士，二夫、大个子刘和细猴，照样身着新四军服装，其余的二十多个战士换成了便装，远远落在后面，让抓来的小土匪带路。天刚黑，他们赶到了二十五都的大山脚下，在一个只有三户人家的小村庄里，找到了彭大麻子。彭大麻子四十来岁，正躺在床上抽大烟，两个女人坐在床边替他捶腿，小土匪冒失地进去喊了一声，彭爷，昏灯黑地的把女人吓得尖叫，彭大麻子呼地坐起来："你来干什么？！"小土匪手指往后一指："是他们逼我来的。"彭大麻子感觉情况不对，霍地下床立起，趿拉着一双硕大的棉鞋，定睛一看，果真是新四军，慌得把床头边的夜壶都碰翻了，臊气熏天："长官，不好意思。"伸手示意堂前坐吧。并吩咐女人，点亮了堂屋条台上的两盏大马灯。大家这才看清，彭大麻子个子是大，脸上并不很麻，五官不是很丑，与整个身材不协调的小眼睛，倒是转得蛮灵动，上下打量着锦幺他们。听说锦幺是新四军的指导员，更是一副诚惶诚恐的样子，心想来者不善，他们绝对不是三个人！彭大麻子确实聪明，分析得很准，声音哆嗦着："长官，有什么吩咐？"

锦幺严肃地说："今天主要是当面对你宣传新四军打击土匪的方针政策。"听着锦幺的每一句解读，彭大麻子时不时点头称是。锦幺最后通牒，"底线是从现在起，必须脱离缺一门，不能再在彭湖根据地抢一物，害一人，要求你们的队伍或就地解散，或投靠亲友，或归顺新四军，什么时候想通了，到棠山办事处联系，否则——"细猴一声口哨，呼啦啦二十多号便衣立时拥了出来，进入了彭大麻子的视线，这当然是震慑。彭大麻子马上颤颤地向锦幺表态："长官说得对，兔子不吃窝边草，我远走行不？"锦幺没有吱声，叫人扛来了三十斤食盐，然后便与这土匪头子说再见。

只要肯付出就必然有收获。果然两天后彭大麻子那边过来了十几个土匪，找到锦幺，投奔新四军来了，彭大麻子还要他们转告，自己的土匪队伍已经全部解散，除一部分上这儿来外，一部分洗手不干回家种地去了，彭大麻子说他爱抽大烟，身体不好，当不了兵，带了几个喽啰和两个女人去了至德。至此，彭大麻子这一块算是了结了。

岷山战斗胜利结束，陈仲心中的这块石头落了地，他找到锦幺说："大胆地干吧，只要把缺一门这帮混蛋消灭掉，要多少人，我出多少人。"还特地叮嘱，要是走远了，一定要记得带上发报机啰。

就在这天晚上，锦幺接到了最新匪情，缺一门最近常在水车港一带出没，祸害百姓。这是当地养马户唐厚贵受众乡亲委托，专门骑马过来报告新四军的。匪情就是敌情，锦幺向占勇报告后，立即带上独立连的两个排，备足弹药，跟着唐厚贵连夜直奔水车港。

　　到达水车港已是腊月二十一的早晨。水车港的确很美，藏在武山东麓和黄沙岭交界处的皱褶里，冬雾弥漫，白墙灰瓦时隐时现，如仙如幻。这里原是国军占领区，鬼子几乎没有进来过。这里的乡民，沿袭着祖祖辈辈，一直在敦厚大山的怀抱里，过着仓廪殷实的生活。缺一门藏在武山上，对周边情况摸得一清二楚，进了腊月，专门在这一带横行霸道，见什么抢什么，老百姓对这帮家伙已是深恶痛绝。锦幺一夜几乎没睡，站在唐厚贵湾门前的土峁上，像是眺望，又像是在思索，一会儿水车港的保甲长们都围了过来，向锦幺反映土匪的各种恶行，听说新四军进山来消灭土匪，老乡们哪个不欢迎？哪个不渴望？既然摸清了土匪的行动路线和昼伏夜行的规律，采取相应的对策就是了。锦幺把大个子刘和二夫叫过来，和保甲长们一起商量，把战士们分散安排在比较集中的几个湾里，这家住两个，那家住两个，学着土匪样，白天睡晚上出来，以其人之道还治其人之身。有了新四军保驾护航，大家心里既踏实又高兴，保长说，新四军住哪家，哪家管吃，反正过年啦，家家都在做粑做果，还愁没你们吃的，保长拉着锦幺的手说。锦幺回道："谢谢老乡。但是我们一定要付钱，这是新四军的纪律。"一晚上行军没睡，当下休息要紧，各位甲长便开始忙着领人去。

　　由于老乡反映，土匪从武山过来，猪夹笼是必经之路，锦幺只睡了两个小时，不安心，独自邀了唐厚贵湾的甲长唐厚成，走了十多里，实地察看了猪夹笼。果然如老乡说的那样，猪夹笼两岸陡峭，约一里长，一条羊肠小道蜿蜒涧底穿过，非常适合打埋伏。好，就定在这儿。回来的路上，锦幺问甲长唐厚成，土匪今晚会不会来？唐厚成说，土匪一般是两三天来一次，至于今天晚上来不来，说不准。回到了唐厚贵湾，锦幺躺在床上仔细想了一番，缺一门有二百多人，万一全部过来呢，不打无把握之仗！他决定给陈仲发报，请求增援，务于明天（腊月二十二）下午前赶到。

二十一的这天晚上，锦幺的队伍在猪夹笼扑了一个空。二十二的上午，吴东生带着增援的四连赶了过来，和锦幺的人一起，在猪夹笼守了一晚，还是扑了个空。二十三的下午，老乡们围着新四军七嘴八舌，议论纷纷，土匪今天晚上准的要来。来也罢，不来罢，锦幺已下定决心，咬定目标不放松。独立连和吴东生的部下都是混编部队，有不少广西兵，还有广东兵，吃晚饭之前，这些兵佬闻着老乡家里飘出的年香味，馋得忍不住到处逛，到处看，有的人家在蒸印花粑，有的人家在捣糍粑，一位大娘把刚出笼的热气腾腾的、白花明亮的米粑倒在竹筐里，几个兵都没见过，问这是什么粑，大娘说，这叫柳米粑。加工工艺复杂，要经过淘、炒、磨、蒸、煮、切，可做成上乘菜肴，切片刨丝均可，色泽光亮，肉质细腻，柔韧爽口，放上佐料姜蒜葱花，只要吃了一次，就是终生忘记不了的味道，说得小伙子们快流口水了。大娘执意拽下他们，风风火火，一下子炒了两大盆，馋得小伙子们直叫道，太好吃了！

这一夜，大家早早吃过晚饭，带路的老乡也好，新四军战士也好，打土匪的热情十分高涨，一路小跑似的赶到了猪夹笼。许多战士已经来过两次，猪夹笼的地形非常熟悉，哪里是小山垛，哪里是地墺，甚至哪处有个窟窿，有人都记得。在锦幺和吴东生的指挥下，很快在南北两边设好了伏。地寒天高，四下寂静，来啦来啦，长长的土匪队伍乱哄哄地终于来了。天上疏星朗朗，从上往下看，笼底下的一条小路，就像一条白色的布带，大家只见白色的布带不断地蠕动，渐渐地白色的布带越来越长，等到进口和出口出现白带大致相等，锦幺一声令下，两岸枪声顿时大作，一齐射向没有白带的地方，那蠕动的队伍立即停下了，只有慌乱，拼命嘶喊：完了完了，跑不了啦。这时路的两头均被设计者的火力封死，前进不了，后退不成，往上爬也是子弹相待，在强大火力的打击下，这支走进死胡同般的队伍再也蠕动不了，像一只长长的蜈蚣僵死在洞底，偶有几个没死的，算是命大。小土匪也确实不经打，几乎没有还手之力，战斗只打了三十多分钟，便已结束。锦幺下令两头包抄打扫战场，多留下几个活的。

经过打扫现场，发现"耀眼"已被乱枪打死，遗憾的是缺一门和那个垂眼皮的二爷没有找到，怎么办呢？锦幺和吴东生商量，打铁趁热，追寇不歇，立时分别提审。终于有个土匪供出实情，拍着胸保证，找不到缺一门，你们再杀我也不迟。好，就信你一回。锦幺选了十二名战士，包括大个子刘和二夫，并携带两挺机枪，亲自带队，连夜继续追抓缺一门。甲长唐厚成派来的大牛和小牛，兄弟俩很勇敢，不依不饶硬要跟着去，他们路熟，土匪至少骗不了。一路上土匪描述缺一门藏身的地点，大牛和小牛都证实，有这个村庄。

从猪夹笼里回去的人急忙先报信，土匪被消灭了，水车港里的村民一下子沸腾起来，奔走相告，德高望重的老保长不顾六十多岁高龄，连夜串村走户，找到甲长们，找到正在趁夜办年事的乡民，明天一定要好好庆祝，慰劳新四军。

这次奔袭猪夹笼，由于路途实在太远，王锦原听了锦幺的话，只派了护士小兰和莲儿跟着虎枝、杏儿过来了。土匪基本消灭了，几个女人和大部分战士率先撤回住地。四个女人住一起，刚进屋，这家大嫂正在趁夜翻炒年货，听这些女战士们高兴地议论着，说是今晚剿匪怎么这么顺利，三两下就把他们打趴了，大嫂也乐着，笑呵呵的，风风火火，把刚刚炒好的花生呀、豆子呀、芝麻薯片呀，用葫芦瓢盛来一瓢又一瓢，倒在桌上，还端来一筥箕年糕，客气地招呼着："吃吧吃吧，这么晚了，填填肚子。"便一手拍拍围裙，继续忙她的事去了。几个女人开心极了，吃着说着笑着，你一言我一句，先是憧憬着抗战胜利后的幸福打算，接着是漫无边际，不知不觉说到指导员锦幺和王锦原，好像是小兰眨巴着眼，翘着下巴先说："指导员真的好像王先生嗬，连说话声音都一样。"

杏儿咯咯地笑："因为是兄弟呗。"

小兰说："不一定是兄弟就全都像哈，关键是他们的气质修养好，才智人品都上乘，许是年龄差异，王先生更老道，指导员更活力些，都人中龙凤呀。"几个女人都说小兰说得对。小兰喝了口水，过来一把抱住杏儿，"姐，徐氏牺牲了，王先生好悲伤啊。"

杏儿说："三伯是真心真意喜欢我姨娘，一直是这样。"

小兰对着杏儿耳朵悄悄地："姐，你说王先生和徐氏会好到哪分上？"虎枝跑过来一把抱住小兰："你们咬什么耳朵喔。"

杏儿忽地认真地看着小兰："精灵鬼！莫瞎猜哈。尽管我姨娘很爱王先生，但王先生是很有分寸的人。"虎枝连连点头："对，对！"小兰也点着头："姐说得有道理，我也这么认为。"莲儿一旁呆呆的，有点睡眼蒙眬，呵欠着："该睡了吧？我肚子撑得鼓鼓了。"小兰嘻闹着，要来摸莲儿肚子："看看是有了啵？"莲儿痒痒的，央求小兰："莫闹了莫闹了，姐。"虎枝正欲打水洗漱，嘎嘣一句："露水都没一滴，哪来的有呢？"几个女人又是一阵咯咯咯地笑得前仰后翻。

　　继续去追残匪的锦幺一行，大概走了七八里，到了靠近武山大山坳里，山下有一大片竹林，竹林前果真有一幢古老的烧砖瓦楼，灯光正在亮着。那土匪说，缺一门就在里面。二夫蹑手蹑脚，趴窗瞄看，只见里面乌烟瘴气，几个人正在打麻将。二夫回转身来报告，摇摇头，没看清。锦幺亲自去看，锦幺个子更高，看了许久，看清了，对，就是这满脸肉疙瘩的家伙！锦幺马上分派大家把这屋子包围了，前后门机枪堵死，自己便用手枪抵着带路土匪的脑门，让他喊话，门刚一开，锦幺和几个战士便冲了进去，缺一门上座，猛一见状，顺手掏起身边长枪，闪身后门，准备夺路而逃，锦幺早就死死盯住这家伙，等他刚刚拉开门闩，便一枪击中缺一门的脑门，顿时踉跄两下，便一头栽倒在那屋沟里。与此同时，垂眼皮的二爷腰间短枪还未来得及拔出，就被二夫嘣了，血淋淋的一头倒在麻将桌上。至此，锦幺负责的剿匪工作，毫无悬念地取得彻底胜利。

　　二十四这天，水车港里面的湾里，比大年三十还要热闹。这一天天气也好，无风静浪，太阳照在屋场上，院子里，暖融融的，像个小阳春。老乡们杀猪宰鹅，烹兔杀鸡，蒸粑做果，还特地磨米糊，煎豆粑，用湖口地道的独特口味慰劳新四军。还是那几个吃柳米粑的广西兵广东兵，钻进大娘家看煎豆粑，煎豆粑太神奇了，穿细红花袄的小媳妇腰系蓝裙，头罩方蓝巾，靠着灶台，手捏光亮的蚌埠壳，在灶台上的陶缸里舀起白花花的米糊，沿着滚烫的铁锅淋上一圈，便用那蚌壳的背面，在米糊上左撇右熨，盖上锅盖几秒，再揭走锅盖，灵巧的双手食指和拇指轻轻一拈，信手翻转豆粑底面，将豆粑底面朝上，摞在那翻转的筲箕底上，香喷喷的薄薄的白嫩嫩的、一张草帽大小般的豆粑就这样煎好了，每煎好一张大概也就十几秒工夫吧。如果要吃的话，则又必须将已煎好的素豆粑回锅，分张单独烩成油豆粑。烩油豆粑时，薄薄的豆粑底面和上面都得淋上棉油或菜籽油，煎烤一会，再浇上豆豉水，浇上豆豉水的一瞬，嗞嗞的烟香入鼻，让人咂舌，然后撒上姜蒜各种佐料，用锅铲折叠，就像叠方巾一样，叠成四四方方的油豆粑，一张张摞在盘子里，由于豆豉水的滋润和外表又有一层翠绿的蒜叶，热气腾腾端上餐桌，更加香喷诱人，弄不好会把舌根都吞下去，湖口的油豆粑，真乃天下一绝！

甲长家门口的道场平坦宽敞，十足的日光宴，摆了十多桌，开席的时候鞭炮冲天响个不停，然后保长代表乡民致辞，感谢新四军为他们除暴安良，几句开席话很精练，言意由衷，引起一片热烈的掌声。老乡们实在太客气太真诚，推搡着锦幺，非要他正中上坐，锦幺怪不好意思，对保长说："老大哥，这么破费，我们可要按价付钱啰。"老保长侧仰着脸，瞪亮眼睛，横了锦幺一眼："我如果去你家做客喝酒，你还要我付钱么？"哈哈哈……水车港的小年，锣鼓喧天，破天荒地没有这样热闹过。

第二十五章　欢庆胜利

消灭了猪夹笼的土匪，锦幺心里比谁都愉快，有一天快近中午，他从陈仲办公室那里出来，想了想，反正去医院不远，还是绕道去看下三哥，再回独立连。我们又有好些时日没有见面啊，可是当他赶到医院却扑了个空，王锦原带了一个助手，吃过早饭上大山里收购药材去了，可能要两天后才回，王锦幺只好怏怏而返。当然王锦幺也老藏在王锦原的心里，兄弟七人，也就这么一个心爱的小幺弟在身边，且聚少离多，回来听说锦幺来过，听说锦幺灭匪又取得了好成绩，他当然很高兴，也很想去看幺弟，两天后，借着去悠心州出诊的机会，他特地进了独立连，锦幺和占勇去江北了，又是一个花田错！遗憾。大概过了半个多月，终于有一天他们相会了，棠山医院的墙根下，王锦原和幺弟中间隔着一张乌旧小方桌，方桌上有一小碟南瓜子，他们尽情地享受着刚刚立春后的一缕新阳，一边喝茶，一边亲切地聊着，身上暖融融的，话语暖暖的，王锦原说："按算，现在还是正月末，家里他们不知怎么样？"

锦幺呷了一口茶："是哟，挺想念他们。"锦幺脸上洋溢着一种幸福，望着王锦原又说，"也许这会儿，明明、一平正在湾场上追着大孩子们闹着呢。"

王锦原点着了他的黄铜烟筒，欣慰地吧嗒了两口："嗳，老弟，我有种预感，抗战胜利的日子很快就会到来，回家好好过日子的日子，应该已经不远了。"王锦原把烟筒搂放双腿上，顿了顿神，问锦幺，"老弟，胜利后回家做么打算？"正在这时，陈仲一行几人出现在王锦原他们面前，其中两位女的是新四军军报记者。陈仲介绍说，由于十八团去年年底前，东线一举击败墨本浩田的湖西铁臂合围，西线彻底剿灭土匪缺一门，双线取得捷报在全军传开，她们慕名而来，要采访报道。陈仲握着王锦原的手，又拍了拍锦幺的肩膀说："她们还要采访你们兄弟俩呢。"

那高个子女记者可能是头儿，安排小个子女记者负责采访王锦原和王锦幺。武装科程科长陪着这位小个子女记者，就在这暖洋洋的墙边，问着聊着，程科长时不时地插话介绍着，采访了锦幺许多杀敌英雄事迹之后，大概晒得身子有些热了，他们又一起把凳什搬回王锦原的诊室，兄弟俩坐在一条长凳上，小个子女记者直截了当说："我现在只想问你们一个问题，为什么要弃家不顾，冒着生命危险出来杀敌呢？"锦幺说："豺狼闯到了家门口，不去揍行吗？"王锦原取下他的白布帽子，往桌上一放，认真地看着小个子女记者："小同志，我就看不起那些贪生怕死的怂鬼，如果四万万同胞都团结一心，还愁打不败小日本？我们兄弟想法都一样，只有赶走了鬼子，国家太平了，他好回去安生种地，做砖匠，我好回家一心做郎中。"就是在这次愉快的采访中，小个子女记者写下了《"小诸葛"——杀寇英雄王锦幺》和《兄弟同心斩敌顽》两篇报道，陆续在新四军机关报上发表，在全军引起了很好的反响。

农谚说得好，谷雨要雨，清明要明。一九四五年清明节的这一天，天气特别晴朗，天空万里无云，春风和煦，放眼望去，满垅满坂油菜花一片金黄，简直是金灿灿的海洋。棠山军民联合办事处，特地组织了军民联合祭扫烈士墓活动。陈仲带队，办事处机关的，有连级以上干部代表，有老乡代表，占勇、锦幺和王锦原也都过来了。首先他们来到岷山，为年前湖西一战新逝的亡魂致哀，焚香祭慰英灵。在墓前大家脱帽凭吊，戴上帽后，陈仲庄重地对大家说："祭扫烈士墓，就是铭记历史，面向未来，今后任何时候，我们千万不要忘记这段历史，不能让烈士的鲜血白流。"最后，由圹垅坂廖家湾廖孝先老人带领，参加扫墓的人还来到了鸟林峦祭扫"营长墓"，就在焚香烧纸的时候，廖孝先老人告诉大家——

一九三九年麦收时节，日军和国军为争夺杨家山，打了两天三夜，战斗激烈异常残酷，据守杨家山的是国军一个营，就是这个营长带领的部队，后来听说是一四七师的。日军的人很多，可能是国军的十几倍。国军打得很顽强，但最终因力量悬殊，国军不得不撤退，撤退时，这位营长胸部中弹，不能行走，奄奄一息，他不愿拖累大家，央求部下再补上一枪。营长死后，按照他的遗愿，就把他葬在这里，由于不知道营长的名字，以后老乡就把这里称为"营长山"，每年清明都过来祭扫"营长"墓。

听完廖孝先老人的叙述，大家肃然起敬。扫墓回来的路上，廖孝先还告诉了大家一个秘密，一九三〇年的时候，有一个鸡毛换灯草的，自称是下江扬州人，经常挑着担子，戴顶破草帽，在我们这一带走村串户吆喝着。八年后，就在那次杨家山战斗开始时，我也被鬼子拉去挖壕沟，忽然看见那个腰挎指挥刀的鬼子军官很眼熟，哪里见过？突然我想起来了，这个鬼子就是当年鸡毛换灯草的扬州人，他的左下脸有块树叶样胎记，我认死了他……

锦幺兄弟俩一前一后走在一起，锦原回过头对锦幺说："今天没有白来喔，廖老汉给我上了生动一课。"

"三哥说得对，鬼子阴招够狠。"

"老弟呀，看来鬼子是蓄谋已久，早就盯上中国这块肥肉。"

兄弟俩你一句我一句，感触颇深，陈仲过来了，喊了王锦原："上办事处坐会儿，吃了午饭再回医院去吧。"

江南的夏夜很凉爽，也很迷人，窗外的青蛙偶尔几声鸣唱，反而平添夜的寂静，增添几分神秘。当然，神秘的更是来客。"王先生！"正在灯下看书的王锦原，忽然听见一个熟悉的嗓音在喊他，摘下眼镜，定睛一看，惊喜地叫了起来，"淼林，你怎么来啦？！"沈淼林高兴极了："王先生，好不容易找到你的地盘，找到二夫，终于见到您啦。"王锦原看着这衣冠整洁的后生，出落得更加俊靓成熟，心中更是喜爱。一边吩咐二夫帮忙倒水泡茶，一边关切地问道："两年多了，尚好？日本情况现在怎么样？"沈淼林视王锦原如父，把一切都慢慢地告诉他。

曾在湖口一一九联队二大队服役的日本人堀大安，厌战佯病提前回了国，沈淼林到了京都，便是住在堀大安家里。堀大安有个妹妹纪墨子，和沈淼林一起，都在京都同志社大学工业系学习建筑专业，每逢星期天，他们三个人一起去游玩，但是愉快的时光总是那样短暂。由于太平洋战争爆发，美国对日本报复越来越厉害，堀大安又被拉去服役，在中途岛的一次战斗中被美国人炸死了。从此纪墨子把沈淼林看作是自己的亲人，关系愈来愈亲密，沈淼林准备回国，她是多么想跟沈淼林一起回到中国，可是沈淼林无论如何也不同意，一个战乱的中国会有你的幸福吗？战后的中国会怎么对待敌国的女子？

王锦原伸出拇指，赞赏沈淼林头脑清醒。沈淼林还告诉王锦原，现在日本国内民怨很大，美国的飞机几乎天天到日本轰炸，广播里说这些B—29轰炸机许多是从我们附近的上饶起飞，日本的人力物力都被军国主义耗尽，市面上各种生活日用品短缺，大部分家里都没有男人，大阪的军工厂里全是女工，她们常常让机器空转，以此发泄心中的怨恨，日本人预感到战败很快就要来临。

晚上睡觉前，王锦原关切地问了一个很现实的问题："淼林哪，日本人败走在即，汪伪政府气数已尽，你打算何去何从呢？"沈淼林神色惘然："一切听天由命吧。"略一沉吟，又说，"估计我们这些人会转到国民政府这边吧，毕竟汪蒋走得近一些。"

"你不考虑今后谁得天下？"

"一切都是无可奈何的事啊。"

陈仲正在办公室里凝神窗外，憧憬着抗战胜利后的样子，突然发报员送来师部急电，立即驰援望江。鬼子知道自己的末日就要到了，歇斯底里，突然对驻守在望江西北部的新四军进行疯狂反扑，陈仲带领他的部队火速赶往指定地点，可是就在快要赶到指定地点，却遭遇日寇围点打援的伏击，为了掩护大部队迂回，穿过东面高粱地继续前进，王锦幺带领部分战士担负正面佯攻，故意箍住鬼子，几番激烈争夺，无法突围，最终弹尽，锦幺大喝一声：同志们，上！拼一个是一个。就在这寡不敌众的肉搏战中，王锦幺和二夫协同一起，殊死搏斗，一连干掉十多个鬼子后，双双在敌人冷枪的射击中壮烈牺牲。

这个噩耗来得太突然，犹如晴天霹雳！青山含悲，苍穹呜咽，向来坚强的陈仲，从来没有这样悲伤地哭过，太突然，太让人接受不了！此时此刻的他心里怎么不特别难过？眼看抗战胜利在即，却英雄折腰，痛心疾首啊。占勇也在一旁流着痛恨的眼泪，多么好的战友，多么好的兄弟，一向坚决服从命令的好战士，八年来，风雨同舟，出生入死，过关斩将，吃尽千辛万苦，历尽艰难险阻，不都一一熬了过来，就在走近曙光的时候，你们怎么挺不过去呢？！哭得好伤心的人当中还有吴东生，吴东生念念不忘王锦幺是自己的救命恩人，革命的引路人，为人坦诚实在，是个很有榜样性的人，天底下这么一个大好人匆忙离去，怎么不叫人伤心裂肺！

王锦幺和二夫葬在西岭的青松冈上，苍翠掩映，山明水秀，是英灵安息的好地方，连同追悼会，一切都是师部亲自出面。

大家最担心这一噩耗传到王锦原的耳朵里，怕他受不了，一是他疼爱的幺弟，二是他的心肝儿子，眨眼工夫失去两位骨肉亲人，谁能承受得起如此大的打击？陈仲和占勇很担心，都过来了，大个子刘、细猴、杏儿他们也来医院了，都想陪陪他，劝慰他。王锦原看着同志们，两行泪水如注如涌，无声地淌在清癯的面颊上，继而掉在地上，他是一位无比坚毅的医者，正在以强大的内心战胜那无比的剧痛！他默默地看着大家，似乎强咬着牙，非常平静："不要担心我吧，从决定参加游击队的那一天起，我就做好了牺牲一切的准备，打仗必然会死人的。"王锦原心里最大的障碍不是自己，而是朱雅芝和幺媳巧仍，她们那里怎么交代啊？！这天晚上，王锦原几乎没这么早睡过，也许心太累了，刚刚侧卧床上，映入眼帘的是平生从未见过的景象，太美了：玉树琼花，蓓蕾甘露，清净的仙道蜿蜒在仙山廊榭，云蒸霞蔚，一阵香风吹来，仿佛听见仙人妙语，哦，一列仙从正缓缓迎面走来，领头的拿个云帚，是太上老君吗？怎么又一下子变成了大哥的脸呢？扶着大哥的小仙不就是一夫？哦，还有荷芝、锦幺、二夫，一色仙服飘然，他们有说有笑，满脸尽是幸福吉祥，后面那个款款碎步匆匆跟上来的仙女不就是徐氏吗，她变得太年轻，太漂亮了！王锦原上前去抓他们，一个也抓不住；问他们话，一个也不回，都是微笑不语，隐隐的好像是大哥自个念叨：善良正直的人都进天堂来了。王锦原闷声问道：你们都去哪呢？是徐氏妹圆润的嗓音：去看凡间胜利大会呀。然后徐氏贴近王锦原的耳朵，温柔细语：三哥，这里真好，没有盗寇，没有邪恶，没有鄙夷……说着说着徐氏没影了。王锦原觉得这里面少了一人，努力地寻找着，硬是没有找出，锦先呢？锦先呢！没有人作答，忽然来了一个头上长了双角的怪面神仙，严情肃面：这人进得了仙门吗？！王锦原干醒了，起来喝水，清清楚楚的梦境，让他久久不能平静。

八月十五日这一天，日本天皇终于向世界宣布无条件接受投降，这是全世界人民反对法西斯的胜利，这是中国人民十四年浴血奋战、反对日本侵略者的伟大胜利！中国人民欢呼起来，全国各抗日战场沸腾了，彭湖根据地也狂欢起来了。

秋风送爽，艳阳普照，盼望多年的这一天终于变成了现实，人们的热情比骄阳还要火热，都在以各种不同的形式欢呼庆祝。十八团除了参加排演节目的外，放了三天大假，哪里有活动都可以去，哪里有戏都可以去看。连日来，鄱阳湖边到处成了欢乐的海洋。就在这个时候，占勇按照陈仲的吩咐，带上大个子刘和细猴去了上王村湾，咬着牙，说出锦幺和二夫牺牲了，两位女人几乎是崩溃了。朱雅芝表面虽然平静，泪流无声，掩面捂鼻，内心却肝肠寸断，锦幺的堂客巧仂一下子成了泪人儿，哭得死去活来，哭得昏天黑地，她多么希望这又是一场梦啊。占勇他们看见满村上的人都过来了，拱手拜托，乡亲们，代我好好劝慰她们吧。

地处赣北的湖口原本就是出了名的戏曲之乡，采茶戏、弹腔戏、黄梅戏、高腔戏各剧种遍布城乡，村村有戏班。人们尽情释放，口耳相传，都是唱大戏的消息。《西厢记》《风云会》《六月雪》《蝴蝶梦》这湾唱了那湾唱。黄梅戏《夫妻观灯》《打猪草》《王小六打豆腐》老乡也爱唱爱看，八年来，半殖民化了、笼罩在恐怖之下的沉寂乡村，陡然变得夜夜锣鼓喧天，当然是情理中的事。打败了日本狗强盗，让所有人的心都放松下来，陈仲也不例外，一向严肃的人，从来没有这般轻松愉快，亲自筹划盛大庆祝活动，他对宣传科的人说："我亲自来抓两个，一是草龙，二是民歌《十唱湖口》。其余所有的节目你们去落实吧。"《十唱湖口》的初稿是方小敏写的，决定由杏儿唱，陈仲很重视这首新编的民歌，还特地叫人把王锦原请来，说："王先生，这首歌词不错，您帮着斟酌下，再改改。"

湖口草龙历史悠久，始于隋朝。受陈仲派遣，大个子刘夫妻俩、细猴夫妻俩特地来到周寿湾，看周日开师傅扎草龙。周日开师傅家里尽是草龙，龙头龙身龙尾，大龙头小龙头，满屋都是金灿灿的。周日开师傅手艺巧，那稻草经过他的手撸上几撸，龙须镶嵌在龙头的下颚，就像真的一样，画龙点睛，龙珠嵌了进去，立马栩栩如生，大个子刘端起龙头端详，爱不释手。虎枝、杏儿干巴巴地看着，一下子是上不了手的。别看编草龙，工艺相当复杂，要经过编、织、插、嵌、镶、绕、缠、悬、挂、空、剔、镂、透十多种手工流程。周日开师傅说，这条龙腰身粗尺二，长近十丈，二十一节，用稻草八万根，是最长的一条，明天下午你们过来拿吧。日开师傅留他们吃午饭，大个子刘不肯，哪能耽搁您呢。

彭湖边区连续狂欢了三天，第一天是由周后湾和圹垅坂廖家湾牵头举行的庙会，从棠山游到洋山，又游到太平，最后游到泗桥。第二天是三个高腔戏班子分别在棠山、大屋陈湾和庄周里各唱了一天大戏。第三天是压轴之作，在棠山举行盛大演出，舞双狮，划龙船，打莲箫，游草龙。陈仲特爱看草龙，金龙玉女举着龙灯，护在龙头左右。举着草龙棍柄的男女，身着华丽服饰，在长长的龙腾翻滚中挥舞自如，杂耍活泼。妙趣横生的阵式，赢得喝彩不断，猛地一个龙的抬头，中华龙的威严得到了淋漓尽致的彰显。坐在旁边的占勇看见陈仲旁若无人地击掌叫好。乡绅周彦升受陈仲之托，把还在节哀中的王锦原也邀了过来，看看节目，散散心。几个人都点着头，佩服陈仲看草龙的专注度。其实这场节目的最靓看点是民歌独唱《十唱湖口》，尤其是那新颖的歌词，杏儿那响遏行云的圆润歌喉，把现场的气氛推向极致——

呀嘎嘞——

一唱湖口蓝天美，花尖山涧松竹翠。

姑娘一声放歌喉，百灵鸟儿惊落地。

呀嘎嘞——

二唱湖口草龙长，一条黄龙进画堂。

龙招财来龙祈福，家运昌隆子栋梁。

呀嘎嘞——

三唱鄱湖万顷波，波峰浪谷好唱歌。

妹摇橹来哥撒网，鲜香鲫鱼煮一锅。

呀嘎嘞——

四唱湖口豆豉香，酿得绝味万户尝。

豆萁豆角同根生，兄弟齐心斩豺狼。

呀嘎嘞——

五唱石钟山千年，曲径回廊拜前贤。

滔滔江湖分二色，烟雨茫茫万里船。

呀嘎嘞——

六唱湖口菜花香，遍垄遍畈满金黄。

三月清明人尽望，英雄坟前我断肠。

呀嘎嘞——

七唱湖口粑名扬，姑淘米哟嫂磨浆。

晚煎豆粑香脆脆，又请嘎婆又请娘。

呀嘎嘞——

八唱湖口青阳腔，哪个湾里没剧团。

戏台脚下人山海，油条灶前妹牵郎。

呀嘎嘞——

九唱湖口熬米糖，吃在嘴里甜心上。

鲜嫩豆腐人人夸，幸福黄豆炖蹄膀。

呀嘎嘞——

十唱湖口黄花黄，夫妻双双上战场。

打跑日本狗强盗，恩恩爱爱回家乡。

杏儿悠扬的嗓音，唱得鸟儿都不叫了，人山人海的场子寂无一人，当杏儿收住了尾音，弯腰谢幕，场子上便爆发出雷鸣般的掌声。散场后，回去路上莲儿挽着倪小仙，一路说笑，莲儿的娘后面跟上来，挨着小仙的脸说："徐氏要是今天还在，看见杏儿唱得这么好，不知有多高兴啊。"

看完节目，周彦升和王锦原道别过陈仲与占勇，俩人一起来到一棵巨桂下坐定，正值八月，天气初凉，桂花盛开，幽香扑鼻，本应是作诗的好时光。周彦升担心王锦原心中不悦，但又为了排解他心中的不乐，话还是出了口："王先生，当下桂月，花香袭人醒脑，何不吟诗遣怀，暂且抛却过去了的事吧。"王锦原若有所思，定定地看着周彦升，半晌才开启了没有先前那般有血色的双唇："桂花开了贵人该来，是的啊，谢谢周兄提醒，今晚我一定要作诗一首。"分手的时候，周彦升也是定定地看了王锦原许久才说，听说新四军要撤回江北，有这话吗？王锦原微微点头，轻轻地告诉周彦升，前天陈仲政委给我透露了一点。那您怎么打算？周彦升关切地问道。王锦原拱拱双手，谢谢周兄关心，心中基本有谱了。

晚上，望着窗外已近中秋的明月，王锦原思绪起伏，一向凝重遇事平静如水的他，此刻抑制不住思亲的心潮涌动，愁苦与思念交织在一起，锦幺去了，二夫走了，我还剩下多少亲人？我的贵人哪，锦云！你在哪里？抗战已经胜利了，该给我一个回音吧？三哥想你想得好苦啊！这一夜王锦原辗转难眠，借着窗外明亮如水的月光，他的头脑越来越清爽，他把他的所有痛苦和思念全部寄托在填词中，终于一首《沁园春·月》拟就出来：

> 玉骨冰肌，彻地清辉，千古银盘。悯微身俗客，渴收蓟北；断肠孤旅，痴望云端。淡淡蛾眉，长空寂寂，待到

盈盈更惹叹。冷尤物，竟将愁牵恨，俘尽人寰。　　何须遍拍阑干，怎怨起中秋桂子天？若无蟾娇媚，楼头赋乏；是荷黯彩，星泪诗残。叩请仙皇，乾罡置转，从此疏桐顶上圆。永不缺！皓华铺万里，户户开颜。

稿就，王锦原依然没有睡意，披上了旧时酱色长衫，门也未掩上，信步走到医院门前的荷塘边，独自在月光下久久徘徊……

可是，上王村湾却不一样，连日来，每到黄昏，云暗天低，哀婉的招魂曲，夹杂着树枝上跳来跳去的乌鸦三两声嘎叫，令人凄然惶悚。锦北和大猴走在队伍的前头，一人拖着一把大竹枝扫帚，上面分别罩着锦幺和二夫生前爱穿的旧上衣，男女老少拖着长长的队伍，沉沉地跟在后面，锦北一边手浇茶叶拌着的米粒，一边瓮声瓮气轻轻地念唱：锦幺二夫喂，莫到外面吃迷魂汤，到屋里喝茶啰——众人哀哀地附和着：屋里来哟——从前畈港湾，穿过田垄地塍塘坝，一路反复悲哀地唱和着，悲怆地把两位英雄的灵魂招进祠堂，众人跪三跪，拜三拜，然后对着英雄牺牲的东北方向，朝天作揖，齐声呼唤着：屋里来哟，锦幺二夫喂。这时，突然两颗流星从人们头顶上空划过，四夫眼尖，嚷着："姆妈，快看天上。"雅芝牵着四夫的手，正抬首仰望，只见天空忽然乌云翻滚，渐渐密如浪涌，少顷，一声闷雷炸响，轰隆隆地由近而远，撼天震地，继而倾盆大雨，狂风大作，祠堂门前湾场上两棵槐冠，在闪电中拼命摇晃……